大家人生

人间世

二月河⊙著　凌晓⊙编选

时代文艺出版社

目录 CONTENTS

第一辑　光阴的故事

目录 CONTENTS

第二辑　书香之美

第三辑　西游随笔

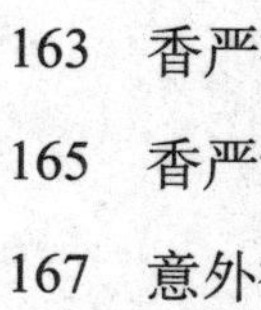

第四辑　文学人生路

目录 CONTENTS

第五辑　我的太阳山

第六辑　《红楼梦》里人

第一辑　光阴的故事

我的母亲是一位性情刚烈的女性，和一般形容出来的“慈母”、“三春晖”，再文雅点的说“萱堂”、“令慈”这样的尊仰不怎么联系得上。她有时也“手中线”为我补帽子，缝衣裤上挂破了的三角破绽，“缭”被脚趾顶透了的鞋，然而这印象不深，每逢忆及，她常常没有握针，而是擦枪——一堆的枪机零件摆在桌子上，各种颜色油污了的破布条、棉纱，还有“鸡（机）油”，擦拭了一件一件再嘁里喀喳组合着“对”起来，魔术般地又复原了：一杆闪着暗幽幽烤蓝的“双笔箫”手枪又握在手中——她是与新中国共同诞生的第一代警察，1948年是县公安局的侦查股长。1949年已成为陕县的公安局副局长了。除了打枪，她还骑马，过黄河进伏牛山，都是骑马走的。能打枪、骑马，母亲在我心目中不是依门盼子灯下走针的女人，而是英雄。

六八年在大同

我出生在山西，当兵又回到山西。不过，当年的昔阳穷山恶水，我都了无印象，我太小了，两岁吧？三岁？母亲便把我带到河南，绕圈子转——这有个词，叫“弋”——就以河南为中心弋。却只有一次弋出河南的，居然又回到了山西！在总后勤部下头一个工程团当了兵，这一身军装一穿就十年多，然后又弋回了南阳，合手起笔写字了。

1968年8月，我们接到命令，部队执行毛主席“五七指示”，让我们连派人去大同“学工”，这个意思许多战士不明白，但我知道，就是“穿着军装做工人”，到大同能有什么事？那里有的是煤，肯定是挖煤就是了。我的估计一点儿没错，不但是挖煤，而且是煤矿的先锋——掘进工。说实在的尽管这工作不如意，然而比起上山下乡，那还是好了去了。

作者当兵时，当时已是“大龄青年”

我有两宗毛病，都与大同有关。一是气管炎，是在大同得的。

大同冷，怎么个冷法？你在河南南阳，怎样和你说都无法感受。我们是8月中旬去的，先盖营房，我们自己住的油毡房子，已经生起火来，到国庆节前夕因为要放假，收拾现场，突然下起雪来，飘飘摇摇的雪片在旗峰山的岗峦间旋舞着翱翔，粗一看，它们似乎老在那里盘旋，似乎调皮着不肯落地那样，其实过了一会，山头也白了，山脚也白了。帽子上身上都是雪。洛阳南阳上学时，也过十一，那一天肯定要集会的，学校要求所有学生，一律红领巾白衬衣蓝裤子，没听有人叫过“冷”的。这里下雪，要穿棉衣，戴棉军帽，只是年轻人火力旺，没穿棉鞋，我们指导员弱些，我看他连大头鞋都武装上了。胡家湾的老工人告诉我，冷时节从公用自来水挑水回家水桶晃悠着溅着，到家桶面上就结了冰——你冲火车皮“呸”唾一口唾液，紧接着用手去抠，就能把变成冰片了的唾液取下来。冷到负三十摄氏度、四十摄氏度是常事。

但井下不冷，无论冬夏，都是恒温十六摄氏度。我们都着工作棉衣下井，爆破工头一班已经把煤炸下来，散摊在撑着木柱的掌子面上，我们的任务，是把煤用铁锹铲起装进一米五高的铲车里。然后引“放”到大巷里，再用牵引车拉到四百米上去的地面——工序是这样，我是新兵，除了装车什么事也不用想、不用管，只管装车。我们班十二个人，有个老兵管挂信号灯，拿下十一个，四个推矿车的，还有七个，每天的任务是六十车，六十车就是六十吨，装完就回，大家都知道这回事，偷懒等于整自己，只有一个字，干！

这样的劳作我现在想起，还有点无法思议。我出身干部家庭，上学出来的人，有时去兵里同学家去住，也装模作样帮人割割麦子，刨刨红薯，和这个“活”比起来，那简直可以算作游兴玩儿！我真的累呀！我觉得我铲的煤只有战友们一半多一点，怎的人家就能一气不歇低着头只管干，我扔几铲就不行了呢？我怎的就这般无用呢？而且我出汗多，出汗快，弄几下就擦汗还是把棉衣棉裤都湿透了，“臭汗臭汗”，真的是臭，不穿这样的工作衣，不干这样的活，说给你听你体会不到。煤矿排瓦斯有个风筒，外头用鼓风机向里吹风，排除现场瓦斯，风筒直径有八十厘米吧，通身大汗的我连头带裤子钻进里面取凉，簌簌的疾风把我全身衣缝都吹透了，衣服似乎也干燥了一点，也就不热了——然后回身再挥锹铲煤。到下班上井，井上都是寒的严酷，把湿透了的衣裤冻结起，只有关节是可以活动的，冰盔冰甲回到宿舍。上下温差在四十五度左右。

干活热——吹风——出汗——湿衣——上井严寒。如今时兴的说法，这是几个关键词，关键词相连起来的意思就是气管炎。

再一宗病。抽烟。抽烟也是在大同学的。

井下作业最怕的是两条，一是“冒顶”，就是塌方了。二是瓦斯爆炸，冒顶虽时有发生，但你小心一点，只要不是大塌方，不会有大的恐怖，工作中间也有一次十分钟的休息，半躺在煤堆上，还可以借矿灯看个小册子什么的。闭上眼，在寂静中能听到预留煤柱承受压力发出碎裂的“咯嘣嘣”的声音。但这也不要紧它只是吓唬你，似乎从来也没有煤柱崩塌的事发生过。但矿区有可怕的流传：××年瓦斯爆炸，死了××号人……这类事不可能是假的。因为矿区工人中遇难家属就和我们是邻居。我们几个战友商量：咱们每个月有六块钱的津贴怎么用？

六元钱不是大数目，但是我的全部财产。我们想就这么一点钱，如果遇上冒顶或瓦斯，跟着殉葬实在太没价值，得想一个“与生命同步”的消耗办法。这六元这样分配，一元钱打牙祭，一元钱买牙膏，还有裤头——当兵的不发裤头。还有四元，买烟抽。彼时时兴说法“戴东风牌手表，抽万里牌香烟”。手表就甭想了，抽烟吧，我在大同学会抽烟，首用牌子：万里。

我这样说大同人会不是滋味，怎么在大同没学个好？其实我自己回忆起来，觉得很甜蜜，甚至很惬意那样的怅惘与追索情怀就会来袭扰我，气管炎不是好事，抽烟也不是好习惯，好好歹歹他们都成了我终生不可或缺的一部分。我从一个无衣食之忧无事业之心的浪荡少年，在大同洗礼了一下，有点涅槃升华了。我的意志与毅力，我的韧性与耐心，我决定燃烧自己的生命与气数一搏死拼，这样的决心也都是在大同形成的。当我在褴褛的工作衣上缠上电瓶，戴着矿灯帽，穿上长筒水鞋趟在混沌的井下煤水汪中时，就这样想，我现在在人生的最低谷——当然很不堪。但是，在这里，我只要努力地走，无论向哪个方向努力，我都是在向上。

三十年后，我又回了大同，这里召开国际红楼梦研讨会，我应邀来参与。审量那山，还是那样的，只是树，都长得很高大了。

我的父亲（一）

他的大名尔文，小名起的倒比大名“酷”，村里人都叫他“文明”。在我心目中，似乎他到老，到……我都没有平视过他，一直敬之若神，见了面有栗栗畏惧之感。但在我的印象中，他一生都没有打过人，好像只有一次是大妹妹不小心把菜刀落在地上差点砸在二妹妹的脚背上，他又急又火，抬起巴掌在大妹妹脑袋后轻轻拍了一下，那姿势今天还牢印在我心中，似打又不似打，真正似是而非，但这事全家人都记牢了不忘。

他1953年授衔就是少校，一直到取消军衔仍旧是个少校。似乎有个没有公开的规矩：没有当过红军的不能授少将（起义人员、高级知识分子除外罢）。所以我相信他没有做过将军梦：舅舅曾是他的警卫员，舅舅授衔时是中尉，他是少校；舅舅上尉，他仍少校；舅舅大尉，他依然少校；舅舅当了少校，他还是少校。然而母亲告诉我：你爸爸是非常有能力的，他也没犯过什么错误，他不能提拔，是因为咱家是富农，咱们成分不好。

爸爸有能力不用妈说。因为取一张世界地图来，你用小棍远远地指，随便捣到的地方，他立刻能报出该地国名，该国土地面积人口，物产特产工业主项政治制度现任领袖……我们兄妹们多次试过，从来不爽的。他进河南一个县，做敌工工作，剿匪，收编散匪补充大军，进县是带了七个人，拉出一个团，还捉住了该县匪首——舅舅就是为此提升军官的，而他……说起来真叫人倒咽一口气，只不过当了个团政治部的副主任：正营级。

正营！上帝呀，他在昔（阳）西一区当区委书记，那就是正营呀（还略高一点），1942年以后又当昔西县武委会主任，已经是正团了。以后参军，地方套军队，别人都是高套一二级，他呢？副教导员——副营。那授衔，我看也是很勉强地给了他个少校，他的历史放在那里可以给人看，实在也没法再往尉官上放了。以后当洛阳军分区政工科长，副团，1958年又到邓县（今邓州市）当武装部政委，总算又恢复了1942年的级别水准。

与女儿像亲密无间的朋友

但爸爸从来没有谈过一句这方面的事，他仿佛立了禁口令，一直到老，一直到死，这都是他的大忌，家人一谈这类事，他就禁止，他不许说"组织上"任何一个"不"字。但组织上待他如何，我始终以为他心中雪亮。因为他也从没有说过组织上待他怎样如何好。

"不好"是明摆着的，因为我们所见到，老干部们对资历成分是很敏感的，他资历好，成分却不好，是个中间人物，抬举你时和你说笑玩谈，心里对你有什么时，就会板起脸："老凌同志的家庭出身对××事情会不会有什么影响呀？"

我们的家庭到底怎样了？直到我23岁参军没有听父亲讲过一个字"负面"的问题。我知道的是外祖父是地下党工作人员，妈妈和二姨夫、三姨夫妇、四姨夫、舅舅都是共产党员，伯父是抗日烈士，姑父是比爸资格还老的共产党员，这个家族是"红"透了。直到入党，组织调查找我谈话，本来在一处极好的朋友，这时脸上也上了装，眉头皱起，下腭微扬异常的公事公办："你还有一个姑姑，志愿书上为什么不填？她是怎么死的？"问的我一头雾水，这才从父亲那里了解到，还有一个小姑姑，是教师，姑父是地主成分，做医生，土改时被群众打死。再一深入，我的伯母也是在土改中自尽，大约就是从这件事，使我深切地感受到成分的压力，从此这片乌云它笼罩在父亲上空一辈子，现在又来到我的头上。

它并不使我“受不了”，因为我毕竟没有直观的感受，没有感同身受的体味，但入党谈话，我已经觉得了我与朋友友谊中的异味，他原本在我面前略有自卑的心理开始提升，注入了某种骄傲与自尊——我不是说这两样东西不好，我是感觉到，人与人之间就像天平，心里都有一个价值砝码，他是觉得他那头又加了（或者我这头又减了）一个重重的砝码。也就是这样的心理罢。

再问一句：我们这个家庭到底怎么了？从我伯父的遗孤哥哥那里才晓得的备细，这真是个天大的怪圈：老爷子把两个儿子送去抗战，去革命，这“革命”因他“人少地多”把他划成富农定为阶级敌人，一个儿子牺牲于革命，另一个儿子，“革命”因他的家庭“不革命”、“反革命”而冷落他！且不论牺牲了的革命遗孀为了这口气咽不下而自尽——这是想都想不通，想也想不出来的奇事、惨事。父亲把它埋藏在心中，只在我入党时不得已闪烁透漏一下，直到死再不声言。他名也不争，利也不争，都知道他老实。老天爷，我想起“文革”中那句话：“只许你老老实实，不许你乱说乱动！”一个人要是这样一个老实法，像父亲这样，他得吞咽多少黄连，而且还要脸上泰然自若，这是什么样的定力？

只有一次，“文革”之后大家随便说话，我们谈及某个领导不能令人满意，他在旁说“不要乱讲”，我们都笑说“您老还心有余悸呀”，他怔了怔说“我不是‘余悸’，我浑身上下全是悸”，听见这话，我当时就打了个冷战。他的舒张也偶有的。邓小平“取消成分”他举杯高饮说“千古伟人”，再就是我的《雍正》书出，他又饮酒，说“时无英雄遂使竖子成名”，我听着颇有得意之音。

兄长这份资料是极客观的。我早就听过了，心中的震惊也是“革命性的”，父亲把我瞒到长大成人成熟，真有他独到的思维，如果从小就知道，从小就会唬得筋软骨酥，哪有今天二月河“拿起笔老子天下第一”的心态？没有这心态，写什么书？知道了事情的复杂性，了解了人生艰难步履，知道世情的险，就会在待人处事上小心一点，公道一点，原恕别人一点，这就是“放下笔夹起尾巴做人”，或者“放下笔老子天下第末”，我是不欺侮任何人的，包括我恨的人。这同样也是父亲的赐予。

我的父亲（二）

父亲在部队，母亲在地方工作。他们两个人长期吃“供给制”——每人每月，父亲是六元，母亲是四元吧？这个数，今天看是有点天方夜谭，但其实在共产党革命队伍中长时间全面执行过这个制度。我是后来“有了学问”才晓得，供给制还有一个名字，叫“战时共产主义”——贫困的平衡按需分配。其实很舒服的，有点像初入伍时的义务兵——我们现在去当兵，也大致还是这个待遇，吃、穿、住、用的都是公家管，穿的，除了裤衩，连袜子都是“发的”，父亲那时连牙膏肥皂都是“供给”。好处是什么都不用操心，到时候就会有人给你发；不好处是没有积蓄，攒不住钱。就那几个零用票，想打打牙祭，改善改善伙食都有点窘困。我们兄妹——部队子弟都一个样——不享受“供给”，但每人每月是另有二十元的生活津贴。

所以当时在部队有口谚，一个孩子是贫农，两个孩子是中农，三个孩子是富农，四个孩子？则是地主。父亲出身成分是富农，很不体面，但在部队，他又是堂堂正正的“地主”——他有四个孩子，每月全家可以拿到八九十元。这个数字，在建国初期，可以说是笔巨款了。

曾经有一段时间，地方上已经实行工资制，但部队仍在供给。母亲的收入一下子涨到八十多元，而父亲还只是供“六元”。这样，父亲就必须吃我们兄妹的津贴，吃母亲的工资。但是很快的，在军队的父亲实行了工资制。他还另有军龄补贴。每个月工资袋里能拿到二百一十六元，加上母亲的钱每个月就是三百元了。

老子讲“祸兮福所倚，福兮祸所伏”。直到人类消灭，爝火熄尽，这句话也是真理。当时一个县委书记工资不过八九十元，一个地委书记一百三四十元，那是“普遍现象”，即使军分区的司令老红军，工资也就三百元吧——而我们家处洛阳，应该说是个不小的名城。父亲“进步”虽慢，然而资历较老，收入不菲，加上母亲的，在洛阳这样的城市里，也是很扎眼的。

已故作家乔典运的生花妙笔写过，人要想活得平安，就得活得不如人，你不如人，可怜而无害，一般来说，如杨白劳那样，只要不欠黄世仁的债，黄世仁不大会主动拾掇他。杨白劳也有强项，他的女儿太好看——这一条比人强，所以招来无妄之灾。

父亲母亲都很安分，都不是惹是生非的人。他们入伍早，进步慢，在革命队伍里，本来是个弱者：处处不如人。在供给制下，大家区别不很大，一下子跳进工资制，人们一个早晨就明白过来，这个吃中灶的老凌，原来比首长还有钱！军衔定得低，该晋升军衔时送他到不能晋升军衔的干校去“学习”，母亲在陕县如鱼得水，到了“工资制”，在洛阳就受排斥。我看有两条原因，一成分高，好比软柿子，好捏；二“工资”冒尖，收入丰厚。可怜的父母，我认为他们第一条原因记牢了，第二条原因是忽略了——他们认为是洛阳风气不好，换一换地方就成。到了县城，他们才知道这里的日子更难过。因为好人坏人、正常人偏执人，只要是社会人，都有点正常劣性，妒忌——很平常的一个思维方式：“他们收入三百，凭什么？”——人们这时不大会想我的父母都是“老抗日”，父亲打游击在古墓中住过多少年。“他妈的！”人们如此想，二月河也这般想。

唉……人在矮檐下，怎敢不低头？我的感觉，父亲母亲一辈子都在矮檐下，我就没见他们抬过头，也不曾听到过他们真正欢快的笑声。真的，一次也没有听到过！他们的忧郁沉闷伴随了他们的生命进程。父亲有一次叹息：做一个共产党员真难，母亲更正说，做一个人就真难！还有一次，是反右斗争之后，父亲问母亲：“假如我划成右派，你会和我离婚吗？”母亲连想都没想，说：“必须离——解放他们一辈子重要！”这个话是父亲快要走到尽头时，垂老风烛中传告给二月河的。他还告诉我，尽管知道母亲的话理智，尽管他也知道她爱他，尽管事情并没有发生……

这是多么凄冷的情韵!

我们家收入高，不讲究穿，但吃的绝对是军区头一份，每天我和妹妹到分区食堂打菜，红烧肉、木须肉、红烧鱼、烧肚片……用塑胶大盘——直径有一尺，打得冒高——河南话说叫“岗尖”一大盘，招招摇摇穿过大院端回家，所有的人都看见了，走过去都嗅见了，我认为是嗅到了心里头——这种“味道”也是会生根发芽开花结果的。

但即使是这样吃，以那年头的物价水准，他们的钱也是远远花不尽的。然而母亲逝后，父亲有一天向我们兄妹交代“账目”：我家仅余一千余元。他把情况详细介绍说：“我就要给你们续娶母亲，有句俗话说——有了后娘就会有后爹。但现在我还不是后爹。把经济情况告诉你们，把余钱也大家分了……”他生恐自己“变心”，在“变心”之前把不变的原则交代清楚。

这样我才知道邯郸大姑家的祖母，大舅舅家的聚财大表哥，现在写着《二月河源》的大哥，是他的常年资助户。另有二姨家表姐吴爱明，大姑家大表哥是他临时困难资助户。这几个受资助的亲人，在1957年前我除了表姐吴爱明之外，都是影影绰绰的印象。知道有这个人，没有见过面。见过大哥（凌振祥）一面，但已没有了形容记忆。“爱明姐”的印象比较深，因为1953年我回昔阳，大人们忙他们的，多半时间是她带我玩，到垴垴上去看场院，走路拉着我的手“看崴了脚”，告诉我“你是城里人，不要欺负人家乡下人”。爱和我一块玩，这就行，印象深。对这位大哥，我的印象是他会拉胡琴，用玉茭秆做的“琴”也能弹出很好听的“叮咚”声，我当然没想到他有音乐天赋，十二年后，湖北艺术学院在河南招生，仅录取三名学生，他便忝居榜上，我更猜想不到他们日后会结为夫妻完全加入我的河南家庭，但我们从小就非常友善。

他们之间的邂逅也是颇有意思的。我的姑表大哥吕贵成是小学老师，振祥哥和爱明姐到他卧室玩，看到了墙上挂的父亲的照片，爱明姐说“哈！那是俺姨夫”，振祥哥说“那是俺屋屋（叔叔）”！大表哥哈哈一笑说“那是俺舅舅”——这样，他们才彻底“弄清关系”。

大表哥的父亲吕倜在河北，领导着他那个“系统”红色家族。振祥哥和爱明姐却是属于父亲统率的“河南系列”。

姑表兄吕贵成是小学教师，舅表兄马聚财务农，只是生活有点困难，父母对他们只是有些关照。吴爱明是孤女，但她有二姨夫照顾，继父对她也颇怜惜爱护，父母对她的照拂比表兄们多一点。我的印象，他们最关心的还是我的大哥凌振祥。振祥哥说“叔叔对我的爱比对解放有过之而无不及”——这是他的感受，比较实际的情况是：父母的心公道，能设身处地为这些弱者想事情就是了。我常听父母在灯下议论。

父亲问：“振祥的钱寄了没？”

“寄了。”

“这个不能短。”

“知道。也给聚财寄了点。”

“爱明还有贵成，要想着点，写信问问。”

“信已经寄出了，还没有回信。”

这种场合很多了，但我不知道它的意义，认为和我没有关系，但事实上，这和我家的经济情况有关。

我始终有个感觉，父亲对伯父有一种负债的情结：没有伯父就没有凌尔文的今天。伯父是他的老师，引路人，亲爱无间的长兄。把他带进了人生新境界，而他自己却离开了人间……留下的这两个孩子，当然应该由自己全力照拂，按照当地政府，我大哥是烈士遗孤，上学、生活应是国家全供，但父亲没有让哥哥接受这个待遇，而是完全由他自己负起了责任。

这是父亲百密一疏，或者说，由于他本心的过于善良，造成了错误。孔子讲“过犹不及”，人生本就如走钢丝，从右边掉下去和从左边摔下去结果是一样的。过于善良毛病就出在这个“过”字上，他忘记了社会学上一个重要的原则：形式有时比内容还重要——部队是打仗的，勇敢、能厮杀就可以，为什么还要走队列，甩正步，无端地夜里紧急集合？——非如此，任何一个部队都会被带垮！

倘使大哥享受烈士子弟生活费、学费以及诸类的政策，他就是全挂子标准的“烈士子弟”，连同政治待遇也是与之同步的。人们不记得他叔叔，就会更多的忆到他的父亲“曾为革命抛头颅洒热血”。现在完全是另一回事，他家中还有一个富农老太婆（奶奶）和他同住，供养呢，又全由他远在河南的一个叔叔！当然，哥哥受欺侮，还因他敢于直言，耿直率真等等原因。但我谈的“理念”是事物的本质。大哥在学校受尽践踏，最终还是给了他一碗饭，到深山区丁峪去初中教书，还是理念在起作用：一个本质的事实是他的父亲是抗日烈士，是在河北武安县被日本人包围，机关枪打死了的。

大哥在学校糟透了，爱明姐却很好，是学校团支部书记，她的政治梳理很自然也很和谐——烈士子弟，继父姓翟，她姓吴，吴可纠的女儿，用贾谊一句话“陈利兵而谁何”。这个地方是老抗日根据地，抗战胜利后国民党就没有打进过，人们受的都是抗战熏陶，烈士应享受的待遇也是很优厚的。父亲的仁爱抚孤，反而让人忽略了“抗日子弟”这个政治理念。“思想右倾”也好，“反动”也罢，都是冲“富农”这条而来的。

我在读《邹阳狱中上梁孝王书》里头有这样的话：“明月之璧，夜光之珠，暗以投人，莫不按剑相眄者，何则？无因而至前也。”我敢肯定，父亲没有读到这篇文章：是明月之璧，是夜光之珠呀！那是多好的物件？你在夜里投出去，接受的人非但不感激，还会按着宝剑向你瞪眼——为甚的呢？他不能知道你，他不知道你的意思！你凭什么那么大量，自己养活侄儿呀？

父亲一生都念念不忘伯父的恩情。这种感觉：他愈是进入老年，愈是使人强烈认知。他的追念是很真挚的：“我哥哥说，小家庭好，他是勇敢呐，首先提出分家就分出去了。你爷爷问我：‘孩呀！你是不是也要分家？’我实际上也想分，但我不敢说，我回答你爷‘我不分家’……”“我哥哥说‘大丈夫患立业之不就，不患家室之不立’……”“我哥哥说‘要学樊哙、张飞’能在百万军中取上将首级’。”

“我哥哥说……”他不停地反复地念叨，他希望他的大儿子凌解放能像“我哥哥”一样善待弟弟。有时他沉吟，闭目躺在那里谁也不知他想什么，我认为他是在回忆他曾经有过的壮丽，问他，他却说：“哪里能用壮丽？不堪回首呀，有些事连想都不能的……”我劝他：“没有人能够再伤害你，不要心有余悸，爸。”他怅然一声叹：“要是心有余悸就好了，我浑身上下全是悸，连一点余不悸都没有。”我也打心里叹息：“这是心病，母亲如在，也许能医，子侄辈不是过来人，没这个能力……”

1962年三年困难缓解，但母亲的病却日渐沉重，当时，我独自留邓州，举家已迁南阳。组织上找父亲谈：如果他愿意，可以到洛阳军分区干休所去休养，父亲拒绝了，他告诉我：“已经在南阳何必到洛阳？那个干休所大，熟人也太多，恩怨也多，不如在南阳……”我知道，南阳军分区的首长待他亲和，他离休到分区大院住，为了不影响他休息，分区司令曾下令，停止早晚广播吹号，改吹哨子行动。政委是他在栾川剿匪时的战友，政治部主任也在长沙军校同过学，有情谊，无恩怨，当然在南阳要心情畅适些。

就这样决定了下来。为了照顾母亲的病，他们首先考虑的是让我辍学，他们知道我学没上好“有个工作，有碗饭就行”，但母亲不同意，说，解放不是个伺候人的人。他根本就不会，也下不来身子。不如让他和爱明早点结婚，让爱明过来……但爱明姐比我大两岁，两个人又商量，把振祥哥和爱明姐撮合起来，两个人都调到南阳。

就这样，这个南阳凌家有了一个新的整合，大哥和表姐都是烈士子弟，一个和我同祖父母，一个和我同外祖父母，他们之间没有血缘关系，从小在一处，也从小都在我父母卵翼之下生活。他们之间素来感情很好，确实是天作之合的美满，这样就构成了现在这样一个大格局。这件事做到了这样的程度：即使是南阳几十年旧交，也长期以为大哥和我是亲兄弟，听我叫嫂子为“姐”，很多人惊讶“你们家奇怪”。

1963年，母亲工资因久不上班减少百分之二十，1966年部队取消军龄补贴，我不但没看到父母沮丧，反而见到他们有点高兴，“少一点好”“钱够用就好”“早就该这样做了”——他们作如是说。也许他们曾经过时间的沉淀，看到了“比人强”的危害性，或者是下意识地认为：可以让别人稍微消消气。

记母亲入伍

母亲是几时嫁给父亲的？这件事我没有问过父亲，母亲也没说过。现在两位老人都已谢世，已经无从谈起了。但我知道，是在抗日战争最艰难的时候，伯父牺牲，父亲在“无人区”昼伏夜出，在古墓中攒着与日寇周旋的时候，她来到这个家庭的。

她年轻、美丽。当时我的外祖父（我党地下工作人员）被捕牺牲。大舅舅见日本人扫荡越演越烈，棒子队、二鬼子、汉奸每天在乡间滋扰，担心母亲“出事”，就把母亲送到了外婆家。但母亲的心思却一天也不愿在家，她只有一个心念：“出去，找抗日队伍，找我的丈夫！”她的想法是有道理的。因为我的伯父、父亲都在抗日队伍里。爷爷在沦陷区，是“抗属”，也是日本人和汉奸骚扰凌辱的“重点户”。她除了在磨坊、家里、地里劳作，每天都在打听父亲的落脚地，打听“队伍在哪里”。这样“不安全”，爷爷、奶奶自然担心焦急，因为与儿子音容隔绝资讯不通，生怕她“跑了”，将来无法向父亲交代，无奈之下，又将母亲送回了王家庄大舅家。大舅也拿她没有办法，见她每天痴痴呆呆，想事情，也害怕她突然出走，就把她锁在一间空房里，让她纺花织布。

但母亲是个果决人，她看定了的事是一定要做的。1944年农历五月的一个漆黑的夜里，她撬开窗户，终究投向了自由。她是逃出来的，身无分文，一口干粮也没有。她先逃到一个老姑那里。这位老姑是懂一点相面算命的，在灯下轮指掐算，说：“俺孩，你走是对的，我给你带点干粮，我的这枚戒指你带上——一直往西，不要走回头路，你就能逢凶化吉，遇难呈祥，你就能找到文明小（父亲小名）……”

母亲用锅底灰抹黑了脸，装成了讨饭的，哭别了老姑，毅然上路了。她真的是不走回头路，一直奔西，在敌占区穿行，一路讨饭一路走，夜里寻破庙藏身，有时索性就走夜路，太行山腹地山高林密、虎啸狼嚎，都没有阻止她，甚至有一次她被洪水包围，她竟然在水中挣扎着蹚了过去……也就是蹚洪水过去吧，她被父亲的战友当作敌占区的“奸细”，她终于走进了抗日队伍。

无论从哪个意义上说，她都是对的。她走后不久，日本人的飞机轰炸王家庄，大舅舅不幸遇难。爷爷把两个儿子送进抗日队伍，家中二十四亩地无人养种，请了一个长工，被划为富农。她如果在家中“坚持”，也难逃“成分”劫运。

这之后，她经历抗战，做区妇救会主任，又参加三年解放战争，参加剿匪……又经历了多少生死搏击，忧患煎熬。待到建国时，她已是县公安局副局长，是新中国的第一代警察，是一个成熟的职业革命者了。

母亲墓道前的沉吟

我的母亲是一位性情刚烈的女性，和一般形容出来的“慈母”、“三春晖”，再文雅点的说“萱堂”、“令慈”这样的尊仰不怎么联系得上。她有时也“手中线”为我补帽子，缝衣裤上挂破了的三角破绽，“缭”被脚趾顶透了的鞋，然而这印象不深，每逢忆及，她常常没有握针，而是擦枪——一堆的枪机零件摆在桌子上，各种颜色油污了的破布条、棉纱，还有“鸡（机）油”，擦拭了一件一件再嘁里喀喳组合着“对”起来，魔术般地又复原了：一杆闪着暗幽幽烤蓝的“双笔箫”手枪又握在手中——她是与新中国共同诞生的第一代警察，1948年是县公安局的侦查股长。1949年已成为陕县的公安局副局长了。除了打枪，她还骑马，过黄河进伏牛山，都是骑马走的。能打枪、骑马，母亲在我心目中不是依门盼子灯下走针的女人，而是英雄。

“英雄”也打儿子。因为我的淘气调皮永远长不大；因为我逃学不肯受调教；因为我诸门功课成绩的“臭”，不知多少次被她打得三魂七魄不归窍——拖着拉着……夹着我杀猪样的尖声号哭，毫不留情地拳打脚踢。当然，挨打的部位永远是只有一处，屁股……打过就忘了，以至于我永远都以为，打屁股肯定补脑子，不打屁股的必定不是好妈妈。记得第一次挨打，是一个秋天。公安局的院子里有一株很高很大的梨树，几个农民装束的人在树上摘梨，手里提着很长的麻袋，摘下就装进袋里。我当时四岁吧？就站在树下，偶尔有落下的梨就捡起来，飞快送进屋里塞进抽屉。如此往返，竟捡了多半抽屉磕烂了的梨。半夜时分，母亲开会回来，我（其实一直熬着瞌睡在等她）从床上一跃而起拉开了抽屉，说：“妈！我捡的，你吃！”

母亲的脸色立刻就变了：“你，怎么敢，拿人家的梨？！”

“树上掉的，我捡的……”

“掉了你就敢捡？”

“他们（别的小孩）都捡，我也捡！”

“你还嘴硬！”

……于是便开打。我的绝不认错似乎更激怒了她，从里屋拖到外屋，又拖到滴水檐下……狠狠地照着屁股一掌又一掌——打得真疼啊！我相信她的手肯定也打得酸痛的……那夜月亮很好，清冷清冷的，我的哭声惊动了所有的“公安”，拉着劝着才罢了手。但我现在一闭眼还能看见她的泪花。

许多年过后我才知道，当时那里还没有土改，公安局占的是财主的院子。梨，也怕是故意掉落下来的。地处伏牛山腰里这个小县城四匝全被土匪包围，而城里的“自己人”中也有土匪鼓噪着预备蠢动，形势是异常凶险……以后我还挨过许多次打，总没有那一次打得冤枉，也没有记得那样真切。然而尽管被打，我从来也没有怕过她，时至今日想起来就不禁莞尔，假如她能活到今日，或假如我当时就是“作家”，我肯定要好好采访一下，必能写出一篇意趣横生的文章。然而她三十二年前就去了，只留下这美丽的“假如”。

她逝世时年仅四十五岁，现在还安静地躺在卧龙岗革命公墓——她是累的了。几年前有位记者来访，问我：“你这样坚强的毅力，哪里来的？”我说：“母亲给的。”

我的母亲没有上过学，从来翻看她的笔记日记文稿，连我这个“大有学问”的也惊讶不已。母亲不但字写得端秀清丽，那文采也是颇生动焕映的。那全是自学，一点一点啃下来的，写总结写报告锻炼出来的。她死后二十年，我写书。盛暑天热饕蚊成阵，我用干毛巾缠了胳臂（防着汗沾稿纸），两腿插在冷水桶里取凉防蚊；作文困倦到极处，用香烟头炙腕以清醒神经。记者知道了，无不为我的这样耐苦坚毅震惊，殊不知这两手是地地道道家教的真传，毫不走样学习母亲当年工作的风范！20世纪60年代我回家乡，父亲指点我去看母亲在家劳作的磨坊，石砌的墙上用炭条书的字迹宛然，如“牛”、“马”、“羊”、“人”、“手”、“口”……父亲告诉我：“这是你妈没有参加工作前练习写的字。”现在大约已经湮没迷失了吧？

她的刻苦，她的严厉，形成了她的风格，大抵——我想了很久，大抵是因了她的理想主义加着一种顽强的执着与认真。从一个拈针走线推磨造炊的农村少妇，到一个能打枪骑马识文断字文武来得的职业革命者，经受了几多磨难？我虽然不怕她，但在浩浩如烟的记忆里，尽管她的聪明美丽，更多的成分却是“威严不可犯”。几个年轻警察在说笑，有人说一声：“马局长来了！”人立刻变得一脸庄重严肃——那时的公安局和监狱同院，串得蚱蜢串儿似的犯人在太阳下晒暖儿，见她过来，会拌动着腿哈腰低头站起来，听着她脚步过去才松一口气。一句话，她“厉害”。

确实如此。我知道她是在1944年的5月，一个漆黑的夜晚悄悄离家出走，在虎啸狼嚎的太行山黑黝黝的冈峦中，穿越老树古藤林投奔抗日队伍的。中间还过一条正泛水的大河，从敌占区一气跑到根据地。爸爸曾笑问妈妈：“你当时怎么想的，就不害怕？”我当时在场，听母亲说：“心里害怕就站住想：我没有做过坏事，老天爷不保佑我保佑谁？”我后来也独自夜走山路，心里想：“老子有枪，他妈的不对就给他一家伙！”这一比，我没有母亲勇敢。我有一个勇敢的母亲。1947年在伏牛山，一头狼半夜闯进她的住房，她出去开会未归，只我独自在家睡觉。我是被一声脆裂的枪声惊醒的，是母亲开枪了。她回来见灯熄了，没再点灯就睡，听到那畜生在床下粗重的喘息声，反手向床下扣动了扳机……狼夺门而出，母子平安。但那次妈妈是哭了，说：“万一叼走了你，我怎么向你爸交代？”她的勇敢传给了我，我没有她勇敢，但也是个勇敢的人。当后来的苦难降临，在井下掏煤被电击，一步一颤背水泥登“死人崖”，从爆炸现场赤脚逃出时；当决意舍弃“士”途从文时，我觉得我所接受的是母亲的伟大力量与丰厚赐予。

母亲有一种大漠孤烟式的苍凉雄浑气质，然而恐怕没有谁比我更能感知她的细腻温情的母爱的一面。有时到后半夜，母亲会叫醒我，在耳边轻声说：“宝儿，到街上给妈买一张卷饼，或者是火烧夹肉。妈饿坏了，也累坏了……去吧，啊？”我就会顺从地揉着惺忪的眼去“跑腿”。偶尔一个节日，她会弄点菠菜豆腐汤，滴几滴香油，在火炉旁搅着黏糊糊的面，往翻花沸腾香气回荡的汤里“拨鱼”，先一碗一成不变的是我吃。1960年困难时，伙房里只要有一点细粮，总是留给我们兄妹的，她说：“我不爱吃白面。”这里的母亲，我常常觉得和那个举枪对靶、枪口冒着青烟的她“封不上号”来。犯人脱逃，她勃然大怒，拍桌子呵斥那些年轻的叔叔们。他们垂手听训，鼻尖上冒汗，然而只要稍假辞色，温言抚恤一下，他们又都会高兴得孩子一样。

干公安的有句“切口”，叫“站着进来，横着出去”。或者是命终于斯，或者是犯错误赶出去，都叫“横着”。母亲没有犯过错误（当然是指一般性质而言），她终究是“横着”从这岗位（她死时是法院副院长）走向了生命的归宿。已经去了三十二年了，我记不起她活着时“休息”是什么样子。无论什么时候我醒来，她都在工作，在“写字”。她犯病也是盛暑从乡里赶回，洗脸时晕倒的。半年后病不见起，按规定要扣工资，她说：“这样歇着还领百分之八十工资，我已经很不安了。”

她去之后，我又经历了很多风风雨雨，千山万水辗转流徙，二十二年。当我鬓发渐白，事业有成时，到“马翠兰之墓”前扼腕沉吟，我发觉母亲始终都在注目着我，跟随着我。

母校两个班主任老师

一个当学生出身的人，谁没有母校呢？但我的母校和我的经历一样，显得……有点复杂罢。我父母都是军人，他们从山西昔阳1948年渡河南下，父亲在野战部队，母亲在公安部队，他们在栾川，我就在栾川，他们到洛阳我就在洛阳……在邓县（今邓州市）、在南阳……他们频繁调动，我便随队搬迁，不知道到底迁了几所学校。因为辗转不定，这个学校与那个学校教学进程又都不相同，教学质量也各有异样，因此我的学习成绩一直都是“臭”——除了语文。语文这玩意儿不需要教学的严密连贯性，它大致的架势从小学一年级到大学博士后都是一致连贯的。数理化、生物、外语就另是一回事了，我从来在哪个学校里也不曾辉煌过。在学校，老师们也悄悄议论，“这孩子资质看上去很好，也不像是个花花公子，怎么学习就搞不上去”……他们之间背地里言语——大约因为都是受了高等教育的人，是相当的文明，但是一到课堂上，那就变了脸，又像个受过教育的乡村干部，他们绝不当面破口痛骂，而是有点指桑骂槐那样，“有的同学条件很好，怎么就不肯用功？我看他像个大烟鬼子遛街狗！别人学习，他吊儿郎当——你转悠能转出个大学生？”

“饱食终日，无所用心的富家子弟！”

“别看你家条件好，父母都是领导干部，你照样是个饭桶，垃圾！”

“废物一个！”

……诸如此类的话，在课堂上铁青着脸教训人，透过闪着窗子光亮的近视镜片冷冷地瞪着你——他根本不会想讲台下的我是什么感受。我的母亲在家里，也训我是“吃僧”。这是昔阳话，大约也是饭桶的意思——和老师的看法一致，也许吧！她晓得我功课不好的一些原因，吃僧归吃僧，到该吃饭时，她仍端着最好的饭菜送到“饭桶”面前。

每年到暑假放假前，是我最困难的时光。因为要向家里缴“学习手册”，我就千方百计地拖拉、回避，不是说还没有发下来，就说在同学那里没有取回来，我知道他们拖一拖就“忘了”，或者就拉住。父母开始时还很认真，后来每次这样，成绩就那样，都是勉强及格甚或不及格，品德考语也差不多，说了许多模棱两可的鼓励话，再加上一句，“希望加强督促学习，争取较好成绩。”年年如此，像一本不变的旧挂历，父母每次都一样的失望。也许是忙，也许是怕自己给自己添烦恼，常常也就撂开手。1957年我十二岁，舅舅从广西来家，他执意要看我的学习手册。我说在学习小组长（同学）手里，还没有发给我。他不信，就翻我的书包，翻我的抽屉，结果在我的褥子下面翻出来，“啊哈！这不是嘛！你还骗我！”——他一下子眼中放光了，迫不及待地站在窗前就翻阅我那本倒霉的册子，母亲侧在门口，尴尬地看着这一幕。舅舅的脸色也慢慢地凝注，变得肃穆，眼神也有点黯淡呆滞了，慢慢放下手册，对妈妈说：“解放学习不行，这将来不得了。”他们姐弟俩出去，我则如同被雷轰了一样，脑子里一片空白站在那里许久没动。

谈母校，似乎说这些有些离题，但这是我所有学校千篇一律的遭遇。我的第一个母校在陕县。如今我们看电视，三门峡市的天气预报常有宝轮寺塔的伟姿，高高地矗立在晚霞里——那在当地叫蛤蟆塔，寺院好像被飞机炸碎了，独独的一座塔，若在塔前无论远近敲击两块石头会发出“咯哇咯哇”的声音，和池塘里雨前青蛙叫声一样。彼时我没有这样的知识——这塔是我国四大回音建筑之一，它就在我们小学对门，不到一百米。我常和小伙伴一道来这里玩，敲石头，捉迷藏。我小学一年级的班主任叫牛转娣，这个名字很好理解，是她的父母希望她有个弟弟的意思罢。她个头不高，比我们平常人的脸红一些，很精神，只是放了足，显得脚还是小一点，走路略有点拧着脚的样子，第一堂课她一上台，一手执教鞭，一手掠一把乌鸦一样黑的秀发，脸通红，眼中闪着光，要多精神有多精神，对我们说："同学们，今天我们上第一课：开学了！"

"开学了！"那时语文课叫《国语》。第一课就这么三个字。

"我们上学"——第二课。

"学校里有老师同学。"

"学校里有教室、桌椅和黑板。"

……第三课。第四课。

那是一段终生难忘的学校生涯，除了因为我的顽劣、旷课、逃学、偶尔挨母亲的揍，几乎没有什么痛苦。牛老师似乎挺喜欢我，因为我虽然调皮，但我活泼、天真，老师和同学没有嫌憎我的。

但这样的日子并不长久。父亲调到了洛阳，母亲还留在陕县，他们似乎商量过，谁有空谁带我。这么着，在陕县、洛阳之间来回流动上学，频繁转学。这当然只能算客观上的原因，我确实是一个不能静下心，动脑子踏实研究数理化的孩子，对外语单词更是深恶痛绝，不屈不挠地坚决抵触——明知它有用，至少是敲门砖，就是死不背诵。

像织布机上的纺锤，我在洛阳之间穿梭了四五次。母亲调到了洛阳，她在郊区公安分局当副局长，我又跟定了她。四年级之后又有了一段稳定，我在洛阳西南隅小学上学，徐思义是我的班主任老师。

他是个男的，从外形到内质和牛老师全然不同。徐老师清癯，个子高，肤色极为白皙，戴一副深度近视眼镜，他讲语文，课本本身似乎讲的不多，给我们讲莎士比亚、莫里哀，讲历史、讲故事。他年纪比牛老师要大许多——我现在猜想，牛老师可能是个初级师范学生，徐老师学历高，可能是个大学生。

洛阳是个大城，西南隅小学是个老校，分着两个大院落。四年级以下一个院。五六年级的院子就大一些。设着各种锻炼身体的体育器械：格子爬、单双杠、秋千、跳远、跳高、沙坑……有一种游戏器械叫"巨人步"——四个带腿套的绳子总攒在矗在中央的杆顶，四个学生各套左腿，反时针方向旋转跳动，一步可以跳跃七八尺。我自小有晕车症，这玩意儿一会儿就叫人头晕恶心玩不得。想想不能闲着，我便站在旁边帮同学起步，接扶头晕下来的同学。徐老师不知怎么瞧见了，在班里大事表彰："同学们，我们每天讲共产主义精神。什么叫共产主义精神？凌解放这样，自己放弃娱乐，专门帮助别的同学，这就叫共产主义精神。"

但他不久便被打成了右派。我们那时当然不能明了这是一种多么惨苦的事。反而觉得好玩：老师也会犯错？也会像违反课堂纪律的坏学生那样，也会站在讲台上受羞辱，低下头，由着大人小孩——不，任何人的唾骂和质问？我平时多爱他啊，可是，我太不懂事了，随同学们一道起哄。到他的宿舍里起哄。随便翻他的书和生活用具。在课桌上和别的老师一块"斗争"他。平心想想，放学回家的路上也有隐隐的愧疚和刺痛。但十二岁的少年太容易思路转移——校长让斗他，总不会错的吧？这样，自我原谅了许多许多的年头。

我们在陕县小学，有一次修操场，工人们清理出一具死人白骨，很完整。学校老师们小心地把骨骼接对起来，做成了一人体骨骼标本。白森森地矗立在语文教研室。同学们有点怵那东西，有一次我问牛老师："那副骨头有什么好看的？我害怕。老师为什么还把它放在办公室里？"

"解放，每个人都是这样的，都有这样一个骨架，放在办公室是让我们每个人都了解自己。"

一个人了解自己的白骨像，实在太困难了。过了中年，经历了千山万水的跋涉，读了成捆的书，才多少知道了一点自己——有的人可能终生都看不到白骷髅的本相。

我和陕县小学一别就是五十余年。离开陕县后，多少年只是梦中忆起。每当心中受委屈，每到人间冷暖炎凉，牛老师、李老师、徐老师——他们的影子就会出现在我枕边，走马灯那样在暗中旋转往返，凄清的泪会湿了我的枕头。到中年时遇到一个旧时同学，我问及牛老师，他说："牛老师死了，她是地主（出身）。"再下来的话题便无法继续了。我常作这样的幻想，我的牛老师乌鸦般黑的秀发在黄河的浊浪里随浪散漾着消逝，消逝在水天相接的地方……

徐老师在一次周末郊游时讲了这么一段故事：有一个人，从小在老师和父母亲人旁边，感到很无聊，枯燥，没意思，读书没意思，工作也无趣，和人交往也没有兴味，整个也累。人生都是很庸俗，没有快乐和欢乐。便祈求上帝让他摆脱这种痛苦。上帝满足了他，把他带到了天堂。那里有华美的宫殿，黄金和美玉雕成的园林，琼浆玉液流满的泉池。每天随时观赏仙乐和宫娥的舞蹈和歌声。心中想要什么立刻就会有天使用金盘献给他——这样无忧无虑过了三年，他所希望的一切美好事物都拥有了。他得到了最大的满足。有一天，他去天上云山上玩，突然被书上的针刺了一下，他的手指滴出一滴血，他一下子省悟到，所有的一切都错了，自己原来的穷乡僻壤，父母的温存和教诲，师长的批评训责，生活的艰难奔波——所有原来所厌倦的事物，原来都是最美好的东西……

这个故事不知他从哪本书上读到的。我以后读了许多书，一直留意寻找，但浩如烟海的书籍里我始终没有找到这一根针，但我有一次读《楚辞》，想到了屈原。他驾着云龙回日的云车遨游在广袤绚丽的天国。在心满意足的得意中，偶然一个回眸，从云隙中他看到了自己苦难的楚国，这一针刺下去，他的心立刻滴出了血，一下子跌落到那个令他受尽折磨的故乡。

小学、初中、高中，我各留级一次。陕县的、洛阳的、南阳的、邓州的老师们，有的亲我，有的嫌憎我，没有人打过我，也有人骂过我。不论怎样，这是我脚下曾经走过的热土，我是在天堂上被荆棘刺了一下的那个孩子，心中只记得牛老师讲的那具骷髅和茫然无知的那个愚人——我知道他们都是我的最亲的人，他们爱我。心灵的熬煎是最珍贵的财富。

所以，当我成了所谓名人，我的一个母校请归来游子颂词，我写下了这四个字：吾师，吾母。

致老师的一封信

老师：

您好！自六岁起我就从家里走近您的身边，离开您的时候我已是青年，其间总有几十位老师为我“传道、授业、解惑”。现在，我是写了几百万字的“作家”了，你们那一双双焦灼、期待、喜悦，有时有点憎恶的目光，还总在我的脑海里闪过。

但我这封信不想说一些你们已经听腻了的恭维话。

相反的，我是想……怎么说呢？严酷一点，是要刺一下您。您的血和我的血都是一样的颜色，我想证明这一点。

假若因为我驾驭语言的能力而使您觉得我对您的感情有所伤害，那绝非我的本意，“国有诤臣不亡其国，家有诤子不败其家”，我相信有“诤生”然后才能师道昌明。

您总是蹙额沉思，总是执鞭踌躇。黑板前的他或她，都是那样的文质彬彬，或潇洒徐步于课堂，或频频垂教于课桌，时而傲然扫视着教室里的一切。是的，您是这里的皇帝，其实在学生心目中，您的话比诏书还要具有权威性。我知道，您的清苦使您觉得自己是世上最干净的人。您的知识又常使您觉得您的富有，而您在点燃自己时是否有恩赐别人光明的骄傲，我就不知道了。但我自入学到离校，始终都觉得是在仰视您。在小学，如同僧侣注目佛院；在中学，又似基督徒面对上帝。但在写这封信时，暂时平视一下，像正常朋友那样，可否？

时任郑州大学校长申长雨校长向作者（右一）颁发聘书

“作家”这个词儿听来蛮气派。也许正为此，我的许多同窗现在见面，都说我“当年”怎么刻苦，怎么肯读书。您为什么不言语？因为您知道，我曾是您心中的废物，您用尽了文明人的刻薄话来伤害我，那时您总是谆谆复恳恳地教诲，读书上学即是最幸福的事。反之，我认为上学乃是人生一大难受。诚实地说，在以后的岁月里，我挖过煤，盖过房，修过河堤，打过坑道，从军十年，“夏练三伏，冬练三九”……也算尝过人世艰辛的。但“上学苦”这点想头却从未动摇过。过去人们说“十年寒窗”，既然“寒”，大约就是不暖和的意思吧！我不知道您为什么偏要把虚假的“快乐”感硬塞给学生？逃学才快乐。逃学真妙不可言，算得人生一大幸福！我居然想，一个人要乖乖地从小学升到大学，直至毕业，居然不曾有过逃学史，那简直可以说是无可挽回的遗憾与悲哀——早晨吃饱了饭，背起书包堂而皇之地去“上学”。行至中途，你像兔子一样隐到一个旮旯里，待同学们都不见了，走出来，然后到卖花生的老头儿那儿花一百元（旧币，相当于现在一分钱），买一把炒得发黑的花生；你站在溢着香气的肉铺门口发一会儿呆，和“逃友”打雪仗，到土坡上摘酸枣，进庙里偷老和尚的梨……痛痛快快地吃，钻天入地地玩。待到那传得很远、悠扬而又沉重的放学钟响，怅怅地背起书包，随众入俗下学“还家”了——想想吧，一个混沌未凿的顽童，天不拘兮地不束，独往而独来，想吃桑葚便爬树，去溪边摘野草莓，到塘里摸螃蟹，捉了金牛儿一一用线缚起，让它们嗡嗡叫着绕着脑袋飞，或者撒尿浇出屎壳郎用火烧了吃……那紧张、兴奋、快乐的忘乎所以和惧怕暴露的愚蠢的天真、率性的淋漓酣畅都交织在一颗并不邪恶的童心里，仅此已够已过中年的人回味无穷了。

但您压迫这快乐。唉……您不喜欢的就是坏的！您喜欢聪明的神童，恭顺而温良，好学且“懂事”，即使是天真，也有您的规范与雷池，必须是“文明”的天真。老师，我真难讨您的欢心。现在我们文明富有，连儿童的游戏都毫无阳刚之气，充满了女人味。丢手帕、跳皮筋、击鼓传花、诗朗诵、弹琴、跳集体舞……一、二、三、四，啊——唱！于是一帮蝴蝶样的小天使，在伊甸园般的校园，在鲜花丛中唱出了极为合乎语法、却永远也记不住的那些作家创作出来的“儿歌”。而您，站在一边便欣慰了。但那种孩子王一声令下，野马一样追逐、翻滚着、打斗着“消灭白匪”、“捉特务”的场面您见过吗？这种培育阳刚之气的文明，能有几个老师垂青赐爱地给予过孩子呢？

还有，您喜欢打小报告的学生吗？我的老师里很有几个爱来这一手，用一批学生监督另一批，用“听话的”好学生压制“调皮的”。从小就让他们灌注了高人一等的心思，“明白”依附于威权的人，可以摆弄和欺负另一些人的意识。我始终弄不明白，这些连天真儿童都觉得厌恶的行为，您怎么就乐此不疲地经营？

老师，我半点也不怀疑您的用心，知道您耗尽心血地想教好学生。但我不明白，您为什么那么喜欢临摹而不喜欢创造，爱“范性”而不爱“弹性”，愉心温柔的灯光而讨厌野性的爝火。您对好坏的标准就是听话与否和分数的高低，不太枯燥了点？您能不能更豁达、清新、宽容一点呢？

敬颂教祺！

永远是您忠实的学生二月河

我和女生

我生活在一个自由度相当宽松的家庭。父亲母亲最关心我两件事，吃穿和品德作风，其实就第二件事而言，他们注重的也只是我和女同学的关系——不准谈恋爱。作风上头要求是不许稀稀落落丢三忘四。

别的不说，“不准谈恋爱”的要求是非常严格的，不单是行动上，且是思想上也要“远离女生”。我们家的保姆老太太在这上头和父母配合得也极密切，她告诉我：“看女人要这样看——离着四五十步，看脸，看身个儿；二三十步看腿；再近就看脚。”这么着“每况愈下”地看，弄得我一辈子都不能迎视对面过来的女子。不谈是不谈，但心里其实没有停止过“想”。照了老保姆的话去做，做是做了，偏是我天生目力极佳（验空军，我的视力是2.0）。离四五十步，对面来的“芳容”全都一目了然，妍媸之分心里仍是十足。

有同学到家里来，倘是纯色男生，家里就会格外热情大方，父母会破例放下手中的家务和工作，无拘无束地和他们聊天，家中的好东西都尽数取出来大家说笑享用。假如杂有女生，他们就会“谨慎”起来，说笑归说笑，眼风不停地打量那女孩，也打量我，观察会不会有“别的情况”。若是单个的女生来，他们会变得矜持起来，礼貌格外周全，言谈格外庄重，热情没有。这种“镇静”，今天回想，仍觉压力不小。只有一次例外，父亲的一个老战友带着女儿到家来，也是我的同学。他的战友让我和女孩“比比个子”。我们真的立正站好，几乎零距离地对面相望着，呼吸相通。这对于已经习惯“每况愈下”的我，反而如同针芒在背，“比”出一鼻子汗来。以后，发生了沧桑巨变，“文革”开始，母亲病故，家也让朋友同学们抄了几次，“翻黑材料”翻了个底朝天。我已和两个妹妹各自参军，走遍了千山万水。我在国防施工第一线，根本没有女人，更遑论“作风”什么的。倒是偷着读了不少的书，社会阅历多了，知识也丰富起来——我想素质肯定也提高了。因为有事实证明：我写了一些书和文章。

但这些书遭到几乎一致的批评：二月河不会写女人。老实说，书里的故事也有些男女情事，多是根据“资料”、别人讲述、书上写过了的，加上自己的心理感受和想象，杜撰而来。因为实际生活中，我和女同学们“没啥”，后来的情形又不可能“有啥”。因此也只好“就这”了。

我和我的编辑

大约前年，电视剧《雍正王朝》播出期间，有位边远省份出版社的编辑老远而来，兴致勃勃对在病榻上的我讲：“我们总编来电话，先生的小说文章我们包揽出版。不要您的书号费，一切费用全免。稿酬按规定最高的付给。”我不禁哑然失笑，回说：“多承厚意，实在感谢您和总编，不过您来迟了。”

我的这两句话都是实话。这位编辑大约出版偏居一隅，资讯不够灵动，不了解我的书稿正在为几家出版社所争夺，根本不存缴纳“书号费”之类的“初级问题”，而是用优惠条件也未必能如愿的事。然而他是诚心诚意的一脸的真挚，我不能心存刻薄，以得意之心应之，只能实话实说，我的那个“哑然”，倒其实真的有点“好笑”的意思，他真的是，怎么说呢？我这里饱食欲呕，他还要端盘点心：“上好的白面做得又肥又甜，请用……”我不能有骄之心对他，也不能对那些争夺稿子的出版社心存感激。就我的一生而言，没有什么值得骄的事。值得我感激的人倒是不少。其中编辑这行当中，顾士鹏、王汉章和周百义三位是的。

在部队军旅十年有余，到地方又在宣传部门，我的业务工作其实是个业余记者，也写过一些通讯报道、消息新闻之类的文章。那自然和现在的文学创作是两回事。采访、写稿、投稿（或者到报社送稿），别的事就没有了，看好，你就用，不行就拉倒。吃的是工资，跑的是工作，办的是“公事”。与编辑也就没有什么私交。老实说，《康熙大帝》的第一卷是昏天黑地偷着写出来的，心里一点数也没有，既不知自己的作品是否“够发表水平”，也不知写出来投给哪个出版社，怎样一个投法。天下文艺刊物多如牛毛，文艺出版社是林林总总不可胜数，没有二月河的杯水之交。

就在这时，当时的黄河文艺出版社来人了。社长王汉章还有后来和我多年切磋磨砺的老编辑顾士鹏（笔名顾仞九）先生。他们是道听途说“南阳有个凌解放，在写《康熙大帝》”。瞎猫捉死耗子地摸过来，果真地就碰上了。我的“知名度”如此之低惊动得出版社社长和编辑数百里奔波而来，自然有些受宠若惊的感觉。拿出了《康熙大帝》第一卷的前十章给他们看，犯人听候判决似的静等他们裁定。他们看稿子只用了半天，考核我用了两天半。怎样考核呢？那招待所是单间对面床。他两位坐一床，我坐一床，他们问，我答。不谈家庭、社会，也不谈学历、阅历，全部是清史上的问题。不单是康熙，清代的十代传主全都问。不单是《清史稿》，也包括野史，大量的笔记小说，人文观念，民风民俗，国礼典章，版图疆域……我看，所有他们能想到的问题尽皆罗掘俱穷详明追寻。据顾老师事后告诉我：“我们当然要全方位掌握一下你，因为我们对你一无所知……你可以说是‘对答如流’。”就我当时的感受，应对是应对了，多少有点“不为人信”的委屈。不久也就想明白了：你凌解放是谁？凭什么叫人相信你有能力写《康熙大帝》？不可以“考证”你一家伙吗？看稿子，“考核”的结果，王汉章和顾士鹏两位先生当场便说：“我们给你出书。”是年为1984年。

就这样，我开始了与顾士鹏的合作，《夺宫》《惊风密雨》《玉宇呈祥》《乱起萧墙》陆续推出。其中第三卷的卷名还是顾先生的动议。待到写完《雍正》第三卷时，顾先生面临退休，他希望在休息前与我再合作一次，考虑到这位品质极好的老编辑的期望，我停了《恨水东逝》的写作，先写了《乾隆》第一卷给他，回头才又写《雍正·恨水东逝》。这就是雍正乾隆两书时序颠倒的原因。

大约在《康熙大帝》第二卷写完尚未出书，第三卷刚刚开始的交替日子，湖北长江文艺出版社的周百义来了。他比顾士鹏年轻了老大一截，他俩的性格也完全不同。顾士鹏老成、实在、循规蹈矩，甚至有些古板。周百义则灵动聪敏，活泼机变、令人望之可亲。两个人也有一致的，似乎身体都不强，有病在身，再就是二人的执着与诚恳。他大概读了我的《康熙》书第一

2013年6月，长江文艺出版社出版的《二月河文集》，520万字

卷。在郑州朋友处打听到我的居处，夹着个布包，风尘仆仆便赶来，很单薄的样子进了我的“贫民窟”中。

作为我而言，始终觉得河南社对我有“知遇之恩”，“一饭之恩死也知之”，何况于斯？觉得私与“外社”交往不义气。但周百义却只是笑。他讲，作者不是哪个出版社私人的，而是全社会的。希望为他们写《雍正》，他会全力保障我的权益。没有哪个出版社能把一个作家包揽了的，也没有哪个作家是专为某一个出版社写稿子的……他愿意在南阳等我，我写一章，他拿走一章……他情真如此，我很感动；他很能讲，反复比喻，使我明了很多出版知识。但我还是问了河南黄河文艺出版社“此事可不可行”，他们答复说，别的不要考虑，集中一切力量，用尽最好的素材把《康熙大帝》写好……这时我也听说有议论，说二月河已“江郎才尽”，这才定下决心把《雍正》交给长江文艺出版社。《雍正》一书出版比《康熙》艰难。原因倒也很简单。第一，周百义当时是个年轻资浅的编辑，仅有小说的初审，他不能作决策。第二，接到稿子不久，他就调出了出版社。他还在当着这书的责任编辑，但人已不是出版社的人了。谁都明白这点尴尬或不方便，《雍正》第一卷被搁置了不短的时间。他对我一方是竭力安慰，又不能明白说清原委说别人什么，又不能多解释什么，且又不放稿子……后来知道，他在幕后是怎样地奔波“力争”。《雍正》终于是出书了，后来他又回来，当上了长江文艺出版社的社长。他的耐性、腕力、精明劲，都是很有风采的。

就我今日在文坛上的位置，当然有不少出版家给我以青目，我也是感念这友好，这知音，这心境的。我永远都不小看这份心意，因为别人看重我，我须得加倍地看重别人的情愫。但更为可贵的，是出版家中如上几位先生朋友，无一面之睹，杯水香烟之交，为一个陌生初起的作家修桥造路，是为人间真情的桥，社会人文的脊梁。

老乔的话没人打断

记不得多少次了，更深人静万籁俱寂之时，纷纷扰攘的朋友都已离去，只留下一盏橘黄色的台灯和我，还有对面沙发上兀坐的典运。两人各执一支香烟，细线一样袅袅的淡霭慢慢缭绕融会起来，弥漫了这安谧的静室……就这样沉思相对，已经词穷，欲语还休。然而仍是不愿打破这沉默，不愿惊动这气氛。

我曾和他笑，虽然有了几本书，却一直找不到“作家”的感觉，始终觉得自己还没有进入“文界”。他一向呼唤别人名字时是略带一点儿结巴的，听见这话时回答却十分利落：“解放，那是你自外。朋友们可没这样认为——就本质而言，作家就应该是平常人，应该有颗平常心。”这句是句平常话，却化解了我寂寞寥落的孤独感。若论起“资格”，典运是南阳最老牌的作家，著作之丰、品质之高、名望之著都是首屈一指的。他的高深哲理思维似乎都被一种更为强大的主观意识掩盖了，想在他那里听到一句“阳春白雪’’掉书袋的话真个是闻所未闻。他的魔力也在这里，化雅入俗的本领加上他一颗本真纯善的心，使他自然地生出一种凝聚力黏着力也有排斥力，所有的朋友都离不开他，亲他偎依他依托他，可以放肆地说笑，又有一份敬畏感和神秘感。他每次来，朋友们就奔走相告电话传呼：“老乔来了！住在……”

但是老乔不会再来了。西峡的天穹仍覆盖着他，青山绿水环绕着他，一掬黄土无情地掩埋了他。留下一个懵懂的二月河中夜推枕而起绕室彷徨：这……这样一个人他不再说话了？这就是说，我只能抱着你的书，再去追觅你的音容笑貌，再去体味你的智慧和隽永，再去找寻你的“黑色幽默”？这毕竟太残酷、太难以令人置信了。

他的逝去对我来说，与其说是悲痛，毋宁说是一种无望的失落。我曾经告诉他有一天要倒在沙堆里，但现在已经觉得累了，从骨头里累到心里，我力量不够了……需要绿、需要雨、需要荒滩上的朋友。他听了脸上似悲似喜，久久才说，孤独是很令人恐怖的，你在追逐着一种“不可能”，在攀登一座没有顶峰的山脉，如果我能对你有所帮助那就好了……我期望着他的帮助能够持久到永恒。然而造化无情，遽尔之间尽化梦幻，相期相约竟成终天之悲！心痛无声之时我写下了这副挽联：燃一瓣寂寞香，此君著作犹存，风流墓道抚草树；酹三杯无奈酒，斯哲骑箕化去，星陨岗峦托柏松。

我觉得他才堪是一位献身牺牲者，他的献身与别个不同之处在于，他从来没有想到自己是在献身；他的殉道精神没有悲壮激切，也没有慷慨赴义的凛然，所有理性的东西在他身上表现出的只是自然和质朴，他把所有的高亢激昂都消融在自己的人格和事业之中——像扑灯蛾追求光明，成了一种类似本能的东西。唯其如此，我有时觉得他一半是历经磨难修炼得来，一半是天赋他的内蕴。

作家坐到一起其实是不多谈创作的，什么意识流、创作意图、主题观念等等，基本不谈。常常是海阔天空，说时事夹新闻，议论加着调侃，时而叹息扼腕瞠目，时而妙语纷呈哗然欢笑。冷不丁的，老乔幽他一默：“乔官极好，发财极好，桃花运极好——然而统统没有的！”逗得这拨子学生一个个绝倒。你弄不清这个老乔，在一群人中他似乎永远都是中心人物，但在中心你又找不到他。像融化在水里，一点一滴：老乔在里边。记得一次去看他，进他房间坐他身边，我问大家：“乔老爷呢？怎么没见他？”结果自是一阵哄堂大笑。记得他把一本新书递给我，我一看书名就笑了：“你怎么还会流出《美人泪》来？”他也笑，说：“这是市场啊。市场需要泪，出版家就流出来了。”

但按照我的习惯思维，《美人泪》这个名字一点商品化也是没有的。

西峡是古商之旅之地，张仪相楚所谓六百里封地，西峡即在其中，和屈子放逐很有点关系，《九歌》之中美人墓香草寂寞在在处处皆是。“采三秀兮于山间，石磊磊兮葛蔓蔓……雷填填兮雨冥冥，猿啾啾兮狖夜鸣，风飒飒兮木萧萧……”诸种人事情景，幻化或白描，或幽绪或幻情，在老乔的著作中都浸润骨髓。所以我告诉他：“你就是个山鬼。”

是的，他是山鬼。他一生都在一往情深地为他的心上的晨民——为全中国的晨民——在唱歌，“被薜荔兮带女萝”，在炼狱之火中融化自己的血和泪，手挥五弦目送秋鸿而心为人民生，仿佛被谁施了魔法永不能休歇地舞蹈，喑哑了喉咙没有停止、利刃凌迟也没有停止。

他说这叫“别无选择”。

马兴焕素描几则

马兴焕的故事

和他一处战友多年，每见一面欢笑多，故事多，噱头也多。在单调枯燥的岁月里，他给了我们许多的快乐；沉闷无聊中给人开心那也是夜明之珠。风流云散多年之后忽然得到他消息，说是当了什么什么的老，还是当地“傻人俱乐部主任”，凡干过一件理事会（一票否决）共认傻事者始得加入资格——可见江山易改，秉性依然如旧。

初识马兴焕时，我还是一个新兵。大部队就驻守在东北一个小县城，连队分队之间却分散在大凌河畔的山里。当时，我刚刚调入团宣传股帮助工作，说白了就是“抽上来”做宣传干事的事，不转关系也不享受干部待遇。“兵”里头能这样，也算“出人头地”了。那日，深秋时分吧，团里组织司、政、后人员下去集体突击施工。当时别说营连干部，就是团长政委坐的也不过就是现在穷村委主任的那一号帆布吉普。瞎参谋、烂干事、糊涂助理员——就是我们这一角，都挤在一辆“解放牌”运货车上。

汽车哼哼地在向山坡上爬，车上人都是一群的，地位职务也差不多，自然也就没什么形迹相隔，副参谋长开始还兴头，出营房时领唱了两回语录歌。唱到县郊没人处都没了劲，开始说笑磕牙。王助理说：“团服务社进了一批国光苹果，团首长每人一篓，还有万把斤，赶紧去买。”胡干事说：“四连杀了头猪，大会餐大会战，蒸的加肉馒头这么大个——足有电话机那么大！啧啧……连长电话里说得我流哈喇子，可惜咱们分到了六连。王干事，六连今儿什么午饭？”“也还不错，猪肉炒白菜！”那个姓王的干部吸溜着嘴笑说：“不过，咱们去还要吃点小灶，昨天他们连套住一头狍子。喂！黄副参谋长，你跟他连长说说，今儿招待了我们拉倒。”黄副参谋长被风吹得缩着脖子，咧着嘴笑，说：“这还用你说？昨个我就知道了！他们连是指导员当家，得给小白说——他是我带出来的兵，好说。”方参谋长在旁苦着脸笑说：“这会儿没上工夫想吃的。今晚我老婆来队，七点钟的车，得接人，得收拾房子，东边家棚子那个脏，跟他妈猪圈差不多！也不知道前头人怎么住的！这一去六连会战，还不知道几点钟回去呢。”黄副参谋长又说：“你怎么不早说？待会儿打个花呼哨你就回去。”方参谋长说：“本来想说的，我怕政委那张脸。动员会上又是不准请假又是严守纪律，代表党委决心夺取会战胜利。这么严肃的事儿，我就有屁也得夹着！”黄副参谋长说：“你分到我这儿我当家。”众人说笑着，王助理忽然惊乍着说：“马兴焕呢？日头打西头出来了！上车时候我还见他来着，怎么不听他说话？”

“我在这儿呢……”一个人在人缝中有气无力地说了一声。我这才注意到，那个叫马兴焕的人就在我身边，瘦得伶伶仃仃的，里着一件破工作棉衣，脸上青黄不定，皱着眉头噘着嘴缩蹲在车帮边儿。我一到机关就听宣传股同事说起他，是全团有名的活宝，他自己就故事一大堆，肚皮里的笑话故事也一大堆。虽然早闻其名，但我一来就下连采访，回来机关他又下去，一直没有见过面，却再没想到他是这般形容儿。正想着，黄副参谋长笑说：“你小子怎么了，有病？我也说这车上少点什么，原来缺了个九段说手！”

“八段八段……”马兴焕似乎有点瘟瘟脑的，捂着肚子站起身来，依旧一副愁眉苦脸的样儿，“不过，这会儿顾不上摆。上车前总部来个电话，接的时间长，没顾着解手……这会和肚里他妈龙虎斗呢……参谋长……有纸没有？给点吧……”

黄副参谋长就在身边，笑着摸身上说：“幸亏幸亏，带着六连的大批判总结呢！”说着把一卷子纸递过去说：“你看这地方，满地都是农民，还有女人，你再坚持一下，前头这个村子里有个小学，有厕所……”

前头不远村子里果然有所小学。这是北方农村极常见的那一号学校，院墙低得一个跨越式跳高就过去了，八九间房子外一个篮球架子一片土场，靠院墙就是厕所，站在高高的汽车上，校园全景、厕所里外、蹲坑便池全都一目了然，却是学校正上课，鸦没雀静的只听小学生课堂中齐读声。

那马兴焕速度极快，翻身下车飞也似蹿进校园，不辨门路直奔厕所而人，跨上蹲坑解裤带蹲下就拉，屎尿齐流还夹了屁声，车上人都笑，看他进了女厕所更是一车前仰后合。

开始还没什么，孰料老马解手将了，学校一阵急促的电铃声，下课了！众人目瞪口呆间，一群小学生从教室里蜂拥而出，叽叽喳喳叫着喊着跳着笑着，男女生分拨向厕所奔去。马兴焕犹自在整理手纸，几个小女孩已经进了厕所。为头的女孩眼尖，一伸臂拦住同学，尖嗓叫喊：“慢着！里头有个解放军叔叔！”

马兴焕这时才意识到进错了厕所，顿时手忙脚乱，胡乱揩了，提起裤子就跑。忙中把笔记掉在地上。那个排头的小女孩扎着小辫，抓起笔记本就追。边跑边喊：“解放军叔叔……你的笔记本……你的笔记本……”

……汽车哼了一声又开动了。车上人摇晃着身子和马兴焕说笑。马兴焕惊魂稍定也就恢复了常态，无所谓的笑话：“我这算什么事？前日晚我在东院厕所，王助理带着弟妹一道进去拜望我——你们问他有没有的？”

一车人都笑了，东院是机关后勤，没有女厕所，王助理爱人临时来队，夜里如厕丈夫自然要陪着。他却说人家两口子去“拜望”他。

癌 症

“马兴焕得了癌症！”

消息不胫而走，半日光景，机关里已经人尽皆知。我刚从办事处总部送文件回来，在办事处大院还见他和唐主任“打铁”，涎皮笑脸向后勤部里要木材，且看中了办事处大院刚锯倒了的十几个大树蔸。主任问他要树蔸做什么，他说："上半截做菜墩，这玩意儿剁肉不掉渣儿，下半截劈了烧柴……嘻嘻……主任，下头当兵的可怜，您手指缝里漏一点，我那里库房就满了，日子就好过些……"当时不在意，回来方参谋一说，竟吓得一跳："怎么会呢！大前天我们还在一处打扑克！"方参谋说："不信你问汪秘书，办事处那边打来电话，说叫给他送衣服，要他住院呢！"

汪秘书叫汪声高，机关办迎春晚会制灯谜，马兴焕出的谜是"听见大狗叫生人——打一机关干部名"，谜底就是他的尊讳了……却是个老实巴交的忠厚人。我去问才知道，马兴焕竟真的得了癌症！是结肠癌！原本他去要木材，说去去就来的，偏办事处管着的四三二一医院要给首长检查身体，恰好他也在主任那里，说："顺便咱也享受享受首长待遇。"就跟着去了。结果检查明白，首长们都没事，唯独我们马助理被医生留下来。对他本人说"还要再全面检查一次"，对我们单位说："怀疑是结肠癌。要留院检查，要办手续，送衣服去。"

这么着战友都十分黯然。他出差几天，全机关的。人便觉得缺了一大块什么，何况如此？想想看吧，成年攒在山里炸石头，电影是《地雷战》《地道战》《打击侵略者》，再不然就是《列宁在十月》《列宁在一九一八》，还有八个样板戏，来回翻，八辈子来一回慰问团，看的仍是样板戏。没有书读，没有听说过电视。除了平日打坑道，允许的娱乐就是打扑克、下棋，且是只许星期天来。本来日子过得就淡出鸟来，上帝还要夺走我们的马助理！这于他而言自是极为残酷，于我们而言也太不公道了罢？

天天都有他的消息：

"马兴焕转院了，到二六八医院了！"

"马兴焕送北京检查，确认肠癌，不是结肠癌——晚期！"

"他自己知不知道？"

"马助理能得连蝎子都蜇不着，还不知道？看看阵势他就明白了！"

"四三二一医院的护士跟他说了，嘿！真他妈不懂事小丫头片子一个！"

“别怨护士，马兴焕那两片嘴，什么消息探问不出来？”

说着、议着相与叹息着，一天天无聊打发没有马兴焕的日子。过一段日子传闻说他转院了，又一段日子说他老婆已经和别人谈恋爱，又说他去了上海，病情没有再议，大约是不中用了。这种病谁都知道，没法子的事……

都想是没指望了。不料时隔四个月，快过“十一”，马兴焕仿佛从天而降，回到了部队。我当时在炊事班帮厨，外头饭堂里班长一声招呼：“马助理！你回来了！”“阎王不收我，我不回来哪去？”马兴焕仍是一副挤眉弄眼的模样，满面红光，身板比过去还要直了些，笑眯眯和大家一一握手：“老马大难不死，必有后福！老王，你这老班长，又要吃你的高粱米发糕了！老规矩，哎——鸡屁股的，我的米西米西！”老王班长呵呵直笑：“还有猪蹄子，都是你的！你活得这么结实，我这里有的是搡狗肚子的！”众人有说有笑，我也笑，心中却暗自诧异：他还一去几个月治癌症，不但癌症没能要他命，似乎原来的胃痛肚子痛毛病也没了，真怪！忍不住在旁说：“老马，我还以为你这一去嗝儿屁朝天了，你倒愈精神了，是误诊了吧？”“单是北京一三〇一医院，查了四次，上海二医大是三次。”马兴焕给大家分口香糖，自己也嚼了一块，若无其事地在板凳上跷足而坐，侃侃而言：“结论是直肠癌三期，食道裂孔癌。几个医院用了最现代化的——名字说给你也不懂——都他妈一样！”

我小心地接着他的话问：“那你现在呢？”“好了。”他嚅动着嘴说，“对了萧林，我从总后回来，《后勤通讯》姚再新，叫你写一篇连队用办证法做思想工作的报道，或短评也行，这个月送去——你可别忘了，上回打扑克输了，你还欠我一篇大批判稿儿哩！”

“忘不了你的，鸡窝里找蛋，别说一篇，十篇也现成！”我说。又追着问：“哪个医院治好的，这么利索的——看去真不像病号！”

“不像吧！”马兴焕一拍大腿，得意扬扬地说，“不但不像，现在已经没了病灶！别说你奇怪，一三〇一几个教授都直犯迷糊……”“他们犯什么迷糊？病是他们治好的嘛！”“不——是！”马兴焕拖长了声音，卖关子地说：“是马大夫治好了马兴焕，这不好好回了咱们这窝里！”

几个炊事员听得直眨巴眼睛，撺掇着说："马助理，跟咱们吹吹，咋的回事？"

"癌症是没问题的，治好了也是没有问题的。"马兴焕变得有点深沉的样子，慢慢道出了原委，"首长们检查身体，当时我在部队办公室，和林部长说得投机，部长一高兴说：'早知四八五有个马助理，今日一见名不虚传——走，一道去检查身体。'我也想占个便宜回来吹牛，高高兴兴搭部长的红旗就去了。

"检查结束，医院通知我留下，我就知道大事不好。你们知道，前头青年股徐股长就是这么出情况的——还是我去二六八医院帮办手续什么的。医生们这一套——隐瞒病人——都他妈玩烂了！

"找了几个熟人问，都是编好了的圈，说：'你瞅瞅你瘦的，糖尿病四期还有胃溃疡——不住院不要命了？'诓我，他妈的哄我！

"我寻了个小护士，一问是小老乡，她也骗我。我哭着诈她说：'我的病王院长已经透了实信，是癌症三期，你也甭骗我。我也不是问你这个的。我找你是因为你是咱山东人，讲义气，实话跟你说，我死，你嫂子守不住，这就苦了两个儿子。咱们好歹是帮边子战友，和尚不亲帽儿亲，你探家回去，悄悄叫我弟弟来一趟，有些事我跟小三交代一下，得留住我的根子。就这，我在地下也感你的恩……'

"我哭她也哭，就说了实话：'你放心，这事我准给你办到……你也甭尽往窄处想，二内李主任说还不能最后确诊，直肠癌能动手术……先检查确诊先治病比什么都要紧。'

"就这着，我就知道了内情。以后到北京、上海大医院，我都明明白白，大夫们神神秘秘，我说：'是直肠癌，请诊断！'

"事情似乎就这样有了结论。医生们说：'先保守治疗，身体强壮一点再动手术、化疗，五年生存率还是有希望的。'

"我想的是又一回事：'老子来世上走一遭也不容易，多少好东西先头看着好，舍不得买。又没个儿，白白死了便宜别人——'"

我忍不住在旁问："你不是对护士说有两个儿吗？"

"那是骗她的。"马兴焕接着又说，"我还存两千块钱，留给谁？再说这辈子净攒山，居然没有享福，这就得了，一是高兴，二是转悠，三是吃吃玩玩——这主意不赖。

"从上海转院我就没再回北京。带了一包子药也没咋吃。先去南京，再去武汉，又奔广州，走路住宿能报销，津贴再加我的两千块，碰见什么新鲜物就吃。什么烧鸡、卤牛肉、驴肉、狗肉、螃蟹、香肠……只要不要票，只要买得起，就吃！吃美了招待所倒头大睡。转着地方连吃带玩。

"吃了三个多月，眼见两千块快吃完，病也不见个动静。我心里奇怪：'这他妈咋搞的，怎么还不死呢？再不犯病没钱吃东西了！'看看再坚持下去不是事，又只好回了总后医院。作怪的是医生一检查：肿瘤消失！"

这时我们都听愣了，马兴焕咂着嘴，似乎在品尝那滋味："还是那些机器，又检查了三遍，前后照的片子对着，又看又研究，先头我是癌症马兴焕，现在是好人马兴焕！"我问："医生怎么说的？"马兴焕说："他们没说的，只是奇怪。问吃什么药，我没吃药。他们又叫我提供食谱，我他妈这会子瞧见冰糖葫芦，只吃了，等会儿又吃炸鱼、买巧克力、喝啤酒看见什么想什么，想吃什么吃什么，谁还记？有屁的个食谱！"

一番话说得人人喜笑颜开。过后看，他真的是痊愈了，二十年后，前几天还通了电话，仍旧嘻天哈地。

有一天晚上他道出秘诀："萧林，我告诉你。也可能你已经得过癌症又已经好了，但你一直都不知道。知道了就完了。癌症有百分之九十都是吓死的，只有百分之十，一半是真病死的，一半挺着活过来了。"

也许吧，他可能说的是真相。

参观军博馆

不久，我得到一个机会，和马兴焕一道出差。他带了五个战士进京拉器材。我是带了一篇稿子要送到总部，顺搭他的汽车。和他一道走路你用不着担心寂寞，他似乎也不太介意我们都是战士，他是干部，一路在汽车上不是打扑克下棋，就是说笑话，一个接一个没个完，荤的素的都有，吃饭打尖都由他出面联系——都在沿途部队吃，也不知怎的到处都有他的朋友熟人，吃饱抹嘴走路还要捎上牛肉、花生、酒之类的车上打牙祭，整整两天，又吃又住没花一分钱。高兴得我们直想冲他喊万岁。临近到北京，几个战士提出："马助理，能不能带咱们进军事博物馆开开眼？"

"成！"马兴焕想都没想，说，"事办完，先不装货，我带你们去。"但我是去过军博的，知道进出手续严格，在旁说："咱们好几个人呢！有没有政治部的证明？我们向部里请求一下，叫他们出个证，就好进了。"马兴焕说："屎！这又不是进国防导弹基地，博物馆就叫人看的，咱们又是军人，哪来那么多规矩！"

……到京第二天，我已送完稿子，如约来到天安门。远远见他们六个已在树下等我。看看军博馆门口，两个军姿笔挺的战士戴着红箍站岗，进馆的都是列队齐整，持介绍信鱼贯而入，断然难以混进去。马兴焕见我来，便开始布置："你们就在这树下，我和这两个（站岗的）交涉，瞧着我招手，你们就过去，是两个新兵蛋子，好对付。"说完抽身就走。

那边顺风，话也能听见，我们眼巴巴地瞧着，他如何动作。见他昂首挺胸旁若无人走近，正替他捏把汗，只见两个新兵一齐立正"啪"地一个军礼。一个说："首长，清出示证件。"马兴焕微笑着从兜里掏摸了一阵，扬着手说："这是我的军人通行证——同志，我晓得这里规矩，单拿这个不中的，想请两位通融一下。"

"对不起，首长，要有军以上证明，这是制度。"

"小同志，今年才入伍的吧？"马兴焕仿佛全身都是笑，一欠身说，"当兵到北京来，又能到这值勤，不容易呀，福气哟！别看我长三年入伍，还是头一回来北京，这天安门，这人民大会堂，这景致，只在电影里见到过！我要是有福气在这里站一班哨，睡梦里也笑开花！"

两个战士听他说，只是微笑，左边的一个问他："首长，部队在哪个军区？"

"哪个军区也不是，咱们是总后下属部队。"马兴焕愈发放松，索性叼上了烟，向两个战士让一让，见他们连着摆手，又装了兜里，说："施工部队攒山，苦啊！铁丝网圈起来一年三百六十天，打坑道搬石头，修军事基地！那地方都是山，抬头一线天，满天悬崖峭壁，一步踩不到石头你是活神仙！没有商店，没有马路，没有老百姓，一色儿清，见面都是大头兵！”

站岗的战士似乎对他有了好感，一个说：“你真是头一回进京？”“当然！这还骗你？”马兴焕吞云吐雾，又叹息一声，“不瞒你说，要不是导弹基地急需一批器材，不知哪年哪月才能见过世面！我们是一天一块二的伙食，你们是四毛五的吧？一月五十斤粮食。你想想看，是多重体力劳动？”

“噢，导弹基地！”两个战士不禁对他肃然起敬。他们整日在天安门，对军队的导弹基地自然有一种神秘感。我们在树这边听得清楚，都抿着嘴笑，却见两个战士说了句什么，马兴焕一个敬礼说：“两位同志真好，准能提干！我们代表山里的战友向你们致敬！”说着向我们招手喊：“喂！过来！谢谢两位同志批准我们进去。”

我们庄重地跟着马兴焕进去。两个“岗位”站在门旁有点不知所措的样子。他们必定以为马兴焕一人进馆的，看他还带了这么一帮，愣了。

军博馆里参观是很规矩的，观众有军队上的也有地方上的，大家都列队一小方块一小方块滚动着，听讲解员讲说。只有我们这一撮像游击队，自由自在这里听听那里看看，引来别处不少好奇的目光。待到参观坦克，又出了新戏，那里是一辆苏制坦克，当时中苏珍宝岛战事风云刚过去，这是乌苏里江拖回来的战利品，四周用铁链子和活动铁柱挡起来，观众都站在圈子外面看，圈里有一个讲解员手执长鞭指点着说：“用毛泽东思想武装起来的人民解放军战士就是用方才我们见到的那些普通装备，战胜了苏修社会帝国主义的武装侵略，事实充分证明，帝国主义和一切反动派都是纸老虎……号称无敌强大的苏修乌龟壳，被我解放军击毁在江中再也一动不能动！”

她讲得琅琅铿锵，可是忽然发现人们神色有异，目光不在她身上，诧异地回头一看，一个解放军干部不言声地跨进了铁栏，正大大方方走近坦克，我们一看是马助理，顿时都傻了。

马兴焕却一脸庄重肃穆，站在坦克旁边若有所思地端详一阵，众目睽睽中爬上了坦克塔，揭起上头盖子竟跳了进去！

外头的人连讲解员和观众都目瞪口呆，面面相觑看他所为，我们都把心吊在嗓子眼：马助理把事招大了！少时，又见他从坦克里冒了出来，动作十分麻利地下了坦克，对讲解员说："对不起，打扰你工作。打苏修时我没注意坦克，特意来看看……"

老天爷！这竟是他打的坦克！是珍宝岛来的战斗英雄！人们"忽啦"一下就把他包围了，请他讲战斗故事的、请合影留念的、请签字的顿时乱成一团。我却觉得一下子头涨得老大！……马兴焕挤得一头大汗出来，连声不住说："没什么好说的……对不起，我还要开会……再见！"回头对我们说："走，我们归队。"

围棋香火盛

一个九段棋手，倘站在大街旁的树下观看初学者围棋游戏，他会是什么感觉？我不知道。因为我不是“在段”的专业棋士。但据我已看到的资料，有的白国手黑国手，会蹲下来和小孩子在枰上调侃“摆招儿”。或许他会含着微笑听周围的看客评论盘上形势是非。或者会目注棋盘陷入沉思——他当然不是在考量这盘棋，是回忆起了当年他自己的经历吧？

琴、棋、书、画都是我们国学中的风雅事。但是，这里头有非常细微的人文心理区分，就是围棋本身具有的人民性、大众化和它的普及性，是别个学术艺术中不能类比的。谁都可以来一下。棋艺的高低不必挂怀。绝顶的国手和国际手，与平民共享围棋之乐，和谐而自然地相处——谓予不信？若有人在你面前乱弹琴，他水平不高，拨弄几下就会听得你心烦意乱；他的字画看不得，偏要写，偏要送你，你不好意思力拒，会满腹假笑连声道谢“珍重”收下，然后带回去，然后……在卫生间处理掉它……就是我吧，我在文学界是几段？我同样不知道，有些个文学爱好者，带上他的稿子“请二老师指教”，甚至兴高采烈地朗诵他的“诗”。我当然要忍耐。心里是个“掩耳而逃”的想法，却装出很欣然的样子“聆听”，这份难受不足与外人传……我读蒲松龄的《聊斋》中有《司文郎》一篇，把这种痛苦形容得淋漓尽致，令人捧腹。

围棋界有没有这样的心态？我想也是有的，高端棋手之间名缰利锁所羁，那自然也是不能免俗。然而民众与专业棋手，总的来说是和谐同乐的那样一个境界。你若走进大观园，可以看到丫头们、小姐们在那里“赶围棋耍子”。贾府的四个小姐，元、迎、探、惜，她们的贴身丫头分别叫“抱琴”、“司棋”、“侍书”、“入画”，只有司棋一人有大段的情节，悲恻缠绵的艺术表述，其中有没有曹公社会理念的应合？这是不好说的一件事。怎么的？其余三位就没有一个……介入她们的情感生活？独独就凸显了一个“司棋”！

我从一九五八年学会围棋，到今年垂垂五十年矣。确实无疑的，一直是臭不可闻的屎棋。那原因绝非我“不勤奋”。我至今每天还要上网，和屎棋们杀上两盘。我有老师，是我的爸爸凌尔文，他是搞政工一生，一生也是屎棋。从我的经历看，过去有说法“围棋非四十年不能成器”是个误区，应该改成“围棋非高手指点不能成器”，“围棋二十岁前不能成器就完了”。由我倡导，我去部队当兵时也教了几个徒弟，很遗憾，他们也都成了终生酷爱围棋的“屎棋群”。

屎棋有屎棋的快乐，一样的乐不可支。我的棋友们下棋，一律的“见小忘大”，一律的“图近疏远”，一律的没有大局观，同样的粗疏，同样的贪吃，同样的顾首不顾尾，大家一律都是臭棋。也许有段的棋手们站在旁边会一个莞尔，或一个忍俊不禁。但那有什么干系呢？如果在网上，已经临败之际，突然发现对手破绽，一按鼠标，“轰”的一声绝响，提掉对方一大片子儿；或者偷袭成功，突破防线安全杀入敌阵，享受“所向披靡”那种英雄快意；或玩弄个小诡计小花样捏造出个金鸡独立之类的玩意儿——我的一个朋友，他专门在盘上制造“倒提”，千方百计玩这样把戏。你只消识破，他永远也不会成功。但他败而不馁，下一盘棋仍乐此不疲，一旦不小心被他吃掉棋一片，他会高兴得呵呵大笑……我经常有这样的事，在网上眼见败局已定，瞧定对手一个疏忽，杀吃他一条大龙，真的是手之舞之足之蹈之，乐不可支。尤其对手一遍又一遍地反复恳求“悔棋”，我则一遍又一遍地用鼠标点按“NO”，心里的滋润就别提了。只是这样的对局，当对手要求“再来一盘”，你绝不可答应，否则会败得妻离子散，家破人亡。

孔子讲“殷有三仁”，箕子、微子、比干。三仁者不同道，仁而已也，何必同？围棋也一样，高段起手赢半目，高兴啊！中级的杀条大龙，高兴啊！还有屎棋们，“倒提”你一块，高兴啊！同是高兴，不在乎档次之高下，身份之云泥。杀屎棋之快乐在《儒林外史》中有出色的艺术表述，高手是“将遇良材”，屎棋与屎棋何尝不是“棋逢对手”？

我写小说有些名气后，有不少青年作家也出了他们的得意之作，有人让我评论“文学多元化”的现象，我说了这样的话，“允许大狗叫，同样允许小狗叫，各种狗都叫，看谁叫的妙。”郑州王冠军八段请我写字，我写了“棋道即天道，人间第一趣”，就是这个意味。棋，属于“人间”，无论庙堂无论地摊，共享真趣。

棋道，乐乎哉？乐也！

弈事琐记（上）

照习惯说我不该用这个题目。应该说个“下棋的事”才对。“弈事”这样的词通常说的是“弈林”那些高手们的事似乎更贴切些。这也就是吾国人言语使用微妙的区分。皇帝叫“更衣”，平民则叫“拉屎撒尿”。皇帝叫“进膳”，常人叫“吃饭”；文人叫“溺”，常人叫“撒尿”，一回事。

前不久我在中国作家出版社出了一本书，名叫《密云不雨》，回忆我儿时的家。其中说了许多话，不过没说下棋的事。但我父亲确实就是我学会围棋的启蒙老师。

1958年，我十三岁，上初中。这年父亲教我两样东西：骑自行车和下围棋。对骑自行车他有个基本要求。一是学会慢骑，二是学会拐弯。慢到一秒钟只走一尺，拐弯要在三十平方米的地上扭出“8”字形。这样就不会撞到人或者自己摔下来。下围棋他没有什么要求。父亲只是说：“这东西太迷人（引人入胜），别耽误了功课。”骑自行车没什么难的。十几分钟就学会了。我骑到五十岁，没撞到人，也没摔着。车技上乘。但和杂技演员一比，完了。后来安步当车，不骑了。

下棋的事就复杂了。我家的棋事“膨胀起来”，在南阳市成了一时之风。父亲教会了我，又教会我的大妹二妹学棋。一家四口星期六星期日其乐融融，吵闹在棋枰旁。不知怎的就传出去了。说“凌尔文（我父名）家是个围棋家庭”。这就惊动了市体委。当时的南阳市是个小市，县级市。

没几个人会下围棋。一个“老革命”带子女下围棋，自然引起了他们注意。于是开始组织活动，召集“棋人”聚集手谈，大会小会张扬表彰。居然也就成了“围棋名家（庭）”。由我们家到南阳军分区大院子女，再扩军到社会。以家为据点经常串联“战斗”，市棋协则帷幄指挥，小南阳市的围棋事业成了小气候。

我小，妹妹们更小。经常的是两个人下，两个人在旁观战。我们都不是什么“君子”，也不是“大人物”。不讲究“观棋不语”。为悔棋的事经常闹得不可开交，大妹是最为认真的一个。输了棋会满眼是泪，抽泣着呜咽着继续投子，泪水滴在棋盘上。冷不丁的旁观支招或对或错必出事端，哗然吵叫起来。什么父子之情，父女兄妹姐妹温情脉脉的面纱“刷”的就撕去了。大妹气得号啕大哭，二妹则推枰拂袖而去。我是拧着脖子盯视多嘴的旁观者。父亲倒是不恼，忍气吞声赔笑：“别气了，爸爸错了。再来一盘，啊！”

如果就这个形势发展，很可能我家要出大棋手的。因为大妹已“下出来了”。1963年省里在开封办围棋培训班。选了我的大妹凌建华到“省棋培训班”。因她年纪尚小，不能自理。当时是暑假时间，十八岁的我也就充作家长去了。这是我人生很兴奋的事。第一没有家长，我是家长。第二伙食好，吃住有人管，坐车不用自己操心。第三，可以到开封见见世面，学学棋。我一生没有围棋事业，只有“围棋玩乐”。开眼的围棋事儿也就这么一次。大妹听课我也听课，练习，复盘，讲解“大”、“小”、“粗”、“细”都是在家想也没想过的事。通过这事，我们也结交了一些棋界朋友。这是意外收获。我由此得出终生结论：无论什么会议，聆听领导讲话永远是即兴的。开会交朋友才是永远的，实惠的。从这次培训过后我才明白过去读到“围棋非四十年不能成器”的说法，根本就是混账话。知道什么叫“新手”，什么叫神童，也懂得了许多新鲜的围棋知识。后来我搜到了一些围棋书读，也打棋谱。到我写康、乾、雍小说时，不少处用了文学手段来表达它们。1963年我十八岁，下棋是没指望了。但大妹还行，我看她资质和我也差不多，但她认真、执着，要棋不要命。这些个人成功的基本要素她都有。而后她又参加了几次培训班。回来就不一样了：不悔棋。对手悔她不悔。这一样挺好。第二，下棋慢，半晌走一步，这叫人怎么耐得？我恼了，有时就训她："走，走啊！你走子儿啊！出去什么也没学会。学了个慢，回来折磨人。"真正的事实是：原先我比她略强，现在不是她的对手了。她会"手筋"，下不过她。建华的棋在家凸显出来，在市里也凸显出来了。后来在中南六省比赛中她还拿了名次，登在《围棋》杂志上——这是我家人名字第一次以铅字公布于世。父母家人俱各欢喜不尽。

可惜的是1966年"文革"来了。国家围棋事业，连同建华的围棋事业包括我兄妹的一切事业雄心，一股脑儿"戛然"中止了，或"终止"了。惜乎哉。

弈事琐记（下）

我们家即将升起的“围棋月亮”随着这个“史无前例”的爆发陨落了。1968年是这样的年头，“文革”已经两年，深入“斗批改”，上山下山的学生们准备着接受农民再教育——这种事在全世界倒是有前例的，在中国确是第一次。别说围棋事业，一切文学艺术和人类正常思想的体现形式，都随着这一声“戛然”沦陷湮没，一切异端都变成了“正道”！我们兄妹四人，凌解放、凌建华、凌卫平、凌玉平各人的命运是怎样分配？

我的感觉是：有点儿像《封神演义》里的红沙阵上，我们父亲庇佑着我们一家过阵，被阵中的法力吸下去两个，而我和二妹躲过了这一劫——参军走了。

小妹玉平本来就寄养在洛阳农村，户口也在农村，她没有变化。真正跌落下去的是建华。她年轻，热情待人，没有心机，善良单纯，性格开朗。她不懂“下乡”的真正含义，还真的以为去那里“大有可为”。人家的“兴高采烈积极踊跃”都是装的，她却是一片诚意响应号召，毅然地“走了”。

但建华也是第一个真正懂得这事意义的人，她很快明白了这事对她人生颠覆性的影响。她是最先去农村，而到最后才被勉强“捞回来”的下乡知青。除了一身牛皮癣和一种对农村惊悸的回忆，没有带回任何东西，而她原有的东西，在那里丢失得干干净净，她的围棋事业也完了。

完了是完了，但围棋的爝火仍在我家燃烧。建华的棋还在下，她下不出棋来了，只能是业余初段那样水准，上网能下到两段，一个不慎“哗”地就又变成“一段”。她当年的棋友们谁都比她厉害，加上都是专业棋手了，但仍叫她“大姐”。他们的徒弟们也比建华棋力凶得多，但仍叫她“凌老师”。有什么不大不小适合她参加的赛事，请她去当当裁判什么的，还是挺风光的。围棋界的人际友谊，比其他什么界的干净、单纯，没有那么势利。围棋杂志小乔约我写稿子，我谈我的观点，“我喜欢围棋人，不喜作家人”。围棋人不势利，炎凉之态较少嘴脸——很久之后围棋界才知道“凌建华是二月河的妹妹”，和我也有了些联系。大家接近平和自然，使我感到了孔子中庸在围棋中的内髓影响。

我的围棋“事业”也没有中止，我先在太原，到大同，到辽西诸县，不停地在部队战友中寻觅“会下围棋的”。居然也找到了几位。我们是施工部队，整年在大山沟里盘占，我尝试用河里的石头做棋子，都是又尖又利，颜色也不很分明，不宜使用。后来见有很多“马赛克”，即是我们现在卫生间贴的那种方块小砖块，用来一边用漆染了，牛皮纸做的“枰”，周六周日聚一处，屎棋与磁片齐飞，欢笑同评论共落。我甚至还挑选了几个“有基础的”士兵，参加我们这个小俱乐部，彻夜围棋联战。

所以我终生都是围棋广大包容领地中忠诚的“屎棋奴隶”，心甘情愿的“围棋”底层棋手。这似乎是围棋的又一宁馨特点，它不厌江河，也不弃涓滴，什么样的棋手都能在这里找到他安适的位置。这之后，我历尽千山万水才从窘困中走出来了，这就好比八卦阵，我从景门进去，从生门出来，七圣皆迷的阵中光景，自然不是在这段文字中能够说清，总之是成了一个作家——也就是会作文的专门人士。

我自己有了点儿资本，所见当然就广了些。通过妹妹，我认识了王冠军八段，通过南阳棋界的领袖李森林，我又见到了陈祖德、罗建文、聂卫平、华以刚、刘小光等——他们原先是我心目中的棋神，现在是活生生的人站在我身边了，他们印证了我心中围棋情结之“情”。

专心、好学、平等、自负、爱友……这些人文素质似乎天然地和围棋界和睦相处。我现在一天要上网下棋两小时，不是为了赢，是为了防止“脑痴呆”。一个痴呆的二月河我觉得不好。我相信围棋可能调整我的神经，这或许是围棋的又一好处。

我父亲学围棋是在抗战大学太行分校。当时讲《论持久战》，讲“犬牙交错的敌我战线”时，教员教学员学下围棋——说战争如同下围棋，我们家的围棋热是有民族革命的原动力的。父亲告诉我，尧的儿子丹朱不学好，尧便制作围棋让他来弈。丹朱放到了哪儿？就在现在丹江一带罢？南阳占着丹江水库51%的水面，将来北京人喝南水北调的水，无可回避地要喝南阳的水，这里是水的“源头”，也是围棋的源头。

李森林是我的朋友，有业余六段的实力，我曾经问过他意味着什么？他有点嗫嚅地回答，“相当专业初段罢？”这或许是谦虚罢。他常常语破天惊地爆一句，有一次说：“下围棋的都是好人！”

我初听一惊，这个说法没有过。赶紧就回顾，盘查我有限的历史知识——真的没发现历史上的大奸大恶之徒同时又是围棋高手的。这似乎无情理联系，但细思是有道理的。会下围棋的政治家、思想家、文学家、艺术家，由围棋魅力之所在，必得“联系群众”——他得有棋友呀！围棋的魅力又能相对地使他远离女色，减少游冶，棋道中的天道、平等的竞争意识使人摒除无端无理的强霸杀伐——尧放丹朱学围棋，与“下围棋的都是好人”，是暗含了古今的理与实。

花洲情缘

又回母校走了一遭。20世纪60年代初，1962年1963年吧，我在邓州上学。那时这个市名叫邓县，八十七万人口，也就这么一个高中。三万多初中毕业生，也就录取那么不到二百人。一当列队宣布录取名单，我还真有点欣喜若狂那情味：要到一中上学了，一中哪!

邓州一中不是个等闲的学校。这个地方名字就叫得“独秀”：春风阁、百花洲——是范仲淹讲学的地方。范老夫子的《岳阳楼记》也是在百花洲他的书院写成的，而范在写这篇文章时全凭的资料与想象。他还没有去过洞庭湖，见到的只是岳阳楼的图样与相关资料。我想这可能和二月河创作历史小说有相通之处：饮一瓢浆而意拟三千弱水——也还是作者的直接感受，只是综合了彼时彼地的色受禅悟、此时此刻的色想而已。

南阳这地方出了两句名言，恐怕全国有初中以上文凭的人都能随口而出。一句是诸葛亮的“鞠躬尽瘁，死而后已”；再一句便是范仲淹的“先天下之忧而忧，后天下之乐而乐”。我以为诸葛亮的那一句“精神可嘉，境界不大”，不过是对蜀刘小王朝的死忠承诺就是了。而后一句涵盖的人文意义是超前的，它的人民性、公而忘私的主观意识，今天看仍是先进的、积极的，而这一句出自范公之口，写在百花洲上、春风阁前——我的母校一中。

春风阁我读书时没见过，说是在民国战乱年间湮没了的。百花洲那时就有——一个不大的水塘“环墙”，是邓县高高的城墙，水塘中还有一座压水亭子，已是破烂不堪。但那植被是很好的，满城墙的土坡都是绿，百花洲是绿，水塘的水映着柳色与城上茂密的灌木与衰草也是绿。范公祠的许多碑刻都嵌在厚厚的砖墙上，院中几株古柏与乌柏，将这祠堂映衬得深邃、幽静和安谧。我没有更多的历史感悟，我只是觉得这地方神秘，内涵不能透窥。

我一辈子上学没上好，走到哪里都是个臭。高中毕业已是二十一岁的大龄学生，这个年龄很多好学生大学也毕业了，而我还面临上山下乡、找工作，孝敬父母的事更是渺茫。所以参军时我立下了志气，抓住最后一个机会发展起来。就这么，“发展”成了二月河。但其实长期我都不自信，不自信“惯了”——就“写小说”而言，以我的文化知识，在中国文化史里这事长期都不算怎么回事的，甚至算是“丢人事”的时辰也多多有——我始终觉得我这点包括了《奇门遁甲》《万法归宗》，什么麻衣、柳庄等这些“知识学问”都不算数。当然我也有点“正经”学问的——学问不算学问，或者“不够学问”。项羽说过“富贵不还乡，犹衣锦而夜游”。我有这点不自信，就不愿故地重游——我没有穿新衣服，穷嗖嗖的，羞见江东父老。这不但百花洲、洛阳我上学，陕县我上学——臭学生回来干吗，臭美吗？有了这点子心理障碍，百花洲近在咫尺，也晓得它的重要意义，

范仲淹的《岳阳楼记》就曾写于邓州花洲书院

直到《康》《雍》《乾》书成，没有踏进邓县一步。

但后来终于在朋友的动员下成行了。他们的鼓励，使我平白地增强了信心。我也实在是想念这地方。我初中的那个水塘“爱母池”，我在人武部夏日露宿的篮球场；春风阁、百花洲——你听听这名字就够你神往。何况我在那里度过了许多饥饿的风花雪月时日。去看了百花洲——它已和邓州一中分体另立，回来还写了一首长短句《谒花洲书院有感》：

> 蹊径老塘犹存，残城草树相抚。春风阁前明月清新，百花洲上斜阳迟暮。四十载烟尘如昨，八百年游子归路。指点少小新学生，知否，知否？此是范子情断处。

这当然很一般的。但他们还是拿去刻了，还在碑上加了“二月河读书处”题样。我不能拂了朋友一片好意，却也由此悟到许多珍贵文物的原始概念——能引起你久远联想的东西，就叫作文物。

中国的教育其实一开头就是“两条腿走路”。一位三家村老先生，几位家长把蒙童送来。孔子是收芹菜、风干肉的吧，那是“学费”。后来的情况花样很多，有一家办、有几家合办的私塾。收散碎银两、收制钱，以物抵学费的也很多。四书五经、《三字经》《千家诗》等都是教科书，这说起来能写一本书。简而言之叫私塾，再就是政府、官办的，比如太学、国子监。那是中央一级的“大学”。各地府有府学，县有县学，堂而皇之的名字叫作书院。南阳就有一条街，名叫书院街。还有旁边的三元巷什么的，一听就知道是怎么回事。那里有个南阳第一高中，就是民国“接替”前清府学的址。

书院，在彼时可以说“长城内外，大河上下”到处都有的学堂官称。我见到胡适的一份回忆：说在某国代表北大参加一个会议，北大因建校不足百年，他因而不能列坐主席台上。回思北大前身乃京师大学堂，再前身是前清的……那么着算，窝囊死了——台上那些头矗得葱笔一样的诸公，连北大的孙子辈都算不上。本来坐主席台的，却坐了台下！我们比他们才真是“老牌的”、“正字号”的！然而从实际社会学意义上讲，书院文化真的是老了、朽了、死了。讲四书五经，说八股文，年年代代一成不变永远如此，没有任何新陈代谢。说句极不中听的话，关在密不透风的房子里，呼吸一室几千年同样呼吸的空气包括屁，这人能不死吗？太阳落山就是落山了，死了就是死了，该死就死，循环更生，乃是好事。胡氏想得有点偏了。

整个中国的书院像是一片大竹林，平平的、齐齐的，一色一样：开花了，萎谢了，齐根死了，完了。这与书院自身的反动攸关所在，谁也救不了它。但这片大竹林中稀不棱的也留下了几株大树，岳麓书院、嵩阳书院就是了。那原因也极简单，二程、朱熹、王阳明这些在学术上、功业上有所建树的名人进驻过，在这里讲学或著述过，就这么简单。也就是松柏树吧，前后庭院讲堂学所，歇山顶的房子吧。吃喝拉撒睡，不会比别的书院少，也多不出什么去。这些地方因了名人而成名地，你去看看，至今还是游兴甚佳者多多。

我们冷落了花洲，慢待了春风阁。其实，是不是这样？用范仲淹和上述的几位“名人”做一做比较，以《岳阳楼记》的知名度和人文涵盖衡量，这“冷落慢待”是明摆着的事。这事我想过，竟是这样一个结论：邓州只是个“州级”，书院相当于“县级”而已。就这个小小的原因，就居然敢慢待范公！你去看看湖南的岳阳楼吧，看他们是怎样显摆张扬，《岳阳楼记》不是在岳阳楼上写的，湖南游子把栏杆拍遍也无法改变这个事实。以“县级”而轻慢，以省学而高看，是否有点趋炎附势了？我这当然是批评。批评的是清代直到当代学界、文物界的诸贤长者——所有那些书院，包括岳麓、嵩阳，等等，其实“功能”早已丧失。唯有春风阁，九百余年春风年年应命而至，百花洲岁岁花树如织。由“县学”而“一中”九百余年香烟不断，缭绕豫之西南，洵是人文奇观，这实是范公余德所泽呢。

范公祠、百花洲、春风阁，这几处胜地现在政府已大规模修葺峥嵘，“增其旧制”，花繁树茂、修竹长林渐起。范公修书为《岳阳楼记》的堂奥亦宛然隐于荷塘云树掩映之中。作为一个旧学生，心中实有不能言表的欣慰。

冬至况味

我们家是个漂泊遇安的家，从小我不记得有冬至这个节。父母亲走到哪里忙到哪里，他们官不大，但各人都管着一个单位，一摊子事，除非假日，或者连节带假日一起过，我们才能记得，哪天原来是个“××节”。你打开日历，每年的冬至都是公历12月22日，这天没有公假，一般来说，也不是公休。冬至，冬至怎么了？我是过了而立之年解甲返乡，才听朋友家人说谚：“冬至不吃饺子儿，冻掉耳根儿。”后来弄清史资料，需要了解民俗，一查，吃了一惊，这原是个大节，有多大？“冬至大如年”！

我在我的“落霞系列”中引了这么一首《联咏诗》：

皇帝：大雪纷纷落地。

大臣：这是皇家瑞气！

财主：下他三年何妨？

穷人：放他妈的狗屁！

翻开我们的史书，喜爱雪、歌吟雪色的诗人与要人是太多的了。但是，首先一条，你肚子不能是“饥肠辘辘”的；其次，你衣服要穿厚一点，最好有个亮轩或雅一点的草亭，生一炉旺腾腾的火，然后围炉而坐，夫然后披上大氅踏雪寻梅，夫然后再说“大雪纷纷落地……下他三年何妨”——对雪发出咏叹调，那百分之百是要“有条件”才会有感动。可惜的是，我们中国人历来穷人太多。就我所知康熙时期，全国正式官员不足两万，加上有条件说“何妨”的财主，撑足了去不会超过百分之十。那剩余的百分之九十，对冬天的降临，是怀着“敬畏”的双重心理的。说“敬”，那是因为这是上天的意志，无可回避也无力抗拒；说“畏”，则因为从冬至这一天开始，要一天一天数，数九九八十一的严寒。冬至，实在是有这两种含义：于阔人，是等着“瑞气”降临的期待日；于穷人，是进入严寒的“战备总结日”——他们从十月已经开始“备冬”的了。

这个意味不曾有人说过，是二月河在这里瞎想，一旦约定俗成，无论贫富穷通，都不会像我这样胡思乱想，都是一门心思：把冬至过好，图个吉利。

冬至的前一天，实际上各户人家便已行动起来了，亲朋好友，互赠食物，当时的情景是“提筐担盒，充斥道路”——这有名堂叫“冬至盘节”。大街小巷各个店铺，都会摆出冬至的特有供品售卖，“冬至荐酥糖”，有馅儿大个的叫“粉团”，没馅儿个头小的叫“粉圆”，这是祖宗牌位的必供之品。冬至前一个晚上，一家人要团圆。和年除夕一样，这一夜讲究是合家团圆，一个外人也不能在场的，连回娘家的女儿，也是“外人”——对不起，你还是回婆家过冬至吧！然后炒菜烫酒，祭祖宗，拜喜神，合家大快朵颐——所有的仪节如同过年，半点不越雷池，也丝毫不敢马虎。道咸时侍郎颜度有诗说“至节家家讲物仪，迎来送去费心机。脚钱尽处深闲事，厚物多时却再归”——家家都送来送去，食品点心轮回转，又送回了自家来——此事原来古已有之！就人们的“过节心理”而言，“冬至除夕”这一夜，才是人们最兴奋最快乐的时节。过了这一夜，第二天清晨，人们换上新衣服，“拜贺尊长，又交相出谒”，互相“拜冬”，节日的气氛仍在，“过节”的精神气儿其实已经暗暗“泄了”——这一条和我们过春节也是差不离。

从这一天开始，“连冬起九”，进入一年的“阴极”之日，共是八十一天。康熙四十六年太子胤礽被废，到康熙四十八年开春，又重新复立。从康熙四十七年冬至，这位心境极为复杂的老皇帝在乾清宫设了一张纸，他要在纸上写九个字，有名堂的，“亭前垂柳珍重待东风”，不是一气呵成，每个字九笔（繁体字），每天来写一笔便走，共写了九九八十一天。好，春来了，河开雁叫了，大地阴极阳生了，宣告太子复立。这个冬至，康熙肯定是仔细思考，绞尽脑汁子过的。然而天下的老百姓不会有“如是我闻”的心境，他们也有口谚：一九二九，相唤不出手。三九二十七，篱头吹汤栗。四九三十六，夜眠如露宿。五九四十五，穷汉街头舞（庆贺冬天已尽）。不要舞，不要舞，还有春寒四十五！六九五十四，苍蝇垛屋次（苍蝇开始活动）。七九六十三，布衲两肩摊。八九七十二，猫狗躺湿地。九九八十一，穷汉受罪毕，刚要伸脚眠，蚊虫跳蚤出。同样是过了九九八十一天的“数九”寒天，帝室禁城与闾阎黔首各自况味有异的吧。

部队采风

冬至如年。用的是“如”，不是“同”。如果说与年有甚的不同，那就是冬至这节过得短，有点像“简化年日”，大的程序差不多，论起详明周纳，那就差了去了。可以看成是一次“过年预演”的。人们过这个节，表现出的是上天对冬令的崇拜与敬畏，祈祷自己和家人平安度过肃杀的严寒季节。

我有点诧异的是，现在人们过冬至渐次认真起来。我发现到了这一天能休假的都休假了，上班的，似乎也会宽松许多——提前下班去买菜，走到小巷中，你会听见家家都在剁饺子馅儿——日子好过了，人们不管是耶稣、释迦牟尼，还是阳历年、情人节，抑或是冬至，什么都想好好过过。

重阳随想

中国的年节，大致上说的是三件事：祀神、祭祖、放松吃喝。神仙祖宗不说，我们农业国，几千年如一日，劳作耕耘从土地里“刮金”，加上诸多的社会人文原因，从上到下的人们，可以说都累得可以。平日积攒一点好吃的，舍不得吃，好用的，下地锄禾舍不得用，到节日期间，除了求神祖保佑“越过越好”之外，所有平日郁结在心的欲望，统都释放出来。所以，与神祖无涉的节是没有的，与吃喝无关的节也是没有的。但有一个节似乎这三方面都很淡。三件事也都做，但俎豆香烟不盛，珍馐美食呢，也似乎做得不认真，这就是重阳节。

“两个太阳重叠”？不是的。九月九是两个“阳极”之数，重叠在了一起，因故有是名。这个节是个游兴节——我们过去说的“游兴”，说白了就是今日的“旅游”。没有现代的交通工具，也没有柏油路，就自己一家人作短途的随喜。自己带吃的和“饮料”——酒，走——上山去，登高去，看碧云黄花去，看枫叶去！在山上玩，玩累了，回家，这个节也就过罢了。

中国人做事的认真诚敬世界上没有哪个国家的人能比，外国人过节要去教堂，你有事或心情不对没去，谁也不会计较，耶稣天主不计较，神父牧师和教中会友也都不会计较。在中国到祠堂祭祖你敢不来？那肯定族中就有人“收拾”你。跪天祈雨，要寡妇来，你有病？你越是有病越得来！所以即使在享受，我认为也是被“神佛祖宗”捆绑着“享受”那种感觉，真正自由放松的节日也只有这个重阳节。

“重阳将至，盲雨满城，凉风四起，亭亭落叶，陇首云飞。”就这么几句话，可以说是形容重阳的极致之语，我在不少笔记文章中见到，几乎都一字不易地引用。这个时气，不下滂沱大雨，然而也不是毛毛雨，很细腻柔和如烟似霾那样的雨重阳节也没有，盲雨的“盲”怎么讲，我没有考究过，想想见到的那雨的样子，该是不大不小的中雨，更确切地说是“中雨偏小”的那种雨，这个雨，出门登高做一日游，怎样说都是偏大了一点。但人，人啊，只要有心情，高兴，带着雨具，挑上酒食点心，也就上山了。那是什么样的盛况？清人申时行有诗：

> 九月九日风色嘉，吴山胜事俗相夸。
> 阖闾城中十万户，争门出廓纷如麻。
> 拍手齐歌太平曲，满头争插茱萸花……
> 这首诗相当长，他是叹息人们的奢靡之风：
> 道旁有叟长叹息，若狂举国空豪奢。
> ……
> 比岁仓箱多匮乏，县官赋敛转增加……

社会问题是另一回事，申诗真的把人们狂欢的形态写得淋漓尽致，酣畅之极，处身其中，即便你是个内向人也会开朗起来，你玩不成深沉。

其实，就人们的心理，人们盼着有雨。满山的秋叶艳色杂陈，斑驳陆离，如果在艳阳之下，那就太真切了，不够朦胧，不够含蓄，与中国人的审美情趣多少有点不合。在太阳底下喝酒，看山也少了点“秋凉”意味。但还有一层更真切实惠的想法：“重阳无雨则冬无雨雪”，这会影响来年的收成，所以雨下起来，敲击着所有人的兴奋点，敢情是雨下得多点大点人们会更高兴。

插茱萸、饮重阳酒、吃糕、登高，寄托了人们两种心情，希望远方的亲人平安，希望自己的子女和生活“步步登高”，这实在是个吉庆有余的欢乐节。

我们现在一年要过很多节，我看有两个节是挺好的，一个是儿童节，那是六一；一个则是重阳节，是老人节。我有一个傻想头，不知我们的社会学家和政治家能否认同：儿童节要变成全民的节，大人们陪着儿童过节。老人节呢？要过成儿童节，变成举国狂欢日，因为儿童和老人们欢乐，大人们青壮年有什么理由不跟着狂欢的？构建和谐社会先构建老人和儿童的快乐，“抓两头带中间”——整个国和家都会和谐起来。而且这两天，应该全国停止收税催账，讨债、欠债的放弃两天权利也无甚干系。你不要账，就会有更多好诗。

我们的尊老爱幼，是自古民族的传统，总书记“八荣八耻”里头提的还有，这是需要永远张扬不衰的民族精神。西方国家比我们富，有钱主儿很多，他们的人文思索里没有尊老这个基因。我十岁读《镜花缘》，里头有错字先生教蒙童，“者吴者以反人之者，切吾切以反人之切”。当时不懂，后来才晓得，是“老吾老以及人之老，幼吾幼以及人之幼”之误。你找个美国人、英国人、法国人，说煞了，他们不能懂——凭什么我要像尊敬自己父亲一样对别的老人，待自己孩子一样看别人儿子？——他不行，因为他那个“学问”心理因根里头没有这个“理”。

九九是个极阳之数，也是举目登高寻欢作乐的日子，老人们讲究的是长寿与健康，这个日子再合适不过了。我查阅康熙的资料，他晚年最重视的就是“终考命”——这在《弘范》里头为五福之首，他起先想长寿，后来又战战兢兢向上天哀祈：愿减寿，完好结束做个“完人”。康熙皇帝是一代雄主呀，他只活了六十九岁，家庭朝廷打得乌烟瘴气。他到底也没有当上“完人”——以天帝尊，生存质量也不过尔尔。现在我们的人活六十九岁又有什么稀罕的？七十九、八十九……一百零九也有的是了。我们的意识里应该有“瑞”的概念，活过七十我们已经叫“人瑞”了，一个国家“人瑞”多了，那就是“国瑞”。

现在我们有高速公路，有汽车，上山“登高”的路也大多弄得很好。到日子，扶老携幼，带上可乐之类，加上“糕”——各种点心，在美国的、法国的远游亲人……不一定要插茱萸，弄点别的树枝子插插我看也行，让我们心中的爱薪火相传。连吃带玩，还有爱的传递，重阳节的意思就大了。

还用申公一句诗：

杂逻笙歌引去槎，此日邀游真放浪。

农历里头没有“日”、“号”这一说，比如说两人见面，甲问：“老兄，今儿几号？”乙说：“九月一号。”或说：“九月一日。”得，你不用问，这说的准是阳历。如说“九月初一”或“初一吧”，那就说的是“阴历”。不过现在街头相向，谈日子，年轻人多不再说阴历了，他们忙活的和老人不一样，春节、阳历年、五一、十一、清明、愚人、父亲、母亲、情人……逢节，胡天胡地就“过吧”。然而你要问他：“几号？”他肯定对你说“一号”，绝不会说“初一”。

这事听起来有点微妙的，老人青年有这么小小的界分：老人们阴阳历都记，年轻人独记阳历——只有一个节，大家牢牢记住了“阴历”，那就是“十月一”。无论男女老幼，只要一提“十月一”没人往别处误会，肯定是阴历“十月初一”。和清明一样，是上坟的日子，中国的“鬼节”一年有三，这是最后一节。但是这个节，二月河却长期“不晓得”，我生活在一个漂泊不定的家庭，自幼没有受过父亲的庭训、母亲的叮咛，我们祖坟在昔阳，家中又没有这概念，我虽读了不少书，这个事没听说，这个日子没印象——我三十岁就有人说“渊博”了，到三十三岁我从部队转业才知道还有这个节，赶紧去查资料，才算明白了。这个节，是活着的人追念地下亲人亡灵，为他们过冬做点准备。

参加座谈会

先人们怎么过这个“十来一儿”、“十月一”我没见过。现在的十月初一，你可以上“郊垌”去看，坟地已平得差不多了，沟沟坎坎旁林间树影下，甚或坟头虽平，墓葬未迁的平地，连天衰草，枯杨败柳间，一伙一伙的人——你不用问，每一伙都是一个家庭体系——摆花圈、烧香、焚纸，还有纸电视机、纸汽车、纸别墅……只情烧起。

倘是集体陵园，那就更热闹不堪，烧纸烧得烈火熊熊，“香烟”不能用“缭绕”二字了，而是“浓重弥漫”。一家家的万响爆竹，响得像暴雨击打油毛毡顶房子，“呼呼”地响，凭你“盖叫天”、“杨小楼”那样的嗓子，吼煞没人能听到一个字。野意和众意就这么区分。又有相同的，那就是边烧边念叨，把苹果呀、橘子呀、点心呀往火里填，“请你们来享用哪……”

我看了看清代的“十来一儿”，过法差不多。一般的，也是上坟烧纸、烧香。只一样似乎今人少见，那就是新亡之灵要另作隆重祭奠，还要延僧道作功德荐拔。我说过，中国人认真，有“事死如生”这个规矩，我们的先民虽有人写过《神灭论》，但就整个社会而言，普遍认为我们不过是生活在“阳间”。死亡，是从一个“阳间”——到阴间的过渡，中间只隔一条河，名字也起得极好，叫“奈河”（奈何）。如能进入“无间”——你可以从这一间到那一间随便来往，那好，这就是“神”。像清明、中元、十月一这些节，说得现代一点，是我们阳间的人，在此岸向“阴间”彼岸的人打信息，传递心语与情愫关怀。

这个节正规的名字叫“十月朔”，也叫“朝官府”，不算大节，但没有一家不认真对待的。民俗谚，“十来一儿，棉的儿的儿（的儿，方言谐音）”。过了节，就进入冬天了，要穿棉衣了。由此及彼去推想，阴间的“人”也该过冬了，要穿棉衣了。这是万不能忘的。烧纸、烧香、烧纸衣，这是必有的关目，因此它又有个名字叫“烧衣节”。我们现在过这个节，没有政府行为，因为我们的政府不信鬼神。清代可不是这样，府、县的主官都要出来，组织祭祀，“荐坛”，也叫“无祀会”。这是什么意思？没有的确的资料可查。但我思量，有两条：一条，政府每年要处决犯人，这些人的死它要负责，亡灵要有所安抚，不然这些捣蛋亡灵就会在辖区内制造麻烦。再就是，有些贫弱无依、冻饿而死的“野鬼”也应由政府负责安抚——这当然不是孔孟之道，官员们写文章时尊的是孔孟，作心灵祈祷时想的是释迦牟尼和老子。“无祀会”这名字就说明了一切问题，无祀无不祀，不是祭祀哪一个鬼，而是所有境内的鬼。那排场也是极大，但我想可能会办得稍迟一点。因为家家都在“家祭”，他要把时间错开，人家上坟家祭，要出门，既出门了免不了要转悠转悠；走，看“无祀会”去！这一天，人们是不做饭的，祭灵用的祭品都是上好的点心，古人没有我们今天这样大方，把好好的东西往火里扔。——小心收拾起来，带着它，一边看祀会，一边咀嚼，所以这节还有个名字叫“小寒食”。

有意思的是，这个鬼节过得有点博爱味。烧纸、祭酒、焚香。主要是“给亲人的”，然而他们认为亡灵也是有地下“社会关系”的，还有一些“野鬼”，如果和地下亲人们别扭起来，“亲鬼”们也不得安生。所以洒酒请众鬼都来饮用，还要多烧些冥衣，亲人们换上，还要打发他们没有衣服穿的穷鬼邻居朋友。人世间不就是这个样子吗？鬼们也做“慈善事业”，求得他们那一维空间的和谐鬼关系。

我曾和朋友聊天，说中国的人节不如神鬼节，鬼节其实是中国的旧妇女节。比如说过大年，祭祖，男昭女穆分排立定恭肃如对大宾，女人照样不能出门。八月十五赏月吃西瓜，是自己一家团聚，女人们终年在家，这一日照样，仍然是个闷。闷死了！只有玉皇大帝生日，文殊、观音、地藏、普贤……成道日，清明、中元、十月一，把女人封在家里这些事不能完成，女人们就跟着男人离开那个能把人憋神经的家，女人们顶多能到月亮底下嘤咛几句，冬至，女人你待家里摆供享吧！一年到头躲在小宅子，到郊外，看庙会，逛大庙，好好释放一下，大胆宽松一下，就这个意义。比如“十月朔”，从这个日子到正月初二闺女回门，女人要憋整足两个月闷在家中，不趁这日子“放”一下也真不得了。十月初一小节，过得这样丰满，也就是人们心理暗示的需要了，清人潘陆有《看无祀会》云：

吴趋人好鬼，风修自年年。
百戏陈通国，群神冠进贤。
气喧秋燕后，花晚岭梅先。
不断山塘路，香飘游女船。

“十月朔”的节，正规是“哭灵”的。女人们天生能哭，在坟上哭几声上船玩去了。

过清明，有所思

中国人信神和外国不一样，洋人信的——我看是很专一。信天主就是信天主，信基督就是信基督。就是穆斯林，那肯定只信一个穆罕默德——他绝不往别的庙里去掺和，即使进庙随喜，那肯定也是好奇，身子笔挺，连个躬也不会鞠，手懒散合十，礼拜也是没有的事。倘是地道的汉家百姓，那是见庙就拜，见神就磕头的。“头顶三尺有神明”，什么事都有神管着，上头顶级的是玉皇大帝，一层层下来到十殿阎罗，海有龙王，井、河湖、山莫不有神，城有城隍神，宅有宅神，门有门神，灶有灶神，走道儿有大纛神……你看这块地平平无奇，那有土地神管着！你到大庙上去看一看就明白，最高处顶上还矗着个小庙房高高在上——是姜子牙封神，封得没了位，他就踞坐于万神之上，叫“诸神辟易”。

在阳间做事，当然有一整套的人事制度，“礼义廉耻，国之四维”，那是不消说的。但人总是要死的。死了之后呢？变成了鬼，鬼们就归神管着。我在《聊斋志异》上看到，鬼也会死的——人死为鬼，鬼死了呢？叫魙。人怕鬼，鬼和人一样怕鬼一样的魙——这不知是蒲老先生的“蒲撰”，抑或另有一套学术体系？

这么着，过节就过得有点儿麻烦了。事死如生敬祖宗，祖宗在阴间也得过节，他若不能好好过节，便是活人的不孝，这和“礼”又息息相关。孔夫子没有说过有鬼神，也没有说过没有神鬼，他留下了一道题给后人做，大家就忙活得七颠八倒，有了种种的“节”，咱们过呀过呀，再过呀。阳间的人节是三节：端午、冬至和年夜，阴间的人呢？一个不多一个不少也是三节：清明、七月半和十月朔。

七月、十月现在不到，4月5日便是清明，这个节怎么过法？我看我们现在的清明，真的是简化版本，简化了又简化的程序。民俗云“早清明”：夏天来了，阳气太盛，鬼们过了清明就要到地下了，趁着清明我们要及时把他们需用的钱物、吃喝穿戴用的东西备齐，所以要“早”，不宜在节后送。早早地准备了金银纸锭、烧钱纸、阴钞、时鲜果品，男丁们趁夜用百元大钞在灯下很认真地在草纸上象征性地印一下，印印……印很多，第二天合家一齐上坟，或到陵园，请出骨灰匣，放爆竹、洒酒、设祭、焚纸钱、磕头或鞠躬回家，然后各忙各的阳间事去了。

我查查清时的清明，复杂。上述的活动当然是肯定要办的。清明节前两日，那也是节，叫“寒食”。实际上和清明是配套的，要预先把熟食准备好，因为清明这一天不准动烟火。倘有新亡者，这一天要设筵相待至戚，俗称“排座”。若是新丧未过七天，那就还要请僧道诵经礼忏。市上有专门为清明祀祖卖的青团熟藕，有诗为证：

相传百五禁厨烟，红藕青团各荐先。
熟食安能通气臭，家家烧笋又烹鲜。

即便上团坟，儿子上坟、女婿上坟、男人上坟、女人上坟各自有各自的礼数规矩，也各有各的情致。野地到处是坟院，纸钱焚起，亦自成一道特殊的景观。这当然不是喜庆节日，风烟钱灰之中，有《纸钱诗》云：

纸钱纸钱谁所作，人不能用鬼行乐。
一丝穿络挂荒坟，梨花风起悲寒云。
寒云满天风刮地，片片纸钱吹忽至。
纸钱虽多人不拾，寒难易衣饥换食。
劝君莫把纸钱嗔，不比铸铜为钱能杀人。
朝为达官暮入狱，只为铜山一片绿。

这位诗人佚名，但我觉得他很有意思，一句诗插进了九个字的，也不讲究押韵，有点“自由主义”味道。但这诗说出了清明时节不光是“雨纷纷”，还有一些更深的人文思索。

我一直以为，早先在封建社会有这些鬼节什么的，妇女们相对比较自由。过人节她们得照人的道理去做：大门不出，二门不迈，死闷在屋里不动；过鬼节要祀祖，而祖宗们在野地里，如果不是新丧，能出门到旷野去散散风，她们除了面目必有的肃穆之外，心中未尝不能有一分窃喜？这也有诗为证：

清明一霎又今朝，听得沿街卖柳条。
相约比邻诸姊妹，一枝斜插绿云翘。

她们过鬼节，“节外”的兴致高着呢！

写给田永清将军

“文革”十年，是我自修文学的十年。因了机缘凑巧，着一身军装，在山里坑道作业。那是全封闭的国防工程，与外头的热闹基本不搭界。那是施工阵地，绝对禁止“四大”的。因此内部没有“斗批改”的任务，更谈不上夺权开门这两档子热闹。尽管可看报纸，可听广播，还有“支左”的战友支了“右”……诸如此类的信息反馈；领导也天天讲月月讲年年讲“阶级斗争的长期性、复杂性、尖锐性”，还教育我们“社会一阵风，军队里一层浪”，提醒保持“阶级斗争”的高度自觉觉悟。然而毕竟是隔了一层，有点隔岸观火作壁上观的味道。除了天天读书就是雷管炸药，压风机风枪及掘进速度，其余的时间自由支配，我就用了来读书。

作者的好友——军中儒将田永清将军

这么着，修菩提达摩是面壁十年吧，成了一世佛祖。我没有他那般资质与坐功，是躺在被窝里手电筒照着读书，居然也学有小成，养有进益。我读《快嘴李翠莲》这通俗诗板话，里头说：“修不成佛祖，修个菩萨也罢”，这就成了二月河“也罢”了。

有些个档次颇高的专业读者很看不起我的这类文学。他们可能势力太大，有时可以不看作品就武断你的作品，是阳春白雪或下里巴人——直到《康熙大帝》出书四套二年之后，还有人大言“二月河是武林高手”。他以为我写的是武侠——这真应了欧阳修的一句话“修也知道你，你却不知修”。“大言不惭”这成语真是一字不错。

在几间大学里讲，有不少同学殷殷相问“二月河先生为什么不写现当代题材小说，却要去弄历史小说”。其实答案很简单：在修学十年中，我的社会生活范围局限在一个小小的连队的山里，没有参与进火热的现实斗争生活中，读了不少诸如《资治通鉴》《二十四史》《楚辞》及《奇门遁甲》《麻衣神相》等书，还有破报纸、旧历这些。假如因此永远不能入大雅之堂，我只好永远不进去也罢。如今看许多批评家的文章，逐步地明晓了一点。诸如“终极关怀”，还有“自我关怀”，委实教我耗了一些脑汁，真是个“道不同不相与谋”。不过，木已成舟，坯也烧成了砖，回顾这些事，用得着屈原一句诗，叫“苟余心之所善，虽九死其犹未悔”——再来一遍，我毫不犹豫还是这个模样。

思量了一下，别人关怀这，关怀那，我关怀的是何事？就我所对历史人生的理解，无论人性善恶，深化衍化万千，我心里牵挂弱势人群的心理渴望与需求企盼是不变的。我写书是想让读者和我有一份神交，是为了读者这上帝。当然我的心里也要告诉读者——其实一个作家，想将自己游离出来，纯粹地照护别人，既不必要也不可能——必要性与可能性都不存在。

田永清将军的《与大学生十日谈》当然不是小说。他的前一本书我也读过，我的女儿当兵离乡前，我还请田将军题词签名送了她一本。一个将军，退休前关怀的不是自己的升迁为何？我的创作与田永清千差万别，“不是一道气味”，但是我们想的都是平常人，布衣蔬食、引车卖浆者流，他们的心思、追求、迷惘、热烈、渴求、愿望……这样的视野在他的注目与切痛之中，这又是什么境界的思维？

所以道不同也可相谋，我和他成了朋友。

现在我是“老转”（转业干部）。老转见老转——这普及程度倘有疑，几乎任何一个场合总会碰上“哈，你也是老转！”这回事的。大家心境还滞留在当年，看他这书，有点像“当年”的指导员给当兵的讲课；又像他自已来了与你娓娓谈心。时代变迁了，大家都在忙着生活、挣钱、养活家人、教育子女，但看这书，一勾起当年，那份温馨仍有点“有足为外人道”的受用。

弱冠时就知道，一个人，无论他是什么出身、地位，他们的目光只要注视着那一群，他就是那一群里的人。将军也是士兵来，将军回归士兵中，这就是田永清吧。

寄语吴欢

做一个吴祖光这样的人真的是很难，难的不全然在于他的遭遇中命运给他的不幸，他的内心的孤独与无助，不在于四周向他投去仇恨与怀疑的目光，他的迷惘、愁恨、焦虑，求不得，怨憎会、爱别离、五蕴盛……《易经》里其实早就揭示过。“吉凶皆生乎动”——它就是说：你千万别动！你一动，便有百分之七十五的可能结果是“不好”！这当然特指我们人类，我们是会思想、能劳动的动物，我们痛苦，是因为天生是如斯动物。当上天将雷霆闪电与暴雨降临给你，寒风呼啸的寥寥雪野上你衣着单薄；你饥饿得行路像齐人那样“贸贸然”，在夜色凄迷中踽踽独行。你自己心中难道不知自己“最需要”什么？要一个能容七尺之躯的茅庵吧，要一袭暖和一点的棉衣吧，需要一碗饭的吧……一间燃着橘黄色如豆荧灯的小屋吧？

然而当这一切赐予或获得都是有条件的，你能付出的努力与人道之于生命这一点点的期盼倘若是相当的，谁都会无例外地接受。但若是“有条件”是“嗟来之食”，是你还需付出你的良知，你的人格，你会怎样？

我读过司马迁《报任安书》，他写了那么长，其中“人固有一死，或重于泰山，或轻于鸿毛”，现在还在用。人们似乎没有想过，这句话其实是很极端的——他当时性命如同悬系巢卵，是在极端的形势下说出的极端的言语。事实上，历史与现实都不是这样。除了文天祥，都是严世藩？不是吧？多数人不在泰山与鸿毛中选择，他们活得更像宇宙中的尘沙，如同河中的鹅卵石，没有泰山那般重，也不似鸿毛那般轻。司马迁的志节、气节，是不必问的，但他的信的意思还是很明白，他要活，要把《史记》作出来。他要做事必须降心辱志，这是多么可悲的事！

同样是西汉人叫邹阳，很巧，他也是在狱中，身罹不测之罪，上书他的主人梁孝王，其中有两句话“明月之璧，夜光之珠，暗以投人，莫不按剑相眄”。“何以故？知与不知也”。是明月之璧，是夜光之珠啊！那是多么好的对象！倘你是在暗中向人投过去，那人就会按着宝剑恶狠狠地盯着你——他居然是想杀你！为什么呢？并不是因为你有什么罪，因为他不知道你的用意！

再举一例，在《鬼谷子致苏秦张仪书》中如是说：“子独见河边之柳乎？仆御折其枝，波涛激其根，此木非与天下人有仇怨，概所居者然。”这柳树，它本身并无过错，它只是生错了地方，所以随便什么时间，什么情况，都被人为物所折辱。

这算“如是我闻”吧。倘若讲国粹——鲁迅先生说，是吾国独有，别国所无者，比如说我们头上长了一个什么恶疮——这是我们漫长历史上的一粹。秦始皇不愧了一个“始”字。郡县制、完善文武分属系统，车同轨，书同文，一统度量衡，还有“焚书坑儒”，他也是“始作俑者”，什么都是他先开头，后头的人竟无一人能稍有更张。知识分子挨整，从他成了例之后两千年不息，谬家写文章，指我为封建余孽，美化封建帝王，还期盼着将我塞进“时间隧道”，回雍正王朝去，让我尝尝“血滴子”的厉害。我一直在战战兢兢等待着某一天，一群三道头什么的来敲我的门，但事实上是只有这位评论家在泣声在墙外呼喊——他希望有个什么运动。然而从邓小平始，江泽民继，这种事拉倒了。

我的这点遭际和你们吴门三代相比，只能说是无病呻吟。

吴家怎样？我以为是辛亥革命而后，站在中国霹雷闪电中挺立迎受的一个文化家族。他们这个家族始终都在文化的峰巅，经受着不尽的凄风苦雨，坚守自己的心灵纯情和文化理念，不以物化，不从地迁，不随时移，不因事变。这需要何等的精神力量？从“洪皇帝”而始，三代人俱都子承你业，前赴后继坚守特立独行的一种理念，这实在是文化史上一个奇观。

为什么说奇呢？因为少。

吴欢不晓得有没有读过李白《上韩荆州书》？他是有名的傲睥公侯，敢于天子呼来不上船的人，但在恳请别人抬举自己时，多么像今日一些作家恳求评论家“请老师指教帮忙”那般小心翼翼娓娓媚气。《容斋随笔》中还可看到《李白怖州佐》一篇那也就相当于我们今天的“县委副书记”，不但小心媚气还有媚骨的吧？

这样冒犯李白，不为亲者，二月河你什么意思？我是想说，人都是具有两面性的，人都是血肉俱全的。我曾写过几篇专栏文章，是谈文人的“这一面”的。这里说的是“李白尚且如此”。

但吴祖光，处在中国政治剧变的时代。风雨摇荡中，他当然也是血肉之躯，七情六欲咸备的人，在坚持人格信念，追求真理，清白纯干个人气质上头，却有“浑身是骨没有肉”的精神境界。国民党整他，是因为他是共产党的朋友。共产党执政，该好一些了吧，偏他又是共产党的诤友。吴欢，你很幽默的，但这事很严肃——你的父亲选择了最为艰难的人生道路，他抛弃了最省力的路。

那是一条铺满鲜花的能幽曲径．中途当然也有误区与泥淖，但只要“稍加注意”，阳光、雨露与春风，浓桃艳李般的芬芳就会伴随在他身边，从他的学识贡献能力，我相信为他扼腕惜念的政治家也会不少，太可惜了，好一个人才，如果不和我作对多好！

是这样的，太可惜了，他只要学会“大丈夫能屈能伸”，“和光同尘”就行了，但他不能，他似乎更记得屈子《离骚》中“苟余心之所善，虽九死其犹未悔”的话——是的，我几乎真的认为，他是中了屈原这话的“毒”。

新凤霞则又是一种情形。如果说吴祖光是门阀熏陶，正统正宗的知识分子，新凤霞则是“自学成才”的。她外在的美与内质的美心灵的美和谐地融合在一起——不是这个加那个，此一味与另一味凑起来那样的整合，而是——怎么说呢，借浩然的生花妙思打个比方：水和面糅在一起。你知道它的成分，却不能将它们分开。她对吴祖先的崇拜与结合，也不能简单地等同佳人之于才子的倾倒，或志同道合的心缘，而这一切，实际上是一种缘分的巧合，是诸种社会、心理、人文观念、崇拜、同志、气质、情愫——自古没人能说清道白的“缘”所构成。这样的结合是如此完美，成了新旧两种伦理的一曲绝唱，各种体制均称完善的欢歌。

没有见到有关新凤霞的“小出身”资料。也许这是她终生的隐秘。我猜她应是寒微梨园世家出身。因为她的名字直译就是“凤冠霞帔”，一般文学素质高的书香门第既有自己的心理要求，称谓上却要讲究含蓄，如此“直奔目的”很像戏班子里女孩子的名字。我昔年在看《杨三姐告状》，有一家报纸介绍，此剧新凤霞原演主角的，她亲自去拜访过杨三姐本人，发现生活中的杨三姐已经“变质”，变得成了个地主婆，已经不是她心中那个光彩照人的杨三姐形象。她因此而放弃了出演这戏。当时看到掌故，我还在想和我弄小说差不多，一旦败兴，形象永无翻身之日。现在更深地想，新凤霞如果不是心理上本能反感这种变成“地主婆”的人，她怎会“败了兴”呢？这不是富人心理。她的兼长书、画，我也以为是“快速”成长，因为构成一代大师的要素，首先是文学要素。有了这个母体，那发展与滋生必定是全方位的。

吴门三代从吴景洲老先生始，在文化、学术上、文学艺术上的贡献，均获美誉，都是大师级水平。吴瀛、吴祖光、新凤霞、吴视……直到吴欢、吴霜，我以为代表人物还是吴祖光。《圣经》里说：他幸福，因为他哀恸了“写这句话的人，必定深通哲理，深通世情”。吴祖光、新凤霞都是幸福的，因为他们一直都在哀恸，他们爱人，也自爱，由此获得了人爱，也获得了人生少有的自尊。有他们在学术与事业上令人钦羡的成就，构成了这个令人肃然起敬的家族精神。

应该说，中国新时代的文艺春天，是从邓小平时期开始，江泽民时期趋于成熟鼎盛，成了“艳阳天”。趋向还在看好。我这样认识，是中国共产党在政治与理智上的成熟，因而去掉了对知识分子的戒心，真正把知识看成是“第一生产力”，“分子”就是自己人。我们也可透过文艺方向、方针的变化看到变化，“为工农兵服务”，改变为“为人民服务”，“为无产阶级政治服务”，改变为“为社会主义建设服务”。这个变化看似微妙，是一个小小名词转换，其实是摸索总结了几千年的历史经验，与知识分子磨合的结果，进入了一种理性的正常规范。

明代有一首《布袋和尚诗》说：“大千世界话茫茫，收拾都将一袋藏，毕竟有收还有放，放松些子又何妨？”可是有哪代君王或统治阶级放松一点了呢？以我有限的历史知识，似乎创造了中国诗歌峰巅的唐代稍有缓舒之后，禁锢与文网是每况愈下。

为什么有直就误，芥蒂生嫌，恶性循环着谬种流传呢？邹阳的那封信中说“何以故？知与不知也”。一个知，一个不知，知识分子生生受了两千多年的浩劫之难，从李斯到李白，到蒲松龄到曹雪芹，戊戌六君子到吴瀛，到吴祖光……这其中割掉多少头颅，洒掉多少热血，终于换取一个东风河开的时代。

吴欢——有人解释成“无欢，无不欢”，我以为带有吴、新二人心理上的自释自解，更是他们的希冀与寄托。他在这样一个高浓度的文化家庭，生于斯，长于斯，出生学养于斯，熏陶目染于斯。这个鬼才的惊人才华也就不是全然不可思议的了。

吴欢，你要出书，这就是我给你的一篇序了。

新大寨行述

大寨——虎头山——梯田——陈永贵——郭凤莲，这是一串名词。打开我们的汉语词典，每一个名词都有它特定的本意，有的还有旁意、注释、索引、训诂、引申义等等。然而昔阳县独县的这几个名词如果摆在词典里，所有的这意那意都会变得非常苍白无力与乏味。因为如果要彻底解释清它们，政治家、经济学家、文学家还有五十岁以上所有的老百姓共同参与、商榷，也未必能得出一个权威的诠注。

同时又不需要解释，因为实际上它们又太明白了。大寨的意义是什么？说白了，是一次人工造山的全民运动。它是中国非现代科技下人力工作能力的极致，人的精神意志向自然挑战的顶峰典范。埃及的金字塔今天的主要用途是让今日之人研究观览的罢？我们现代人类已在造建上千米的高楼了，能说金字塔没有意义吗？不是的吧！将来我们的千米高楼也会同样是这个概念。我时和朋友笑说："大寨是现代中国农民手造的金字塔。"

曾经有一度，全世界来的贵宾和朋友到中国都要到这里来观瞻这座"塔"。即使是现在吧，它已沉浸在落日的余晖里，仍旧显得很壮丽，苍茫的太阳照在这座山上，站在陈永贵墓前仰望它，心中还是充满了缅忆与追怀。

来昔阳是不可不到大寨的。我是昔阳人，三次回老家都没来。这话对生人不能说，说出来我有点儿像个买椟还珠的人。这次总算补上了课。

但是大寨早已不是“层层梯田”那样的风范。它是彻底的“红色旅游区”，是一片茂密森林岗峦式公园。

我知道昔阳这地儿长不起大树。参天大树、遮天蔽日那样的景致在昔阳难得一见。沿着水泥沟缝的石板斜坡路往虎头山上走，我觉得自己实在是长期为错觉所误。

绿啊，山坡是绿的，峰峦是绿的，似乎连天空都被它们染绿了，夹路的树，山上的树把虎头山全部拥抱了。游人在开着不知名山野花的石径上走，也被这绿包裹了，犹如穿行在一条绿色的隧道。时至盛暑，走这样的山道当然要出点汗了，但你只要站一站，习习的山风就会扑面而来，吹得你身上心里都是一片清凉。

它当然不是《红楼梦》中潇湘馆那等形态，“龙吟细细，凤尾森森”的那样细腻柔媚。这里的树也像山西的汉子，质朴、峥嵘、挺拔，一株一株紧紧挨着，显得非常“靠实”，很有个性。这些“个性”密密的连接在一起就成了“共性”：森森然、修修然、井井然，秀挺里透着自豪。有一时看着它们，蓦地就会想起“大寨人”来。

老一辈的大寨人陈永贵、贾进才，就静静躺在这森林之中，“亲戚或余悲，他人亦已歌，死去何所道，托体同山阿”，真真的人生西风写照。托体同山阿的还有大寨的历史陈列馆，和相匹配的不少建筑，错落的嵌在山上，全部都在浓密婆娑的林间掩映。你在这里静坐也不会感到寂寥，因为随处都是历史的辉煌与现在的繁荣在你身边对话。

可惜的是，我连一点昔日虎头山的影子也找不到了，绿化的太彻底了。如果按我的思维，至少要在狼窝掌一带留下一二亩最具典型意义的“大寨田”——我没到狼窝掌，不知有没有？没有，就有点遗憾。历史现实的比照参酌性也就弱了点。但这也许就是大寨人的个性，事情要么就不做，做就做得“彻底”，让他洞穿七札！山上还有郭沫若的墓，山西山药蛋作家孙谦的墓，都是陈永贵的好友，“阴宅”与陈相伴比邻，兀踞在树丛中，不时向过客述说他们自己的历史语言。

没有见到郭凤莲。但我知道她是这里的“老支书”。她当然还有很多社会职务，然而大寨的老乡亲还是只认支书，导游也是一口一个“支

笑对生活

书”。我和她有过接触，但没有见过面，去年人代会期间，我们通过一次电话。她称我“凌老师”，我叫她“郭大姐”。这次听介绍才知道她比我还小一岁。但是我的感觉我没有叫错。人的大小不是单凭年龄就能确定的。陈永贵的一生可以用上“悲壮”一词，我认为郭凤莲，就她的实际形态，比陈永贵还要艰难竭蹶，女英雄比男英雄难作的多。再就是她所经历的世态炎凉，人情冷暖，还有石破天惊的社会变革也极其复杂。山河与理念齐变，人事并境遇同迁，它能够重新再造出一个新大寨，徇为人间奇迹。原本在人代会上约定“回昔阳见面”的，来昔阳预定日程也是要见的，但事竟未能遂。工作人员给我一封她的亲笔信，仅录：

尊敬的凌老师：您好。

闻悉您回到了家乡，又到学校讲课太辛苦了，我昨天下午本来想去拜见您，可没想到饮酒过多误事了，今上午等您回来再次（去）拜见，但是有不巧市领导来电通知让我立即赶到榆次。所以，我就不能等了。我深知您回来一次不容易，见不到您深感抱歉，希望您能谅解我。

三月份就要开会了，我到时一定在北京见见您，希望您多保重身体，有空就回老家看看。

致礼

郭凤莲

2006年7月10日

这封信老实得不能再老实了。如今的应付场谁不知道呢？常见的是，在酒场上接电话“喂，我现在忙，正开会……”。郭凤莲管着偌大的集团公司，说个“我接待外宾，忙……”也满可以的吧！她说自已是饮酒误事了。老实说，我见到这信，心里真的更对她尊敬。虎头山的铁姑娘队长，年方六旬，已经再造出了今日的“新大寨”，她今后还会再有什么大动作呢？这样，人代会有缘见面的话可以问问。

从那以后，我们有了交往。我和乔比起来，最比不上他的就是他与人交往的热情，奖掖后进的那份主动自觉，对人的体贴与关怀。也因我正写着康熙，恰在最紧的关头，每晚要坐到三点钟。乔典运不在南阳时，我极少与近在左右的南阳朋友串门聊天。曾臻也一样。直到老乔患病，住进专医院，我在家写书也是心里发毛，常去看他，和他谈天慰藉，见得也就多了些，因为每次去，乔大嫂是“守摊”的，还有曾臻必在，再就是王桂芳，经常从西峡赶来，和曾臻一道帮助料理老乔琐务——和亲生女儿那是一样的。我为安抚乔有时也说说佛经性命之说，有一次曾臻听我背诵《心经》，她记录不下来，婉请我自己写出来，她眼中盈盈的泪，恳切的牵卷诚意，至今都宛然在目。

乔去世后，我们似乎没怎么见面，后来听说她结婚了，丈夫很好，家也很好，有次路遇，我见曾臻容光焕发很精神的样子，觉得她很幸福。

据我的经验或都是偏见，一个人要是幸福了，就不能哀恸，就会离开文学。

由《中国历代通俗演义》所思

长时期以来，“成分”的阴影在中国大地上徘徊。封建时代，有士大夫、庶人、农工商、地主、佃户、贱民种种“阶层”，或者叫“阶级”。对待各个阶层，使用法律不一，政治待遇不一，经济分配制度也不一，这就造成了阶级仇恨。新中国建立以后，政治、经济、综合国力都有飞跃式的大进步，大改观，唯独“成分”这意识存在依然。“地、富、反、坏、右、封、资、修”成了新时代的新贱民阶层，与旧时代一般无二的新的社会问题不单“存在”，且势头不减，愈演愈烈，生命力鲜活。从深层次原因上说，窃以为是“文革”的重要成因之一。从根本上认识、解决它的政治家就是邓小平。这一社会问题的解决，是从十一届三中全会而始，一步一步使我们的社会政治生活卫生起来、健康起来。

“成分”这种社会政治理念，反射在文学领域，构成了文学创作的一边倒和文学评论的单一倾向。一部作品出来，首先拷问它是“香花不是毒草”。肯定了它“没有问题”，然后再说别的。这种做法带来的后果，是服务对象的单纯性，为下里巴人而创作，“阳春白雪”便受扼制。很简单，倘若你只爱春天，那么你这个花园里便没有荷花、菊花与梅花。本来文学应该表述的观念形态，真善美，爱与死，夺人魂魄，陶人性情，增人学养，冶人操守，这种种功能未样样都与“无产阶级”、“贫下中农”这些阶级成分挂钩。即使是无产阶级，也有一个学习的任务，有提升素养、接受人类美好灵思的必要。事情一旦走向绝对化，必定的后果是“过犹不及”。

老实说，如《林海雪原》《烈火金刚》《铁道游击队》《敌后武工队》《苦菜花》《迎春花》《小二黑结婚》《三里湾》及《苦斗》，这些创作都是十分精良的；柳青、赵树理、欧阳山、曲波这一大批作家，都是十分了得的。但由于这种创作理论的局限，在文化枯竭、无别的书可读的情形下，读者选择了它们。也有耀目的辉光，也有大批量的呼拥读者。但是，这只是一时之作，难以永恒，原因也很简单，它本来就是为这“一时”服务的作品。

今天翻翻《艳阳天》、《金光大道》，浩然的艺术才华仍在熠熠闪烁，这是无法否认的事实。有的学者反感样板戏，其实样板戏也自有它们怡人的风采，这些学者一听就掩耳，那心里暗示的是腻味头痛反感“文革”这场伤情事。姚雪垠的《李自成》怎样？历史题材的文艺作品受“阶级说”的影响相对较少，《李自成》的前两卷我看仍是旷世绝唱，但后来几成“阶级歌颂”，“高、大、全”地表述这个农民领袖，创作的思路就受到了极大的制约。

这些才华横溢的作家为什么没有写出惊天动地的作品？一则是“应人”之作，服务的对象狭小，心胸目光都不能开阔；二则是“ 应时”之作，“ 时过”自然“ 境迁” 。从这个角度看，真个是“求仁得仁又何怨”！

同文学艺术与生俱来的文艺评论怎样？著名文艺评论家孙荪曾有过一个生动的比喻：“作家好比是木头，评论家则是木耳。”我以为孙荪的这一断语说得太理想化，太善良了。若说“评论家应该是木耳”，似乎更贴切一些。因为事实上，木头不仅生木耳，还会生蘑菇，生野草，生苔藓……向木头上钉钉子，用斧子劈它成柴，锯成锯末……可以说都叫“评论”。

生木耳，是于人有益，可以做美味进食，营养作用颇多，但用刀、斧、锯这类利器去评论，得到的是什么？木头畏惧斧加之，就会一律按照预先允许的“规范”去生长，这样去要求“百花齐放，百家争鸣”，花儿长出去前先就要想：我不依“政治标准”长出去是什么花？恐怕狗尾巴草也不是！谁愿意辛辛苦苦爬格子滋长出“毒草”呢？

文学艺术，它的功能绝不仅仅是“歌颂”和“暴露”，它还有“告诉”“讽刺”“调侃”“和息”“要求”“给予”……诸多中性的心理作用。用了“阶级标准”这把唯一的尺子，不是这，便是那；不是拥护，肯定就是反对。表述了改革家，工人农民“火热”的生活，农民起义，那就是“主旋律”，否则，你的嗓门天赋高了，不单当你是帕瓦洛蒂，还会听你是“噪音”，掩耳而走，甚或“吾虽不及师旷之听，闻弦歌而知雅意”——当你别有用心也可未知。

在参加人民代表大会期间受访

用“政治标准”衡量蔡先生的这部书怎样？它既不是“纯文学”，也不是“雅文学”；它不是纯历史，又没有虚造历史，它有歌颂，也有暴露，更多的却是“告诉”、“讽劝”，浩如烟海的历史表述中颇不乏人文思想社会流俗的探讨与调侃。它绝对不可能被我们高层象牙塔尖端的评论居要津者列进“先进文化”的书目里头。

它进行的是人文之美的播种，是中国独有，别国绝无的美好道德的传述和表述。这样老成实在的著作家可能早已在中国“绝版”了。我的估计，历史在一个短的时期不太可能再赐我们一位蔡先生。

中国是世界上唯一两千年历史传承记载不断的国家，这可能与我们“敬惜字纸”的民族习惯有关，除了历史，还有野史、私史、笔记、日记……配合了这一系列的体系佐证和辅助或匡正纠谬的数据、有小说、诗词、说部、传本……小到民间流传的演义故事、书摊、小曲、民歌、鼓儿哼……种种文学与艺术的烘托，众星捧月地簇拥出“二十四史”来（清史尚是“稿”，未能定正）。倘没有绝大学识，绝大胸襟器量，绝好智商与精力，要做蔡先生做的这番事业，确实有点像要求初中生演算哥德巴赫猜想般困难，或者是“骑单车上月球”那样的妄想。

用阶级成分论是无法评论这本书的。你说他有某种超阶级的倾向，那倒是实话。蔡先生是个好老师，他把一个统绪一个统绪的兴亡过程，一个人物一个人物的历史表现都告诉你，顶多偶尔地、很温善地流露一下自己的思绪——余下更多的，是给学生以思考判断的空间。

一部好的历史实录，何尝不是当作一部小说和文学作品看？荆轲刺秦王，燕太子丹送他到易水河畔，那种肃杀，秋高凛冽，壮士义行必死的悲壮？慷慨赴义的情致，是极致的文学描摹。《廉颇蔺相如传》是《史记》正述。“相如因持璧（和氏璧），却立，依柱，怒发上冲冠，谓秦王曰……”后来见不少辞书注释里说“怒发冲冠”一词出自岳飞的《满江红》，这都是不读史书的过。

一部好的文学作品，同样可以看作是历史真实的文学诠释。《红楼梦》就是这样，它不以一朝一代一兴一为局限，表现的是中国封建历史整体形态，代代都这样，这是事实!

然而，好的历史书，好的小说，偏偏都不以“阶级斗争为纲”。贾宝玉是哪个阶级的？曹雪芹歌颂了，赚了三百余年数人的眼泪。就因为它真实，或者说“实事求是”。

这是蔡先生的追求，他不说假话，也不说曲阿的话。他所演义出来的故事，都在史据中斑斑有考。“以正史为经，务求确凿；以逸为纬，不尚虚诬。徐懋功未做军师，李药师（靖），何来仙术？罗艺叛死，乌有子孙？叔宝（秦琼）扬名，未及子女。唐玄奘取经西竺，宁惹妖魔……则天淫秽，不闻私产生男；玉环伏诛，怎得贩真圆藕？种种谬妄所亵之谈，官场辞而避之。”只有这样严肃谨慎的人，才可能写出这样的作品。

我在一次与朋友调侃玩笑说：“倘若现在突然发生变故，中国没有电了，死的年轻人比老年人还要多。”这是特指我们中国而言。中老年人，点过油灯看书，穿过草鞋走路，井水可汲而饮，草根可采充饥。如今的年轻人从酒吧到舞厅，无电脑不能思维，非电饭锅无所造饭，不读书也不看报，心中空如昏天之月，除了钱没有别样的追求，他们不死谁死？这是一点具体表述的思维，如果抽象起来讲，中老年人的头顶，始终有历史这盏灯在照，他们的耐受力强些，恐怕是事实。真的会“没电”吗？有什么事是不可能的呢？一个“非典”可以把满街的人赶回家去，一场更大的意外，比如“战争”呢？

然而我们似乎并不珍惜这些仅存的文史学。还在用“阶级论”这把尺子在量，用斧子去砍他们。

记得在“文革”期间，那些红卫兵曾经有过一个设想，用农民起义的斗争史取代帝王将相的封建史。想是想，真的做起来，他们还是傻了眼。整个的二十四史中，农民起义只能看作是历史的一种“现象”。这个朝代有，那个朝代也有，支离破碎各自在那里，根本行不成历史的连贯和接续。我猜“儒法斗争”的那段历史观表述，也是一种很无奈，很勉强地在生拉硬扯表现“阶级斗争”史观的做法罢了。蔡先生的这部堪称“通史演义”的书当然是以帝王将相为主的，受到冷落也在这般情理之中。

中国的文化中糟粕很多，其中有些东西很要命，这是不争的事实。鸦片战争以来的历史证明了这种文化中含有的“落后量”和“落后质”。但是不是落后了便应轻视、蔑视呢？这需要政治家和社会学家认真思考一下。一只乾隆笔筒，放在现在的书架上，和《大不列颠词典》一处，是增色还是减色？一架春秋“水洗”，已不再用来洗手，是保存研究，还是捧出去卖了铜器？就算碰碎了，比如钧瓷，已经极难见到完整的器皿，但在钧瓷址未发现之前，碎片与黄金等价。

我以为，判断任何一部书的社会价值，只有两个量化了的标准，一是它拥有不拥有读者，一是它拥有不拥有时间。二者倘居其一，即是具备“素质”的作品。什么是“素质”？它可能是进步的，也可能是落后的，但它即使是落后的，也是有价值的；倘二者皆具备——即使它是“反动的”，也是永恒的，无法消灭的。谓予不信，可以看看《儿女英雄传》、《蜃楼志》一类作品。可以肯定地说，这两部作品的主旨是陈腐的、落后的，但是，无论什么样世界观的评论家，你可以说三道四，可以恨之入骨，你就是消灭不掉它！因为它的内在有着永恒的美，无阶级、无意识的“芳情只自遣”，践踏成泥“依然香如故”。

啊，我们在审美时，总是在辨认哪是香花，哪是毒草。我们总是戴着显微镜、放大镜和化学试剂在观赏自然，这样做不累吗？安徒生童话里讲了一个故事：一座烧焦了的房子，旁边盛开着一丛绚丽的玫瑰。画家走过来，他感动了，便在旁边写生创作。倘这样问，这画家他是在为贫下中农在作画，抑或为地主阶级？问话的人是否有毛病？我们警惕得是否过分了？看见一部作品，倘是写“要人”的，立刻联想到它是否“利用小说”来反党？写知识分子遭遇的，是不是“在讽刺”党的政策？写“三家村”的就是在组织什么小集团，写海瑞的那是为某某翻案。《水浒》是写“投降”，《三国》呢？是“英雄创造历史”……过敏得像得了神经病，脆弱得像系一根黄瓜或者“琉璃扑噔”儿。

蔡先生的这部书的题材是写帝王将相为主的，和所有的旧知识分子一样，他无法避免一些陈腐的，落后的，甚至是“反动”的东西。“反动”是否一定就坏，“革命”是否一定就好，这不在本文探讨范围。但蔡先生的这一系列确实做到了“两个拥有”，它还要“拥有”下去。我看它的生命力起码比我的书要强。从实效意义上看，它的生命力还在加强。现在还有多少人能看竖版繁体字的“二十四史”呢？不能。就是简体字的古文版也不能。但我们的民族历史要承，要绪，读蔡先生的书可以导你入门。且是独此一家，别无分店。从这个意味上说，真的是“厥功甚伟”了。

我是反感成分论的。无论从社会学概念，还是文学评论界定标准，统都反感。看到现在一些评论家：你写一个海瑞式的正直官员，他说你在宣扬清官；你写一个忠于国家爱人民的志士，他说你歌颂“愚忠”；你写帝王将相呢？你是在颂扬“君权统治”，是“封建余孽”，是“奴才”……还是安徒生那则童话，画家是此意识，麻雀们又是彼意识，“吱！那有什么画头？那不过是些红的和绿的堆起来而已——吱！”

帝王将相不可以歌颂吗？歌颂他们便是反民主？我看不能这样说。我不能同意，用今天西方洋大人的标准来衡量我们过去的中国，甚至我们现在的中国。我不是政治家，但作为小民百姓自由见解；比如说民选，现时进行普选，选出来的官怕恶霸多了点，有钱人多了点，贪官多了点。——这不是坑我们中国“公民”吗？

只要走在历史上曾经对改善当时人民生活，对推动当时生产力的发展，对巩固当时国家和平统一，文学艺术昌明，对当时民族团结曾经做出过积极努力和贡献的人，无论李世民、雍正、李白、辛弃疾，抑或毕昇、黄道婆、蔡伦、郑和……就是要歌颂，管你说什么！

蔡先生的这套书，从文学性上说，只能说是“中平之作”。它是一座矿山，山一样的巍峨，中有茂林修竹、流泉飞瀑，内含煤铁金玉，自然也有土，有毫不起眼的砂石。它的非凡就在于它的丰富蕴藏。前面说过，它不是应遵命评论应运而生，而是应时而生。在整个封建制度崩溃、新时代还在阵痛时，他用毕生精力唱出了这部史诗，可以听为挽歌，也可以看作新时代的催生符。这岂是几个在沙龙里坐唱，坐看别人辛苦，封就了自家是文坛盟主、骚坛执牛耳辈所能为！

是为序。

《如坐春风——王钢人物报道集》序

王钢是怎样一个人？很难用一句话概括。我识得她还是缘于故去了的作家乔典运。没有识得她之前，乔典运在与我谈话中就曾多次说过王钢怎样怎样如何如何，说他的文章多重格调，写小说是什么味道，写报道又是何种格调，他写散文又是品类各异的趣向……中国话中“他”“她”是听不出性别的，以至于我见了她才眼一亮：“哇！（现在时兴的惊叹句）原是个漂亮女郎也！”一来二去见面既多，相知也渐深，竟是有点忘年交的朋友了。她告诉我，在她上大学的时候，同系里有个长得很黑的白姓姑娘，同学们戏说“白静不白，王钢不钢”——意思说她个性柔弱，不是那种霸气灼然的人。记得第一次见她是在朋友家的小宴上。我当是还算的一个饥饿者，遇见可口的就猛吃猛喝，吃相自知是差劲得很。为解嘲起见，我说：“我曾经是急性胃扩张，撑得昏迷三天三夜，仍旧不肯改悔，我是个猪托生的……”她在旁听着捂口窃笑。后来熟了，我问她：“你当时笑什么？”她说：“我听着好玩。”

她的这个名字误导了不少人，有一位大牌影后来河南，她去采访了，也报道了。大概报道写得太实、太客观，批评了那位影后，那位影后居然到一位省委领导那里去告状，说：“你们有个记者王钢，他调戏了我”！幸好报社领导解释王钢是个女的。

王钢的“皮”是尽人皆知的。就我知道，这个韧性与弹性，都限制在一个极为严格的尺度当中，不肯苟且，不愿随从，不说过头话，尊重别人，不轻易给人下断语，也不马虎人云亦云。我盛年时是个十分气盛的人，想到哪儿说到哪儿，见了人即使想交往，也要“先砸一砖头”，打掉对方的盛气才“视情况而定”。包括我后来终生敬仰的史学家冯其庸先生，回忆第一次接触，那话也是很不客气的。记得第一次和王钢聊起来与某位名流的遭遇战，我夸夸其谈，大讲“砸砖头”效应，她冷不丁插问我一句：“你好像还很得意？”

也就是这一问吧，问得我们距离近了许多。这一问之后，在背后我再也没有说过别人尴尬自己得意的话头。《晋书》里头竹林七贤之一阮籍是“口不臧否人物”，还有嵇康的应酬之学，避嚣混世练达人性，幼年读书时因了人性人情之恶，以嚣避嚣的做派，但忘掉了别人也是不容易，也有痛苦与难受挣扎。我想王钢也许是自悟，也可能读过《邹阳狱中致梁孝王书》：即使你是“明月之璧”，是“夜光之珠”，也不可以暗以投人，你去砸别人就不对，何况是砖头！——她实在是善良人。即使是整过她、与她不合脾气的人，一旦有病有灾，她也会唏嘘不安，祈祝这人平安。这样的事我已见她几次。与王钢打交道，好人歹人为恶为善，你可以放心她，你吃不了她的亏。

王钢的第一部集子是《天地玄黄》，文类相当驳杂，弄通讯、报告文学、散文、小说，都没有一定的轨迹。我的看法，她几乎什么都爱，看到什么写什么，都做得极投入、极认真。读她的文字和见她这人一样，她的关怀是让读者明白：这世界极大，除了你自己，还有别人呢！也就是看了这部书才晓得，她今天应有的学术地位与工作成就，那也是极艰难竭蹶挣扎奋斗而来，没有一步是“幸得”。她的“容量”，与她的“伸缩性”，“皮”和耐磨耐摔，从她手指按着冷冷的琴键，教孩子们唱“1——2——3——4——”时，就养成有素了，浑然圆融了。

乔典运在世时，我、乔典运、王钢，还有一位摄影家贺海龙，都是好朋友，见了面琢磨切磋，口无遮拦心不设防。我早年受人轻蔑欺侮惯了，练得心虽无山川之险，口却有城府之严，见了人常常先“警惕”起来。一见这几位，立即就麻痹了。现在乔已逝去，我和海龙步入老境，或游戏子孙，或游戏笔墨。王钢却还在认真作文认真做事，除了编排她的饭碗工作，还在照护儿女，她的丈夫云正与她和谐美满。她有这样好的落局，真也不枉了她半生的努力。

“王钢不钢”，其实也不然。为人处世见柔见韧，这是她的特性。你想象不出一个暴躁、剑拔弩张的王钢是什么样子，反正我是没见过。看她的小说、散文，也是个温婉派吧。我没有见过她的诗，想来大抵差不多。但是一写到报告文学，写到现实中实在的人事、人物，她的思绪似乎发生了跳越。世界的“世”，本身有“蒙蔽”的意思；“界”有“间”的含义——这当然是佛学堂里头的东西。从创作文学到写实文学，她似乎是从尔一世跨进我一世，从彼一间跃进此一间——文学本就无间炼狱，大致一个文学家都定格在某一间中，而她能随便这一间那一间轻松地串门儿！我晓得她读过一点佛经，是否从中有所悟呢？本来“阴柔”的她，到了《如坐春风》这本书中，你找不到她了，虽然没咄咄逼人，不作张牙舞爪那种竭力，但很轻松的，变成一种健美的阳刚之气。人物在她笔下，无论血、汗或泪，都在向你倾诉那斩棘披荆、摧枯拉朽的奋进与角逐，一往无前的男性格斗精神。你单读这文，难得想到作者她是女的，这其实很令人诧异的。

“如坐春风”的典故，出自宋代《伊洛渊源录》卷四：“朱公掞见明道（程颢）于汝州，逾月而归。语人曰：“光庭在春风中坐一月。”本意是指与良朋益友会心交流时的心态。我解释异化说，这《如坐春风》中采写的人物多是春风得意的成功者，王钢坚持不同意，说“没有那一说”。我还有“王钢如坐春风”的意思，不知她能否同意接纳？

《月照上人禅画丛集》序

早年读清人笔记，是纪晓岚还是什么人，到寺里随喜，想拜访方丈大和尚。小沙弥回说，“师父不在”，接着替师傅叫苦，早上见某檀越，接着某贵人来访，寺里大兴土木又得到施工处看防着工人怠惰，某某大人喜得贵子，师父又要亲送法物过去相贺……种种繁难，局外人不能知云云。纪晓岚便回了一句，“你师父这样多的苦恼，何不出家？”

我原以为这是乾隆时候一道风俗世情，后来读得多了，也见得多了，才晓得，但凡世道兴旺，人们有钱，有闲，大致和尚们便要苦恼烦琐。人们有钱，要布施，那布施也有大有小，斗升之资有小和尚去应酬，或弄个“功德箱”你自个去塞罢；有的檀越捐款，动辄百万千万甚至上亿。那么，大和尚就得亲自出面接洽。小人物来寺里拜佛，自己在兰若里徜徉转悠就是；大人物来了，老和尚又另一样俗忙。这是件很无奈的事。和尚们忙，他们无法“出家”。或者说这样的“忙”腐蚀了他们，腐蚀得他们除了俗务应酬什么出家人的事也不做了。一脑子心事“发展旅游”。

和尚也是人，他们这样俗务缠身，从本愿寅缘上说并没有错误。我的意思是说，你自己就没有清净心，你怎会给了别人这种心？

但月照不同。生在当今世道，我相信他也会有诸多的社会应酬。但是，他的天目山有着不可向迩的佛意。他自己忙着的，也是在修他的“禅”韵。你不需要去寻什么证据，看一看他的画就知道了。我第一次见到他的画，就对家人说：“这是个高僧，你们要明白，没有禅心画不出这样的画。”

和尚是什么？如果把佛寺比作一个学校，教着芸芸众人生向化向善之心，这些僧侣们其实就是一群佛派出来的老师。人们向佛礼佛，佛已涅槃，就由这些“师父”们来图说大义。

我听说，佛教在历史上又得名“像教”，盖“以像设教”之故。可见佛像艺术之于佛教，竟是何等的重要了。佛教经籍浩如烟海，佛教哲理古奥深邃，常使学佛修道之人，如入莽莽群山，茫茫丛林，短时之内，难获要领。而佛像艺术，则如“轻舟撑长帆，绝壁挂云梯”，正是引领众生趋向解脱的方便法门。纵观佛教在我中华大地弘传的两千年历史，就是佛经所传述的理体法身与佛像所呈现的艺术化身之间，互相印契，互相显发的历史。佛像艺术，犹如纳藏大千世界的一粒沙尘，或似开敷庄严法界的一瓣花叶，既聚结道体，具福田之广；更包蕴禅心，兼慧海之深。

然而近世以来，佛像艺术衰落了。与前代的顾恺之、吴道之、贯休、李公麟诸辈梵画圣手比较起来，现在已经鲜有能够启发世人断疑起信、灭痴破闇，帮助见闻者清净宿业、同登佛地的佛像艺术上乘之作了。可是鲜有不等于没有——据我所见，至少还有一位当代的佛像艺术大师，其作是称得上“禅画”的。其为谁也？月照上人！

在本书留给我的宝贵篇幅里，我不用为月照上人多作介绍了。这里只就月照上人的作品何以称得上“禅画”的问题，谈两点我的看法，以求教于佛学及艺术领域的方家。

我认为，禅画，禅画，必须具足“禅”与“画”这两种要素，方能圆满成就。什么意思呢？简单说来，就是一幅真正的禅画，是“看禅有禅，看画有画”，同时又是“禅在画中，画在禅里”的。

欲认识月照上人的禅画，且容我学一回“野狐谈禅”，从上人之“禅”说起。

作为佛像的绘画者，首先应该具足对佛、菩萨形象的正知正见。“佛”其实只是一个名字罢了，“他”的真实所指，是我们人人心中都具足圆满的平等觉性。“佛”本来是无“像”的，不可以音声求，不可以形相求，所以《金刚经》说：“若以色见我,以音声求我,是人行邪道,不能见如来。”“凡所有相，皆是虚妄，若见诸相非相,即见如来。”这里，“如来”即佛法真理——佛陀所亲证的平等智、平等觉之代称。佛、菩萨的形象，归根结底也是“相”，但其施设的目的在于“设教”。虽然佛法真理是“言语道断”，不落言筌的，诸佛之身亦离诸言说，随机应现，无有定相。但因众生颠倒执着，分别心重，佛无形象，众难归投，心无所依。人的眼睛被称为灵魂之窗，是触及心灵的通道。佛像艺术，正是要使人借由眼睛的观察，窥破相与非相的玄机，惕然憬悟，进而自然脱化，超凡入圣。图绘佛像，就如标月之指，司南之针，教人在解脱路上有方向可凭，有榜样可学。故此佛像绘画，功能首在“教化”。既为教化，画者就不可在佛像绘画中夹带“私货”，过分强调个人主观感受和个性化技巧的表现，而只可以佛法真理为究竟依归。欲将世俗一般绘画上升至禅画高度，画者须秉出世脱俗之志，入佛知见之心。先将胸臆内中所有的情见染识，一扫而光，方能进入心净即净土之境界，方可与佛、菩萨感应道交。

所谓禅画，就是“画禅”，是用绘画的形式吐露禅心，传达禅意，指示禅机。欲成为禅画家，就必须通达心性之学。月照上人本身就是一位般若大师，他常能通过深入浅出的开示引导，使人获得悟性之体验，在对无上禅悦的感受中复见本来面目。

对我而言，观摩月照上人作画的过程，就是感悟禅理的时机。月照上人的禅画艺术，既是他孜兀穷年研习书画之功的积累，更是禅家本觉自性的流露，是深得心源、返达法体的境界写照。上人进行禅画创作的方式及程序，皆不同于世俗艺术创作。在他作画之际，首先要熏沐顶礼，讽诵真言经句，就艺事而做法事，视画几而为坛场，化方丈之室为无量沙界，止定运观，至心礼请十方诸佛菩萨光降于斗室之内，邀集三界龙天护法神众周匝拥护。当此定慧双运之时，神游于六合八荒之外，身得预灵山莲池龙华诸会，诸佛菩萨、龙天护法一一于定境之中示现分明。上人目乃识之，心乃念之，笔乃绘之，遂成当今世人有幸瞻睹之佛画巨构。

再说月照上人之画。大凡具有真境界的禅画家，都会断然摈弃玩弄笔墨技巧与概念游戏。月照上人在禅画创作题材的抉择上寄“求真”于“务实”，笔出于心。他的白描人物禅画，以充分刻画对象的内心世界为旨趣，下笔斩截，略无滞碍。所绘的佛、菩萨像，慈容蔼然，静穆端严。衬物衬景，无不传神；片云泓水，俱显妙谛。唯有经过学养、道德、心灵的三重修炼，绘画之笔方可无所不能。上人所绘佛像，姿态万千，瑰丽多姿：说法图有说法之妙，涅槃相有涅槃之味。佛陀有佛陀之庄严，菩萨有菩萨之妙相，罗汉有罗汉之清容，金刚有金刚之神威。正是："墨海中立定精神，笔锋下决出神韵，尺幅上脱去俗气，混沌里放出光明。"观赏者心灵中所蕴藏的美好情操被悄然引发出来，不觉进入人佛交接的境地。

月照上人的禅画，直现人类精神之最高境界，直诉生命与宇宙之真实哲理，释放出智慧的能量，透射着彼岸的光芒。它是有形之梵呗，无声之禅诗！

为贺《月照上人禅画丛集》付梓，谨将拜观上人禅画所获一二管见，连缀成文，勉为之序。

大山深处闻箴言

在人生的长河里，一个成功之人所达到并保持着的高度，绝不是一蹴而就的，它交织着登攀人一路的艰辛，凝聚着探索者无尽的汗水。张国臣的新著《嵩山的流泉》（张国臣文集《嵩山的流泉》丛书九卷，2008年11月河南大学出版社出版。）丛书共九卷，是数十年来对嵩山少林文化现象进行研究思考的又一心血之作。其中的《箴言卷》，观点精辟，意境高远，文笔清新灵动，透射着思想的火花和深厚的知识积淀，蕴涵着对嵩山少林文化的真挚之情、真知之见、真实之感，启人心智，催人奋进。

一是真挚之情。真情源于挚爱。挚爱是一种境界、一种气质、一种心灵的升华。作为嵩山之子，张国臣是在嵩山南麓读完了小学、初中、高中，他记下了数千条在少林地区所听、所见、所悟的箴言。这些箴言，也是作者执着的“嵩山情结”的一个浓缩，读者可以从中深切地感受到作者高远的人生追求，对生命、亲情、友情、爱情的讴歌与挚爱。比如书中对母爱的赞美，“母爱之崇高如大山，深沉如大海，纯洁如白云，无私如天地。那根为游子缝补过衣衫的慈母线，是世界上最长的线”；“母亲的脸是镜子的先驱，她的心是水做的，生气的时候是冰，暖一暖仍然是水”……字里行间真情流淌，令人感佩。是啊，人世间的美好都是用母爱铸就的。在我的历史映象中，母亲的飒爽英姿永远是我生命中的一个亮点。我千辛万苦创作《康熙大帝》，其耐苦坚忍的品格完全来自母亲地地道道的家教。在这个世界上，有很多资源是可以再生的，唯有生命属于每一个人只有一次。用爱拥抱生命，生命才会有内涵；用情点燃生命，生命才焕发出活力。从此意义上讲，嵩山少林箴言中关于人生、幸福、事业、家庭、爱情、友情的睿智诠释，正是作者挚爱生命、执着奋进、升华人生的真实心声。

二是真知之见。真知源于实践。再伟大的智慧，如果不能应用在行动上，也将是毫无意义的材料。嵩山少林箴言不是空洞的、虚妄的说教，而是生动、具体的实践结晶。读嵩山少林箴言，给人的最大的感受是，道理真切深邃，既有激情的飞扬，又有思想的浪花。作者结合自己的人生感悟，从政治、经济、法律、管理、治学等多个不同的维度，对前人的思想成果进行了有深度地发掘和提炼，形成了比较系统的箴言体系。例如，"政治就是权力的体现"；"法律是人民权利的喉舌，法院是法律帝国的首都,法官是法律帝国的王侯。迟来的正义即非正义，正义被耽搁等于正义被剥夺"，等等，就揭示了权力与权利、法律与正义之间的逻辑关系。"和谐，并不意味着没有矛盾和差别，而是多样性的统一，和谐，并不是稳而不动，静而不变，而是动态的稳定"；"管理就是把复杂的问题简单化，把混乱的事情规范化。管理意味着制度选择，制度的力量就是培育人、激励人、开发人，为人的发展提供制度平台，使想干事的人有机会，能干事的人有舞台，干成事的人有地位"，等等，就昭示了管理、和谐与人的发展之间的渊源关系。"知识是头上的花环，财产是颈上的锁链，智慧是穿不破的衣裳，知识是取不尽的宝藏"；"时间永远是最短缺的资源，它的供给丝毫没有弹性"，等等，就阐释了珍惜时间与学习知识之间的因果关系。书中这些真知灼见，给读者以启迪和力量，无疑具有方法论的意义。

三是真实之感。真实源于修炼。能追无尽境，始为不凡人。一个人能放弃什么，关键要看他想获得什么，能放弃常人不能放弃的东西，一定能获得常人不能获得的东西。作者多年来始终没有忘记奋斗，始终保持着一种浩然的正气、蓬勃的朝气和昂扬的锐气，在人生道路上奋力开拓探索。出身贫苦而不自卑，创业艰难而不安逸，事业辉煌而不奢华，书中处处可见作者对生活、理想、名利、品德、苦难独到的解读。例如，他在书中阐述的“人生三境界”给人以警示和启迪：一是“逆境”，此时不能自暴自弃，而应愈挫愈奋，坚信“冬天到了，春天还会远吗”；二是“平境”，此时不能颓废消沉，而应刻苦学习，加强修养，坚信“是金子总会发光”；三是“顺境”，此时不能忘乎所以，而应戒骄戒躁，要多为人民办好事、干实事，要“夹着尾巴做人”。是啊，人们往往钦慕的是成功时刻的鲜花和掌声，但有谁知道背后的艰辛和苦难？我认为，成功就是才气加运气再加力气。没有力气，才气就会凋零，运气也不会垂青。有人问我，是学什么专业的？我回答是，社会大学毕业的，学的是苦难系拼命专业，课本是世上没有免费的午餐。坎坷之身须怀壮伟之志，穷困之境应无颓唐之意。张国臣多年来痴心不改，在嵩山文化苑中苦耕不辍，继《少林文化学》《神奥嵩山》之后，又用心血凝成了《嵩山的流泉》丛书九卷。可以说，能够完成嵩山文化研究领域的如此鸿篇系列，这本身就是作者真实人生、奋进人生的一个大写！

是为序。

贺《经典南阳》的出版

南阳社联组编的《经典南阳》沉甸甸地送到我手上，我的欣喜可以说是“莫名”的。因为正是这一类的书滋养了我，成全和造就了我的知识建筑构件，才有了我自己的那几本书。

很多看上去颇有学术造诣的人，历史上的人事问什么知道什么，件件事说得头尾有序，言词之喋喋，手势之翩翩，声色俱佳，这样的朋友我遇到很多，但你若问他当时人的生活情况，一板子便打到了他的天灵盖，立刻“盖青”就是了。那原因很简单，就是他读书、读历史，不读“志”，《食货志》、《礼志》、《乐志》、《舆服志》……他不读。哎呀呀……那太枯燥了耶——结果是拔了一堆鸡毛，把鸡给扔掉了。

参加座谈会

这一部《经典南阳》的好，是因它是南阳的一部“志纲”，你叫它“名片”也可以，因为读一读这本册子，立刻知道“南阳”是怎么一回事，历史、人物、社会、生活、人文、地理、天候资源明明白白说给你，帮助你来“游戏宛”，来吃喝玩乐或是来干事业。造这个座“缘桥”。说他是“纲”，是因为南阳的情况太复杂，太多。这本书就是南阳社会总介绍的引领，好比一部大书《永乐大典》《古文图书集式》《四库全书》都有专门的册子来做它的“纲引”，甚至《清史稿》这样的书也有这类东西。否则你进来南阳就会如入具茨之山七圣皆迷。

因此他很有用，说是南阳著述史上的头一部新中国成立以来固是，说建城以来亦是。把南阳府志和各个县志联系比较，立刻便能明白这一点，社科联的编辑者，早就告诉我了这件事，我一直表示赞同，叫我写点什么，我就在书前说了那么一通，这是市委宣传部和社科联的一件无量功德。

南阳是个大气的地方。

《经典南阳》是一部大气的书。

给田颖的书序

我一家与兵营大有不解之缘。我父亲是兵，母亲是兵，我高中毕业也当了兵，我的二妹三妹也都是参了军，三妹甚至到如今也还是兵。我的女儿成人，我很快也让她当了兵，如今她已有十一年军龄，也是个老兵了，她的丈夫我的女婿也是兵，这就好比基因，胎里带着兵因子，走到哪里自自然然的就与那里的兵厮混。田颖就是在北京结识的新小朋友女兵。

当兵的人好打交道。简单、明快、不藏不掖、豪迈、爽气……这些个词，与生俱来的和战士与兵营柔和。就团队精神，做事拼命、阳刚孔武、远离阴柔，这些气质精神，没有哪一个社会团体可以与军人队伍相通相同。田颖给我的印象也和这样一个整体形象是融在一起的。记得我是在十六大会议期间，会议休息，我到老朋友田永清家，在那里的家庭聚会上认识的她。我和田将军是大人，她还是个女孩子。我们说话她不插口，只是会含笑坐听，端茶倒水。动作麻利干脆，偶尔说笑两句，言语却快捷便利，又响又脆。如果说个人特点，她给我留下的印象是洞明清爽和干练。我也就知道了她的岗位，是在中央电视台的七套上班，就本职工作去说，她与“孔武”无缘，倒是“孔文”来得合适一些。

她在北京，我在南阳，接触不可能很多。时而会接到田永清或者田颖的电话，×月×日几点钟，她主持某个节目，叫我观览。我也就欣然地届时打开电视。其中还有一次是她带人来南阳给我做了一期节目，做得也很好。我亦如法炮制，通知了迩密亲友，“请打开电视，瞻仰二月河光辉样子，漂亮嘴脸”。我是全国人大代表，每年铁定要去北京开会，少不了要和一群当兵的朋友聚一聚，田颖只要在北京，座上肯定有。然而就近几年，见面是越来越少，原因很简单，她是越来越忙了。

她在忙大事，你看看这个菜单就知道了：

主要作品

30集大型系列节目《中国女将军访谈录》担纲总编导

44集大型系列节目《南粤纪行》担纲总编导

44集大型系列节目《走进云南边防》担任第二路负责人

70集大型系列节目《长征轶事》担任第一组编导、组长

102集电视系列节目《中国将帅》担任总编导

7集系列报道《“十一五”开局之年电话交战》担任总编导

7集系列报道《总后勤部实施“三星”人才工程建设十年成绩斐然》担任总编导

5集系列专访《科技金星》担任总编导

7集特别关注《激情方永刚》《快乐方永刚》《亲情方永刚》《感悟方永刚》《图说方永刚》《祝福方永刚》《送别方永刚》担任总编导

6集特别关注《青春与使命同行——全军青年工作巡礼》担任总编导

这都是她忙出来的。这岂是那些个只会描眉、美容上班混饭的女子所能？还有她摘取那许多的奖，踮起脚尖就能掰下的吗？

田颖真的让我刮目了，她在台里负的责任越来越重。但你看这个菜单，单在台里根本无法操作，需要带人带机器去“跑”。说得雅点，就是去跋涉。案头工作、组织工作、跑腿、联络、精心结构还要体力支撑。孔文、孔武少一样也不成。所以，她的这本书《非常对话：军旅名家》摆在我面前，我真的感慨系之了。

她为请“凌叔叔”写序，寄来了她的个人履历，我看得很仔细。过去的事虽说过去了，但这履历载重的“质”和“量”不是那等的简单。她还太年经，我见到的是文章后的文章。就如我的这篇文章一样，也还是送她的序。她还能做多少事，还会写多大的文章，恐怕我还得刮目。

记不得哪个刊物，封面用了她的全身照，真的是“玉照”。婀娜，而且绰约，作为一个巾帼军人，她也没忘掉自己是个红颜。她哪来的那许多精神气力，如此全面地塑造自己的事业，灵魂与外在的美呢？套改一句老词吧，“此固一世之雌也，而今安在哉？”很好回答，她忙着呢，她在台里忙事儿！是为序。

2009年6月中浣

给王刚的序

在不同的地域，人们对我的称呼是略有异趣的。在南阳，熟人是多极了，似乎满城人都认得我，早晨出去遛弯，叫“二月河”、“二老师”、“二先生”、“伯伯”、“爷爷”、“兄弟”……杂得很，带着有点“社会性”那样子，到郑州，叫“凌老师”、“解放”、甚或“老二”的居多，再到北京，大致就很正规，就叫“二月河”的罢——不过这几年熟了，依着北京的风俗也有叫“二爷”的：不是长一辈的意思，而是有点像《红楼梦》里的贾宝玉，贾环等人们统称“二爷”“三爷”的那样。我今年犬马齿已是六十有三，常见的朋友们差不多都比我略小，所以无论北京、郑州南阳，毕竟还是叫“二哥”的多些。

王刚就管我喊“二哥”，她爱人郑云正，很优秀，在郑州一所军事院校当官。从她，也叫我“二哥”。这当然是有妇唱夫随的情致，也有更多的私人因素，她和云正的结合，有我一份贡献，我算得——过去不恭敬的说法，名叫“撮合山”，“牵马”——正规说，我是半个红娘，“介绍人”的呢！

前两年吧。我在《光明日报》发表文章，谈自己一些人生感受，说到了中国作协，我说：（大致意思）作协应该是作家的娘家。中国作协是我的娘家，但是是“后妈”。后妈也是妈，也是好的，然而虽好，也还是后妈。中国作协当时的领导不是金炳华与铁凝，不知他们有读到上面这点文字没有？也许读到了，有点别扭的罢。但是一个作家，他的本分就是说真话，反映自己的真实感受，我说的是实话。

那么河南省的同仁们，我又应该说点什么呢？下笔时，我真的颇为踌躇：因为时间已过去了二十多年，我找不出正确的词儿。是……姨太太生的儿子吧？也很爱我，也没把我当外人，也不曾受到什么打击排斥……中国有句话叫“不是自己的肉，贴不到自己身上。”两张皮。

这不是在批评谁，更不是牢骚，是我的感受耳。这不是中国作协、省文联作协的过错，也不是我的过错，是命运的安排，是个“美丽的错”。是斯人斯世题中应有之义。我有一个比方，曾和已故的老乔说过，好比买火车票，出版社是火车站的票房，外边作家在排队出书，而作协则是维持排队秩序的车站工作人员，他们研究“××现在创作成就大，该给他出书了”，就和出版社联系、推荐、介绍——“官方的正规渠道……然后出版社再研究，书号、编务、印数、定价……出版！我是在旁不懂规矩的作家，加队了，不管三七二十一，挤到票房口一伸手进窗口，我买票！——一下子领到了《康熙大帝》的出版权。长篇小说——是“卧铺”吧！印数头一版就七万多册——是“下铺”吧？这怎不叫别的排队人，还有“维持”队伍的人心里“别是一般滋味？”大家虽不排斥我，就如老乔当时一句话“别这样想，作家主要还是看作品嘛”—— 但有点“那个”恐怕也还是有的。因为有这点子心理障碍，我到郑州就有点自惭——躲在客房里看书就是了。来访我的人绝对没有“上级”，就是孙广举， 鲁枢元，还有王刚。

王刚好像没有地位观念。谁来都一样，谁见她都一样，对谁都一样。亲善而有节，座上固有达官富贵，也不乏引车卖浆的初学作者。我看是这样：只要你是友好的，我肯定你是同样的回报。即使平时与她稍有芥蒂的人，她闻知对方“遭了事”，遇到了大麻烦，她也会蹙起眉头，为那个人的不幸担忧。你看她文章，有的处锋芒微露，似乎相当有杀伤力，但在同她相处时，你见不到她剑拔弩张的样子。温婉善待，宽怀……有原则，一直这样。其实我在认识她不到一个月时，她已是河南日报文艺处的副处长了。这个位置在圈外人看来好像并不出奇。但在撰稿人，尤其是自由撰稿人眼里，是“准天官”。天官赐福啊！这里掌握着河南日报的一个版面的发稿权，是河南文艺界规格最高、影响最广泛的一个“阵地”，而她年纪轻轻就成了阵地的“副地主”——想发稿就得善待她，而她不需要求任何人。就她自己而言，写小说、写散文、写报告文学——很漂亮的“三栖作家”，左右开弓，左右逢源，她很快和我成了好朋友。经常的聚谈，大致就这么几个人仍旧是孙广举、鲁枢元，还有王刚。那也许是天然的缘，也许是我没有在她的阵地上发稿的需求，她更没有什么事找我帮忙，这就有了“朋友”的条件。

渐渐地，读她的书从《天地玄黄》开始，由小说而及散文，再及报告文学……我读金庸的《书剑恩仇泉》里头主人公叫陈家洛，会打“百花错拳”。我看这一节时，脑子常常会闪出一个人，叫王刚，长得很漂亮，会打文学“百花错拳”。从文学的这个领域到那个领域——世迷的此间到彼间——从应命之作到自由散漫的创作，她都来得。她很像是个文学舞蹈家，你正看她的“天鹅湖”：突然又朝你来了贵妃醉酒，不防间一个飞天舞姿，给你个“反弹琵琶”。在我的朋友之中，兼着美丽，聪慧，善良，多才，又多福，又教人有点眼花缭乱变幻的，仍旧只有一个王刚。

在山西，见到我给人家写字，她“受了刺激”，回来就练起来，练起来书法就得了奖。不知她还会有什么花样？但无论如何，她本身也还是一位作家，她的这本集子又送到我手中，从这个集子里，我照样能看出她在不停地调整自己，改变自己，完美自己。

美了，还要更美，这是王刚的人生追求吧！

心灵之灯的咏唱

——给袁启彤同志的《老榕树下的沉思与回眸》

两个月前吧，我刚从外地讲学回来，接到市政府办通知，晚上有外地客人到宛，希望我能陪同。

我接触的人很杂。在南阳住久了，写书又有点知名度，上到“副国级”、部长、将军——他们读过我的书，检查工作顺带礼贤下士。这样的人要见，因为人家领导着南阳，一言兴邦一言丧邦。我是南阳人，岂可等闲视之……是我的读者，是“重要读者”，能否见面闲聊中为家乡争取多一点“倾斜”，然而我本身是不做官的，我宁可做一个平平的“平人”——这不是撇清，这是十年前河南省委组织部找我谈话，要给我“安排更重要的工作”时我告诉他们的原话。如果没有市肆酒卖九流三教引车卖浆人的社会滋养，单凭读几本史书资料，就想写康、雍、乾，真是“上有六龙回日之高标，下有冲波逆折之回川”——难于上青天！我不可忘掉或舍弃我的贫贱之交，我的创作土壤。

于是我就去了。

他是一位老者，花白的头发已经稀疏，看上去端庄慈祥，儒雅，思维敏捷，言语简明。这是我的“初步印象”罢。已经离休了，是个典型的高级干部。他叫袁启彤，久在福建工作，原是那里的人大常委会主任。我心中暗自考量，这在清代，是“从二品”方面大员，可以坐八人大轿的。晚宴办得很和煦安谧，我和袁启彤同志挨身坐着。他几乎什么都问，对清代的社会风情，礼仪民俗到斗升市井平民生活都是那样专注地问，专注地听，点头微笑。时而用公筷给我夹菜，也谈他自己的生活和爱好。这样，一会儿就没了距离和陌生。当我知道他是江苏到福建去的老兵，是“南下”干部时，心里一下子变得温馨。因为我的父亲、母亲也都是南下而来河南的。晋范缜《神灭论》里头说人生就像树上的叶，一阵风吹来，叶子就飘落下来，有的落在了华堂金紫之中，有的“飘转沉塘坳”。父母亲和他一样，顺着解放大军的风飘摇，坠在福建、河南。他在福建时日既长，变成那里一株虬根藻颂盘卧错节的一株老榕树。

这就是佛字讲的“阿赖耶识”，中国语言中你查不到这个词。《红楼梦》里林妹妹，原是太虚幻景一株仙苑，到大观园来用眼泪归还宝玉的前生——神瑛侍者的浇灌之情。事不同而理同，袁启彤是到福建来，用了毕生的心血去为他的新主人福建人去做奉献的了。

此后，我与袁启彤的交往渐渐变多了起来，除了不断地短信、电话，致候关切，他还邀我到福建做了两场讲座报告。一个届近耄耋的老人，陪着我一道爬武夷山！我学会了喝茶，便是缘于此。我自闽返宛如同仙景一

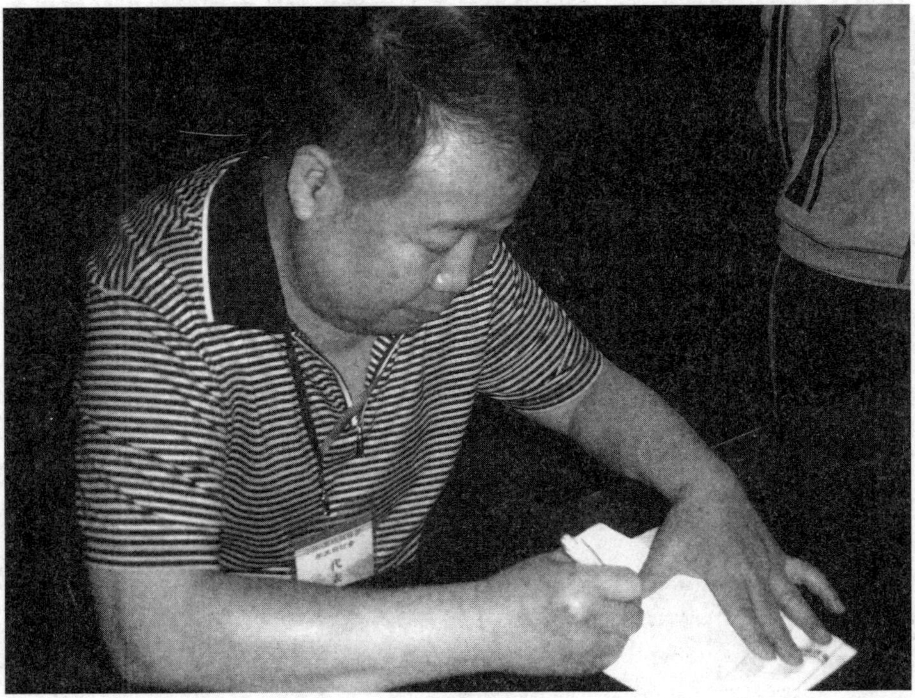

给读者签名

游回到欢乐人间，有一种“茶壶里泡了一通”的感觉。我对他又有了进一步的认知。不失风趣的肃穆、严谨、认真、平实、极好的品行名声，极受人的尊崇与心仪，连同我的“初步印象”，加起来这些副词就是一个袁启彤。

知道他在写书，是近来的事了。这似乎在他那一代人共有的一种心结、情愫。我想一个人一辈子七荤八素，风雨如磐也如斯，春风沐体也如斯，“什么味都尝过”，都会有一种“告诉”的欲望。他希望寄语后生儿郎子侄兄弟，人生是怎样的，奋斗又是如何的。凄寒的幼年，奋发的青春，沧桑的中年，不懈的老年构成他生命的主旋律。他的生命就在这个主强体的指挥下不停地舞蹈！也许吧。有时候舞蹈也是要戴上黄金的枷锁。尤其这样的维艰维难而努力前行才能创造更大更真的美。这本书《老榕树下的沉思与回眸》就是用了他的勇敢奋进的一生告诉后来一个人他是怎样活着，为了什么去做事。

我有一个断想，假如这世界上突然没有了电，那么死去的年轻人要比老年人多。那是为什么？是因为老年人走过夜路，在摇撼世界的凄风苦雨之夜，用松明子燃起光明仍要读书，仍要写，仍要做他们认为应该做的事。他们心中有一盏灯，那样的光明不会熄灭。

袁公便是这样的老人，他希望所有人都忘掉郁闷忘掉忧愁，希望所有的人都来喝福建的“大红袍”，到九曲十八弯的武夷山去领略人间的美轮美奂。

这就是袁启彤的美。

这就是《老棕树下的沉思与回眸》的心灵之灯。

是为序。

《乔典运回忆》序

王桂芳写的这部《乔典运回忆》总算面世了。就我所知，这算是件费尽了力的事。

屈指算来，乔老爷离我而去已是六年。他的墓就在西峡——六百里商于之地。那里出了个贾平凹，是陕西界，河南界这边出了个乔典运，一样的负荷沉重，一样地用笔洒落农民的沉重与悲怆。区分仅仅是一个长篇为主，一个则注重短、平、快而已。

我和乔公交往，时日不算长。在很长一段时间中，我是以一个普通读者来领略他的“黑色幽默”的。1986年里，在一次会议上见了一面，我们的友谊发展得有点“爆发”的感觉。只要他来南阳，我在南阳，我陪他玩、陪他聊、谈心、说学问，都是不分昼夜贯彻始终“全过程”的。他抽烟时平直伸出手指，轻轻抖落烟灰的动作，沉思时咬着口唇，眼睑微睃，静穆不语的表情，现在梦中时常还能见到。

但他去了，现在墓前早已草萋萋了的罢？我去西峡几次要看他的住城，乔夫人和桂芳他们这群朋友拦住了，说“天气不好，道路太坏”，我知道他们是怕我心里不好过。

他是患癌症去世的。咽癌、肺癌、淋巴癌。癌是弥漫了全身，动了几次手术，终归是回天无力。我明知已经无望，还不断在安慰他“坚持八年抗战，让它变成慢性病”。我差不多每天都到他的病榻前。也没有多的话，只静静坐一会儿便离去。我晓得，事实上这样的人是不可安慰的，因为他是从炼狱毒火中走出来的人，是走遍了人世万水千山的人。一个中学生到文科大学教授那里去谈“性命之道”，那听者得到的不是“安慰”而是“煎熬”，我在一篇纪念他的文章中写，他是一个戴着黄金枷锁舞蹈的人，在火焰中舞蹈，命中注定他不能停止舞蹈。这样的人无论今日，就是昨天也是差不多的。

老乔是在西峡过世的，守在他面前的有妻子儿女，还有此书作者王桂芳——他忠诚而又坦正的追随者和学生。乔夫人看她是女儿，子女们看她是姐姐，我看她是万年之交。

她一直在发愿要写一本乔典运的“典运史”。但这年头，倘是能赚大钱的书，出版家一下子们便会蜂拥而上，倘是堂堂正正想给读者说几句心语，但卖不出大价的，你就是出版家的亲爹，也要“斟酌斟酌”，踟蹰而后语。我常常很阴暗地想：我们的人们是不是除了钱什么都不要了？

王桂芳做了多少努力，我不想说了。她在文坛上是个籍籍微名的小卒，艰辛困顿是不言而喻的，但他跋涉有了这个成果。

这书是泪血有于心痛无声者的生命轨迹，是给有情缘的人看的。

为《五十春秋》作序

我交朋友其实很挑剔。这毛病不是成名之后养成的，而是困顿蝎蹶时就有的。那原因大概和我的双重成分：富农家庭，革命子弟——这看来颇不协调的社会情绪交错感染有关——有点优越感，就讲究朋友的身份素质；又有点敏感，讲究平等。一个偶然的机会我认识了万伯皋，很快地竟找到了朋友感觉。

他的平等观念，他的质朴简易是一望可知的。笑眯眯的，很随心所欲地和座中的朋友聊天，谈文章，说轶事，探讨学问。说到钓鱼，他的瞳仁就会放出欢喜欣悦的光来：这似乎是他的兴奋点。把“万老大”这个名字放在哪个村里，那再平常也不过了，“村东万老大家”这谁会惊讶呢？在北京，这就另是一回事。上到“国级”，下到“科股级”乃至“未入流级”，因车买浆者流，也都叫他“万老大”，他也都欣然领受，就像在村里那样咸与同称，和光同“尘”，平易的进入了化境——你把他和汽车司机，或者一群来京开会的村干部们放一处，寻不出万伯皋来。然而他有学问有“甚深般若”。且是万里的儿子，一个地地道道的高干子弟。

我只听说过民谚“想吃米，找万里”，万伯皋没有结识过。

说一点也不晓得，也不是的。“文革”前，在一家——似乎是人民日报吧——光明日报？——大报上刊载了北京市副市长家教严格的记事文章。那时我年轻，还不懂得这件事的分量和含义，只是觉得新奇。“文革”中，千千万万中学生潮水般涌向农村，我猜他们绝大部分人起初的心思和我一样：热血青年，激情澎湃，任什么冷静的思索都是“有罪的坏脑筋有心思”但我是到过落后农村的，我知道那是什么意思：不久那些踊跃无谓的红卫兵小将们也就领教了——其实这事外国也有领袖干过的，我不想提他的名字，提起来辱没煞人。当他们领教了的时候，沮丧和愤懑与当初的热情一样高。我当过十年兵，就是在“广阔天地”到处撒满红卫兵的时代，尽自我“水淹过、火烧过、电打过、炮崩过”也算吃了点儿苦头的，但饱、暖、人格高度自尊与他尊把这点儿苦有掩却了。下乡知青没法和军人比，这是不用问的。

而万伯皋1962年就下去了。如果说当初“下去”，老爷子是想让他镀镀金，凭着老爷子的权势关系，他早就该“上来”了。很多同类家庭，似乎没人能和万里比：浅尝辄止，年而半载取到资格，接着便是预定的一条铺满鲜花曲径通天去了——今日老百姓人言可畏我不就是他们的“这事”吗？前人撒土，迷一迷后人眼睛。不，偏就一把土也不撒！万里不撒土，因为他本就是玩真格的，不去迷别人眼睛。万伯皋至少是孝子，因为他在农村整整干了十年，练出一口连我也听不到异味的豫音，（我甚至认为他的母语是河南话，而北京话是撇出来的），万伯皋实实在在在大队里就这么干，如果他不是孝子，肯定要和老子闹点别扭的吧？万伯皋肯定不是热衷功名的人，因为他若钻刺若打点，若“做工作”，若……这么着说吧，他该是便利条件在中国屈指可数的寥寥晨星。他是身携十年农村基层工作经验的领导子女呀！他脑子里到底想什么事，老实说，我现在仍旧朦胧。看我的《二月河语》说实在话，说他每天睡在被窝里想的尽都是社会里头说的那些话：要坚持苦干的原则，当好代表，我会摇头说“不信”的。但他想的怎样照拂同志和朋友，把事做圆满，这是我相信的。平常心就是佛性佛心。“装大”，那是初剃度的小沙弥心思。

伯皋比我大一点点，几十天罢，认识他以来，我一直在琢磨这个人：1962年就下乡了，1975年大学毕业又入伍：如果说镀金，金子也镀得厚厚几层了，各种“硬件”他都有，怎么就没有“飞黄腾达”呢？

他从来不谈这些，和朋友少言工作不说事业，只是兴致勃勃地说他的钓鱼经，也偶尔写一点小说电视剧自娱。人，上了四十岁，你和他接触，他不谈什么，“什么”就是内心最深处的物件。少年不识愁滋味，才会去步上层楼没话找话，没病呻吟到真正阅历深邃时，逢时只会笑，会说“天凉好个秋”。万伯皋心里藏什么？这真是他个人的秘密。也许是由他的波澜壮阔的经历阅尽沧桑一切都变得不经意，一切都“稔透了”，也许他今日的幸福已融去了昔日的块垒：当幸福等同于苦难时，当欢笑与悲泪相等，就同数学题中的正负数一样，一个中学生也可以毫不思索地将其“消掉”，也许他心中还张扬着一份希冀和期待，只是有他的深沉“和光同尘”掩饰了起来。

他一本又一本在写着书，写钓鱼，写散文（钓鱼文其实也是散文），写影视剧本，写小说，有时还要问计与二月河……他做着一大摊子工作，业余时间一点儿也没有荒芜，我看他是在宣泄一种情愫：万伯皋有话要说。

他说的好像是“天凉好个秋”，秋天的美好告诉人们，那里边润蕴得有“春”，花开又复落，缤纷落英间，绰约可见万伯皋林中身影。他当然不会有蒲松龄“有漏根因未结人天之果……子夜荧荧，灯昏欲蕊，萧齐瑟瑟，案冷疑冰，仅成孤愤之书”那等凄绝幽暗的心境。他是另一种，是长跑运动员在追逐，似乎是追逐吧，追逐那最后一条线，尽管他已经知道自己绝对不可能是第一名。

我自己也是写书的，知道说话很费神，说话要用时间，青灯冷窗，偎揽自热，万伯皋在无休无止地寻找他自己。我有一个感觉，他是带着黄金枷锁在不停旋舞的人。不是吗？《三十春秋》《四十春秋》《五十春秋》……阿弥陀佛，我可以打住了。

我与《南阳广播电视报》

——往事琐忆

南阳有这张报挺好，南阳办这张报不容易。现在的《南阳广播电视报》、过去的《声屏周报》迎来了它的一千期。

这不用算，报纸虽然改了名字，却一直是周报，一千期就是七千天，大致是将近二十年的光景吧。白冰副总编几次打电话，约我写一点东西，我想也没想就答应了。原因是我有话可说、要说。

在我为数不广的“友界”，南阳的广播电视报算得上是“贫贱之交”的罢。

我什么时候有电视机的？记不很准了，只记得最初是个“黑白九寸”，半个屁股大的平面，家中三个人看，都要挤在一个角度觑着眼观望。即使如此，那也是很少有。因为电视尚未普及，周围邻居们看电视的热情比我自己家还高涨。到晚上，大人小孩敲我的门要“看电视”，这就请进来。把小电视摆在门口，人们坐在小板凳挤在门外，极有兴致地观看，议论，说笑，“咯嘣嘣”响动着拧那旋钮“找台”。

电视机小，倒不是因我小气或没钱。彼时我已经有了稿费，但大彩电市场上没有，其实是内部供应。“百货公司进大彩电了”这样的消息会触动每个市民的心。但那样的奢侈是属于贵人们和“百货公司关系户”们的。一个不知名的作家与引车卖浆的小市民无异，空望空想而已。就我自己而言，当时正在写《康熙》，看电视只能陪看一会儿。人散了，躺床上定定神，起来伸个懒腰，开灯、铺纸、写稿子。一直写到三点钟，吃药、睡觉。说到知名度，好听点是“作家”，其实就是个自由撰稿人，偶尔看看电视，并不知还有个《声屏周报》。

在马来西亚讲课

《声屏周报》很快惊动了我。因为我的朋友调进去了。一个叫南春堂，大个子，白净脸，是我的战友，原来在沈后一个兵站当宣传科长，和我常有来往。“战友、战友，和尚不亲帽儿亲”，另有一个小点，叫白冰，是个女孩，很白，个子也不小，是写散文的女自由撰稿人，同类项合并，和我是文友，也是“和尚不亲帽儿亲”。

回想这段历史是颇有意味的，我自己的状态：四十多岁；又年富力强；已经出了几本书；圈子里已小有名气；因未成名，杂七杂八的社会应酬，媒体介入等等，杂务基本与我无缘。这样的情况是我如今梦想不到的幸福——除了写作，我还能“有自己”。也就这期间，我常到报社去走走，“缓缓气儿”有时一周去一次，有时几次。和春堂侃侃。再到小白冰那里聊聊。各屋里乱串。甚至有次一下子聊了三个多小时，至今想起来不可思议。周报的人也都认得我。即使他们不在。我照样有茶喝，有报看，坐着等“南总回来”。

他们渐渐做大了。最初好像只有几间房。拥挤的和我的书房差不多，后来大了点，局里给他们腾了一层楼。南春堂有了间大办公室，白冰也“改善”了办公条件。似乎有点儿“阔起来”的样子。然而再后来。我与周报的直接来往是“戛然而止”的模样，双方都是“只听楼梯响，不见人下来”。原因不是感情疏远，倒是我的事。是我也“做大了”。我也做累了。这中间的来往，包括我哥哥写的《二月河源》在他们那里连载，春堂希望我去参加这文章的座谈会，我也未能满足他。想想我这个人，甚是薄情寡义。

人呐，就这个样儿。事呀，也就这个样儿。大了，累了。有一点儿空就想歇歇。他也想歇，我也想歇，就没空见面了。春堂有时会来个电话，要签书或者别的什么小事，白冰也是，有事说事。“见个面”是希望也是奢望。这让我想去庄子一句话，昔日是“涸辙之鲋”，是否如今有点“江湖相忘”了？

但他们确实干得好。“做大了”。版面由四个版扩张到四十个版，整整翻了十倍，报社的办公也从寄人篱下的“一层楼”，扩展到了十二层的大厦。这很不易，因为卖这张报，是不能靠行政手段征订的，一点儿强迫命令也没有，市场大致也就南阳市这个区间，完全靠谋升斗之资的老百姓掏腰包，一直维持在四五万份之间，这里的辛苦我不用问也知道。中央有电视报，省里也有电视报，电视里经常有节目预告——这对一张基层的同类报纸是多么严酷的竞争与挑战。据我坐在这里傻想，这靠的是报社全体同仁长期韧性的坚持努力，也要靠有关当政的撑力。但过去的《声屏周报》和今天的《南阳广播电视报》，首先应该感谢的，是南阳人。南阳人从怀中取出带了他们体温的钱，作养了这张报，滋润了它的发展壮大。

白冰反复来电话，她现在仍当副总。说新老总何子杰，希望我在一个期特刊上说一点什么，这当然是极合理的要求。但我其实也就是一点心情，寄语《南阳广播电视报》更多关注南阳电视观众的心理需求，更好地把文化理念与观赏水准交流好，让人民把这张报看成是自己精神生活之必须，报纸就办得更有意思了。

曾臻书序

“南阳作家群”这个名字已经具有一定的影响了。除了我，还有一批如同周同宾等的全国作家协会会员相当一批的省作协会员和更大批量的市级作协会员。有人说，“在南阳街头，一不小心就会和一位作家擦肩而过”——这固是有些夸张，然而进行一下地域人文比较，确实是此地一幕异样的景观。

它是怎样形成的？谁也说不出个确切的所以然。有说因南阳区域文化形成较早，积淀很深。但我认为，洛阳、开封比南阳“还要深”，却并未出现类似的现象。有人说南阳是个盆地，相对的封闭。但全国大大小小的盆地，比南阳还要封闭的地方有的是，别的“盆地”怎么没有作家群？还有的说，南阳领导层关注文化事业，重视保护作家的创作积极性，这话是有道理，然而转思，哪个地方的领导“不关注”、“不重视”呢。有的地方甚至领导自己就是不错的作家在当，怎么也该有个“群”吧？

想来想去，这些理由都有根据，但都“不完善”。我躺在被窝里有时会想到这一问题，我觉得：首先是有几个热爱创作又爱好交朋友结文缘的，同时又有了相当创作成就的作者密切过从，互相鼓励搞创作，形成了一个地方的“文化兴奋点”；有一个能提供创作者的发表作品的阵地，如果当地的党委和领导有很仔细的注意保护和作养这个“点”，有这么一个小气候，一个适宜作家成长发芽的温室，慢慢地，“蘑菇”就在这气候和温室中生发出来，成了一个“蘑菇群”，也就成了一道景观。

大家多有认为我是南阳作家的领军人物。但我其实在南阳这一群中出道很晚，是年纪老大的“后起之秀”，是宛军的一员客将罢。我只是占了知名度高的一点，人们想当然的就那么认知了我。

送来的书稿请我写序的曾臻，她就是“宛军”的元老。她年纪比我小，小出几乎一个辈次。然而我的文学作品处女作发出是1986年，比她要迟得多，我真正要叫她一声“师姐”才对。

这个“军”真正的创始人，由小到大的奋战带头者，是乔典运，余者还有孙幼才，周熠、周同宾、廖华歌、马本德、兰建堂、秦俊行者……这些人创造了形成宛军的熵，他们的成就造就了他们的声名，现在也是显赫的。

但曾臻不是显赫的作家。她在宛军花丛中自在开放，随缘就分任从春荣秋谢的一丛小花，带着野性的芬芳，在门窗外无意识地飘散着自己的馨香。

我认识曾臻，是通过老乔的介绍。时间记不很清楚了，大约是七八年的秋天罢。乔老爷（我们都这样称乔典运），从西峡来，一块吃过晚饭，乔老爷说“走咱们看看曾臻去”。我们便一起去了“专医院”——曾臻，在那里做医院的宣传干事，“写稿”。第一面的印象，我觉得她很清秀，瘦而且弱。似乎是有点儿“不禁风”的那样，是个不事张扬，讷于言语但行动从容不迫的那样。住的一个筒子间，大约只有十二平方米，书籍资料很多，却打理得很齐整。她和乔很熟，只是时而和我说几句——我猜她是怕我枯坐尴尬吧。

从那以后，我们有了交往。我和乔比起来，最比不上他的就是他与人交往的热情，奖掖后进的那份主动自觉，对人的体贴与关怀。也因我正写着康熙，恰在最紧的关头，每晚要坐到三点钟。乔典运不在南阳时，我极少与近在左右的南阳朋友串门聊天。曾臻也一样。直到老乔患病，住进专医院，我在家写书也是心里发毛，常去看他，和他谈天慰藉，见得也就多了些，因为每次去，乔大嫂是“守摊”的，还有曾臻必在，再就是王桂芳，经常从西峡赶来，和曾臻一道帮助料理老乔琐务——和亲生女儿那是一样的。我为安抚乔有时也说说佛经性命之说，有一次曾臻听我背诵《心经》，她记录不下来，婉请我自己写出来，她眼中盈盈的泪，恳切的牵卷诚意，至今都宛然在目。

乔去世后，我们似乎没怎么见面，后来听说她结婚了，丈夫很好，家也很好，有次路遇，我见曾臻容光焕发很精神的样子，觉得她很幸福。

据我的经验或都是偏见，一个人要是幸福了，就不能哀恸，就会离开文学。

不料今年，近期，她突然打来电话，要出书了，要请我写序。

呀！这么多年，这丛野花仍旧在“春荣秋谢”！

她仍在“业余”，然而她仍在“专业”。

这朵“不禁风”仍在风中施放她自己的清芬。

我有一首牵牛的诗：

野生沟垃篱树墙，
此花人间最寻常。
尘冕倘无牵牛藤，
天上织女锁机房。

送给曾臻罢，是为序。

《胡雪岩》序

《胡雪岩》这部小说是呈在了台湾读者案前，这是件值得欣慰的好事。台湾人一直对我有特殊的好感，是因了曾看过电视剧《雍正王朝》，也因了曾读过我的《康熙大帝》《雍正皇帝》和《乾隆皇帝》落霞三部曲。但“落霞”云云，说的是清初与清代中叶的事，与晚清时的社会情况已有很大的不同，遑论政治，经济与军事这些“大端”，即是人情文化的背景，判断是非的理念，民俗礼仪……诸“小端”，也都发生了很大的变化，读惯了我前边的书再来读这书，心理上能否愉快接受，我是有点忐忑的。

胡雪岩所处的时代和康、雍、乾时代，是有着质的不同。他这个时期，可以说在华夏漫长的历史中是“不但空前，而且绝后”的时期，国内的农民与地主的矛盾激化，各个不同的国际利益，资本与鸦片对国内的渗透，由此引起的国内战争、民族危机与战争，清室内廷各种政治势力的斗争也带有了深刻的国际背景，外交与内政整个地交织混杂了一处……各个阶级，阶层的代表人物在这样的光怪陆离斑驳迷离的怪潮汹涌中显示自己的力量与智商……这样复杂的环境一直到民初，一直到今日再也没有重复过。我曾经有过设想，如果说“落霞小说”说的是回光返照，是我们民族封建社会最后一次辉煌；那么跟进，尔后发生的太平天国，英法联军进北京，热河政变，八国联军洗劫北京，清军江南大营的溃灭，湘军突起和夹在中国的鸦片战争，可以看作是一场“陨雨”。陨石雨啊——东方的文明与西方的文明在天空中碰撞，撞击出那样绚丽的焰光与流火，东方的文明被碰得粉碎，坠落了下来——这是何等的悲情与壮观？我还想写这么一部陨雨，把曾国藩，左宗棠，早期的袁世凯，慈禧的热河政变，广州沦陷，叶名琛被俘，洪秀全，李秀成……这些大人物，还有小人物如胡雪岩都纳入进去，把人民中的小人物的奋起与抗争尽可能地“进入陨雨”……想起来，至今都会辗转反侧，醒得双眸炯炯。

然而“雨写陨雨”由憧憬，向往和美好的梦怀变成了“野心”。康、雍、乾的落霞系列，工作量已有五百余万言，写了整整十三年。这部“雨”的冷想，它的工作量已有一千两百万言以上。我已在媒体上吹了牛，而且也写出了它的一段引文《爆火五羊城》。上帝终于生气了，他听到了我吹牛，于是说“二月河你不可以吹牛，你中风吧！”于是我就中风了。

《胡雪岩》是二月河“贼心不死”的余绪。是我对我当初壮观激烈的情绪反应。

几年前我在北京开会，杭州市胡雪岩故居，想搞一部关于他的电视剧。我想，他的本意中有“扩大胡雪岩的影响”为胡的故居发展旅游事业——要挣钱的意思。他们到会上约我“触电”，也可给我一点儿钱。我当时的想法，我不执笔，由杭州的薛老师（家柱）来作。可以将我对胡的一点儿情绪寄托进去，我打算给希望工程，下岗工人，还有《红楼学刊》一点儿捐款，也可以借这事一并解决——这算是一点儿小私“贪念”罢。——可以通过这个剧本一举办妥。于是这事就办成了，现在的《胡雪岩》小说就是根据这个电视剧本改写出来的，仍是由薛家柱先生执笔。它的大端，如时代背景，人文环境构思，情节发展趋向，人物个性质属，创作思路观念，是以我为主，如果谈文字工作，形象思维，自然以薛为主。既然上帝这样安排，那是谁也没有另外的办法了。

台湾人是很会看书的。如果台湾人看了这书，能够对这段时世的情态有所感悟与理解，从而能更多了解它的史实与人间情，就不枉了二月河的爱的情结了。

之柔书序

我这个人疏于与生人交往，年轻时是怯场、羞缩，接触的场本来就极有限。再加上这样一个毛病，在官场上混就大有问题，在友谊场上混也是大有问题。但是，上苍所赋定人群的道理，并不一定那些社会活跃分子的人缘就一定比吾辈“闭门造车”的人好，真正使人心恬意洽的朋友也不一定比吾辈多。我的朋友在各个年龄段都“与日共增”，我的朋友随着场景变化流移也在“与时俱进”，之柔就是个新忘年交了。

我和之柔的相识，同样也是田永清将军介绍而来，这几年到北京总有一些个场合，或吃饭、聚会、闲聊，田永清几乎成了口头禅的一句话，“比他（二月河）大的就叫他二弟，比他小的就叫二哥。”之柔也就因此的缘吧！他本该叫我“二哥”的，但他还是本本分分喊个“二叔”。

清癯、静雅、安谧、祥和、笃定、友善……我的印象，这些个词加起来，似乎就是个“李之柔”他不是那种张扬的人，没有丝毫的嚣张跋扈之气——这似是日下，很多有才华的年轻人共病，他没有。

但我知道，他是很有才华的一个。

这么年纪的人，能够跟从文怀沙——现在时髦说法叫“秘书”——其实也就是“关山门弟子”。这种事我多少能体味一点儿。我自己就是个不要弟子的人，文老在这方面恐怕也是很挑剔的。文怀沙自己就是个索居北京的平民学者。一个热衷于钱，舞文于纸醉金迷之场，摇生于利足攀贵之途的人，根本不会去跟文怀沙这样的人，文怀沙也不会看起那种世事洞明人情练达的主儿。如果寻问“阿赖耶识”，我隐约地透窥了一点儿这种缘的契会因由。这从之柔的诗中就能看到，他时不时地给我发点短信过来，其中不乏他的即时即事的新诗。和他的人给人的印象一般同，他的诗也那样。

但我没见过他的书法和“丹青”。

突然的，他告诉我，他要出集子了，有诗、有画，还有字，这么一个“雅集”。这都是光怪陆离的大利场穷得除了钱什么也没有的人，所嗤笑笔不屑的时务，他悄悄弄出了个集子，而且标明了“禅”字号。

我当然另眼相看，并且高看一眼。

沧浪之水浊，可以濯吾足。

沧浪之水清，可以濯吾缨。

他将洗干净的足和缨，升华出来，有了这部书。

前过不久时日罢，曾有一度“文怀沙的事”出来，沸扬的可天下都“关心”。之柔年经，没有经过这样的风浪罢，我怕他紧张，抄了明初布袋和尚诗给他：

> 大千世里话茫茫，
> 收拾都将一袋袋。
> 毕竟有收还有放，
> 放松些子有何妨？

我的担心，是不是多余？他回信感谢我。一旦六祖慧能发明的顿悟法，一旦灵台清明，一切不在话下。

他请我作序，这算是罢。

“书香地税”序

因为要写书，因此要看书，看了不少书，也就懂得了不少事。我原先是以为皇帝的生活是这样的——不管事、不上班、夜里睡女人、早上不起床、钱想怎么花就怎么花，大臣们有了是非干架，到他那里调解谁惹恼了他就杀谁——倘知道哪两个恩爱情人不能喜结姻缘，甚至还会出面当个“月老”，天子赐婚，状元配小姐——多少戏不就是这样唱出来的么？常常是这样的，戏台台角楼摆着走出一个太监，手中拂尘这么一摆，说“有事出班早奏，无事卷席退朝”，就这么一下子，算他“工作”了。直到读了许多史籍，才晓得，满不是那回事。皇帝要管事，要治理他国家的民政、军政、司法、财政……他手下那么多的人，还得给人家分级别地发“工资”（年俸）。“食君之禄忠君之事”是句老话，太实在了，满朝文武，晋吏衙役。都等着吃“皇粮”，写书，尤其是写我这样的书，第一位要关照的就是这件事。皇帝、大臣、三宫嫔妃、从一品大员只算到“从九品”、“未入流”的乡间小吏，犹如如今的“公务员”；都是纳税人——那些斗升小民引车卖浆的“最基层”、“蚁众”——纳税养活的。没有这件事，就不会有“政权”这个概念。这些“经济问题”如此重要，然而偏偏我们是个“礼教国家”，以谈钱为耻，说到“三纲五常”、“礼义廉耻”那是头等大事——沿袭下来：头等大事是“吃饭”这么简单的道理，老师不给我们讲，学生也不注意学。每一本历史史籍上头都是《食货志》，很多搞创作的，甚至学问家，也懒得浏览它。

纵览二十四史，还有《清史稿》的表述，我们真正，全国民“重视经济”，发展经济成了“国民意识”，人们形成“纳税意识”，拥有“纳税心理”，是改革开放，以经济建设为基本国策的这三十来年逐步发生，慢慢加强，愈来愈强地完善建立起来。这不需要做什么“深刻研究”，看一看“人民代表”的组成便可一目了然，看一看“政府工作报告”和“政治报告”立刻心里明白——所谓“民生”，没有钱的话，纯是空谈，亦即民主，没有钱也是“‘主’不得也哥哥！”李自成是姚老雪垠精心结撰的一部史实体裁小说，大家可以观玩一下，英雄一世的李自成，已经建立了大顺王朝，已经进了北京；满族只有八万多，加上吴三桂的人，也不过十二万人，顷刻之间便击溃了这位“闯王”，垮得一塌糊涂，垮得一蹶不振——当然，其他的原因也有，非常重要的是李自成不晓得“收税”，不知道这个事要紧！其实我们中国历史上一些重要的文学作品，早就在反映这方面的“历史真实”了，诸如三吏三别，诸如《卖炭翁》、如《捕蛇者说》……假如你有兴致，可以翻翻诗书，也就知道社会经济，对文学有怎样的影响，也就知道“满城风雨近重阳”这诗为甚的只写出这么一句。

所以，南阳市地方税局的这本“书香地税”送到我手，抚着它，我心中翻起的“史学情结”真有点不能自已。这么大个共和国，养活十三亿“百姓”，我们月月领工资养活我们老小，想没有想到“钱从哪里来”这档子事？这是最应该想的“小事”，大而抵之，政治之强弱了。国力之大小，民主发展，国际地位之高低，都是由此而维系，关系保重大。由这本书，我们可以体味到一个局面，一群默默无闻的基层税务工作者，他们在那里不停地埋着头进行着他们的工作，总结着前进的规程……这里也浸染着多少汗水，心血和他们对国家，对纳税人的赤诚和热爱。

他们想请我来写序，这就是的罢。

从神会说起

宗教局的同志来家，说隆兴寺遗址就在南阳市郊。我想，我听了这个讯息准是眼睛一亮，这是神会的道场呀！

说到神会，现在社会的人是不甚了了的。但是，稍微懂得一点中国宗教史、文化史的人，还有剃度了的和尚们，没有不知道他的。甚或有人直称他是中国佛教禅宗的“七世祖”的。

中国的佛教，正规被中央政府认同乃至于逐步演变为“国教”，是从东汉开始的罢。祖庭就在洛阳，名叫白马寺。我读《容斋随笔》，见里头有“西极化人”一则，为此曾写过一篇文章，以为佛与中国的导入与传输在春秋之前已经开始了的。白马寺的时候，他是提升到了显学的地位，这也如同现今时兴的规矩。你地位到了，政府承认了，自然的电视呀、广播呀、报纸呀……种种的媒体就会不停地张扬你，你就越做越大。佛，也就如此。

事实上，佛教在中国，原本是贵人们的心灵平台，印度话如烟海的经卷，经唐玄奘取回翻译整理，变成了中国佛教教科书的母本，掌握他的人是高僧，信奉他的人则是有文化有知识的贵族，真正的，他变成老百姓“自己的”宗教，那是应归功于禅宗，归功于禅宗的六世僧达摩、惠可、僧璨到道信到弘忍，然后到慧能他一下子开悟：原来不需要去昏天黑地的皓首穷经地去研读 ，钻牛角尖读经卷，你只要放下屠刀，立地就能成佛！简单、明白、快速、节约时间，为生计艰难竭蹶和引车卖浆的升斗小民，也可一下子开悟成佛!

老百姓认同了，佛就在中国扎了根，慧能也就成了中国的释迦牟尼。历史上也有几位皇帝，信道灭佛。结果怎样？越灭越亡。人民喜欢的东西，谁也“灭”不掉，中国是儒教国家不假，但那是中国政治家的“教”，读书人的“宪法”——是一小撮人的神坛。佛教则是“人众的”，大社会的，无分男女老幼，无分东西南北，无分贵贱穷通，一窝蜂地趋向佛门的宗教。

神会，是慧能的大弟子，是首座。本来的，禅宗分为两派：一派是慧能的师兄神秀为领军，是“渐悟派“，另一派就是慧能的“顿悟派”，这也好比金庸的“丐帮”，里头有“净衣派”与“污衣派”那般，慧能虽是“祖”，他始终是从事理论研究的，是神会把他和学说张扬到了社会上，他在洛阳与“渐悟派”一场轰动天下的大新年论，使顿悟派围行天下，从压倒的优势占据了佛教的主要显赫地位，再也没有发生实质性的动摇。而他的道场居然在南阳，而且还有不少极为珍贵的遗迹与资料!

这很能引起人的联想。佛的旅程似是这样的，先从印度来到洛阳有了一个行营，然后到南方转了一遭，又回到河南扎根。南阳的几个寺院，香严寺、丹霞寺、水帘寺，还有破毁不久的风兴寺，我看到都是唐代大寺院与白马、少林构成了中国佛教的文化大板块。因了神会在南阳驻锡，这事也就不奇怪。

我们如今说“旅游”，其实这事古人早就在干。“驱车策驽马，游戏宛与洛”，干什么？其实就是旅游——用劣马拉辆破车，也到南阳、洛阳玩玩，这就是古人，他们看什么？当然是看山水，体味世道人生，一个重要的去处，就是神道圣迹，寻找人生苦恼的心灵寄托处，寺院论是个要紧的去处。

少林和尚永信对我讲，他愿出五百万在南阳近郊修复一座古寺。我当时几乎一下子就想到了隆兴寺与风兴寺。但是，修复这两座寺岂是区区“五百万”能作得？恐怕十倍不止吧？

我们如今提倡和谐社会，我曾与人调侃，“和尚”，这两个字直译过来就是“和谐的提倡者”，可惜的是现如今的寺院也在商品化，和尚也多是“金钱的提倡者”，忙忙碌碌为“旅游”；须知一个没有文化底蕴的“文化景点”是没有恒定持久的玩味观赏价值的。没有文化的板块就没有文化的品牌；缺乏研究的文化就缺乏文化发展的内涵。

南阳的宗教无论佛教、道教，还有基督教、伊斯兰教，在中国文化史乃至中国文化史都占有着重要的、不可磨灭的地位，宗教局的这本书，是在资料和宗教改革上为南阳文化事业的发展与繁荣，做了件基础性的工作，如果从大文化发展的大局来看，这实在是件很有意义的工作，他们挽我写序，就说这几句罢。

第三辑 西游随笔

马来西亚的美是无须多说的，她的娟秀、美丽、姿态婀娜，看一眼便会使人终生难忘。所以我在讲演时谈印象说这个国家如同亭亭玉立姿色绝佳的少女。平均每两个人就有一部汽车，但污染控制得很好。我在马来西亚四五天，皮鞋还像刚擦过般鲜亮。街街道路交通秩序，处处看去井然，所以我又说："如同进了大观园。"在大道上是决然见不到行人的，因为那汽车已普及得同我们的自行车一样的了。进了闹市，也不见拥挤，不听吵闹与喧嚣，阳光明媚而灿烂，晴空澄澈绝纤埃，一年到头不凋谢的浓绿阔叶，浓绿夹着蜿蜒曲折的道路，将吉隆坡扮靓了，美得令人沉醉，流连忘返。

但他们的饭菜我无法接受。冯先生除外，他是出国惯了，其余三人，也许都是土老帽，尽管主人使出浑身解数，四日八宴请我们吃，马来西亚最好的东西都奉出来了。可惜至今我无法接受"咖喱"那味道。我在吃饭上最随便的，八个字评语："饱则饱矣，未之见妙。"每次吃饭我都有一个想头，要是吃一碗打卤面，浇上蒜泥，就美了。这事当然不能对着主人说，只是心里想想而已。主人已用尽全力，我不能伤他的情与心，更不能出难题给他。回想起，倒是拜会胡大使共进午餐吃川菜师傅做的饭菜最合胃口。

马来西亚纪行手札

缘起

我的懒动在朋友圈里是小有名气的。但是去年一年似乎一年都在动，三四月份就去了两次北京，五六月份又去了郑州几次，七八月西行新疆，归来赴西安讲学，十一月到北京参加十六大又折回西安看女儿，该打理一下身体的，该写稿子的，统都束了起来。有些应命而作，比如说给香港《明报月刊》的专栏文章，都要在出行前考虑日程，匆匆作好留给家人，以备时需。马来西亚之行是年初做梦也没有想起的事。

去年召开十六大前此几十天，忽然接到冯其庸先生的电话。他说奉接中国马来西亚大使馆电话，邀请我去马作访。我答以“考虑考虑”。因为前些日子我曾接到过不少马来西亚朋友信和电，这事我知道。“我再咨询一下庆善（中国艺术研究院院长亦吾友）的意见好吗？”

冯先生的话是不能不考虑的，且是要认真考虑的。因为在我创作《落霞三部曲》之前，他就是我的良师，一步一步地实实在在地帮我。他于我有恩情，这是全世界晓得我的“事”的人都晓得的，再就是他电话中说：“这是大使和马方几个民间团体共同的意愿，要举办一个叫《二月河——三月天》的文学讲座。即使你不去，也要有一个礼体周全的回应。你可以不重视哪个人，但你不能不重视马来人民。”当夜反复思量，又打电话与几位密友商议。他们都知道我的心境，但无一例外地都赞同我“应该去”。后来才晓得，当夜冯先生也打电话告诉庆善说：“解放去马的事，他明天可能打电话问你。你要支持他去！”打从前年以来，马来西亚的《星洲日报》就不断刊登我的消息文章，至今还连载着《乾隆皇帝》。每一期都由我的朋友柯杰雄先生剪裁下来寄给我。我也很想见一见这位与这些使我不能承受的敬重的域外神交。赴马的事遂成定局。

我一辈子没有出过国，也从不坐飞机。我的朋友田永清将军每一见面都要揶揄我是“土老帽”。这个心理根子在怕“飞机掉下来”。我年轻时当兵，那时坐飞机要级别的，有一位刚提拔起的师级干部就兴冲冲去坐了。刚起飞十五分钟，出来一位服务员（当时不兴叫小姐），神色庄重地宣布：“报告同志们一个不幸的消息。我们两个发动机，一个坏了，一个也有故障。现在正以革命加拼命的精神抢修……我给同志们每人一支笔，一张纸条。同志们把要说的话写在上面——我们保证送到你要说话人的手上……”满机的人顿时个个呆若木鸡，面如土色！直到那位服务员又出来说：“现在报告大家一个好消息，我们的发动机已经维修好……”后来这故事告诉大家，大家都说：“飞机是最安全的，是百万分之××了……”但我想，假若轮到了，就是百分之百，老帽是老帽，火车汽车出事，有余地有几率，《卡桑得拉大桥》那是特别，也并非百分之百的。这事我会想，飞机呢？有这层心理障碍。我不坐，也不许家人坐，更不许女儿坐。去年从北京到西安她和我打别扭，仍蹦就坐机走了，害得我心神不定，不信神，也背了几篇佛经。这一回，我也要坐飞机了，且是一坐就漂洋过海，一坐就是四千七百公里。

哈！中国、马来西亚，哈！北京、吉隆坡。

哈！二月河，土老帽。

云层的感

从国际机场起飞时，北京还在下着小雪，这在北京是百年不遇的瑞兆了。已经连绵了五六天，一直在飘，它的势头最旺时节已经过去。此刻零零星星，慢慢地悠悠地，似乎有点儿犹豫那样絮絮绒绒地在机翼的暗影下荡旋着落下。天空是绛红的云，有点像洪昭光教授教我们长命百岁里头说的一种粥，混混沌沌，模模糊糊。低压层里有几朵游离出大气层的云。袅袅的，很轻盈的样子，随随便便在风中摇摆，倒显得灰暗空旷寥廓的机场上空有着几分生气。我在商务舱坐，恰正挨着窗口，忙不迭地用眼留恋我的故国故土，生怕这是最后一眼了的。全神贯注的，觉得是轻轻一滑那般的动感——它动了。

飞机里也是一片静谧、安详，没有人说话走动。大家都在透窗向外看。这窗口圆圆的有锅盖那么大，又有点像我们平常吃的那种叫“锅盔”的东西，从这里向外望，雪花徒地一下子变得很急，像一道道笔直的斜线从窗外激射而下，那速度太快，看不清它是雪片、雪花抑或是雪粒，拉直斜线、平线、交错的线，直得不可思议。渐次的，这雪划的直线也不见了，窗外是一味地白，调制好的奶粉一般均匀，时而稍浓，时而稍淡，绝无间隔，绝无断层。我自知道，这是空中的雾——云了。冲破云层的一刹那，机窗外突地一亮。满机都是清明的阳光，灿烂而湛青的天空上，洁净得纤尘不染，一丝一缕烟雾也没有，太阳斜照下来把光明赐给满机的人。这上面是没有污染的天，太阳周围没有污染的痕，我儿时在地面上曾经见过的天空，久违了，在云层上竟仍然存在。

我坐商务舱，机上的空姐一个比一个漂亮，我觉得比中国女人别致的有两条。一是蜡染的衣服，颜色清纯朴素，毫无夸张，自然风韵嫣然。二是发饰，我以为那必是下了辛苦工夫的。光可鉴人的顶部高高隆起，你似乎觉得她挽了个偏髻，然而却是没有。发梢全部掩起，这真的不知道用的什么技术手法才办得下来的事，更显得娇艳大方。她们端着各色水酒点心盘子逐个温声笑语地与乘客交谈。那当然可以肯定，我们这一群并没有得到她特别的眷顾，她每天都是这样的。乘客们那份安详，使我本有点忐忑的心平静了下来。我左右打量，都在说笑，看报看杂志吃东西，闭目养神，绝对没人思量“发动机”怎么如何这类无聊事，小姐们也压根不像要宣布坏消息、发纸条的样子，渐渐地，我不再往这题目上想，又把目光盯向窗外。

一万米以上鸟瞰高空的云，绝不是地面向上看到那样子，一会儿白一会儿苍，飞扬滚动，赤橙黄绿青蓝紫色彩纷繁万千交融变幻……这里看云，是冻僵的一片万古雪原，白色的冰川、白色的原野、白色的河湾，雪墙、雪壁，我敢说那一定是飞机的杰作。明知下头是万丈虚空。偏是这“色”掩盖了，看云是那般实在、坚固，似乎你出飞机踩上去，会像在雪地一样走得咯吱咯吱响动。看得入神遐思，不妨同行的孙玉明喊我：“老凌，快来这边看！”我忙赶过来，就在舷窗向外看，一下子便被镇住了：是云层上的日落！这景象我真的从未见过：太阳半掩在“雪原”下方的云电，上面半层弧形的云晕，是金红色，湛蓝得有点紫黯的天，铺地是一层黄金，再近便是雪原无垠。层次是那许的分明，色泽光彩也都带着棱角般不混同，红就是红，蓝就是蓝，紫就是紫。也许它不够斑斓、多彩与流动，不够风韵与娇媚。但那美得纯洁，美得令人不敢亲近，有着神的圣洁与庄严。这样的景致如在地面上常常可以见到，我相信崇信释迦牟尼穆罕默德基督的人会更多……渐次的，它更红、更紫、更青黯……太阳终于落了。

夜十时许，机下望去，是无边的暗，时而掠过电子集成线路板那样的灯光图样，星星点点密集一群，余皆是一片黑暗，耳鼓膜陡地一胀：它在降落。这就是二十一世纪的人类：四千七百公里水陆两程空中六小时，马来西亚，啊，到了！

风　情

这里没有冬天，出发前便知这个国家在北纬国度接近了赤道，她一年四季都是夏天，那么就是只有一季了。这一层，其实在飞机上已经领受了。登机时穿的里三层外三层，渐次的温热渐次地侵来，一件件地往下脱。好在妹妹卫平跟着，脱一件她便收一件，飞机上的空调，我想也是双向的，在北京用的制暖，到吉隆坡必用的冷气了。饶是如此，从密封通道走出时，外面热浪袭进，立时就袭得微汗淫淫。真的不假，这里是夏天。

大使馆的王太钰早就在海关通道道口迎候了。可怜这位大使馆二等秘书，为了“请二月河来马”，他不知费却几多工夫心血，从办护照到签证——他知道我这上头是个笨盲人——都一一关心奔走，此刻已近午夜，也不知道他等候了多久。我还是第一次见到这位“电话朋友”，他不大像很修边幅的人，花格衬衣扎单裤里，脖子上挂着一个牌子，显见是外交官身份证，可以自由使用方便通道的关防。他与孙玉明是同学，老远就认出来，迎上来，热情地寒暄，帮我们提行李，打点物什，验证过关……一点儿也不“认生”，一点儿也不矜持，热情干练，动作麻利。冯先生和我一下子便喜欢上了这年轻人。大马华总的陈达真博士，《星洲日报》的几位记者、一群人，一时也记认不清这些朋友的名字，早已望眼欲穿地候在外边，捧什么宝贝似的把我们一行四人捧出了机场。又吃夜宵，又简单采访，直到午夜，我们才在金马皇宫饭店安置下来。

这是马来西亚富豪李金友先生的产业。事后我才知道，是李金友先生与胡大使商定约请我们。《星洲日报》，华总和李金友的绿野集团出资，胡正跃以特命全权大使的名义，共同邀我们来马。此时在紫翠交辉的金马皇宫饭店，只见到处是雕塑的马，外面被灯光和喷泉映着的，是几匹拖车跃腾欲飞的金色的马；大厅里水池旁，沙发座旁，壁间镶嵌，花盆架座，全都是马的行踪，马的影像。一望可知，马是这里的瑞祥，这里的图腾。引领我们的封富强先生是李金友的秘书。他介绍说：“我的主人爱马，这里是马的世界……”

金马皇宫是一家六星级饭店，外饰内修都是超一流的，初来夜分，但见到处火树银花，繁灯如织，周匝的环境蒙在夜色中甚是朦胧，都不很清晰。黑天一觉醒来，窗帘拉开，我们顿时被外面秀丽景色迷住。啊！这里并不是我想的那样平坦，绿得栽绒地毯一样的草地，闲适地站着几匹塑马，几个大人和孩子在草地上快乐地追逐嬉闹，斜坡草地下去，是湖，约两公顷的面积吧，湖中碧波摇漾，岸边绿树掩映。水湾环抱的各色楼阁错落有致地分布在微微起伏的小丘岭上，有斜坡式、方顶式、罗马宫廷式的房顶，甚至也有红的，有蓝的，有白的，有紫的，也有灰色的，可见到我们中国的歇山式的。浓密的树木就在这些色彩各异的建筑中摇曳生姿。我站在茵茵芳草间，望着湖面美景，不禁神驰慨然，我们的建筑师怎么的便只懂得只晓得设计麻将牌、火柴盒、手机那样的楼？他们似乎是色盲，怎的总是认定了灰色？在旁陪我们的封先生指着远方：那是我们老板办公处，这里水面上去，我们又开发了更大的湖，更大的人工岛还没有办完，但产权已经定了……湖那边是别墅，再向北是水上超市，也是李先生的……我不禁暗自惊叹他的豪富，但眼前这用旧锡矿坑改造的人工湖，废矿土堆成的丘陵，在金马酒店四周景观的配置，没有相当的人文素养不可能办到。

按照日程安排，当日中午，我们驱车去大使馆拜会大使。沿途风景依然秀色可餐。封富强是一个很棒的小伙子，热情稳重，马来语、英语、华语都能操作自如，他介绍马来西亚人的收入、物产，介绍汽车拥有量，各个沿途地名的由来，与中国的渊源关联。口若悬河，几乎见到什么便说什么。我指着窗外一大片铁锈色石块顶标志房说："穷人也还是有的。"他坦率地回答："这是贫民区，我们的市政建设一时还不能解决。"从他那里，我知道了，这常年常青的阔叶林，叶子怎么更新换代；知道这国家平均两人便有一辆汽车，怪不得大道上几乎看不见行人；知道了"敦"、"丹斯里"、"拿督丹斯里"种种爵位，知道了马来本地人享受的种种优惠，华人在马来经济、政治诸方地位，华人为了生存，甘心承受种种苦涩而含笑和含泪的社会心境。汽车婉转在吉隆坡泛着热气的街道上穿行，悠然到了使馆区。封指着一带围墙说："这是美国大使馆。有钱，怕死。'9·11'以后加固了人防护，你看他们护得多结实，他们紧挨着伊拉克大使馆……"满车人神情贯注地听着，不知不觉地，已经进了胡正跃大使官邸。

胡正跃这人

他年轻得让我吃惊。我们到他的官邸，他已在大厅门口迎候。握手的时候，我还以为是大使馆来接我们的官员。他个头不算魁梧，修洁且整暇，举止言谈从容优雅，看上去也就四十岁上下，已是老练的外交家形容。

官邸里壁间廊下，摆设着一些名人字匾和古玩，但数量不算多，装裱修饰也很简单，整个看上去有点空旷，简朴得像是正在草创。他边带着我们观览边说："官邸建筑规制不小，但还没有真正搞好，刚刚租来不久……"我听着，心里想，这无论如何就是正当的财政支出，随口便问："您怎么不买下来呢？"他笑着摊摊手说："恐怕要几千万马币呢，我一时还办不下来。"

他和冯其庸先生不少朋友有渊源。他们谈字、品画、玩赏古董，谈得很高兴投机，有点相见恨晚的样子。我们一同随意散游——这是异国土地上我国租来的一块土地，青茂浓绿的常青树、温润清简的房舍、壁间的图书、丹青古色古香的陶瓷，都是我们故国的情韵，踏在这静谧的庭院里自是别有一般温馨思绪。

午餐很随意，大使如数家珍地谈起两国文化交往诸情形，谈中央首长来马方访问情况，谈起这次我们来前，他已向外交部部长李肇星汇报过马来西亚的这次文化交流活动。在文化上两个国家要加深加密来往，增强联系纽带的韧性与弹力。我谈起十六大期间李肇星打电话找我，我不知李肇星何许人，在电话中支吾良久的笑话。我谈到2002年夏日我去新疆的感想，风土人情乡俗民意，谈到新疆建设兵团的艰苦与困难，也谈到西北大开发应该加上"文化开发"这个概念。胡大使听得很专注，问我："这些看法你在十六大上提了没有？"我说："草案讨论时谈过。"胡大使说："这些都很重要，我也可以向中央建陈。"

据后来听到，胡大使并不是我国派出的最年轻的大使，但比他更年轻的似乎不多。依照惯例，国内来的部级、副部级干部领导，他也只是来时见一见，去时见一见。但我们这次去，我们每次聚会几乎都有他的影子，他都要发表即时演说。落落大方的谈吐，恰到好处的风度，给我们留下了很深的印象，妹妹卫平说："这个人真了不起。"

大使是什么？其实它真正的意义就是我们国家派到外国的钦差大臣，专门与所在国人民交朋友的使者，那当然还有其更广义的含蕴。但主要的也无非是这两点。我注意他每次演说，着重点就在于"增加互相了解，加强多方联系、文化交流，巩固发展友谊"这几条上。思路清晰，敏感，处事练达机智。"在家靠娘出门靠墙"，在马来，胡就是我们的"墙"。

陈达真这人

博士水准，大姐风范。这是我心中的陈达真。早起先约我赴马的，有一位先生叫柯杰雄，一位女先生姓陈名达真。我那时与柯先生有书信往来，北京文化界也有朋友介绍了大马的陈先生。她是华总的文化委员会主席，比我大一点儿，还不算老，这年纪在我们这搭，恐怕要“一刀切”了的。你一见到她就立刻能感受到她的活动力量——不设城府，热情真挚，关爱所有的人，也不对哪个人存有戒心——据我一生观察，此一类型人，乃是天生厚福长久拥有者。她是得之先天，抑是后来修德所是，我就不知道了，此后所见，聊可证明我见不爽——几乎多有人都叫她“大姐”——性格就是命运，这是她的性格挣来的彩头。

她是邀约我们的“华总”代表，我们的“场合”她当然都在，在“二月河——三月天”讲座正场开场前，她有一个致辞。大姐登台据案娓娓而言：“午夜十时许一架银色的飞机从北京起飞。这架飞机没有飞向美国，也没有飞向加拿大或澳大利亚，而是首先来到我们大马。二月河先生……”她夸奖我的话，这里述说没什么劲，但即使是夸奖，她也不是“作”，没有“张大”的意味。

2日去云顶赌城，我这个只是在小摊上和资料上见过“玩赌”的，见到如此大规模，受到国家保护，成为世界名境的赌城，总算见到一次大世面——这其实与“玩”已是隔膜的概念，赢的输的，是“斗争”的结果，除了输赢几十万百千万若无其事神态安详离开牌桌的豪客，也有“初级阶段”进来玩玩的。中国很有几个官员经不起这诱惑，从这里出来，回去后又走上刑场的。在驱车的路上，陈大姐一直都在滔滔不绝地谈她的“赌经”……绝不大赌，小赌要到别人赌丧了气，你才投注……见好就收……一两注不胜不要坚持，认输走人……

我边听边想，这其实是极委婉的劝诫，真是菩萨心肠。果真听了这样的劝，那些个被崩了的官儿们哪会有此结局？

因为日程安排得密不透风。真的按这日程操作，在大马我们就没有时间观看市容，也就是只能在宾馆和宴桌上了。大姐她们晓得我们心思，挤掉了一段路上往返路程，腾出一个多小时给我们逛了吉隆坡的地摊小市场。我为女儿挑了几件小饰品，妹妹也为她的女儿挑了一点——多了也带不动，大马市场上并没有什么出奇的货，一般的比我们国内市场还要贵些——原以为就地便可兑换一点儿马币的，竟是误传。陈大姐见我们为难，带着我们又挑又选，又叽里咕噜用马语与商贩砍价。丰丰满满买了一大堆，却是她出了钱，给她钱又不要，想起来直要出汗。

萧依钊这人

到马第二天就见着了她的罢？消瘦，用雅一点的话说是“清癯”，严肃而不苟言笑，做事专注是一望可知的，但是我没有想到她便是《星洲日报》的大腕主刀。很快的，她采访我的情形便见报了。问的问题也文如其人，很严肃，文笔却不死板，相当灵动。

这张报我并不陌生。因为它一直在转载着我的小说，柯杰雄先生虽不是每期必邮，但大致出的其他信息都源源寄来。台湾朋友也有订看它的——这是报纸可看的实证，因为从大马到台湾，报纸的“时效”意义已经不大。我没想到是萧依钊这样的女性在办这件大事，且办得头头是道。读了读她这些文章，她却也不拒绝活泼与开朗。拜访过胡大使，第二个程序就是拜访《星洲日报》。胡大使若是“针”，这三家便是“线”，萧依钊是“线”也是“地主”。

在报社，我为他们签了有一百多套书罢，然后便是讲谈会。放录像、看资料、吃饭——马来西亚请吃饭这规矩和我们差不多，大会小会吃一下。不同之处是他们分餐，我们吃剩了扔。萧依钊的老板是丹斯里张晓卿，张晓卿在讲座上曾发了言，他对我的书的熟悉程度让我感动。讲谈会上谈了这报的办报理念，我的理解是“宗旨”了，叫“正义至上，情在人间”。

冯其庸和孙玉明都对这宗旨称赞有加。是非分明，仁者正义，同情弱势，敢于拍案直言，这都是报人报国的优良品质。概括成了这么八个字，当然是很好的。因此我也称许“正义至上”是“理”，是天理；“情在人间”是情，是人情。循天理人情，这叫顺天应人。

这头上做实文章，当然前景看好。只要“正义至上”，义帜高扬，就是真善美实在搏击假恶丑伪，温情仁道自然满溢人间。她的这点风骨，受到读者的青睐也就不奇了。

李金友这人

他是不是马来西亚最大的财主，我不知道。我的经验，这些弘扬出来的东西，常带着几分虚，胡正跃谈增强两国来往的“含金量”，含金量不可用镀金或其他东西来修饰。

李金友不是个张扬的人。他的巨大财富是明摆着在那里，但却质朴得有点像我们内地的一位大厨师和汽车司机。我见过几位亿万富翁主儿，其中一位现在出门打的，随随便便在三流馆舍找一个铺躺下便睡。大排档里也常能见到他的影子——这一类型，是“中国特色”所造就的富翁类型：始终认准“当初”二字，会过日子，能富耐贫，能吃苦耐折腾，忍得辱，打碎门牙和血吞，会替别人想事情，人情世态捻透，三教九流结识得却不失去自我，纸醉金迷灯红酒绿间头脑清醒，细致毫发可鉴，失漏的事情能最快地弥补且极少露怯。这样的人，走入文界，也许就是个×月河之类的作家，走进财商界，他就成了那里的“丹斯里”。俄国的莱蒙托夫写过长篇叙事诗《商人卡拉希尼柯夫》，写的沙俄时期新兴资产者的那种心态、理念思维，从李金友这些人物身上可找到通络的神经。绕指柔是百炼钢，我对李金友说：你本人就是一部书。

在去马六甲海峡中途，我们一行经盘山道到他的碧野山庄，登门拜访。只见层层山峦迭起迭伏，茂林修竹星罗棋布，尽突显美丽豪华的山庄别墅。这个庄到底有多大？车上望去叠翠直接远方岚气氤氲处，绰约不见边际。盘山路也是曲径通幽，穿行于浓密丛绿之中。带路的是封富强，他是李的总裁助理，也会走岔了道，返回重新再找他的主人家居。

李金友在他的四周歇雨长廊的家里接待了我们。房子很好，修饰却简陋，三层楼罢，相当阔朗明爽，因为圣诞节，佣人都放了假，只有他的夫人和子女在家。一律都是赤脚宽妆，十分和谐自然。他当然很热情，他的夫人也极表热忱。她很美，也很聪慧，话不多，静静地微笑着看人，听话，端茶送点心，有点像电影里的日本妇人那样。他们的朴素与房舍的宽敞无华都是我想象得到的，因为李金友不是那种珠光宝气的暴发户形象。我没有想到的是他的子女，一个一个也都是那样朴实，帮着爸妈照顾客人，摆鞋，送东西，孩子们大的还是孩子的天真稚嫩，小的还在蒙童之时，都教育得懂事知礼而不失童真，这一条真的让我佩服。

在李金友为我们设的筵会上，他讲了读我的书的心得和感受，多有溢美之词。我的感觉是，他和张晓卿等几位主人真的是用“心”在读我的书，我是经历了一点儿沧桑的人，不会随便几句好话便打发了我。但他们从人性、从人文心理、从个性剖析的社会学方面对拙作的理解，都结合了他们自身的人生感受；他们的赞词和他们的人一样情真，我的感动就与听理论家们的赞誉时不是一般情韵。李金友在陪我游他的两个人工湖时说，也要为社会分一点儿责任，这里雨季，我的湖要蓄水，防护吉隆坡市。这是宏观思维了。他在读台湾《天下》月刊时，读到该杂志说在我年轻时的

2009年作者首次赴台

理想，是有两千块钱存款，能随时吃一吃烧鸡。这次特意着他的厨师为我做烧鸡。我敢断定，他的厨师肯定没有吃过中国的德州扒鸡、道口烧鸡。那烧鸡是仿北京烤鸭做出来的，可谓是马来西亚烧鸡，味道与心情一样的好。

胡大使也有致辞。他谈的是两国交流的“含金量”，博得一片彩声，轮到我说：“佛家有八识。在平常人看，只有第七种叫潜意识，这是最深层次了。第八识没有相应汉语词汇，只好用古梵音译，叫‘阿赖耶识’。是人与世界种因之地。我觉得我与马来人阿赖耶识种因有缘，见了马来西亚人生欢喜心。我愿意从我的角度做好工作，加强文化联系的纽带，为两国人民之间的友谊努力。”

李金友听我这话，送了我一部佛经，一盘佛经磁带。知道我有气管炎，他把自己用的药送我。我以为他是知道人的人，知道人是怎么回事，也许因为近，因为亲眼看到他的发达，总会有一点什么话的，世界各地是然，历史各时是然，人受挤兑武艺高，高时道声“天凉好个秋”，随缘俱然。

风情之一

我对赌城毫无兴趣，但出了赌城吃了一次榴梿。这种果被称作果中之王，在南阳的超市里也偶尔能见到，但听说极臭，吃不惯的，且价格不菲，且坚硬如木难以剖解。虽也偶有食指蠢动，兴致随起随灭。问冯老师，他说吃过、好吃。我们三人还是土老帽，榴梿在马来西亚价格也是相当贵的，水果店老板见一下子这么多人来吃，很高兴，亲自搬一张桌子到大路旁，用刀砍开硬壳，双手用力掬开，里边嵌着的果实便露出来了。

我其实是个饕餮者，这东西嗅上去是有点臭臭的异味。但它明摆着是树上结的，硬的椰壳一样满身尖刺护着果实。凭经验就看出是好食物，吃这种东西不能用挖耳勺或牙签那种东西一点一点品，是要掏出来一块大口嚼，找出感觉来，然后再细品。

我很快就进入了“感觉”，臭中有香，淡淡的甜，有点香蕉的意思，更像我们的老头乐甜瓜。我更啖了几枚，也吃出了它的毛病：腻、不爽、不清、不素。好吃，但几口就够用了。

陈达真大姐见大家都已过瘾，笑着说："吃了果王，还要用果后，山竹，保证又是一般滋味。"老板端出来，我一看，眼熟得很，南阳这里居然也有售。深水红色，熟透了的桃尖般、柿子那样的轮廓，下头还有一片"柿把儿"，色样很好，毛毛的不甚光艳，陈大姐给我们做示范，一边用手用力掬——长揖那样臂伸直了。"离身子远一点儿。不要染了衣服，这是永不褪色的……"

掬开了，润润的红色皮质中裹着新蒜那样的白色果瓤。再入口便是一阵软醉酸甜，和着方才那种臭香的腻，泥巴样的黏糊，全然是一般食味天地。品尝着，我慢慢地悟出了："怪道一个叫'王'，一个叫'后'。"一个是臭的、粘的、腻的、浓的，一个是香的、酸甜适口的爽口。这种鲜明的反差，使人感到的是反差的美。水果有了个性，也和人类差不多。我无端地想起《红楼梦》宝哥儿的独特心得，榴梿吃起来口感有点像吃泥巴，这不是男人的骨肉？而女子则是水做骨肉，这就是山竹了。

下山的路上突然下起雨来。吉隆坡这地方雨多，都是在下午四五点钟布施。封富强说："那雨下起来，是直落直泻地砸下来，车顶和车玻璃到处呼哧呼哧响。"这听起来怎样思索都和我心中的热带雨迷蒙缠绵挂不上钩。很想看这雨季的山水情态，但一连数日偏就无雨，或许外头有点小雨，我也困在宾馆里无缘得识。这一次刚吃过果王果后，雨来了，我还在回味榴梿的那臭和腻，一边问封富强："榴梿树是什么样子？"封富强指着车外说："喏，那就是榴梿树。"

但前窗已无任何清晰的景物，天色陡地黯淡下来，山峦夹着弯曲的公路变得狭窄幽深，都蒙在雨幕之中，只能听到雨刷在前窗不停的摆动声和车顶爆豆样的雨点击打声，从侧窗外望，路两边的榴梿、棕榈、榕树，在风中疯狂地扭旋，层层冈崖上的树冠也垂下身子，与路边的树摇曳呼应，在迷迷幽绝的天色雨幕中变幻不定地舞蹈……我来马已经数日，每天打交道的多是说华语的华裔朋友，感到与在国内差不多的氛围。至此，终于见到了这极富异国情调的雨。噢！榴梿，雨中的榴梿树！

风情之二

正场的《二月河——三月天》讲座，其实是每人四十五分钟的发言。按照顺序，孙玉明先讲，次是冯其庸，最后是我。我的感觉他们二位都比我这“正角儿”讲得好，观众没有离开我，场面好，是观众们素养好，再就是有点看我的书和电视剧的面子。我在北京出发前便有点感冒，嗓音嘶哑，气不下接，下面的观众多看过我的书，就好比吃过鸡蛋现在听老母鸡在台上咯咯。讲到后来，我自己总结八个字——“声嘶力竭、气急败坏”。马来人面子是给足了我，我也不愿矫情地伪装。妹妹就在台下，后来我问她，她说：“这里都是两广福建人多，你的话确实难懂，有人告诉我，要非常仔细才能够听出味儿来。”我想这是事实。假如这篇文章马来人能看到，我想让他们明了我的感激之情——因为一般在马来举办两千人的讲座，是很庞大的，场内场外的马来人都肯听到最后，外地甚至还有在国外乘飞机赶来听讲，听我的破锣嗓音，我不感谢就是我的寡情。

为什么会这样？我觉得要从文化上寻根。谈《红楼梦》是这样，我的书也是这样，我的书当然不能高攀，但可类比。内中文化部分可能和马来西亚人缘分相对。两国人“阿赖耶识”中都有这因根，交流融汇起来便格外容易。

“江总书记来马，就站在这里照相。”李金友指着草地间嵌着的一块钢牌说，“那是布什，美国总统站的……总书记是伟人，一天早晨我到他房间，发现他亲自洗内衣……”他的这一观察，思路与感受，全然是中国式的文化思维。

“我们老板用人有个前提——必须孝顺。”封富强谈李金友，“你再强，再能干，你不孝顺，丹斯里李金友不用。”

这同样是吾国国粹，很明白，忠臣出于孝子，未有不孝而能忠者。

我甚至这样想，他们海外这些坚持不肯被某异域文化同化的华裔游子，期盼中国富强那份殷切诚挚，比我们中国很多人还要强烈，还要纯真。李金友公开私下场合不下四次都是同样的话："美国三亿人，中国是十三亿，让他美国总统来管管中国看！十三亿这样一个大国，总会有点事的，但是整个国家和民族的最高利益就在稳定和发展上。"对中国大陆上的事的关注，对台湾的事，对十六大，对"与时俱进"，他们"保持一致"的心态之真，让我暗自惊叹。

这次的访问是从《二月河——三月天》为引领题目的。马来西亚最美最好的算是三月。我觉得我的名字正是个载体。大马人愿交我这个朋友，因为两个"月"加在一起就是朋友的"朋"。我很高兴自己有这样的幸运，成了民间文化和友谊的小小纽带。

风 情

马来西亚的美是无须多说的，她的娟秀、美丽、姿态婀娜，看一眼便会使人终生难忘。所以我在讲演时谈印象说这个国家如同亭亭玉立姿色绝佳的少女。平均每两个人就有一部汽车，但污染控制得很好。我在马来西亚四五天，皮鞋还像刚擦过般鲜亮。街街道路交通秩序，处处看去井然，所以我又说："如同进了大观园。"在大道上是决然见不到行人的，因为那汽车已普及得同我们的自行车一样的了。进了闹市，也不见拥挤，不听吵闹与喧嚣，阳光明媚而灿烂，晴空澄澈绝纤埃，一年到头不凋谢的浓绿阔叶，浓绿夹着蜿蜒曲折的道路，将吉隆坡扮靓了，美得令人沉醉，流连忘返。

但他们的饭菜我无法接受。冯先生除外，他是出国惯了，其余三人，也许都是土老帽，尽管主人使出浑身解数，四日八宴请我们吃，马来西亚最好的东西都奉出来了。可惜至今我无法接受"咖喱"那味道。我在吃饭上最随便的，八个字评语："饱则饱矣，未之见妙。"每次吃饭我都有一个想头，要是吃一碗打卤面，浇上蒜泥，就美了。这事当然不能对着主人说，只是心里想想而已。主人已用尽全力，我不能伤他的情与心，更不能出难题给他。回想起，倒是拜会胡大使共进午餐吃川菜师傅做的饭菜最合胃口。

文学讲座结束那晚，冯先生写过字，已是深夜十二点半，孙玉明、王太钰二人鼓励我们："咱们去吃大排档怎么样？"天已经很晚了，我还是忍不住他们诱惑，在夜色深沉中溜出了金马皇宫。

这里的夜市竟和中国如此相像！密排着的汽车摆在街道两旁，横七竖八的不甚有规矩，车旁便是人流，不算拥挤，但也是人头攒拥。午夜时分哪来这么多人？王太钰一边用手机和孙玉明的一位朋友联络，一手指指附近说："这是红灯区。"

我对红灯区有自己的看法，这在我国是禁止的，这里都是金吾不禁。但我们哪个城市里没有暗娼暗妓呢？这是下一道令，或"不承认"就能"不存在"不"危害社会"的事么？事实上，因为缺乏了管理，性病、艾滋等等的蔓延根本失去控制，国家也少了税收，黑道社会，无良警察、流氓，得以更方便地欺压这些最底层的女人……既如此，何必掩耳盗铃？但这是社会学家与政治家的事，我还是到大排档吃中国餐吧！

这里和我们北京上海与南阳的大排档小吃店毫无二致，敞露的店口与店铺同宽，一旁厨房，人行道和店内摆着劣质饭桌，但上来的饭菜还算中国的地道，大家吃得兴高采烈。喝了些啤酒，虽说外头陪客妓女叽叽咯咯的笑声有点烦，我们仍是人人心满意足。直到三点钟，玉明同学开车，我们打道回"宫"。

回程路上出了点儿插曲，中途有几个警察拦住了我们的车。孙玉明在车中，向外指指："请你来看马来西亚的腐败。"我透帘外望，只见那警察很严肃地说着什么。玉明同学不慌不忙取出执照什么的，下面压着一沓钱一块递上去。那警察也就眉开眼笑了，一手打开车门，一手让着"请"司机上车。双方都做得相当养成有素。司机车门一关，笑着说："我给了他两百。平时只要五十马布就可以了，今天我喝了啤酒，凌先生又在车上，出了麻烦要出新闻的，便宜这小子！"

马来西亚还有些事，至今也不能明白。到马六甲海峡，我们基本没有下车。在车上观景自然是走马观花。看见路旁一座郑和的石像在铁栅中，不知已尘封几时。但一只海盗船，不知是西班牙、葡萄牙还是哪国的，却堂而皇之地，在海湾供人观赏游览。郑和七次下西洋吧，到马来西亚几次？我记不清楚了。带去的是明王朝的优质产品和友善之情，不曾对马来西亚有寸草尺地的主权要求，那侵略来的海盗船，何以比郑受到青睐与器重？

到马六甲，我算是到了海——我一直没有见过它的，到了这里我也才明白，各国的首善之区都是精心扮过的，北京的金水河和南阳的温凉河不同，吉隆坡的水和马六甲也就有异，这里的海面已经污染得一望无际，目之所及全是一色，不见海鸥也不见沙滩，全是污泥。这和这个国家那无与伦比的美，看着是不协调的了。

我曾问过一位先生："你们这里的最大问题是什么？""棕榈园底层劳工的生活待遇低，那里是犯罪的温床。"他思量了一下回答我，"再就是周围国际环境对国家的影响，我们这里的有钱人，随时都准备着走。"

"走，往哪里走。"

"欧洲吧，北美吧，都有他们的产业。一旦动乱，就走。"

这一点，李金友若明若暗地谈过，他有一架波音737飞机，亚洲风暴来了，他把它送到了美国。

美丽的少女，漂亮的绝世佳人，也有她的忧思与焦虑的。

归　程

归程起初很顺利，王太钰几乎送我们直到飞机舱口，不足六小时便回到了北京。觉得下面轮子一落地，我宽松闲适地欠伸了一下，无论如何，回到自己家了。不料过关检查出了麻烦。我目送冯先生上车回家，已经提着小包出去，但不知为什么，妹妹和孙玉明被卡在里边，等了许久，打手机来说："哥，人家叫你进来一下。"

我诧异着返回，只见我的大纸箱子开了封，孙玉明和妹妹站在一个类似柜台的木台旁，几个海关长官都神色庄重，满面严肃地站在"柜台"上："这是你的吗？"一个官员指指柜台。

我原本很紧张的，不知犯了什么事。一看，松了一口气：原来是一本《明报月刊》。赔着笑说："是我的，如果不合规定没收好了。"

"你还满不在乎！"一个圆脸长官呵斥我，"收了就算了？"

"对不起……"

"你不是对不起我！"那圆脸不肯饶我，"这是国家明令禁止的！"圆脸先生问一位年纪稍长的先生："给他（当然指的我）填因公还是因私（出国）？""因私吧。"那先生说，"填因公他就玩完了。"我心里一边诧异着这无妄之灾，一边又觉得太累，原来我还得另出一份诚意来感谢他们。

他们一边批评我，旁边的官员拿出一个表格："你在这上签字。"

这次交了签字运，本来《二月河——三月天》讲演前安排十五分钟签字仪式，马来人买我的书，排队签字的人太多，延至二十五分钟，又延至四十五分钟，我签名，妹妹盖章手磨出了泡。这里又要签字了，心里不是味道，还是老实在"上头"签了，不过不是二月河而是原名"凌解放"。

这事原本不难说清的，这杂志是我撰写专栏文章的杂志，《明报月刊》是丹斯里张晓卿的下属产业。新出的这一期是在说"情理"二字时他们送我的一份。没来得及看，也不知它违禁，就带回来了。但我不能多加解释。因为那个小伙子上纲也上线了。不晓得他要怎么查办。我刚下飞机，感冒也没痊愈，外头接我的人还在等着，倘若他照着"不是对不起我"而是"……"这名目追究起来，不知弄到何时。再就是我有点知名度，这样公开场合，有小报记者来一篇《二月河携带违禁品被海关怎么如何》，热闹起来。扫兴不扫兴呢？我说声"对不起"，你放我过关，咱们天各一方。至于说我对不起谁，真的，我自己还是不懂。我想起巴黎公社时，一个小孩因偷面包被法国官方捉到判刑，法官审问他时说："你吃偷来的面包，不烧你的嘴么？"我们的海关，有没有这个理念思维呢？

不问情由不由分说，居高临下面目可憎。这就是我对这群权势拥有者的印象。海关，一向在我眼中是神圣庄严的，但不知怎的，这一来，本有的那份敬意消失了。真的，我弄不清他们的意识，也不懂得他们是怎么回事，可能因加班熬夜或情场失意或赌输了或有什么病之类发作了吧。

不管怎样，我还是回到了自己的国度，自己的家，看到了北京，踏实走在上头，仍是一片温馨。女儿打来电话："老爸，您没有掉进太平洋，我就拥有一切！"

也说豫人

这几年河南人声价大跌，真的应了一句老话“其亡也忽”。在历史演进中，只是“一忽儿”的事，他就不行了。南方有些商家，挂出了“河南人免谈生意”。有的打出“警惕河南骗子”的大条幅，赫然悬之通衢大道。我还听过一个笑话，说董存瑞的战友河南老乡，和董存瑞一道进了桥头堡下要炸桥，却忘了带炸药支架。河南老乡说：“我去取支架。”一下子溜走了泥牛入海。冲锋号一响，董一下子急了，举起炸药包便引爆了。他最后喊的一句也不是电影上说的“为了……”，而是“妈的，河南人真不是东西”。还有个笑话说，山西制造的假酒案查明主犯是河南人，这样的人当然要枪毙。问他临终有什么要求，他说“希望解回原籍”，因为他寄望河南的枪子儿也是假货；河南人的声誉，真有点儿像下酒菜，亲朋好友部属故旧相聚，觥筹交错间，一套又一套“说河南人”大噱解酒。

这件事我原本不大在意的，我本人原产山西，在河南算是侨居。河南人好歹有点“于我如浮云”的味道，听听笑笑而已。但近来上网，又看河南、中央一些报刊竟郑重其事地辩解起来，“河南怎么怎么好，事实是怎样怎样的……”手忙脚乱地出招应招。这样的情节有点像金庸小说里的武林下辈郭靖，来一招“亢龙有悔”，接着又是一招“亢龙有悔”，总之是一推一挡对付参仙老怪就是了。我的朋友周大新，还写了一篇文章，请求人们“别再骂河南人了，河南是中国的祖业兴创之地”。他并说：“世界今日之观中国，犹中国今日之观河南。”因之不宜有“大省沙文主义”云云。今年春天到北大办个演讲会，又有同学挺身而起，儒雅相问："现如今河南人名声不好，先生对此有何看法？"仓促之间应对："我虽晋人，但三岁入豫，至今半世纪有余，吃河南之粮，喝河南之水，自以为已是河南人。河南人今日有难，我现在应与豫人共患。"

这话自赢得了一阵掌声，但其实是废话，是忠厚人的厚道话，鲁迅说是"无用的别名"。

现在吹祖宗没用，"我有龙门石窟，有相国寺，有卧龙岗，有张衡……你有吗？"——人家说你现在眼前的事，你炫耀这些干吗？日本人打进来时就说过"你们祖宗伟大，但你们不行"的话头。

周大新是我的好朋友，极善良的人，总希望各国总统开个会，把人类造武器的钱统统裁掉来办学校。但他向人求情，我却以为太软了，应该梗筋挺项回说一句："操妈的！河南老子，怎么啦！不是你们祖宗吗？"这股弱肉强食之世风下，劝富中国人悯惜穷中国人，犹劝富外国悯惜穷中国般缘木求鱼。香港人见英国人腿脖子都抽筋，见了内地老乡如何？头矗得葱笔似的——就这样。

唐贞观年间，唐太宗曾与大臣议及山西、河北诸人异同。魏徵当时就批驳说：根本就不应该这么看——以地域分人种，这种可笑的大省或大郡（包括北京、上海等地）"沙文主义"从来都带着些个混账理论。现今之事，以我观之，是"时髦"欺侮河南人。"牛皮"得像假洋鬼子见了阿Q，自有那份"自豪"。暴发户遇见了破落贵族，他就那么个阴微下贱的心思——能操练就操练你一下，你怎样？

所以河南人应该研究一下曾国藩，咬牙忍性怀恨怀痛挺一阵子，把我们自己的事弄好，那么也许有一日，今日之笑料或成彼日自羞之言。

岁尾余话

我们如今什么都在和外头"接轨"。科技上的度量衡不知底蕴如何，但我们常用的"公里"已变成"千米"，"公斤"变成"千克"，"公尺"也废弃了吧，叫"米"。公寸公分也都以此类推改了去。道理是什么？似乎没人问过，小民百姓似乎不大在意，仍旧顽固地使用老祖宗留下的老尺度。倘使买一个萝卜，掂一掂，说："我买萝卜。"卖菜的老太太问："您买几斤？"回说："我买一千克吧！"老太太准眨巴着眼瞅你半日，怀疑你有毛病。然而中国到底是个顺民的国度，同化别国的能力早为世界公认，顺化的应变力也是不弱的。有一次我去买茴香，说"买二两"，那卖茴香的小贩极爽脆地答道："好，我给你称一公两！"倒叫我弄了个怔，反过来又笑说："我买一百克。"小贩说："一百块？一百块十二斤半！"——全都满拧。

作者受邀出席"文化大讲堂"节目

近来看了刘齐先生写的《回国须知》，他也感慨良深，百味俱全。两类情致，要么视你为洋奴，呵斥翻白眼极度地轻蔑你，“如果你不注意，总爱夹洋文，国内老乡就会比较烦，‘今天，我的心情不是很happy，天气也不nice，真他妈的shit！’听听，这像好人说的话吗？倘若进了宾馆遇到麻烦，叽里咕噜来一串洋文，我这边刚一发音，他那边就知自己不对了，只是脸上绷得太紧，不好意思马上微笑，又绷了一小会儿，然后把我们奉为上宾。”——这是又一种情致。

鲁迅先生的《阿Q正传》里头假洋鬼子那句话：“我说洪哥，咱们动手吧！他说NO——那是洋文，你们不懂的！”——真是翻新出来意味仍旧无穷。说真格的，我们今日开放，就是要这些玩意儿来充实我们的社会生活吗？

现在真是彻头彻尾的“拿来主义”了，帕瓦洛蒂和“千克”、航天技术、美金、日元、马克、肯德基、麦当劳、核垃圾……有形的无形的，只要“是个东西”，就毫不犹豫地拿来。这其中的好物件自然使我们受益无穷。

有的东西吃了进去，害得我们肚子拉稀不说也罢，说起来辱没煞人。

要么就是冥顽不灵得拒绝一切，就如第一次鸦片战争时两广总督叶名琛，什么也不做，什么也不要，什么建议也不听，扶乩请鸾乌烟瘴气瞎闹一气，被洋人提了，还要自称“海上苏武”。要么就一股脑儿全拿来，破机器、烂衣服、艾滋病和光怪陆离的夜生活以及先进的生产管理经营科学技术，猪八戒似的一捞食之。若只是没有经验也还有可恕之情；为一些蝇头小利，有些明知有害的，仍“拿来”吃下，误我国民，这种心思就阴微下贱得不可问。

如今是开放年头，眼见得国力日渐强盛，这自然令人欣慰的。也由此而起，国人眼界大开，看得自己不值钱，弄到没了骨头，闻洋低眉俯首，也令人有点心惊的。我们现在要说“四大发明”，要谈汉唐之强大，要讲华夏文明的辉煌与灿烂，那是要小心一点的。似乎有一种什么无形的力量在封杀我们的自尊：一出口便觉得有点对不上劲，怀疑或自嘲先容一句：“我这是阿Q精神吧……我们祖上……”先说几句“不行”的话，然后“但是”一下，“还有许多好的……”也有点向听的人道歉那样的心态：“对不起……西边也不是什么都好，也不是什么都不孬……”端的叫人莫名其妙。前些日子与朋友谈起，我不喜欢看硬皮精装书，对竖排版的图书我却有好感，朋友笑我食古不化，我说："食今不化就对头吗？精装书是书架上装幌子的。坐在沙发上，躺在床上看书，你试试看是平装好还是精装好？中国是方块字，竖排版横排版有什么分别？你把书卷起来'把卷'读读，横的，你每看一行都须得手腕子转一圈。竖排版才真正是为读者着想。"

但凭我这样思量，怕是不大能改变那些先生已经形成的"固有观念"的：我们曾经强大过，我们却实在又已积弱难返，先"拿来"，先强大起来——比如说先工业化了，再来治理污染。此亦一是非，彼亦一是非。我的意思也很明白，拿来尽管拿来，该去的要坚决把它扔出去！

世界上的事，历史上的事，无论何种情形，都是成者王侯败者贼，店大欺客客大欺店几乎是约定俗成了的规律。我们今天谁去过美国、留学英国，回来"哈啰，姑的毛疟"一通，颇以为有别个不同的荣耀的，这也如同盛唐时分，日本诸国留学长安的诸生回到本岛，肯定是一口陕西腔："你好，你吃饭了吗？""塞由那拉"就靠边站。所以我不抱怨这样的人心不古，这是今天使然的。到有一日，英国美国人读完他们的剑桥哈佛，须得再来北京天津进修北大南开，回国一声："今天走了二十五华里，到中关村转了一圈，腿都遛直了！"那时中国人也绝不会再说"好，给你一公两"这种二百五话头。

我们学人家，赶人家，是要自家中心强大起来，站得硬挺。别指望人家"无私"帮助我们。就我学到的史识，美、俄、日、德、法这些国家，从来也没有对我们存过什么好心思，哪怕最小的一点儿恩惠，你也别指望他们慷慨得出来给你。心思放清明点儿，忍着点，学他们的长处，把他的烂玩意儿毫不客气地扔出去，好多着呢！

昔阳石马寺

南阳有座香严寺，洛阳有座白马寺，昔阳有座石马寺。我生在昔阳、幼居洛阳、老蛰南阳，“三阳”是我一生萦怀最重要的三处地方，有这么三处要紧寺院。白马寺是天下祖庭，汉明帝夜梦西方圣人，醒来下令首建的华夏第一座寺，这是顶尖级的成功文化引进了。前不久，我在《人民日报·海外版》写了三篇关于香严寺的文章，那是唐天宝之乱后唐室倾颓败落中机械绞杀中唐宣宗的避难之地——他在里头躲了七年，又复辟重握大权的。这些故事很可以写出几部厚厚的小说，但我这么一把岁数，又一直被一些人误为“有学问”，生在昔阳却压根儿不知昔阳的石马寺。即便是文化界，我看也有个“嫌贫爱富”的事。前些时看了个什么电视剧，里头介绍许多云贵文化遗迹中有很多汉明帝之前佛教渗入中原的史证，学者有几人注意到的？一种文化由一个民族向另一个民族转移，那是异常复杂持续而漫长的，我早年读《梦溪笔谈》里头的“西极化人”，断定春秋时佛意已进中原。可惜资料太少，个人是无力研究它。昔阳的石马寺遭冷落，大约因为它离枢纽城市远了些吧。

但这寺院不宜再走“背缘”，因为里头“有东西”，因为这寺“灵验”。有历史有文化有内涵的任何东西，你别想永远掩盖了。

冒着盛暑骄阳，我们驱车去观瞻这座寺。其实这里离昔阳只是咫尺之遥，窗外的青葱冈峦闪烁着绿宝石那样的亮彩，中间还嵌着条小河，或者说是“溪”，逶迤蜿蜒悠游而行，一会儿就到了。

我的第一印象这座寺规模不是特别大，但极美观洒脱，整个寺院全部裸呈在溪边的山坡上，越小桥过溪，一级一级的阔大台阶，可以从容拾级而上。整个寺院琼楼玉宇，亭榭台阁，如同用玩久了的积木排垛起来的那样。我见过的寺院是多了，但这样的格调是叫人费心琢磨，怎么和别处不一样？

新吗？不新。这座寺是老牌子、老资格。寺中碑记明载北魏永熙三年，也就是公元534年，这里已经动工开凿佛像，三个石窟，一百多佛龛，一千五百多尊石佛像，已在这里坐了一千五百年，凝神眺望溪对岸的青山，它的“文化资历”越过所有的唐代寺院。

这是依山借势、层层起殿建起来的，这寺其实是用殿宇将北魏石窟包裹了起来。很快就要进驻僧侣，择日开光。有位叫李志恒的企业家挖煤挣了钱，与昔阳县政府合作，把废了几十年的断垣残殿收拾成这般模样。不算很大，但极阔朗明睐、大方潇洒。

然而就我的知识，所有的寺院都叫“丛林”。上头几个修饰词，应该说是一般寺院忌讳的阙失，寺院应该是讲究闳深、古静、安谧，茂林修竹、葱茏掩映，这样的天色，“禅房花木深”，天色阴霾，那么就是“楼台尽在烟雨中”——这么着才对。

我一下子悟过来了，什么地方“和别处不一样”？是所居者有异呢！昔阳县是土石山岭式的地貌。这里多是旱天，你别想在这里观什么烟雨，树木最多的是荆和棘——一人来高，高大乔木都不算多，寺院里常见的银杏、松、柏、竹、菩提、冬青，这些树就更难一见。这样壮观的寺院筑在山坡上，自然就格外显眼，白露无隐。我心中的诧异一下子又回落下去。雨水少，无大树，不是石马寺的过错，这也是缘分使然。老佛爷他就这样安排造化，他在别的地方婆娑烟雨，这地方他就要沐浴太阳。这是风格。

石窟造像其实与云冈、龙门大同小异，因为重重殿堂罩起来，佛们坐在那里，更显得幽，安详地看着我们一帮俗客。引起我大兴趣的，是有一尊观自在菩萨坐像，头部已经阙失半边，身体微斜，一手支地，体态姿势一下子让我想起达·芬奇的速写人物，漂亮优雅极！我逛几处寺院，那里人都说他们有座“东方维纳斯”塑像，看了看虽好，却都有点夸张，这个观自在的自由奔放形容——我不说，你自己去看。另有大兴趣的是这里还有个石头暗道，石窟里的秘密石道中有石室。这是最近收拾寺院才发现的奇观，他们解释说是为避史书中说的灭佛藏身藏经的，我觉得有点牵强，地道的出口是地藏王殿，说是修十八层地狱，庶乎尽如人意。

元代翰林王构有诗说石马寺“碧水孤村静，撬岩石寺阴。僧谈传石马，客至听山禽……夕阳城市路，回首隔丛林”。明代尚书乔宇诗云“千古按图空做马，万年为瑞今从龙”，这说的是“石马寺”名的由来。因唐皇李世民在此遇难，由神马营救的故事。我看了看寺山门不远的两匹石马，太阳底下静静地站着，不知它们转的什么念头。也不知这念头转了多少年，它还会再往后想事“如恒河沙数”年的吧。

甘肃的麦积山、敦煌，山西大同，河南洛阳都有石窟，然而那里都是“旅游单位”了，专门挣你游客钱的。北魏石佛重新开光，受善男信女香烟礼拜的只有一座昔阳石马寺。什么叫“粹”？我的理解：独我所有，别人没有就是粹，就是特色。

他们送我一张《晋中日报》，标题形容石马寺：古老、厚重、神奇、神秘、恬静、和谐。寺里和尚出纸请我题写，涂鸦“菩提心境、清凉世界”。

有此八字，可矣。

香严初话

从秦始皇到宣统，中国的皇帝是多少位？我见到的资料版本不同：有说是二百七十六位，也有说是二百七十三位的。当中实实在在当过和尚的，是两位。一位是朱元璋，这谁都知道，他在皇觉寺出家。他成功之后，谈了不少关于自己在皇觉寺“龙潜”时分的诸多灵异。件件说得煞有介事。不能说他说假话，因为我们没有反驳他的实据，然而仔细想想，他的这些话都是他“胜利之后”讲给他的臣下听的，更像是梦话。

朱元璋信佛，另一位信佛的叫萧衍，名号梁武帝。三次舍身出家，还写过《梁皇忏》——有著作的。然而他不能算是出过家，只能说是个狂热的佛教徒。他的行为，用今天的话说是为寺院“筹资”——让官掏腰包来赎他——是融资行为。

晓得晚唐李忱（宣宗皇帝）曾出家的人就不多了。我最初读到这个人，是在1948年版范文澜的《中国通史简编》上，说他少年装傻、扮痴，躲过了杀身之祸，但他为了韬光养晦，制造一个谎话，“堕马而亡”——这有点像今天说的“出了车祸”。李忱的藩号从此失踪，算是“死了”。

我一直摸不清唐室宫廷天家骨肉，是怎么一回事，扑朔迷离得出格。和光王争夺帝位的是武宗李炎，是李忱的弟弟。他们是政敌吧。哥哥死了，就算他心中暗喜，总该有场猫哭耗子的闹剧的。总该去“验明正身”一下的吧？居然这些事他都懒得去弄清楚，真的信了，直到武宗四年，他才得知真情线索，开始秘密搜索，追杀尚没有死的哥哥。

光王李忱躲在香严寺。我1958年到南阳，就听说了它，但我不知道还有一个“坐禅谷”，更不懂什么六祖慧能的佛禅。以我当时的“知识”，听说有个“皇上”曾在这里出家，只是新奇，觉得这地方神秘。转业回宛，七事八事谋生第一，时隐时现的，“香严寺有戏”，却一直没顾上来随喜领略，“到底是怎么回事”。看到“香严寺”、“坐禅谷”的旅游告示，也没有怎样当回事。终于有一天，我约了几个朋友，打了个“依维柯”，连船带车过了二十八公里的“丹江大湖”，来看香严寺。

我关注李忱，不是我真的有什么“帝王情结”。是因李唐王朝晚期的政局，曾使我迷惘了好一阵子。那是异常的宫廷血腥加天下血腥。自天宝乱后，肃、代、德、顺、宪宗五朝天子以下，千篇一律的，每换一个皇帝，都来一场宫廷大厮拼，同时伴随着天下大厮拼，藩镇大厮拼，拼得一塌糊涂，国无一日之宁，民无一时之安，独独唐宣宗在位，有过十三年的安定时间，使唐祚与民众稍稍喘息一口，这实在是件不容易的事，在一大群猪一样的天皇贵胄中，李忱稍稍算得一个人物了，我来看他潜居之地，也是想摸清这人底细的意思。

但我看香严寺，有点脑筋不够用了，香严寺本身构成的文化理念，让我那一点佛学、史学的知识显得很苍白和匮乏，我原以为香严寺和坐禅谷是两码事，来看之后，觉得不是的了，恐怕是因现在香严寺与坐禅谷是两个单位管理，各说各话的因由，弄得本来是一家，说的是两家话了。我到坐禅谷，看到李忱深夜在寺中遭追捕，谷中躲避追兵的藏身之地，和谷中的种种禅佛设施印迹，即刻明白了这一点。

庙祝还在不停地介绍那灵异。令人诧异的是，真的有一块“灵气宝地”——我们进去藏经楼那宝地踏看，也就十平方米地面吧，略略高出外边地面的，据寺中人讲，它还在不停地增高，隔段时间铲一铲，它又复慢慢增高，藏经楼已经被它顶得向东倾斜了——是这地儿曾救过光王一命之故。

这当然是该地质学家来解释的一件事，诸多的神秘信息一件一件都还存在，都和这位光王有关。这一座寺，盛时曾有房四百三十七间，院墙就七百余丈，规模之大令人咋舌，亦是因光王登基后为其护法所致。

我站在望月亭前不言声，光王在这里当了七年沙弥，这个身份高贵的青年僧侣，每天晚上就在这里望月沉吟，苦思冥索人天之道。他想了些什么呢？

香严寺二记

如今世道，谁的能力强，就大造原子弹，厉害是真厉害，给人的感觉是“恶”，是在克隆和衍化仇恨与战争，比赛看谁霸道。但你可以看看中国的唐代，似乎一直都制造诗歌的文化和平与善良的宗教文化，我来游香严寺，站在深邃静谧的山门前，不由得就产生这种认知。

这座寺，是慧忠和尚所始建。慧忠是“中国的释迦牟尼”慧能的五大弟子之一，唐玄宗李隆基特诏将他聘入长安，鉴于他在安史之乱中的忠诚表现，肃宗又高高地封他为国师，随时咨询国政家务，那时宰相一级的和尚，牛得不能再牛了。这样的，可以超越玄、肃、代、德、顺、宪、穆、敬、文，一二三四……若是九代天子，直绵延到宣宗李忱，干系天子骨肉社稷纷争，甚重。因为宣宗为躲避宫争杀身之祸，将满头青丝一挥而尽，逃到香严寺一藏就是七年。而后，风风光光被接回首都，堂堂正正做了大唐“大中皇上”，这恐怕是连慧忠都想不到的事。

中原的寺庙，偏就与皇家有这许多纷萦藤缠的缘分，那年我到少林寺，见到壁画是“十三棍僧救唐王”的故事。在香严寺，这个题材是回避了，香严寺的和尚们拳头不硬，保护皇帝凭的是脑筋和勇气，你看看山门就知道了，少林寺比如是个王府的架势气派，香严寺的山门有点像个“中农”，这是“隐居”的需要，寺很高，在山上，现在汽车可以直达，过去需要一步一步爬，官兵也是人，也怕累，懒一懒就不进深山爬高坡了，这无疑增加了李忱的安全系数。但你到寺里边随喜一下就明白，宏大、神秘、深邃、幽静，是了不得的唐代大寺院。我在前一篇文章中谈了李忱在此韬晦的情形，他的神幽之气、灵异之气是问都不必问的。

但游客毕竟是今天的人。今天的寺院游客关心的只有两件事：一、这寺灵不灵？我的孩子要做企业，要升学深造，我全家要平安喜乐，我想升官，想当总统，想发财，想……求求佛，菩萨，能不能……二、看这里山水文化景观美不美？“浮生又得半日闲”，亲临这寺是否用时太多？会不会太累？寺中和尚明白时人的心理，美不美你来看看就知道了，万顷丹江碧波晴朗明净，浩渺无际，岸边茂林修竹峰峦迭起，中间隐着这个唐代古刹，悠悠晨钟暮鼓发人深省……一踏上石径，就有居士给你娓娓谈，这几百亩竹林，1976年政故大波迭起，突然开花，齐根死得干干净净，到1978年十一届三中全会突然又冒出同样大一片葱茂新竹……那株千年老皂角树，雄性的，每逢国家景运之年，或吉或咎，它就结皂荚，到2003年，闹“非典”，游人们瞪着眼看，看你结不结皂荚？就这么怪，树的东南西北结了四个。

我笑着听和尚讲，站在一株秃秃的紫藤树跟前。介绍的人说“这是痒痒树”——这我倒是知道，这种树不少，你摸一摸它会笑得哆嗦，但和尚说，这株树善人摸它“笑”，恶人摸它就死活不动，是一个女人摸它不动，反复摸，树被“气死”了，死了还是秉性不移，善人摸它仍笑，恶人摸它仍“巍然”。我没敢摸，我怕它不动给人笑话。

这当然都是巧合。然而，巧也是一种价值。笨人谁能成就事业广致财富？靠山吃山，靠水吃水，丹江大水库是亚洲最大的人工湖，湖岸又有这么好的一片丛林兰若，他们理所当然要有滋有味，这碗饭，这么优秀的山水灵秀，又地处南水北调的源头，一盆矿泉水北京人等着喝，香严寺如今“养在深闺人未识”，还能再待字几天？趁她未嫁，我打算再来转悠转悠。

意外香严寺

到香严寺，踏进山门便觉诧异。天下丛林，无论少林、白马、灵隐……未例外，迎门便是弥勒佛、风调雨顺四大天王。我去逛这些寺院，踏进门有时会想起一首清人打油诗：金刚本是一团泥，张牙舞爪把人欺。人说你是硬汉子，敢同我去洗澡去？——这里却未供任何佛菩萨，是——关羽。高高的坐像，丹凤目卧蚕眉，绿袍。他在这里凝视丹江山水不知多少年头了，也不知还要再看多少年头。他身边没有关平伴，孤零零的，关

深山中的香严寺

平不在周仓也不在，这和天下庙中关羽神塑“规矩”也大异其趣。

导游眉飞色舞，夸张铺陈，说这是香严寺的护法神，因了唐宣宗在此蒙尘龙潜，只有这样高级别的人才配得上给他保驾，他的级别相当于“国家的正部级”。我听了不禁一笑，在别地儿游寺，也听到类似的说法，佛是“国级”，“菩萨”相当于“部级”，“罗汉”是“厅局级”之类。为帮游人理解，这样说也许最直截了当，但说关公是“正部级”让人忍俊不禁。中国的佛教之所以兴盛，是因了它本身文化的生命力，加上了与儒教、道教的糅合、润化与衍变。这样的“杂交”优势所致，有一点儒教色彩是不奇怪的。唐代的关羽已为佛教列为伽蓝神之一，进寺“值卫”原是他的工作，但这样的寺院似乎别无分店，也许有，二月河没有见到——这是唐风实实在在的“流”。因为：一、关羽是伽蓝神。二、关羽是刘备的大将——这寺中就住着个“刘备”，这几乎可以肯定就是唐宣宗本人的思维：我就是刘备，外头有个关羽给我看门，再适当不过了。他在给“刘备”警卫值班，当然不宜自带周仓一类的警卫了。但关羽的封号后世如同丹江水库的水位飙升不已，到了“关圣大帝”的位分，是天穹王爷一级的人物，与孔子并称谓之“武圣”，这里却还在纡尊屈贵他“值班”！我思量很久，看见了“敕建”的那堵明坊，一下子顿悟，所有的皇帝都是这样想的：关羽应该给刘备当值班门卫。因了这寺的特殊情况——“特事特办”，旧例保存了下来。

后头大殿中有四百多平方米的壁画，让我又是一个踉跄：一是它大，二是相对保存完好，三是它细腻、柔润的笔致让人咋舌惊愕，然而这还在其次。我看过许许多多的寺院壁画，包括一些凋敝败坏漫漶难识的壁画，也看得很有兴味。大抵寺院的壁画，许多都是佛教的故事，或释尊说法阿诸罗，天人天花迷离纷呈，或说木莲救母六道轮回响应相接。画家匠人在做这些画时，都是万分虔敬的，除了自身解数使尽，自然地，那浓重的主观创作附会意识也就尽显笔底——你就是个唯物主义者，看一眼也会悚然动心。这幅不同，竟是以道教元始天尊为核心人物，东、西、南、北四极大帝，四大天王，勾陈，金母，胜母，六丁六甲。佛同二十四诸天、送子观音、四壁观音、韦驮菩萨……种种累累叠叠层层迭迭，一样的云龙风火，一样的天风衣带，只是内容驳杂得令人眼花缭乱。导游见我留心注目一处，过来介绍说：“这是一个新描的天官，省里来的著名画家，描了一处，他不敢再描了，所以这处特别新。”我有共同心识，描这一处只是贴近原貌，那笔意神通，那柔润灵动，鲜活游移的“神”是不见了。我不禁对那位画家油然生出敬意，若不管三七二十一，只管泛描了去，会是怎样的一件事？

导游讲这是明代的画，但我所感受的，它不是明代的文化风格，神意就非明代所有。明代的佛道没有这样博大广袤的思维情怀。就人物的体态、风致，也大有唐风。所以我断想，这是唐代的作品，历经三次灭佛的劫后余情。所谓“明代”，也不错，不过是明代“克隆”了一遍就是了。

“这个寺我想不透。”我在寺边那株“美女抱将军”树前思索，说，“好比是水，它有多深，现在还浑着，看不出来——这株树应该叫霸王虞姬树。”众人都是一笑，我去如厕，脚被下边石片垫了一下，弯腰一看：“呀！你们阔到用硅化木（树化石）来铺路？随便掂一块，带到北京、纽约，栽到花盆里就是盆景！”

随喜丹霞寺

我中年之后喜爱研读一些佛经，彼时已略有令名。来南阳挂单或化缘的大和尚也就常有睹面的。大约十年前吧，北京法源寺和尚能行来宛，曾有一夕谈。我由是知道近在咫尺，南阳有个丹霞寺，因为他本人就是来就任丹霞寺方丈的。他的弟子张兼维是我的朋友，向我求字，我的字差劲，又求文，我当时在读《心经》，于是造了个长短句：

磋跌磨折苦，欲行不宜行，欲往更难往。电光石火里，翻多少筋斗，乃知蒙昧意思，最难悟。此岸彼岸何处，烟雨茫苍行客孤，只向妙善公主，漫天彻地悲悯心，修几劫恒河沙数，方植出长生果、菩提树？真难堪是俗子凡夫，焉说得我“寿者无”，恍然间心无施处。噫！洪波险，孽海遥，慈航度。

自觉此寺开光，我已尽了心，也就撂开手，此后多年造句忙、见人忙、喝酒忙、吹牛忙……直到去年，有人无心向我提起：“丹霞寺的开寺方丈是天然和尚的。”我才大吃一惊，晓得自己那些忙都是瞎忙。我对婆子说，得赶紧找时间，去南召，一看丹霞寺，二看辛夷树。她和她娘家几个亲戚，一听这事都是一团欢抃，弄了个车趁星期天去丹霞寺，隔了两个星期趁星期六，再去丹霞寺。

在从云阳镇到南召县不到十公里处，蜿蜒委曲的公路两边，丛林愈来愈茂密，丘陵一样的冈峦中夹杂着辛夷和竹林，婆娑掩映中不时能见到房屋一样高、错错落落的石塔，或全裸露在外，或微见塔顶，和汽车擦身而过。凭我的经验，这是舍利塔林，离寺不远了。果然再折一道弯，清溪之侧，东边西边赫然对称两个石峰冈中间，夹着两丈高的石坊山门。丹霞寺，到了。

《威尼斯宪章》对古文物修复有个“修旧如旧”的原则，这座寺是经过简单修复的。但依我的观察，可能只是佛殿僧舍补补漏，佛像稍作点缀耳。古气森森、荒芜气象尚未消尽，有几处危墙，还龇牙咧嘴歪矗着，仿佛在向来随喜的香客告诉着什么……刻着大字真言的石幢上写着“十方丛林”，踞坐在山门与弥勒殿之间，西边还有一通碑，绘着观音像，也刻着我那道“造句”。总体的印象，不能算修旧如旧。我站在弥勒像前暗思：不知哪位善信檀越的眼神，稍作施为，那功德真是大了去了。

不爱热闹去处，这里雅僻，喜爱神会交通，这里有灵有性，思古之幽情在丹霞寺可以淋漓尽致。

这里还没有专设的导游，给我们讲解的是位老尼。讲到韦驮，我见这尊神祇是坐像，问她原因，她说天下韦驮都是站立的，我们住持当年募化，向韦驮许愿，说：“我若能光大丹霞寺山门筹到缘款，给你修个坐像。”果然如愿以偿。讲到龙柏，她说：“这株柏树早已枯死，1995年筹到款项，修复寺院，突然当年返青复活，你们看枝擎叶茂……”到观音殿，老尼又复稽道：“诸位信士，这里许愿最灵。前一个月，有一群年轻人来祈雨，跪地不起直到半夜，我见烧的那香湿了，就说，诸位回去，保证大雨倾盆，沟满河平……”那是他们送来的锦旗：有求必应！

事实上当然许是巧合，但我在想，这是文化，有哪一种文化没有认知感应呢？

老尼还在说寺的奇观：左青龙右白虎，背靠莲花山……我已在思索天然这个人。他虽说是云阳慧能的徒孙，其实那名声还在他的师叔辈之上。这个进京赶考的秀才，听人“学儒何如学佛”一句话，不考了，剃了头当和尚，仰卧洛阳桥，挡住太守的车轿，狂言“我无事僧也”，大得太守欢心。还有著名的焚木佛案，这个释家子弟，冬天把佛像劈了烧柴取暖……这洒脱不羁、自由任放的“佛性”，让他发挥到了极致！在这块风水宝地上，他能造出恁大兰若，自与他本人杰出的秉性识度攸关。

“诸位请香。”老尼还在说寺里的灵异，“北边山上的柏树，佛家不打诳语……没有经过任何修饰，自然生成十二生肖，我佛寸土不可思议……”我一边听，一边看，心里却想的是唐孟郊的诗《游丹霞寺》：

松色不肯秋，玉性不肯柔。
登山须正路，饮水还直流。
倩鹤负书信，索云做衣裳。
仙村莫道远，杖策相云游。

一张门票的效应

中国人喜欢把问题简单化。我想，佛教为什么在印度式微，那原因就在于印度想修成佛——别说佛，即是菩萨、阿罗汉……这些等级的“觉悟者”——也是太困难的一件事：你读经吧，你研究经中心法吧，你打坐吧，你用经中的指示排除你六根的不洁吧，你默会神通，去佛的幽微世界寻觅自己的心灵安置地吧……这样弄一辈子，你脑袋里装了一柜子一柜子的经典，可是你也许仍旧是个凡夫俗子——升入天国好，这谁都知道，但进极乐世界的门票是太贵了。玄奘是一位成功者，但《西游记》中九九八十一难，其实也就是他取经译经修心——照的是印度的那一套经典。他的传人，徒子徒孙都没有一个人能摸到他的边儿，更遑论外人！

禅宗即是此种因缘滋生于少林寺。菩提达摩、慧可、僧灿、道信、弘忍——这样传灯，形成了一整套新的修行原则——你读经修身养性领悟多少，你就会有多少收获。这就有了平常人入佛的席位。《快嘴李翠莲》里有个能说会道的女人，她被休后出家，当然已是老大不小的中年人了，阿Q式地自我安慰：“修不成佛，修个菩萨也罢！”到了六祖慧能，他的禅法有了革命性的变革：不需要你闷着头诵念，背诵佛经，也不需要你打坐、礼佛，终日黄卷青灯。“屠儿在涅槃会放下屠刀，立地成佛”！藐视一切有形质的人物事件，只求心灵的净化。慧能的弟子天然，冬天竟把佛像劈了当柴烧！——这是传灯里有名的一段公案，这就是他的顿悟说吧？有个典型的例子，《水浒传》里的鲁智深，一辈子酒肉猛吃猛喝，横行无忌，到最后，他在杭州听见钱塘潮来，忽然一下子开悟，说偈坐化："平生不修善果，只爱杀人放火。忽地顿开金枷，这里扯断玉锁。咦！钱塘江上潮信来，今日方知我是我。"——这个武夫出身粗莽的关西汉子，一下子便拿到了大学文凭——成佛去了。

这实际上是取消了成佛的"门票制"。禅宗分成了南北二宗，北宗神秀是"上座"，又受武则天宠信，得朝廷权力支持，却斗不过慧能——一个火头僧创立的南宗，原因就在南宗的人民性——全民皆可的"参与性"。

说是"参与"的人广泛了，贩夫走卒、樵夫渔夫们虽忙着碌碌生涯养老扶幼，未必有时间想着有一日"成佛得道"，但他们有自我约束的，也有自觉修行的，比如"衙门里头好修行"之类，基本上是法律与道德上的"自律"，它的普遍性达到这种程度。到了清代，几乎是全部的妇女和一小部分的男人，看见一件不忍或残忍的事顺口就出来了："阿弥陀佛，罪过！""阿弥陀佛，造孽！"看看《红楼梦》就知道了，里头的女人，除了王熙凤，没有不信佛的。

但虔心向佛，把佛当作"神"来礼敬的，还是有钱人兼有闲人居多。他们的心理：我不需要去佛门修炼，"有心做好事就是为自己"，"出家在家都可修行"——由这种心理支撑，有很多平常人死后，居然也能烧出舍利子来！这就是取消门票的社会效应。当然，也有另外一维的理性思索。明代的太监是最信佛的，国民党军统中的人信徒也不少。他们平日作恶太多，就会这样想，我去礼佛，让佛知我杀人不得已，或者有天就顿悟了。我曾写过一篇文章，说搞腐败的贪官和他的家属干亏心事时肆无忌惮，干完之后又怕后果不能设想，也多有礼佛，在禅院里一掷百万千万的。这是佛的善男信女中的另类吧。

贵人、贱人、老人、妇女、好人、歹人……城里、乡下……自从六祖以来，信佛的人越来越多，人气旺了香火自然就旺。六祖慧能自然就成了中国的释迦牟尼。

印度的佛教不行了，佛教的中心在中国，释迦牟尼的法身名号叫慧能，他的禅宗文化从少林寺中走出，光耀全世界，入他的佛门免费，不要门票。

孑遗仅存——赊店镖局

这几年游览游戏，也算走过几处地方。什么名山胜水，寺观庙廊，逢到那里，就看，就思量。大致文人爱文物，也就这个模样——站在断壁残垣、残碑丛蒿前发呆，这叫“发思古之幽情”。你想的是“斜阳草树，寻常巷陌，人道寄奴曾住”，其实，中国的刘寄奴真的是不少，这些人文景点也就是千篇一律的心情感受。但是在社旗见到了镖局，原封的一个，故——什么呢——“故庭院”吧，心中是另一般滋味。

我所晓得的，我们最大的政权遗胜是故宫，从旧官署遗传留存下来的，有不少的“府”，但清代的官庭它不叫“府”，而是“衙门”，比如保定的总督衙门，那是直隶总督的办公机关，奉天的民初还有，不知现在还在不在，那也是有风水说辞的，叫“直隶不直，奉天无缝”。往下看，河南镇平、山西平遥也都有很完好的机关院落尚存。你走在南阳的人民路向东看，正在土木大兴，那是把全国唯一存下来的知府衙门也强力保护起来了。这么着，作为“官本位”的中国，旧衙门的留存也形成了从中央到县治的完整链条。镇一级镖局，没听说哪里还有第二座。

我到社旗县城走一遭，有个感觉，社旗人想把山陕会馆建成开封大相国寺那样一个格局——以会馆中心向外辐射，由会馆向南，开上一条明清大街，展示社旗江汉驿传水陆码头当年的情貌。社旗原名叫“赊店”，把“天下第一店”的婀娜风姿陈现于世。仅此便见，社旗人的脑筋够用。而镖局旧地，恰就在这条街的中部位置。我特别地要说它就为它稀见，什么叫“特色”？“我有，而你没有”这就叫特色。社旗镖局，就像沉寂在沙砾和海水里的一滴松脂。在商业大潮中被卷上来露出，它变成了一块琥珀。

中国的镖局始于何年何月？我没有见到资料记载。我想这件事就是问民俗专家，也未必有个确凿的时限。我的估计，出现在明中叶之后的，可能较大。但是“保镖”这样的社会活动，可能唐宋以后就有了。如果宋时有镖局，那么我们从民俗小说，还有施耐庵的《水浒传》这些书上就应该能看到他们活动的影子。但实际上见到的，是青面兽杨志，护送生辰纲——既然是庆寿的，那肯定是梁中书的私事——这个倒霉的镖客，虽说武艺高强，但经不起晁盖们在黄泥岗上折腾，他就完了。杨志是个标准的镖客，但他依托的不是镖局。

关于“镖”，那是有一整套的说法的。有说是刀鞘上装饰的嵌铜花纹，有说是“刀锋”，更多的说法是“暗器”。拇指按定四指虚托，仰手打出的叫“阳手镖”，俯手打出的叫“阴手镖”，肘下打出的叫“回手镖”，还有什么“接镖还镖”之类的名堂。“镖”不是一种吉祥物，是武器。但成立镖局，保护商人财物转移流动，这个“局”就有点今天流行天下的“保安”味道了。

打开电视，常常见到这样的镜头，一群人嘻嘻哈哈——自然是王公贵富，甚至是皇帝本人——坐着轩车，或骑着骏马四处招摇，或进入酒店，里头一应食宿用水方便，伙计殷勤照拂。然后东家掏出雪亮一锭银子，往桌上一蹾，叫：“店家打酒来！”我肚皮里暗笑：这是按照我们今天的“星级宾馆”来设计当时的旅店，也是按照我们今天的旅游心理，来设计当时出门远客的情绪。有时我也看两眼，有时直接就换台，因为我知道那有多么假。

李白写过《蜀道难》，其实难的岂止蜀道？你敢情从海南往北京步行一趟试试！这还是“阳关大道”，试试消得不消得？海瑞走过不止一次的。“烟蓑雨笠卷单行”走他个几里地十几里，那是享受，如果几千里呢？古人行路要自带行李，自带糇粮，住店自己打火做饭——店里只给你准备简单炊具，“打尖”就是“打火”的笔误吧？道路之崎岖，山川之险峻，河湖之渺茫，衣食住宿之困难……远非我们今日之人想象能及。更不必说土匪、恶霸、黑店诸如此类的社会治安问题，还有行人的卫生、健康之类的意外，实在说，这些事想一想，都会令人望而却步生畏惧心的。那么你要携带财物呢？就更有十倍的凶险在等着你。就是在这样的情势下，镖局也就应运而生、而兴。

没有哪个镖局是单凭武功“走镖”的。这是一种社会行为，他们的安全系数仅次于政府的部队武装押运。做镖局生意要有三硬：一是在官府有硬靠山；二是在绿林有硬关系；三是自身有硬功夫。三者缺一不可。他就这么操作，你去投镖，定金付出，把财物送上镖车，镖师骑马携刀随队，插上镖旗一路呼喊镖号。盘踞山村的大王们，如宋江辈，听是朋友的镖车出行，就会约束喽啰们不开劫车。好，安全送到，付尽镖金生意成全。我们可以想，下头的“工作”，官府要分镖银，山大王们那里更要“意思”——这个镖才走得下来。偶尔，也有“野路子”的强盗不听规矩，出来劫财，劫了镖车的也尽有，那叫“失镖”，这种事也不少见。

社旗原来是南阳的一个镇，这个镖局规模不大，按照我的想象，它应该还有个演武场什么的，放着石锁和刀剑之类的东西。可是看了看没有？也许早就湮没了的，留给我们的是一座天井窄狭的旧院，厚厚的墙，不太敞亮的门窗，都洞开着，仿佛对来人说“我看见了”。

初记白河

黄裳先生是位老牌记者。我读他的《金陵五记》反复不忍释手，这本“五记”，说的是金陵，又似游记散文，又似新闻简评，又似有感随笔。我每次读它，常常废书而叹：倘使二月河有黄先生那样殷实的底蕴——富甲天下的学识，那肯定，我也要为南阳写个三记五记什么的。

南阳有可记的东西，有时徜徉在白河：在汉代，它就有了这个名字——它还叫“淯水”。按山南水北为“阳”这一说，“南阳”这个地名就与这很有点干系——走在河岸，烟霾一样的垂杨柳林中嵌着浩渺明净的河面。我会想出很多事情：比如刘秀，很早就贩米于宛，他是多大的本钱，哪一本书也没说，但我想，这位“光武帝”的早期，实在要算那辰光的一位“倒爷”，买卖小不了的。不然，他何来的号召力，一开头兄弟二人便在更始帝手下成了实力派。

但我在白河旁转悠时，很少想到他的帝业，我想到的是，他的米肯定是从湖北那边运来，在白河的哪个渡口上船，运进南阳的。白河的渡口，现在没有了痕迹，但凭我回忆，一处在温凉河与白河交汇西一点，现今的菜市街南一带，一处似乎在淯阳桥与西白河桥之间。

这里的水面早已不是汉代时那个概念。自从鸭河水库立坝，白河其实已经无水。没水，就别谈什么渡口，刘秀如何登船押运他的米，云云，更是胡思乱想。然而现在修了四级橡胶坝，比白河“有水”时似乎还要有水些，成了南阳城里人心中头等览胜之地。尽管年年淹死人，它的这点子毛病，南阳人是不怎么记得。单是春夏美吗？绿色丝绦样的柳枝，拂扫着一群一群红男绿女。在岸边踏青，林中岂止燕子，白鹭、天鹅、鸳鸯、八哥……什么鸟全有，明净且幽深。如茵的芳草地上，红的黄的蓝的紫的花，宝石一样点缀在艳阳之中。这里铺上一张草凉席，摆上点心啤酒之类，三五好友，人伦家庭，过个双休日如何？

秋天我到河畔，更多是向东走，白河水与其他江河走向有异，它不向东，是自东而西南，那样弯弯绕儿，袅袅婷婷，委委婉婉绵延了去。你向东走，看到的是清澈到纤尘绝无的水潦荒滩，一丛一丛摇落黄萎的巴茅、黄到发白的衰草在绿水寒风中瑟缩，配着令人一碧伤心的老树，间杂着黄叶，在河岸上寂寞飘散，这凄凉的美，是足以令人神痴忘怀的。

冬天，一定是要等下雪，下雪天到白河，那种情味是极独特的。我最爱这时间看河，看过黄河，雪后是卷着进入河床，黄色的浪似乎不停地贪婪地将雪片裹进它的怀抱——洛河则是另一类，静静的河是一个层面，河上的落雪又是一个层面，是上边的层面向下堕落……你看得久了，会感觉雪是静止的而河面在不断地提升，与雪融会。白河则是又一品位，你站在桥上看，雪裹雾罩的岸柳，朦胧的川，朦胧的水，绰约的房屋，点点如织的散处游人，最易想到的是“霰雪纷其无垠兮”、“云霏霏而承宇”这等现成的句子。大片大片的雪滑过你的视线，像蝴蝶一样飘摇着，消失在水面之中。

……这点子“作文”，也就是个高中水平吧，人的情态不同，那肯定可以找出更妙的好词汇的。当然这是“人造湖”，说起来好像有点令人扫兴，但它的美，不逊色于杭州的西湖、扬州的瘦西湖。西湖、瘦西湖难道不是人造湖？

好了，好了，我看这汪水，好则好矣，了则未了。水域是够不小，景色也很宜人，只是有点像村姑，有风致，文化程度不高。初中水平吧，学历是太低了点。倘使就我们南阳人玩一把，夏天歇歇凉或“浪里白条”游泳，那够了，倘向别人吹牛，那就说：“哎呀呀啧啧！那真好，那真好得不得了，冬天好，夏天好，春秋更好，哎呀呀啧啧……”除了“真好”、“好得不得了”，没词了。这就干这片水是“初中”文凭的过。去看看西湖便晓得，那雷峰塔，一下子就勾起“白娘子”怎样，法海老和尚如何。苏堤春晓，那柳树是否比白河柳绿些？不见得。那里有“柳浪闻莺”。你来白河听听，黄莺也有，鹧鸪也有，一样好听。我的一位朋友看了断桥，回来失望之极，回来告诉我，我笑说：“你太痴了，贾宝玉一样，特跑到井栏上祭奠金钏。”林黛玉就嘲笑：“不拘那里舀一碗水一样祭奠！”西湖上有“三潭印月”，白河的湖面不印月吗？西湖风月无边，白河风月有边儿吗？不是那回事吧。

学历低，就是受欺侮，不信你试试!

所以，我之见，要根据档案把白河的“学历”弄清楚，方才说的“粜米渡口”，肯定就在白河这片方寸之地，就是履历之一。比如说，刘秀的妻子阴皇后，出了名的美人儿——肯定随丈夫来南阳的，白河上洗洗头发、浣衣，一块石头就能恢复搞定的事，严光的钓鱼台能否移植过来？张衡、张仲景你敢肯定没在白河边读过书？他们肯定来玩过的，弄个亭子水榭什么的不算伪造学历吧？有些事，我们这代人不做，后代人做起来就更困难。

“二月河想造假？”不是的。我说的事，都是这“村姑”档案上实在有的事，应该记在她的“学历”上——上过哈佛，文凭丢了，难道就不是哈佛毕业吗？——这种文化点缀搞起来，知名度也就搞上去了。白河，好玩。

都江堰的神

四川的都江堰，我上小学就在语文课本上读到了的，是秦李冰所造。后来到青年时期，又读到介绍资料，说是“李冰父子所造”。这么一点儿小小的差异，在我脑子里打了个小问号：是不是又有新的文献资料发掘出来？李冰时期没有纸，那是哪个秦墓中出土了竹简？抑或又有新的文物佐证、考古新论昭示？这时，我已开始读一点儿史籍了，我不记得李冰还有儿子这一说。

我们中国的文献虽然多，但是它的可信度是应该有所存疑的。秦始皇烧了一次，他为了“愚黔首”，来硬的，公然地蔑视文明与知识，一个字，烧，留下的只有他的国家档案图书和孔子后裔在“鲁壁”里藏的那点儿了吧；再一次就是乾隆皇帝，他删改历史资料，大规模地搞，弄得读乾隆朝之后比如《四库全书》之类，你就得多个心眼，加个小心。但我不相信祖龙也会烧李冰的资料，因为李冰是他大秦的老功臣，乾隆也不会弄这个，因为“李冰父子”与大清国脉毫无瓜葛芥蒂。

一直在心里想象，都江堰是个什么样子。去过的人回来手势翩翩，言语喋喋，说得眉飞色舞，但我这个人听得“模糊如”始终找不出感觉。因为我有经验，不实地去看，终归“说的不算”。景物有行、质、声、色诸要素，给你一张黄果树瀑布照片，或让你看看电视，你就算见过这瀑布了？那差了去了！你只是知道它的模样而已，而且这模样也是平板呆滞的。所以没见到断臂阿芙罗底德真身别谈维纳斯，没真看过蒙娜丽莎，你也甭说达·芬奇。人，对着照片，谁会震撼呢？

应朋友之约，今年到成都，总算见到了都江堰的实像。尽管我心理上已经有了个谱，我还是眼一亮。我的“经验”再一次得到实际印证：你不来都江堰，凭谁的生花妙笔也跟你说不清楚，这里的“文化”氛围是不能用语言只能用“心”去感知的。“伟大呀”、“雄壮呀”、“宏伟呀”、“精妙呀”、“神秘呀”。过去读到的文章，最好的也不过如同一个中学生在大学教授前摆弄见识，这些词儿，唉！怎么说呢，也不能说不准确，然而都显得干瘪、苍白。“大象无形”，它本身超越了语言范围，再能写文章的人也束手无策，束笔无文。所以，我告诉导游的管理人说：“此景只应天上有，其实天上也没有。”文章里写不出这里的，你得来看，我如写游记，也不过就是那样的中学生见识吧。

怀着对“父子”说的疑窦我相问都江堰人此事端，我想他要解说一串子的，然而他干脆利索一句话：“李冰没有儿子——你看这尊神，是二爷。是修造都江堰的神，其实是人民伟力的化身。”

这真有点当头棒喝，我一下子悟了。其实我早该悟了的，只是我长期认为，中国人是英雄史观，不会没有一个实拟的人的模特儿的。门有门神、灶有灶神、路有路神、城有城隍……你去考论，背后准有一个名人。“二爷”当是二郎神，是杨戬。我们在《封神演义》里头见过，但我不知变成杨戬的名人又是谁。如《宝莲灯》说是玉皇大帝的外孙，那仍旧是神。在现实生活中仍是查无此人，“以虚拟虚”细推理义。这样夺天地灵气、穷造化之神韵的工程，人为不可能，只有这样才符合都江堰实际身份吧？

二郎神不是因了他玉皇大帝的外甥身份而显赫的。我的感觉，他这尊神有点特殊，不论他作为正确与否，他似乎都是威力不可战胜的，在《封神演义》里无敌，在《西游记》里连孙行者也不是他的对手，他是人格虚拟出的最高神祇。

后人大约无法思维，都江堰那个宝瓶口怎样开凿，分水头怎样设计，一次分洪二次分洪怎样构思，这样庞大的工程又怎能靠人力去造办。想来想去，不能独李冰能拥有此力，托寄一下吧，还有个“二爷”吧，那就有

报告会上

了"李冰父子"。

然而我相信，中国神的命名法在这里也不会例外，生前"聪明正直"死后必为神。李冰他是主持都江堰全面工作的，理所当然他排在第一，还应该有位"常务"的，应该是能具体帮李冰料理工程细务的工程师，这才合乎常情，也许年久失传，也许秦始皇烧了，他就成了"二爷"。我们中国人古时搞工程，没见过有"图纸"这一说，别说秦代还没有纸。就到清代我看到清人笔记，康熙平三藩之后财政好转，修缮故宫，也是师傅在木料堆里转悠，尺子量量用脚一踢："在这里凿榫"，"这里要卯"——李冰与"二爷"们大约也是这个干法吧？

真的无法想象这爷们怎样在工地转悠了，你不来都江堰更没法想这事。他修这堰固然是为了军事战略。但是仗也打了，地也浇了，船也行了，这地方成了"天府之国"，川人享用了两千多年。

这神仙了得！李冰与二爷这样的神愈多愈不嫌多。

好来汉风芒砀山

芒砀山在哪里？在商丘。这么个小知识，我以前一直懵懂。这几年在京开人代会，结识了商丘的书记刘满仓。2005年他邀我去，我说我想看“壮悔堂”。我已动心了，七事八事地就误过去，今年会上，满仓两次到我房间数他的“家珍”，邀我去：庄子是商丘人，燧人氏、阏伯氏、“商人”的来历……末了说到芒砀山，“那是刘邦斩蛇起义的地方，还有陈胜的墓，都在……”我想，我肯定是瞪大了眼睛：芒砀山！我一直心中定位，它在安徽呀！满仓肯定心中颇为惊讶我的无知，然而他欢迎我去商丘的意思，并未因了此而稍有减弱。由此，商丘之行遂成。

看过壮悔堂的第二天，我们驱车前往永城。我在车上一直搜罗我记忆地理失误的缘由。若明若暗地有了个答案：读《史记》时年纪太小，十三岁吧？脑子里没有多少地理概念。刘邦是和陈胜、吴广起义的原因一样，带着民夫由沛县到陕西，砀山似是必经之路。不同的是刘邦是个亭长——大概相当于民国时期的“保长”？——陈胜纯粹是被武装押解的囚徒，刘邦带的人却极可能是平民。也是该老秦家倒霉，他们走道儿天下雨，不能按期到达横竖是死。这就陈胜揭竿了，于是刘邦们就景从了。大秦帝国早已患了极重的“糖尿病”，“并发症”大发作，囫囵完整的铁桶江山一下子断了箍，散了板。“等死，死国可乎？”“王侯将相，宁有种乎？”这两条理念支撑了秦末八方狼烟义军蜂起的动力和决心。芒砀山成了一个历史的符号，大历史的符号。因为读这历史时还没有考证的思维，想当然地以为芒砀山该是砀山中的一处地方，二月河一错就近半个世纪。

本来，商丘已是河南最东的城市。到芒砀山才晓得，这里其实是河南的极东——再向东几里地，就进了安徽界了。整个豫东是一马平川，连个小土包也难以见到，这里却连绵接陌凸显出一群石头山。导游说这叫“豫东一点高”，但我的心思另有想头：这怕是从安徽过来的砀山余脉吧？但我没敢说，我怕再错。芒是一种水草，砀是一种可以制砚的石头。“芒砀”是水和山的结合词。现在是不成了，两千年前会有碗口粗的白蛇，那是可以想象的。

到了才知道，所谓斩蛇处，现在仅遗的是个小亭子，还是刘邦斩蛇后暂时隐藏的紫气岩矗在北边不远一带。所谓“景观”而言，实实在在还处在蒙昧阶段。真正已经进入“草创”阶段的，是梁孝王之墓，准确地说，这座墓曹操为筹措军费早已经“盗”——不，是彻底地掠劫过了。还有梁孝王后墓，比孝王本人的墓出眼得多，更见柿园西汉壁画墓，都有惊世骇俗的文物发现。问了问，这个地方有二十余座墓，俱是石质隧道开凿的地下宫殿——墓基石上规则地写着该石的序号，这当然也有是汉代石刻文字，别处都已经很贵了，这里把无价之宝用来砌墙，显示着它的文化豪富、尊荣。我进王后墓中看了看，那设置让我惊叹，不但有厨房，储藏室，还有“卫生间”，居然还有坐便！虽然说还在草创，这地方已经引起联合国教科文组织的关注了，在吃饭间同桌一个年轻人，便是他们派的一个考察官员——他们在申报世界文化遗产。梁孝王这人，我记得他是差点当了皇帝的一位王爷，家庭关系挺复杂，他本人造过梁园，至今还有“梁园虽好，终非故乡”这个成语，应该是个气质品位都不错的“知识分子贵族”。我记得《邹阳狱中致梁孝王书》——厄难中的读书人，能想到向他求救，他的为人可能不坏。无论从哪个意义上说，他都是个历史名人。

但我在芒砀山关注的主要人物不是梁孝王。我在仰视着那座山——紫气岩，想象刘邦那段孤身亡命生涯。这座山不大，即使我这样的糖尿病人也爬得上去。在《史记》上却是赫赫有名，“始皇帝常曰，东南有天子气”，于是东游而厌之。高祖即自疑，隐于芒砀山泽岩石之间。吕后与人俱求，常得之。高祖怪问之，吕后曰：“季所居上常有云气，故从往常得之。”这件事我在读书时是跳着读过去的。我总觉得这都是成功者捏造出来的，后来看《后汉书》，王莽也看南阳有“王气”（刘秀）。到清乾隆，还专门派部队到南阳“掘龙脉”——挖出一条太子沟来，蒋介石似乎也干过这种事。这种事，我们后来的人可以看成胡话。在那个时代，政治家们是做得很认真的。当地的人说要在山上塑一座铜像，五十多米高，是刘邦唱《大风歌》的形象，世界各地刘姓子孙甚众。要在这里搞个拜祭大会，那里搞了个奠基大聚会，准备操作，我去看了看，有位工人正修一口汉代古井，给它加铁丝网，他告诉我，这井水千年不涸不动，那天拜祭，忽然井花大翻涌，如沸水之鼎。姑妄言之，姑妄言之吧。我不禁一个莞尔。

晚饭就在芒砀山镇吃，一色的乡土风味。宣传部的朋友告诉我吃过饭去看斩蛇碑，这也是异样景致，在京满仓就告诉了我，晚上去看，灯光映着，可以看到刘邦影像。我对此半信半疑，碑是新的，会有这种事？吃过饭一去，导游用灯一照，我不能不信了，远处真的是逼真的一个人影像，是坐像，一手捋须、一手按剑的样子，金灿灿的很明亮，眉眼却不甚清晰，不是油画那样，更不是国画风格，也不是塑像的意味。——很显明的图影，你走近了，到十几米、几米，影像没有了，它还是石碑矗立在暗中。导游用灯照着给我们解说，碑料就采自紫气岩，刻碑的石工老人已去世，两年前一个汽车司机偶然发现这一灵异现象，正面看，是刘邦，现在碑后正在施工，不太方便，平时从碑后照，还能照出吕后携子的影像……这当然都是巧合罢了，但世界上哪有那么多的巧合呢？

临别时，我对宣传部的同志说：芒砀山是不能小觑的地方，开发的、未开发的二十余座汉墓，都聚集在小范围中，品相如此优良，知名度如此之高。还有刘邦兴汉的发祥地和陈胜墓等诸多胜迹，汉代的人文典型密集到如此地步，是我见到空前的一处。世人了解汉民族，来中国而不至商丘，至商丘而不往芒砀山，对他会是一件很遗憾的事。

凭吊陈胜王

中国的整部历史，可以说就是一部农民造反的历史，但若细论，真正成功了的农民领袖，独独的单一的，只有一个朱元璋。只有一个，连“寥若晨星”也算不上，“屈指可数”也不必屈。李自成是进了北京，差一点就“坐天下”。一个多月吧，稀里哗啦垮了下来，还有一个洪秀全，也是“差不多”的了，败得比李自成慢一点儿，也还是败了。好比是下围棋，“布局”似乎是形势不错，中盘或收官不行，输了半目或中盘崩溃大龙被吃，总之是不中用了。我听说围棋国手对阵败了半目，会难受得终夜大睁着眼看天花板，这些人连命都搭进去，倘地下有知，更不知如何排遣这份终天之恨、无尽之悲。

输了就是贼，这没有说的，闯王叫“流寇”，太平天国叫“长毛贼”，这史书你随便翻，大致意思都差不多。这事也是有个例外，那就是千古道义英雄——陈胜，败了死了，史上称王，司马迁写《史记》，将他列入“世家”，也是照“王”的规格列述撰评的。

他的王陵高高地矗在商丘芒砀山怀中。今年我到豫东这儿走了一回，就这么一小块“山区”，再出去几公里，那边就是安徽，石头山里沟壑纵横，中间他的墓封土高耸，有点像从地下冒出的笔头指着天穹。他要在天上写点什么呢？不晓得。

神幽青城山

读过金庸小说《笑傲江湖》，谁不知道青城山的“余观主”呢？这位观主，其实是金先生笔下的一位武林恐怖分子，他从制造恐怖开始，到他生命终结，在极度的恐怖中死去，“好还好报”。从他的生命旅程中可说是得到了淋漓尽致的表述，为了一部《辟邪剑谱》，人性和本性全部迷乱，同样栽在因《辟邪剑谱》迷乱了本性的人手中，这故事可算“有意思得紧”了。

本来，小说家言，金先生姑妄言之，读者姑妄闻之也就罢了。我们中国的读者的感情情结有时会和政治情结、思维情结惊心地一致。余沧海不是好人，他的青城山道场也未必就是佳地吧？我虽然不喜作此联想：比如岳不群是个伪君子，能妨碍华山的挺拔雄壮？但毕竟没有去过青城山，读小说是有某种催眠式的心理暗示的，青城山在我心目中多少有些霾暗的感觉。

偏我赶到青城山这天是个响晴天，从蒙着黑玻璃的汽车上下来，整个世界仿佛是乍然一亮，风和日丽。孟夏的风已带着微微的熏熏之灼。青城山就在右侧面高高地矗着。在灿烂的太阳光下，是整整一块翠玉叠嶂而起直插蓝天白云之间。

绿啊！绿啊！……几曾见过这等样的绿呢？我多年和山打交道，当兵多年驻地就在大山中。山西的太行、吕梁，辽西的燕山，还有什么长白山、兴安岭都见过，总觉得是都不及这巴山蜀水的葱茏。“说文物典型，咱们北方说去；说山水，到四川、两广，去云贵。”这是我一个固有的概念——四川的山已是“甲天下”的美，再看青城山怎么说呢？“甲巴蜀”吧！这样的绿没见过，这样的秀没见过，这样的从容幽静……也还是没见过。我们知道，一座山的绿化面积若有百分之五六十，那已是十分诱人的幽美了，青城山呢？若百分之九十五！只余下盘蜒委婉的曲径小道了，且是这些小道，也被遮天蔽日的绿荫完全覆盖了，它的负氧离子含量是成都的八百倍，这样好的空气，我也没有吸到过……

这么着写下去，是一个中学生在写度假作文了，一个字，青城山的“幽”可以概括，幽是因了它翠，说它是“翠玉”仍不合适，应该说是“玉翠”，四川就是一块玉，它是这块玉中的“幽翠”。

但是一座山，尽管你有倾国倾城之姿，除非如九寨沟那等绝世风华，一般来说是“有仙则名”，也就是说没有仙也就难成名。青城山是张陵的修行道场，张陵就是张道陵，是道教的创始人吧。道教讲究冲虚，与佛家的“空”是不同的，精化为气，气化为神，神化为虚，就这样修炼——说是这样说，我还是认为道教是异常的务实，就比如说这座青城山，它的存在、它的神幽，都是实实在在的。应该说，仍是这种有形的美使他兴奋，是那满山带着忧郁的朦胧、虚化的神韵感动了他的吧。道教是个有意思的宗教。据我所知，凡世界所有之教派，大抵在本生本土都是带着式微的样子熄灭的薪火，只有道教，本乡本地、土头土脑地生存了下来，有时也接受一点儒家的东西，也吸纳一些释家的营养。哪一届统治者喜爱它，它就兴旺一点，嫌憎它，它就低卑一些，绵绵延延，就这样生存了下来，也还是因为它在某一大群人的生活中，依然是一种需要。老实说，我于道教知之不多，就所知的，用句《水浒传》话说“俺便不信”——说人能白日飞升，能长生不老，能修炼成仙……不可能嘛！没见过嘛！做不到嘛！但是，又有很多神秘的灵异与不可思议的世间相，似乎在证明着此种宗教的灵应与明确。江西的龙虎山似乎也在争张道陵的落局点，这个意思和襄樊人争诸葛亮出生地“在襄樊”那个心理是一样的：说的是学术，想的是“发展旅游业”。

张道陵来青城山是汉顺帝汉安二年，据说他已一百零九岁了，这个话仍旧是姑妄言之，我不相信。我今年刚过耳顺，已觉爬升青城山为难，张道陵百岁有余，走了一年路，由中原而来在此结庐，这实在超出了我的想象力。但你看一看这座山，它不但美，而且有“文凭”，是博士后级的文凭，有着近两千年的道家传承。在青山隐隐之下绿水澌澌，碧得如同覆盖了所有峦峰的绿色瀑布一样的草树中翘翘飞檐，斗拱庙墙掩映错落，仙风道骨的道长在林中可以不期而遇，稽首会心一笑，可以释去你终天劳顿，涤净无尽苦恼。

青城山有没有武道士？我不晓得，但是肯定遇不到余观主——一说少林寺，条件反射就是“拳头硬”、“能打架”——那不是少林真髓，青城山是道家圣地，给我的条件反射是“神幽”。

啊！辛夷，南召辛夷

从小就知道有一种植物叫辛夷，但我一直到五十五岁，以为那是一种草。产生这个误会，一来因为它的名字，寻找不到“伟岸”、“挺拔”、“高峻”这些感觉；二来这个“辛”字，有“辛辣”、“刺激”的感觉——试想，掐一片薄荷、韭菜、辣椒……或是七星草之类在鼻子跟前嗅嗅。那感觉：在乔木大树上——辛夷叶子——能找得到吗？

然而它偏偏是大树，高大、挺拔、树冠齐整茂密，蛮有贵族绅士风度的那种彬彬有礼味道。《本草纲目》上头李时珍写得清清楚楚，但我偏就没有读到它的性状。后来知道，我家两株广玉兰是辛夷砧木。还有比二层楼还高的浓绿大树华盖，是原原本本的辛夷树。惊讶之余又复失笑，天天和辛夷在一起，睹面不识君。这件事清楚之后我开始注意它的“档案”。说得专业了没意思，一句话，它的花蕾能造辛夷油，清脑提神治鼻炎，化妆、保健——全褂子的用处！国际市场坚挺得像石塔——百分之百！有多少只管卖，百分之百会卖光！

全世界都知道，中国是辛夷的故乡。中国有多少辛夷，六十万亩吧？四十多万亩就在南召。这还不要去看看？南召之行就这样动了念头，得去看看。那里还有一座“丹霞寺”，那就更得去看看。

这是一个很有意思的地方。当年汉光武帝刘秀曾经从这里逃亡过，有皇路店，有麦仁店。说是王莽追杀刘秀仓皇夺路，饿得前胸贴着脊梁筋，曾在这里吃过一餐白水煮全麦的饭。我曾查过史籍，王莽时确有人告诉过他南阳有“王气”，让他将这“王气”掐死在摇篮里。刘秀成功后，邓禹确曾劝过他“勿忘麦饭之时”，追杀刘秀的事是可能的，但我不相信是“个人行为”，刘秀二十岁，王莽是五十多岁的糟老头子，追上了怎样？还不被刘秀打得满地找牙？我相信是昆阳之战结束后，刘秀逃亡河北这期间的事儿。皇路店现在没有皇路，麦仁店似乎还有点儿僻壤野店的味道，但旁边也是铺得极好的柏油马路，比高速公路也差不到哪里去。汽车倏然穿过这些个“故事地儿”，钻过一片山，辛夷树渐渐多起来，皇后台到了。这也是刘秀逃亡路过的地方，他在这儿得了病，一个姑娘侍候他，产生了感情，刘秀登极封她为皇后，接她的銮驾在进京路上，不幸坠马去世——这件事蛮前卫的，很让人想到电视剧里头一些风流天子。但现在顾不上柔情万种浮想联翩，因为我们已经进入辛夷林腹地的边缘。

刘秀当时不知是什么毛病？反正不是感冒、鼻炎这些个。因为我同车的刘书记，他是这里的县委书记。但许多人都叫他“刘辛夷”，他告诉我：“这里没有蚊子苍蝇，没有人得感冒、鼻炎，也没有人得心脏病——这树香，万邪全避。”

是的，香。我早就嗅到了，淡淡的、清清的，很从容、柔和，很优雅的那种香味，沁入肺腑但并不强烈，渗入你的脾，沁进你的心。听“刘辛夷”讲：这是望春辛夷，春天没来，它先开花，白紫相陈，清丽不妖，满山都是，好看哪……我默默听着，此时的感受是“绿”。

绿啊……翠盖一样密弥的树冠，紧紧依偎着，几乎不见一株杂树，是一色的翠，水泥路蜿蜒逶迤，两旁的山是翠暗的绿，山涧中的水是碧色的绿。天、云、路，路旁茂密得像要流淌的草，把你团团包围进绿色的混沌世界，虽然是盛暑，我还是个胖子，皇后乡长带我去看一株千年“辛夷王”，爬了老高的坡，我一点不觉得气闷，微汗扑凉风，连吹来的风都觉得是绿的，清香爽人。我问：“这里的人是不是长寿？”乡长骄傲地说：“那是当然！”

在幽静的辛夷村落里信步半日，又到农舍小店里吃午餐。这里的风俗也怪：先吃饭，后喝酒——这其实是很卫生、营养的饮食之道，院子四周被辛夷簇拥着，院子中间是主人的传家宝，一大蓬株牡丹，据说已有一千年了。席间乡长——看上去是个老实巴交的青年农民——告诉我：“我们这儿，娃儿们上学，星期日摘一书包辛夷蕾，门市上收购处一卖，一个星期的伙食开支全都有了。我们乡吃辛夷饭。”

其实是南召一县都吃“辛夷饭”。外国人得富贵病要用辛夷，连烟草里也兑辛夷叶子，用来防癌。除了这些用途，中国人大约还不知道南召人还爱用辛夷泡茶喝吧？南召正倾全力开发辛夷打向世界。

“刘辛夷”一定要“请二月河老师留下墨宝”，我想了想写：“屈子拥抱之辛夷情怀，必将造福五洲四海。”屈原的《离骚》中是讴歌哀挽过辛夷的，他如果看到南召的辛夷，会不会给我们一个会意的微笑呢？

五朵山记

人类社会有一种现象，叫“催眠效应”。比如一车青菜摆在当街，来来往往的人擦肩而过，谁也不理它。忽然有一个人去买，会引得一群人来抢购，一会儿的工夫，一车菜卖得精光。旅游也是这样，九寨沟如此，张家界如斯，推而久远，西湖当初亦当如此。就是少林寺吧，似乎也是如此，如今去登封，一开口就“我去少林寺”，其实也还在催眠之中。登封还有座中岳庙，也很好玩的。现说到少林，人的第一反应也还是“拳头硬”。实在说，少林方丈释永信，我很熟的一个大和尚，说他会“打架”？我没感觉。说他能说禅、坐禅，差近事实。若谈到“太极拳”、“太极剑”，这是典型的吾国国粹了，环球无分远近，但提到这词儿，条件反射的，蹦出一个词儿“张三丰”，再蹦出一个词“武当山”，是真武大帝——祖师爷的道场，那香火就不必说了，旺啊！我的一个朋友，是个病秧子，朝朝武当，他的病就会好一点。当时武当山还没有索道，我问：“那么高，你爬得上去吗？”答：“那山，越上越有劲，不信你试试。”

我毕竟没有去“试试”。一来道远事忙，二来我心里有个阴暗的偏见，大廊庙里香火太旺，就去烧香神也未必“记得”我。我喜爱到底蕴深厚但不甚有钱的“文化贵族”景点去徜徉结缘——我选中了五朵山。

这座山在南召县境内。其实去朝武当的香客大都知晓，武当叫南顶，五朵山叫“北顶”。当年燕王朱棣发动靖难之役，叔叔要夺侄儿权，水陆并进打南京，明惠帝朱允炆在火光如炬的夜晚仓皇出逃。万念俱灰的落魄皇帝逃到五朵山定居下来，在这里他结识了张三丰，受张氏指点，终成正果。又南下游方，在武当创建庙宇——这才有了武当南顶。当然这是传说。我心里一直对此存疑，张三丰是宋末元初人，文天祥被杀时他已记事。再经一个元朝到明朝又经一个洪武朝三十一年，到靖难之役，张三丰起码有一百三十岁了。他还能和朱允炆一道儿玩？说给佛教徒断然不信，但道教说的是神仙。一百三十岁，应该算个青年神仙。

一是神山有“戏”，二是上山有索道，这我就上吧。

时令已经入冬，入冬之后一直没有下雪，但我们到索道口，天上纷纷扬扬飘下了绒絮一样的雪花，那峭壁、挺直略略倾斜的山立时变得生动起来，黄色的石壁，中间夹着褐色、灰色、鲜红、淡红、橘黄的灌木丛和杂木树林，在风中轻轻摇曳，蝴蝶样的雪片在它们中间忽上忽下穿行舞蹈，婆娑生姿，仿佛整座山都被这缤纷的天花团裹了，显得那样绰约、含蓄，风采万千都随在天然的纱幔之中。

五朵极顶的庙宇并不大，从山下往上看，像是一根粗大的乳黄色石柱上顶着一个“点”，但上来看，又像一座错落有致的庭院，前后院侧房俱全，凭着砖界眺望，远处的大地河流苍茫，雪意中的峰峦迷离，仿佛会说话似的，都在抬头仰望着你，导游在旁指点：“这座峰，在山下看它，并不是最高，到山顶看，所有的山峰都在它脚下。”“您看那边，左边是白的，右边是暗的，说是一个神仙，一头担着豆腐，一头担着韭菜，是在那里翻了，山这边全是野韭菜，这里的韭菜花、野韭菜是有名的……”

我没有用心听他的，我在注意神殿前那副对联，却是一色的道文云雷篆书。我记得我的存书中道家文字里，有这样的图形，但搜遍枯肠，再看也只是“面熟”。庙中道士见我踟蹰，过来解读，叫“疙瘩云里神仙位，柯岔山上道人家”，惭愧：我只认得“上、人、家”三个字。我很留意文化景点上的文字，但不是这类文字，这只是让人好奇而已，文字内容却是“凡人的”。我在上山前读到资料，说五朵山听琴亭右有数十亩大的摩崖石刻文字，因年代久远，很难辨识，人们都叫天书。但有心人读到点断，是这样的：

……承运四载……庸腐拘执。无驾驭雄才……王气在燕，非汝能执。……许藩王起兵，以清君侧……朱书度牒……出鬼门，会于神乐观……道溧阳、入太湖、历浙东、转云贵……居北顶，不皇而皇，永立天下……

可惜这次时间太仓促，没能到听琴亭，自然也就没能见这石刻。倘真是这样，这里就太神秘了：这完全是朱元璋的口气，靖难之役朱允炆逃亡路线北顶成道，这件事，都发生在朱元璋死后，竟都在他生前的先期不料之中！这样的石刻，是应该立即修复、力加保护的，这功德谁做呢？关于这段故事，我听到的另外版本是：朱允炆逃亡，朱棣严令追捕，大索天下而不得，但圣命急如星火，追捕的人只好报说逃亡皇帝已归天，朱棣说既已成仙，那就塑像祭祀！下头人不知神像怎么塑，朱棣当时正在洗澡，就指着自己说“照这个样儿来”，于是便有了“沐浴祖师”的图形塑像。

第四辑 文学人生路

人啊，要有这样的勇气，承认自己的吹牛，承认人生是个抛物线，有上有下，不能只向上；上到顶点，当人生的线向下的阶段，无论怎样努力，还是向下。任何一个完美的线条都是曲线的，抛物线才是最美的。就是航天飞机和发射出去的导弹也不是一直向上。上升阶段时考虑怎样才能达到极峰，下落时，就得考虑怎样像流星闪亮一点。很多杰出人士不懂这个道理，结果最后做事情都做得失败。我不蹈这样的覆辙。二月河不能出这样的偏差，如果有，证明一开始我的学术就不够。太阳到该落山时，落山也是一种辉煌，抛物线下落时也是很美的。一想起来没完成的作品，我就热血沸腾，目光炯炯，睡不着觉，如果说是上帝假我以精力，假如我还处在上升期，肯定会继续写下去。现在我只能多想想庄子。这是我很清醒的理性思维。你想想当初的理想是什么，不就是上街买个烧鸡一类的东西不假思索么？上帝给了你什么，百倍千倍万倍了，还在那里贪婪，这就违背当初的理想了。我也有“五个一”：每天一首诗，一幅字，一幅画，一篇短文章，走一小时路。这“五个一”不是每天都要做完，但是都围绕这五件事做，别的事少做或不做。

我的文学人生路

两级跳“硬着陆”入文坛

作家有“硬着陆”和“软着陆”两种区分。

“软着陆”是上小学、初中、高中再到大学……沿着铺满鲜花的道路走向成功；“硬着陆”是连降落伞也没有，从飞机上两眼一闭跳下去。“硬着陆”也有成功的，但成功的少。我的“硬着陆”不是一次性着陆，是两级跳，所以没有摔死。

一次是跳进了红学界，然后从红学界的台阶上跳进了文学队伍。如果一个高中生拿着《康熙大帝》走进出版社，也许编辑看也不看就塞进废纸篓，但是红学会的会员拿着《康熙大帝》给编辑看，人家可能就重视一些。过去无论在出版界还是在报界，我都没有杯水之交的朋友，没有这种交往，凭什么要出版社相信你？所以必须要有资格。

我的头脑很清醒，没有大学文凭，也不可能取得大学文凭，要想自己闯出一条路来，就必须要有自己的特长。我参军那会儿，部队在深山沟里，铁丝网圈套住了，不接触市井，也没有爱情生活，只能读历史。我研究的是两晋南北朝的历史。因为那段历史比较复杂，别人不愿意研究，我就想如果能成为这方面的专家，也很好。直到现在，对中国历史的研究中，明清都有了相对完整的研究系统，两晋南北朝还是薄弱环节。

真正走上文学创作的道路，契机就是红学会。我从小对《红楼梦》感兴趣，连续写了一些见解独特的论文。后来引起著名红学家冯其庸先生的重视，他把我的论文刊登在《红楼梦学刊》上，吸收我为全国红学会会员。

我进入红学界后，冯其庸对我说："你有写小说的才能，你形象思维很好。"他的话激发我从"二楼"往"一楼"跳。"硬着陆"没有降落伞，跳得低一点就行了，需要找个平台。事实证明两级跳的这种思维方式是科学的。

冯其庸是我的良师益友。我觉得，我和冯先生的关系就是"私淑弟子"，他看得起我，我也佩服他，但没有业务上技术上的指导。

1982年，我参加在上海召开的中国红学会第三次《红楼梦》学术研讨会，一些专家、学者谈到康熙皇帝，就有人感叹，至今尚未有一部描写雄才大略的康熙皇帝的文学作品，实在遗憾。我就大胆地冒了一句："我来写！"

1978年我从部队转业，到一个县级宣传部当科长。我自己写的东西不是很多，但是我工作做得很好，几个同志都做得很好，在地区、在省里经常获奖。在这种情况下，我利用业余时间写作。但是也有问题，一是我比较穷，每月五十二元工资，稿纸买不起，就用公家稿纸写，用得不多，顶多三十本。二是家务事多，需要养家糊口，白天还要上班。我们宣传部长对我觉察以后，就批评说，有的同志上班带孩子，用公家稿纸写自己的稿子。这事儿我不认为他批评的错。

读者爱你，拥有一切

创作生活是非常艰苦的，没钱买空调，买电扇，我就在桌子下放个水桶，把两条腿放进去，这样既凉快，又防止蚊虫叮咬。冬天夜里写到凌晨两三点钟，实在瞌睡，就用烟头烫自己的胳膊，驱赶疲劳，清醒神经。当时写完《康熙大帝》第一卷时，我因为过度疲劳得了"鬼剃头"，女儿摸着我的头说，这一块像尼加拉瓜，这一块像苏门达拉，这一块像琉球群岛……

当时的黄河文艺出版社（后来的河南出版社）听《南阳日报》的编辑说，有人在写康熙大帝，就找上门来了。之前冯先生就对我说过，你尽管写，不要考虑出版社。当时黄河出版社的王汉章和顾仕鹏找到我，在这里搞了两天，测验我的历史知识。半天看稿子，一天半的时间两个人在那里提问题。顺治、康熙、乾隆……从穿衣吃饭、出行车马、皇祖关系、满汉矛盾到生活习俗、人情世故……全问到了。后来我问他们，问这些干啥，他们说我们得知道你能写不能写，我们知道你研究红楼梦，不知道你形象思维怎样。我问结果怎样？他们说你对答如流。

我的古文底子很好，不是单纯从课本上学，也不是读《古文观止》。这些书对我也有益处，但我是从碑帖上，从古庙里读生古文读出来的。这在学术界称为“黑老虎”。所以读明清人笔记，可以像读报纸一样读下来。当时我自己也不知道读生古文有多好，但是我具备这种能力，后来读清史，读康熙乾隆的资料，就非常容易。我以一年一卷三十万字的速度投入创作，把清朝康、雍、乾盛世一百三十多年间的既空前辉煌又行将没落的历史画卷，展现在读者的面前。

我对中国古典文学和经典著作涉猎了不少。中国古典文学作品我没看过的不多了，世界经典没看过的不少，但是看过的也不少。我自己写东西的时候，按经典的标准审视我的创作，所以说我有一定的自信。现在的目的达到与否我不敢肯定，因为看自己的作品常常不那么公道，但是读者是不会错的。我对自己的形象思维方面，有一定的自信。按我自己对历史、艺术的双重认识和理解，尽可能写好，我相信读者会给以青睐。从1986年出第一本书到现在，二十一年了，读者仍然不讨厌，我的书从黄河文艺出版社到河南人民出版社，又到河南文艺出版社，一直在加印，一共印了多少，我实在说不出个准数。读者的厚爱给我很大的精神慰藉，我感到很温馨，同时也大大改善了我过去的生活环境。父亲到了晚年，我能每天让他吃水果，他吃什么药我能全包，我还有能力给下岗工人，给希望工程捐款。能做到这一点，我非常感谢读者。读者就是作者的衣食父母，是我的精神支柱。读者爱你，就拥有一切；如果不爱，一切都是痛苦的。

南阳是最好的城市

我原名凌解放，笔名二月河。1945年生，那一年，我的家乡解放军打败了国民党军，也打败了日本侵略者，这是双重的胜利，家乡得到了解放，所以，我的名字很有纪念意义。起“二月河”这个笔名，是在《康熙大帝》出版之际，当时想自己创作的是长篇历史小说，自己叫“凌解放”是有点儿太现代了，一个历史，一个现代，二者有点儿不协调，想改用一个笔名，要起个中性一点的名字。究竟用什么笔名呢？还得顺着“凌解放”找思路。我是在黄河边长大的……凌者，冰凌也；解放者，开春解冻也。不正是人们看到的二月河的景象吗？这个笔名含义是，二月的黄河开始解冻，随之咆哮向东，奔腾而去……黄河，我们中华民族的母亲河，又提醒自己任何时候都不能忘祖。还有一层意思，党的十一届三中全会以后，迎来了文学艺术的春天。我的原名与笔名，本身也是一个谜语，二月河是谜面，凌解放是谜底。有一位对联高手还据此出了一个上联：“二月河开凌解放”，至今还没有人对出令人满意的下联。我成名以后，大家只知道二月河，就不知道凌解放了。所以有人就喊我大作家，喊我二老师，二先生，老二，二叔，二哥……土老帽。虽然成名了，我还是我，一个丘八文人，土匪秀才，土老帽。

良师益友冯其庸

我曾经做过设想，什么情况是我感觉满意的程度呢？我走在大街看到有卖烧鸡的，不盘算我能不能买得起，买了后果会怎样，能不假思索地买下来，这就是我的富裕理想。我现在达到的程度，一百倍超过我的理想，我感激读者，感激上苍。我没有家财万贯，也不是报纸上说的那么富有，但是我不会为生计感到发愁、忧郁。巧者劳而知者忧，无能者无所求，饱食而遨游，泛若不系之舟，虚而遨游者也。

写第一部时，我在宣传部工作；第二部快结束时，市委让我专业写作。可是市委没有这样的编制，就为我专门成立市文联，让我担任市文联主席。所以到现在我也不离开南阳，不是没有比南阳更适合生存的地方，而是南阳的环境好。早晨起来我去散步，一路上送孩子上学的妇女、修自行车的、卖菜的、卖肉的，看见我纷纷向我致敬：二老师好！二先生您好！一个妇女送孩子上学，看见我就拉着孩子手，对孩子说凌爷爷了不起，你要好好学习，将来也当个作家。孩子太小，也不懂，讲完了之后，孩子说，这么大的头啊！我有一次出去买菜，提着累了，放在卖油条的桌上，旁边修自行车的就说："我们给你个自行车推回去吧。"我说我就是锻炼身体的。你打个面的，驾车的师傅说你坐车还用钱？当然我得给人家钱。但是就觉得温馨，就这么一个招呼，心情就不一样。南阳是最好的城市，处在这样的环境中，感觉自己融化在人民队伍的爱当中，这真正是人民。城市是你的大家庭，人人见你人人爱，这样的环境和氛围我舍不得离开。马来西亚说给我搞个别墅，我孤孤地待在那个地方，我干吗呀我！

要有勇气承认人生是个抛物线

帝王三部曲写完，《雍正王朝》播出第三天，我从收发室取报纸回来后，半边身子一麻，中风了。当时《乾隆大帝》第六卷还没写完，剩余的十几万字是在中风后写的。《雍正王朝》播出后第四天就达到高峰，一个月之内我在家里接待了四百多家媒体，还要打点滴，还要接着创作，这个月是比较苦的。写最后十几万字时，我心里想，老天爷总是不会给人完美，总会留点儿遗憾。如果我停止不写，很可能长命，但是书永远写不完了。别看就十几万字，说你写不完就写不完。要么就是拼上，写完，管他后果如何，不要留这十几万字的遗憾。

写完那十几万字，实际上我也不能再做长篇小说了。长篇小说有点儿像盖楼房的水泥浇注。不可能停下来第二天再浇，否则整个工程就失败了。现在就写点随笔、散文，写点人生感受，在《人民日报·海外版》、香港都开专栏，写多少随便拿出去发了，没有限制，不对身体有太大的妨碍。现在我的身体就是血糖高、血压高。我总结了一下，血糖高就是让你想吃不能吃，不想吃的东西使劲吃。

至于“陨雨系列”，我得承认确实是个大话。数学有个四色定理，任何一个色都可以用四色表现出来。一个数学教师不知道，对学生说四色定理有什么难的，我现在就演。他从早上演到晚上，没有答案。这时天阴了，雷鸣电闪，把教室照得雪亮。老师把粉笔一扔，对学生说，我吹牛了，上帝在惩罚我。现在就是上帝在惩罚我。

人啊，要有这样的勇气，承认自己的吹牛，承认人生是个抛物线，有上有下，不能只向上；上到顶点，当人生的线向下的阶段，无论怎样努力，还是向下。任何一个完美的线条都是曲线的，抛物线才是最美的。就是航天飞机和发射出去的导弹也不是一直向上。上升阶段时考虑怎样才能达到极峰，下落时，就得考虑怎样像流星闪亮一点。很多杰出人士不懂这个道理，结果最后做事情都做得失败。我不蹈这样的覆辙。二月河不能出这样的偏差，如果有，证明一开始我的学术就不够。太阳到该落山时，落山也是一种辉煌，抛物线下落时也是很美的。一想起来没完成的作品，我就热血沸腾，目光炯炯，睡不着觉，如果说是上帝假我以精力，假如我还处在上升期，肯定会继续写下去。现在我只能多想想庄子。这是我很清醒的理性思维。你想想当初的理想是什么，不就是上街买个烧鸡一类的东西不假思索么？上帝给了你什么，百倍千倍万倍了，还在那里贪婪，这就违背当初的理想了。我也有“五个一”：每天一首诗，一幅字，一幅画，一篇短文章，走一小时路。这“五个一”不是每天都要做完，但是都围绕这五件事做，别的事少做或不做。

“代表”这两字很沉重

我写的历史小说是涵盖历史人文的小说，其中既有历史的真实性，也有艺术的真实性。怎样看历史的真实，我是这样认为也是这样写的：重大的历史事件、活动、功绩、挫折，重要的历史人物，或者是人物在事件中的表现，不能有假，不能虚构。写人物的细节、场景有虚构的余地，如你什么型脸，长脸、圆脸，有无酒窝，是林黛玉型，还是杨贵妃型，谁说了算，我，二月河！三部曲，坚持了历史的真实，我二月河没有欺骗人。

我认为，在历史上，对国家统一、民族团结有不可磨灭的贡献的，都应该颂扬；对国家统一、民族团结有破坏作用的，就要鞭打……关于历史的真实的问题，很多电视剧都不及格，如有用一锭银子或二两银子去打酒，就不真实，只是几个铜钱即可。再如，十五贯等于多少斤？编剧不知道。电视上就没有介绍过银子怎么找（零）。对于电视历史剧，我没有恭维的话。《雍正王朝》播出后，中央电视台采访我，问我能打多少分，我说五十九点五分，如果四舍五入的话，严格意义上讲不及格。有人认为我对历史剧颇有微词，但是查一下，二月河给过谁及格呢？不是我定的标准高，是历史剧的水准太低。我只要求两个真实，一是历史的真实，一是艺术的真实。不求历史上真的发生过，但求历史上可能发生过这样的事。

目前的读史热，全民对历史的关注，可以说是件大好事，民族需要认知自己的历史，需要对我们的历史有更多的了解和反思。这么多、这么棒的专家在百家讲坛等等这样的大媒体进行历史知识的宣讲，我认为中央电视台是做了功德无量的好事。在这件事中，有的历史专家讲得不是很地道，或出现失误，或泥沙俱下，和总体的功德量比起来，微不足道。《康熙大帝》第一卷写出来后，有人跟我讲，要把康熙的阴险毒辣写足。我说，一定要把康熙的“大”写出来，只有在十一届三中全会之后才有这种思维。我们对两千年的封建社会了解多少？一些人对历史认知的愚昧长期以来是很令人忧虑的事情。掀起读史的热潮，可以说是文化上的一次全新理念的体现。我认为这件事是很好的。至于出现的问题，人民会给你提出问题，让你重新考量，重新纠正，重新去讲，这有什么不好？

我已经三次参加我们党最高的代表会议，十五大、十六大、十七大，我都很荣幸地当选为党代表，来和全体代表共商我们党的大事、国家的大事。连续三次出席党的最高会议，对任何人说，都是值得骄傲和自豪的事情。我有几个感想：第一，南阳党员喜欢我，起码是不讨厌我；二，证明我的作品和我自己处世为人，起码说在社会主体唯善唯德方面，人们是认可的；三，我的创作事业还基本上不处于失败阶段。做事上遗憾不大，做人也不失败。

我的使命感很重。我不是社会学家，也不是政治家，我是一个作家。如果说作家应该是思想家的话，我是有思想的人。尽起义务我是可以，参加会议能起多大代表作用？我感觉“代表”这两字很沉重。作为作家，我参加会议主要是学习，聆听中央的指示，更多地对于社会民族前景，包括对于社会的进步，能够从党的声音上有更多的感悟，从代表参加会议讨论中汲取更多的营养。

（摘自《中华读书报》2007年10月13日舒晋瑜采访手记《二月河：硬着陆让我进入文坛》一文）

文人无行

弱冠幸随计，束书来上京。
齿稚气方锐，招视江湖轻。
俯仰五十年，辛苦事浮名。
世路多险艰，风波使人惊。
兹游意已阑，无复少壮情。
见鸟慕高逝，望乡思遐征。
云山遥在梦，日数归园程。

这首古风是一首怀旧诗，述说作者自从“弱冠”求名上京，从锐气咄咄雄心万丈的青年，经五十年宦海沉浮，勘破世路人情风波险恶，而今西风瘦马杖策归途一番心境。既有对少年往事的悠远追忆，也有着对未来牧歌田园生涯的向往和欣慰。凭谁说，无论它的意境恬适，格调苍凉，情愫隽永，都可说是上乘之作。那么它的作者是谁呢？严嵩。

说到严嵩，许多人一下子会想到《大红袍》里的海瑞。是忠臣清官极度对立的一个标准大权奸贪官。且不说在他秉政的二十余年中翻云覆雨拨弄朝政，谀逢君恶曲媚赞固宠党同伐异，与儿子严世蕃狼狈为奸，结党乱政，杀夏言、杀曾铣，杀朱纨、死杨允绳、死李默、死杨继盛……那也都算得人中之精了，但凡正人君子，遭逢到这爷们手中，无不纷纷落马栽筋斗被打得落花流水，身死而志不申。这真是奸恶刁狠到了极处的人，偏他就能写出这样的诗——似乎他辛勤为国劳作一生，现在要回乡作遐征之思，要与梅花长伴了！这个恶贯满盈的匪类，却又是分宜山中诗坛一秀。“种竹旋添驯鹤至，买山聊起读书堂，开窗古木萧萧籁，隐几寒花寂寂香……”他是个真不错的诗人呢！

这只是一个例子，我想说的是为人为文的不同。幼时入学，老师曾教我“读其书想见其为人”，多少年一直笃信不疑。有时想想也是这个道理儿，李白、杜甫、白居易、范仲淹、辛弃疾、苏东坡、关汉卿、汤显祖，写了那么好的诗文剧赋，人也那么好，可见好人能出好文章，好文章才配得上好人，是相得益彰的佳事——谁知满不是那回事呢。我看老师也上当了。我们师生在这事上头都中了连环套儿，有些理想化了人生，把人生按戏本看了。明代有个宰相，他女儿看戏入了迷，一心要嫁个状元郎——她以为状元郎都像戏里那般一个翩翩佳公子，粉面朱唇满腹经纶出口成诗的小白脸儿——想得发疯，老爹果然玉成其志，真的把她嫁了一个新科状元。她喜滋滋入了洞房，揭了头盖才晓得状元真相，原是一个彪形大汉，满脸横肉，腰粗十围，毛发蓬蓬然，活脱一个屠户样儿。

我看这事可以为我这篇文章作注，那个可怜的女孩子自尽了，但谁能保定她不是又错一次呢？

读明史是很有意思的。它不同于唐代，一切都包容在一种富丽堂皇之中，像一首黄钟大吕奏的钧天之乐。它也不同于宋代，浑浑噩噩得近乎麻木，混账得令人可笑可怜。打开明史，像是看到一伙打群架的，从头打到尾，昏君烈臣、东林东厂、奸权直士、神佛道士、太监倭寇、农民财主、正的邪的、曲的直的，从靖难之役打起一直打到清兵入关，打得昏天黑地精疲力竭，也就亡国。中间偶有一阵子休歇，我看也是打得累极了暂时休战。阿弥陀佛，真是热闹！正应了鲁迅《好东西歌》“还有你骂我来我骂你，说得自己蜜样甜”，“相骂声中捐铜钱，失了土地捐了钱，喊声骂声也寂然”，凄凄惨惨乱哄哄完了。

其实真正眼亮的倒是明太祖朱元璋，他似乎对“大头巾”的认识比谁都更清楚。元明兴替，元臣危素“弃暗投明”——就是我们从《儒林外史》里读到的那位“危老先生”了。此人是金溪人，字“太朴”，又叫

"云林"，由经筵检讨参与修宋、辽、金三史——写"后妃传"查不到史籍，用今天的话说是"缺乏资料"。急中生智，危素就买了些糖块小吃之类贿赂老公儿，套问宫里后妃起居逸事，这般就腿搓绳儿，几百年前的闱宫秘闻也就书之丹青了，由此升官而成翰林学士。这么一个"胜国遗老"，棺材瓢子似的人物，居然敢放在朱元璋面前倚老卖老，张口闭口"老臣危素"如何怎样，朱元璋尽自看重他的文章，心里也早烦透了他。有一天皇帝御东间侧室，听见危素在帘外走动，问："是谁？"他说："是老臣危素。"朱元璋说："朕还以为是文天祥呢！脚步声这么从容的，原来是你！"罚他去守余阙墓，余阙是元统初进士，累官参知政事。死于陈友谅之难，立庙祀之。危老先生住在这庙里不知心境况味如何。

少读《儒林外史》，见里头出尽文人洋相，我多少有点儿腹诽的意见，"窃以为"作者存心刻薄，后来渐渐读书有得，才晓得文人里头除了屈原、魏征、文天祥、史可法，明代里头的三杨、海瑞之外，更有卢杞、李林甫、秦桧、严嵩、钱谦益、洪承畴、马士英者流，似乎比刚正义烈之士还要多些。就明史钻研去，东林党有点儿像东汉时的清流派了。细看似乎又有不小的区分，都有"派性"，也都尽有投机者，却显得这潭水更浑浊一点。"门户"得张牙舞爪，贪名之态犹如贪利，到末时毕竟一起露出来原样儿。

那么到底是书误了人，或是人辜负了书？翻开古今史典文论，没有哪本书是教人为非的。很多学术，尽管论点不能令人佩服，出发点与落脚点，也还堂正。即便是八股选文高头讲章——糟糕无用的烂文章，也不见得有什么歹意。不知何故，中国数千年史典，却教出一大群一大群的顽钝无耻文人。可以说，每一朝每一代式微零替，都和他们居中不停地捣蛋有关。捣蛋到了极致，这一朝也就完蛋。然后再重新来一遍，循环往复生生不已。这真是件令人悲哀又无可奈何的事。

由《雍正王朝》热播所思

中央电视台八点正播《雍正王朝》。

山西的朋友来电话，说他们那边又在播《雍正王朝》电视剧；台湾的朋友来电话，说他们那里又在播《雍正王朝》；马来西亚的朋友来电话，说他们那里又要播《雍正王朝》，已经是第八次播出，仍有死忠观众收视不误。

《雍正王朝》是根据我的小说改编出来的。当初媒体蜂拥前来采访，有人问我："给这电视剧打多少分？"我回答："五十九点五分。"唐国强去年来南阳，说："听说你对电视剧颇有微词？"我回答："那不是指（演员）表演艺术，是谈剧本。"剧本创作人刘和平是很有才气的，对我也十分尊重。然而实事求是地说，对雍正其人的宏观把握是有点问题的。一本白话文本，怎么会改编得变调？这事我仔细想过，有两个原因，一是他太爱雍正了，不愿意谈他的毛病和惹人烦的缺憾；二是他太了解观众的需要了。我打五十九点五分，观众可能还要认为我在"保卫自己"——其实跳出"我自己"这圈子，我还是赏识这出戏的，论收视率，论焦晃唐国强们的演技，不能打这个分。所以当时我说："我是特殊观众，我是戴着有色眼镜看这部剧的。"刘和平是把小说中雍正抓"反腐倡廉"的情节大肆张扬了一下，引发了如许的共鸣。

我一直认为，腐败是社会病，准确地说是社会糖尿病，为此我已经连着写了几篇文章。一是腐败不会导致政权速亡，二是腐败导致必亡（糖尿病倘不疗治，你试试看！），三是腐败症、糖尿病的晚期是免疫力全面崩溃，任何风吹雨打都可能招致并发症突发，而成不治之症。唐王朝的“并发症”是藩镇割据，明王朝是李自成加上满人侵凌；元王朝可怜，强悍的蒙古人当初何等英雄，最后被病魔折腾得一点气一点力都没有。

奇思妙想就是在这缭绕的烟雾中产生的

这样的例子是太多太多了……与此同时，我不认为腐败与某一种意识形态有关。腐败是一种反社会反公德的恶行，任何权力、法制社会，它都腐蚀，因此它是“社会公敌”。常看到一些官员腐败贪贿被拿，临刑之时写的检查认罪，说是“因受了资产阶级拜金主义的毒害，一步一步变成人民罪人”，这是临死说的胡话，无论资产阶级还是“封建”抑或是什么“拜金主义”，各自都是有“社会规矩”的，甚至贼匪劫盗，那也是“盗亦有道”，有他们“道上的规矩”——比如劫匪不抢邮差，比如按期缴钱不撕票（杀人质）等，哪有允许人暗室受贿颠倒公理的“世界观”？

正因为这是最令人厌恶痛恨的东西，当你抨击恶攻它时，人们自然就“心理迎合莫名欣慰”，——现实中招人恨的贪赃之员，刘和平在电视剧中替我们宰了——老包铡了陈世美，秦香莲们一齐叫好。

中国专权历史中，有三位皇帝“反腐力度”大。一位是武则天，她设“密报箱”成批地抓，成批地杀贪；一个是朱元璋，他放一个码子（标准），过了码子，不是杀头，而是剥皮（洪武时府吏衙门都设有剥皮亭），剥了皮风干，晾在那里让后来的官员‘‘儆尤”；再就是雍正，他和前两位有所不同的是，他不轻易杀人，而是要穷遍财产，一定把“损失了的”全部彻底地收回国库。他用的是密折制度——这就有了政策水平，他执行这政策的腕力，也是极大、极狠的。就这一点说，刘和平把握得还是到位的。

在我看来，武则天和雍正都是“贵族性质”地解决问题，靠方略靠政策办事，朱元璋是社会底层出身，他是靠直觉杀贪，带一点社会报复的朴素情结。但他实际上都解决得颇有成效。

我写《雍正皇帝》的主旨不单纯是“反贪”，也不纯是反腐，而是如实地表现当时的社会情态，“落霞”绚丽与消亡前向它投去最后的一瞥，既有对传统文化的留恋，也有对它的深沉思索与哀婉。就这一点而言，“王朝”电视剧是不胜负荷的。

老百姓喜欢的东西是颠扑不破地要存在下去的。一部作品，无论是什么形式，它的生活力在时间和人群之中。

盘点我书中的“爱情”

爱看我的书的人是不少的，有大学教授，也有引车卖浆者、汽车司机、搬运工、公务员、穷学生什么的一大帮。似乎也不大分阶级阶层，从高官显贵到死缓犯人，共产党和国民党，这些意识形态相悖，人生阅历落差极异的人中，都可以觅到《康熙大帝》《雍正皇帝》和《乾隆皇帝》的读者。海外读者去年还赠了我一个“最受欢迎的中国作家奖”。作为一个小说家，没有什么比这更令人欣慰的了。

参加”南阳与丝绸之路“文化论坛

我一直认为，专业读者是评论家，一般读者也是评论家。从狭义的角度说，自然是专业评论家“牛”些个；但从广义角度说，决定一部书的根本命运的，则一定永远是那些“一般”人。看过书之后，无论你是“专业”的抑或是“一般”的，肯定都会有“评论”的。就我的书而言，“一字评”，说“好”说“孬”的，或者竟写出一篇文章把二月河齐根刨起，从源寻流褒贬一顿，这种事听得耳朵老茧长起。大家似乎有一共识：“这家伙不会写爱情。”有一位专业的女性评论家甚至当面说我：“你根本不懂女人，你根本不懂爱情！”我尽管不完全服气，也被弄得有些汗颜。

不完全是不完全服气，但我是“基本服气”的。作品在那里放着，是浩浩荡荡五百万文字，一页一页翻去，爱情情节似乎有点蛛丝马迹雪泥鸿爪的样子，星星点点气息奄奄地泡在大情节里游动。《康熙大帝》里伍次友、苏麻喇姑、云娘是一组，周培公与阿琐又一组，《雍正皇帝》里雍正与小福、邬思道和金凤姑也各算一组罢。到了乾隆这一代，傅恒和女强人只沾了一点爱情味儿，至于乾隆与棠儿、海兰察、兆惠那些事儿，只能算是“故事”，算不得夸张的爱情文学描摹了。从康熙到乾隆这一通三代的书看下去，“爱情”是愈来愈少，愈来愈不纯洁，杂质愈来愈多，简直写得就是兔子生老鼠——一窝不如一窝的了。

怎的是如此一个格调?

一则是才情问题。那位女评家并没有冤枉我，真的我是不懂。记得《康熙大帝》第一卷付梓，寄了给冯其庸老师看，老先生一向不轻易动感情露锋芒的，在电话中口气不善：“你怎么搞的?为什么要那样安排伍苏的爱情结局?不对头嘛!”我面对恩师，只好支支吾吾承认：“我不会写爱情，也不懂……”

这不是语言驾驭能力的问题，是“生活源泉”有些先天不足，我的家庭、我的学校和我所处的那个时代，一上中学家里就严命“与女同学接触要公开化，不许谈恋爱，不许单独和女同学在一块”。学校则三日一令五日一命“安心学习。不许男女生谈恋爱”。隔三岔五的还要出张布告，因“谈”而被开除处分的大有人在。社会风气也与今天大不相同，天天讲的是“残酷斗争”，谁肯背时去谈爱?因而见了女同学，即使她很好看，很有意思观察她也是有“程序”的：远远的——看脸盘儿，模模糊糊有点印象；稍近些——看身段，体态姿势差不多；走近了搭讪说话——只看她脚尖，声气笑语听得见。如此这般的“三部曲”，自知也是“封建”，但在当时却是真真实实的风尚。这自然不会有什么“是非”，然而同时也就与爱无缘。生活基础既薄弱，以后高中毕业又到部队，全封闭的国防施工部队，清一色的连队兵；满眼见，整日相处的全是男人，哪来的“爱情知识”?读书吧，爱情书是禁品，难得一见的，所爱好的历史书从头翻到尾偌大偌大的大千世界里全是男人主宰——这么着连“书本知识”也无从获得。作家“生活知识”欠缺严重，居然在康熙雍正乾隆几部书中塑造出若干女性，别人虽然不满意，其实我心中还蛮得意，满满意意的呢!

再一则重要的因由，这三部系列作品是社会小说，是全方位(当然是比较而言)描摹康雍乾时期的社会生活的。读过全部作品的读者恐怕都有此感觉。《康熙大帝》一书文字写得比较干净，“爱情”也比较纯粹。愈往后，乱伦的、胡搞的、乱七八糟的事儿愈多。这个创作特点早已有读者指出来了。我说老实话，我也想把后边写得“清”一点，并非我这个人著书著得愈来愈煽情，实因为这书必须遵照两个原则：一是历史的真实，一是艺术的真实。历史的真实是康熙年间是清朝立国之初，社会生活的主要内容是医治战争创伤，镇压平息内乱，迅速恢复经济，加强各族团结……这些事千头万绪摆在社会生活中无可替代无从回避。开创之初统治阶层精纯强悍的气质尚未消融，加之人民尚处于不安全的饥饿寒冷之中。“爱情”问题提不到社会生活的主业，也就是说尚不能进入社会的主要议事日程中。但也正由于此，当时的生活主流干净，乱七八糟的事就少。

待到乾隆年间，清朝立国已届百年，和平生活已久，吃饭问题基本解决，官场文恬武嬉，腐败之风蔓延，富裕昌平经济发达，造就了中国封建社会的极盛时段。一个社会也和一个人一样。穷极潦倒奋发图强之时，饿得前心贴着脊梁骨，它就顾不上“荒淫”；一旦这些问题解决，整个社会也会“饱暖思淫欲”，于是污水横流弊端丛生，变得愈来愈肮脏不堪。《乾隆皇帝》里的风情与康熙时的纯净不同，下笔时就得老实形象体现。

至于说到很美很清纯的爱情，就我看来，无论康熙一朝还是乃子乃孙时段，社会生活中都是极少的。不是说没有，而是都处于“地下”，地面上我们只看到一点爱的“蒸汽”(鲁迅语)。像《还珠格格》《康熙微服私访记》中那些爱情故事，是今天人编的，给今天人开心就是了，而在当时别说真的来一下，就是说一说也是罪过。非但康雍乾三朝而已，翻开中国的《二十四史》，政治、权术、金钱的铜臭熏人欲死，爱情却是没有的。封建中国实在要算扼杀爱情历史最悠久、手段最残忍的国度了。所以尽管我十分佩服金庸，那是因了他给了今日千百万人阅读的愉悦，他书中那些爱情故事我却无一例相信在当时发生。《红楼梦》中宝黛之爱是生死不渝，但看《红楼梦》一书却不见他们示爱之语，是两个戴着黄金枷锁的人在那里唱着我们听不懂的爱之歌。待到进入电视剧，却见宝玉黛玉在大观园中四手相叠四目相视，有点走出”地下“的意思。今日男女新人类吊膀子玩儿，看去可能不过瘾，但我敢说，那肯定是编导无知妄加的，真正的红学家不会弄这一套。

《康熙大帝》一书的定名

我在一间大学讲学，谈到中国历史上少数民族几次入主中原，真正成了气候，立定了脚跟的，只有一个建立清代的满洲人。满洲人不但战争打得顺手、漂亮，且是稳住了江山，在长达二百六十余年的和平统治中，政治、经济和文化诸方面都有独到的长足发展，达到了中国封建社会文明的顶峰。那原因自然有许多，其中一个很重要的缘故就是满洲人太谦虚，太善于学习。这是个善于采长补短的民族。

落后的游牧部落民族，打败先进的汉民族，这种事不稀罕，远在西周末年就发生过。秦皇统一后，北朝一次“五胡乱华”，一朝兴替多则几十年，少则几年十几年，闹腾出十六国来。别说“繁荣昌盛”，生业繁衍都大成问题。宋代式微，西夏金元又是一次，强力维持政权有近百年。革命发生，一切化为子虚乌有。

他们有一个共同的致命弱点，就是迷信自己的武力，以为马上得天下，也可以马上治天下，瞧不起被他们打翻在地上的汉子。从匈奴民族的中原统治看，他们一直到灭亡都没有弄明白自己当初胜利的原因是什么。

但是，有一位杰出的满族人看到了，他就是康熙（爱新觉罗·玄烨）。他看到了被他的民族打得遍体鳞伤、毫无招架之力的，是一个奄奄一息的巨人，也是一个被内伤折磨得无力外战的民族。作为一个政治家，他是清醒的、明白的。要想有效地统治这个文化高出自己的汉子，就必须向他学习。他一方面防范这个民族，使劲地麻醉、鞭笞，另一方面则痛下功夫向这个民族学习：学文化、学历史、学政治统治术，也学心眼儿。

讲唯物论的人不大讲天才，但康熙的天资特出似乎是没有疑问的。我们知道，他八岁登基当皇帝。这倒不算什么，历史上幼冲居尊的不胜屈指，但他十五岁那年便利用布库少年擒拿了不可一世的权臣鳌拜，十九岁决意撤藩，不数年间吴三桂、耿精忠、尚可喜三藩大军叛乱次第数。狼烟未息，二十三岁的康熙又下诏开博学鸿儒科，逼前明遗老就范，臣服新朝，倡明文教大获人心……这样的"圣断非常"，简直可以说，在一群庸庸碌碌的皇帝中是鹤立鸡群了。就他的一生功业，修复河运漕运、轻徭薄赋、三次亲征准噶尔、安定西北、六次南巡、勘定《皇舆全览图》、收复台湾、划一中华版图，随便抽出哪一件，都可以彪炳史册的。我们今天的人，一般只晓得一部《康熙字典》是他弄的，其实如《古今图书集成》等大型类书都是在他亲自关照下诞生的。

我们知道，康熙能诗词、善书法、喜绘画（特别喜爱董香光字画）、精数学、会说七种"夷语"（我想不可能是英法等语，大概是一些亚洲国家语言）。他写的三篇地震论文我没有读到，但我知道我们今天的数学术语如"元"、"次"、"根"即是此人的创造。他的音律知识达到什么程度，我很难估计，但他的文学素养可以从他的诗作里领受。或歌咏鸣蝉，或激赏幽兰，或眷顾苍鹰，或宝爱战马，诗中有对爱后深挚的追思，也有对流离苍生的怜悯；有对边防将士的关爱，也有对民事政务的廑念；时或对人生无常感喟，时或才闻金戈铁马，又见流风回雪。他的诗作水平，可以说很多皓首穷经的汉家学者都难以望其项背。

这么大的本事，哪儿来的？天分是自有的，本事一定是学来的。

康熙深深意识到，一个只有百十万人的满族，要想统治亿兆人众物华天宝人杰地灵的大华厦，一定要有"认同"的意识的。这一点上头，他似乎比别的皇帝格外地自觉清醒。元代蒙古人是打进曲阜孔庙的，因为孔夫子说过"夷狄之有君，不如诸夏之亡也"——这话太伤他们的自尊心，因此进庙照着孔子像脸颊就是一箭。即使历代汉族皇帝尊孔，入庙行的也只是"师生"礼：二跪六叩，也算非常礼尊隆重了。康熙数度谒孔，封林加谥，步如履冰，小心奉敬，行的是三跪九叩的君臣大礼。他心里是否真的那么敬爱孔子已无从追索，然而他肯定晓得，孔孟之道是华人文明之根，不尊孔没法和汉人打交道，更甭说去统治他们。

满族人的天下是靠武力打下来的。满族那些骁勇善战的将军对汉人除了一部《三国演义》几乎一无所知。他们有的是“武化”，却没有什么“文化”。康熙在笼络中原文化人上可说是不惜委屈万乘之尊，费尽了心机。平常的科举是帝王驾驭文人的一贯手法。康熙觉得远远不够，又开了一个“博学鸿儒科”，一批前明遗老便成了这一科的“征君”——你们不是总在背后骂我们吗？你们不是惦记着那个“华夷之辨”瞧不起我们吗？你们不是总盼着那个死了的“大明”吗？你们不是嫌那些主考大人不够资格来“考”你们吗？好，现在我来，我亲自请你来，你不能来也必须来，我亲自当主考！——这样，极大地满足了这撮人的自尊、虚荣心，足尺加三给足了面子。来应考的一律安车蒲轮礼送京城，考中的考不中的一律给官。即使真的不情愿“臣于本朝”的，也在这种强制下如“失节之妇”，取消了骂人的资格。考上了的自然光宠荣耀，心里扁扁的服了。康熙的这一手“学习”法，可谓用心苦极，手段辣极了。资料里对这些事尽管有所伪饰，也还是看得出来，这一百八十来位“征君”心情复杂，啼笑皆非，表现也各异。有的是欣欣然，有的是茫茫然，有的是明哭暗喜，有的是装模作样，鸡飞狗跳，“一队夷齐下首阳”了。

就康熙而言，他自己是个天之骄子，这么着“学习”自也有些委屈的。应考的人捣乱，有的不肯来，绳捆索绑来了，来的不应试，“本人有病”；应试的有的交白卷，有的故意做错题，还要一律“优遇”，自然难免别扭。但为了他的天下社稷，他都一概忍了。有意思的是，在南巡时，拜谒明太祖朱元璋墓，他以“当今”拜先帝，居然也行三跪九叩的大礼，感动得在场的耆臣遗老无不欷歔零涕，亡国灭族的切齿之恨也就在这一片哭声中消解得无影无踪。

他具有这般非凡的“工作能力”和个人魅力，作为领袖，受到当时人民的称扬拥戴，就不是一件奇怪的事了。他与俄国的彼得大帝是同时期的人物，史学界有人把他与彼得一世比较，认为是不逊于彼得大帝在俄国历史上的地位的。我们自幼受到的教育，看一个封建人物，尤其是皇帝，必须首先看他的“局限性”，然后才去轻描淡写地说几句他的“贡献”。某市一位市长，一上任便下令推倒了康熙的塑像，那也自有他的道理：我们是人民当家做主，怎容“封建”在我市张扬辉耀？一位非常著名的作家当面对我说“大帝”这个名字不妥。中国没有“大帝”这个词，也是不以为然的意思。我回答说，俄国人可以称彼得大帝，我们中国人当然也可称康熙大帝。中国有这个词没有这个词原无关紧要，只要世界上有这词就成。而且事实上，玉皇大帝难道是个外国词？

《康熙大帝》一书于是定名。

雍正的形象建立

历史上稗官野史小说，雍正的形象甚不成模样。我所读到的，似乎只有一部《儿女英雄传》是把他作为没有出场的正面人物来写的。其余的，也包括民间鼓儿词之类的口头创作，他都是一个阴鸷、刻薄、寡趣、无聊、毒辣的人物模式展示给读者。最有趣的，有的话本还把雍正写成武林高手，“雍正在轿中”发现有人行刺“指甲一弹，只见一道白光激射而出”，那人的头便落了——这活活是个剑仙的功夫了。还有一部书是写他杀他的八弟胤祀的，派他的血滴子（特务）到监狱去，胤祀正看书，那血滴子突然出现在灯下。胤祀惊问来意，“血滴子”向他施礼说“八爷，奴才来侍候您归天”——这些书都是“文革”期间“传阅本”上看来，无封面也无封底。无版权页，无头也无尾，只有片段情节，不知为什么，偏偏是这些断章，能留给我极清晰的印象：这人阴狠。

后来读《清朝野史大观》《清稗类钞》之类的书，又推而读了一些历史记载及研究文章，还有雍正的自述的书《大义觉迷录》，这些看法便有些动摇，渐渐地“没有了”，也就是崩溃了。留下的主要印象，变成了A．他是个办公狂；B．有时有点虚伪，有时有点真诚；C．极为“由着性子来”痛快至极；D．不大讲情面；E．经济头脑比较好，理事不马虎，甚至到刻薄挑剔的程度，是个石头也要控出油的角儿；F．军事上才能平庸，还要逞能，出了事又不肯承担责任。不论是雄心，还是野心他都是“勃勃”。是个好胜、爱面子、冷酷、耽于事事、勇于创新、实践的人。这皇帝当得“辛苦”二字，他也确是吃得这苦。

中国的独裁皇帝，养尊处优的居多，多有讲“无为而治”的，“富有四海、贵为天子”——清末还用这两句话来指责康有为，说他的名字“有、为”就是这么个野心意思的表现——就这么个事实，你让他不享受？什么三宫六院七十二妃，冠裳冕旒四海万国来朝；“吃天下”换句文一点的话说便是“玉食万方”，这制度其实就是规定死了的：皇帝你只管受用去，办事的是臣子们，办得好是“皇上圣明”，办砸了便是“臣罪当诛”。这么个形态下，又说“无为而无不为”，太阳那样光明灿烂，太阳普照着一切，它且看不见自家照不到的阴影，不腐败才见鬼了。当然这也是辛苦换来的，不是他，而是他打天下的祖宗，祖宗“缔造艰难”换来了今天的花天酒地。

倘是看戏，当皇帝是太简单的一件事，原先我也是这么看——出来个拂尘太监，站着说，“有事出班早奏，无事卷帘退朝”，我很自然地就想，戏里多是“有事”，不演戏的现实生活中，怕是经常“无事”的罢。历史的事实是，明代的许多皇帝情形就是这样，甚至比这还要轻松了去，有的他敢二十年不设朝，“老子不办公！”还有花钱，好像银库就在他家里，想怎么花就怎么花，没有节制也没有章程，真的太舒服了。

但清代不一样，满洲人是少数民族，人少少的，洒在汉人中如同胡椒面进菜锅，有这一味但看不出眉目来。这是被孔子指为“夷狄”的民族，蒙古人不敬孔，大元广阔无伦的国土不久便分崩离析。满洲人聪明：得罪不起孔老夫子，礼尊到极致，有些事绕着走：你说我夷狄就夷狄。“舜，东夷之人；文王，西夷之人。”也是夷狄，照样是“圣明法统”，有这么个权威的理论依据，那地位也就上去了。小心聪明，爱学习动脑子这些特点帮了这个民族。朝鲜当时是中国的外番，出了问题向中央机枢要汇报的，前明时常常动辄遭到痛斥，骂得人难堪，到了清代，朝廷倍加抚慰，还时不时地和中央政府闹点小别扭，恐怕双方深层次的心理都有个“彼此彼此，都是夷狄”的心思，一方不服气，一方赔笑脸争取平安相处。因此纵观，清代皇帝整体来说办事还算经心。我和朋友聊天说“清代帝王怕老婆的没有，怕妈（母亲）的有”。他们学习汉族的“传统”坚持超过了汉民族。

雍正皇帝就是这些个有为皇帝里头的一个典型。他的难处在于，康熙的名头和成绩太大了，留下了一个极大、问题极多、外表却异常平稳繁荣的摊子。当过官的都知道，这是最叫人头痛的事，如果新到任的是个烂糟污的单位，雷厉风行三下五去二整顿，很快成效就显出来了，上级看得见，同级佩服眼红，下级得到“公正”自然宾服，威信立马提升。如果这单位隐忧很多，原先便是“先进”，辛苦累死没人见，“不出政绩”，这就痛苦。见无人告诉，他在这样的形式下抓出了问题的要害，从“刷新吏治，振数百年之颓风”入手，实实在在做出了一些成功的整顿建树，留下了许多令人沉思的历史轨迹。今天查看这些轨迹，有的印痕仍是清晰的。

有人说雍正皇帝是我二月河给他翻了案。事实上我可没有偌大的能耐，我是运用了许多史学家已是“成品”的结论运作我的艺术，决非发明者，如果说运用小说、文学形式体现此中学说，我还算能接受。余杰说我歌颂流氓，我不听，也不受。雍正的“维以一人治天下，不以天下奉一人”悬在乾清宫，他这个心态固然是中国传统，但我想用我这支弱小的笔，灵动地告诉读者朋友：绝对不可取用。

故事《围棋杂志》

《围棋天地》的乔婷向我约稿，我提出交换条件，给我寄点旧杂志来。她一股脑收集了十几本，厚厚一沓子发过来了。我笑回她短信，够我看几年的了。

看杂志，曾经是我的习惯。我在部队分管过团宣传股的图书室。那年头宣传费是不受限制的。国家的经费，国家的杂志，且是国家的意识形态需要，可以肆无忌惮地订阅。我那个图书室也就成了书山杂志海。1978年转业到地方。彼时订杂志仍是不受限制的，几乎全国能订到的杂志，我们都订了。文、史、哲，包括电工知识，修理收音机的专门杂志，一网打尽，一览无余。其实我的早年是沐浴在书和杂志的海洋里。

围棋杂志似乎是没有订到。“文革”中它是停刊了的罢？订不到，转业后图书虽有经费，但我人微言轻，说了不算，不如不说，也没订阅。加上我这期间写书白天要装成“没写什么”的样子，要“努力工作”，要陪同事“打升级”，每天夜里十点到三点作文，终年都是昏天黑地呵欠连天，看杂志的兴味渐渐淡了下来，渐渐“澌灭”了。澌灭到什么程度？现在各处寄来的杂志，包括用我稿子的“本期刊”，看着标题便丢了一边，可怜那些“希望二月河老师多多指导”的编辑，还在痴痴地等我的提议和意见！想起来真的是有些个惭愧。

但是两种杂志我还是要看，一种是《红楼梦学刊》，一种便是旧围棋杂志。学刊是我的专业，不去说它。这样晕着头整年地写，“青灯孤愤赊万家”，精神生活也会淡出鸟来，就看围棋书杂志。

我有几本1963年到1965年的旧杂志，那时名叫《围棋》，没有“天地”二字。现在还挤在我的书架上和“大不列颠”及《资治通鉴》摆在一起。已经烂得没头没尾，小孩子洗的糟稀不堪的尿布片子的“品相”了，但它已是我生活中的一个组成部分，不扔。

老围棋杂志是个小三十二开本子，薄薄的，也就现在《围棋天地》的二分之一那样子，没有广告，都是棋谱，名人解说，名人战例，棋势考题，有续盘中盘，也有收官，也有篇幅不长的围棋旧事轶文掌故——“当湖十局”我就是在这里读到的。后来在清人笔记中看到一些弈林旧闻和杂志印证，我才知道我们棋界的前辈早有关注笔记体小说的了。

这种杂志和其他杂志是不同的。它耐看。我自己就是个文学人，当然不会厌倦文学作品，乃至于看都懒看一眼。你只要翻开那些文学期刊，大男人、小男人、大女人、小女人……或故作矜持，有意深沉，或搔首弄姿，卖弄心绪与事件，人与人之间，交织在一起玩假。我有时怀疑是我的鉴赏能力出了问题，抑或是我的思想力度脱离了现实？不管怎样，反正我不爱看，能看的，似乎警匪事件纪实也就是了，警匪小说也一样看不得。看这样的文，倘若能让人瞌睡打盹——我们失眠还要吃“舒尔安定”呢——那也是功劳。可惜它连这个功能也没有。胡天胡地里胡说，看得人心里乱糟糟。但围棋杂志不同，你可以坐沙发上边看边打谱，累了，眼前花了麻了，一歪就睡去了，醒来还可接着打棋谱。一道题死活解不开，也不是件丢不开的事，可从小孩子弄积木那样的，塌了，再来一次组合，有时自己找到了“解”，会高兴得眉飞色舞。一查答案果然是的，那就有些自雄了：这么大的棋手出的难题，我居然都解开了，我——相当于几段水平呢？我尚存有五六册旧的围棋杂志。过去还有几个日本的围棋杂志，我觉得他们的杂志印得好，棋谱大而清晰，高段棋手拈棋投子悬空不发的气势，很有文学色彩。国人对日本人有微词，人家围棋杂志办得还是不错，和我们的一样耐看。今天这本杂志你看罢了，过几天翻出来，还会觉得它是新的——和好小说一样。好小说也会看烦，但过几天你再看，它还是新的，还会饶有兴味。

新的《围棋天地》到手，我的感觉仍是很好。容量大了几倍，高手对局讲解似乎更多注入了人文感受，这就使读者能感觉到棋道的人格力量，有一种“且听下回分解”的余音在本子中回荡，这也就增加了杂志空谷足音的震撼力。各界人士对棋界的介入，为杂志的“外向”形象，增了不少光彩；普通棋手在杂志的倾诉——这是旧杂志里稀见的，使它的平民意识平垫在围棋五光十色的神殿里，也使人感到亲切。

《围棋天地》也一样的耐看，一样能使专业的棋手和普通爱好者光着膀子赤裸裸在围棋的海洋中游泳，下里巴人与阳春白雪同在！

耶，《围棋》！

耶，《围棋天地》！

哇塞，围棋！

《爱人》寄语

几年前与金庸先生在深圳曾有一次快晤。两个作家相遇，当然要谈到对方作品的优劣上下。深方主持人问我最喜欢他的哪部书？我不假思索回说，《神雕侠侣》。

为什么会选择这部书呢？当时只是应急答问，谈的第一感觉。回味起来，使我产生此种印象的原因，是因这部书弥漫了爱的情怀，释放出的是对社会、人生的终极关怀，那就是爱。

杨过虽名杨“过”，但他的“过错”追究了去，其实只是有一个糟糕的父亲。出身不好，“成分高”。于是便受欺侮。连黄蓉、郭芙、武家兄弟这些“好人”，好人家的子弟，动辄就要收拾他一下，中神通的徒子徒孙们也是名门正派人物，郭靖送杨过进庙避嚣，照样受他们欺侮。杨过的本领最后其实已经是天下第一，这本领就是在不断挨整受欺压的过程中不断加强完善提高得来的。这部书从头到尾张扬的是仁爱与

名人面对面——二月河与金庸

爱人，和这种最高的博爱精神的力。

然而在我们实际生活中，见到的“报复”，却是太多了。牙眼相报，以血还血，杀人偿命，欠债还钱，这些“天经地义”的东西作为社会理念究竟有没有问题，似乎想这件事的人不多。阶级斗争年代那不用说了，有哪部戏里不讲“阶级仇”呢？连“生产队里开大会”都是“诉苦把冤伸”。如今说摒弃了“阶级斗争为纲”这样的理念，但我们似乎又钻进了钱眼里，什么是“善”？什么又是“爱”？标准是什么？只是一个字，钱！爱人不爱人天知道，爱钱才是真的。

爱人、爱生命的社会思维，已经叫得人人皆知了。这种思维是呼应“以人为本”的宪法而来！自然是不错的。然而我们的社会思维方式，打开电视看就明白，广告、钱、电视剧、个人奋斗成功了，成功的标志是主角肯定有钱了。有仁爱而无拳勇的武训，那是太个别，太稀有的了。连专门慈悲怜悯人的和尚道士们——他们也是有级别的，科级和尚，处级和尚……凭的什么呢？不是凭他们的道德修养、禅理佛性，而是凭他们的拳头，凭香火钱挣得多寡——他们每日忙着“发展旅游”，也实在是含着另一份“爱的情结”罢。考量一个民族、一个国家、一个团体，小到一个人——他的素质用什么标准？我看不用去翻看国民的学历：大专水平的占到百分之几何，博士学历的又是百分之若干。读过什么书，官又做到多大，级别怎样……这些东西都只是参数，很扯淡的参数，与素质只是个“大概其”或者“似乎是”那样模糊的距离位置。有一个量化了的标准，我看是这样，是看你这国家、民族、团体、你这个人，你的心软化了没有，软化的程度又如何。你见到当街屠牛、杀羊、宰鸡鸭，无动于衷；见到犯罪当死，人犯被乖乖牵到绞刑架前，枪决刑场，然后杀掉，恬然不出悲悯之情，恐怕很难谈你的素质问题——我们现在不能废除死刑。但这与素质问题是两回事。

所以，“爱人”这个名字太好了，无巨无细对人的关怀，思想的呵护，生活的关照，都是对人基本素质的关照，大哉《爱人》！

为《别廷芳传》写

我们的汉语，是世界上最含蓄，最能迂回表达，最……什么呢？狡狯的语种罢。比如现在见一位领导拜年、汇报工作，临别时礼敬退出。下级说“还有一件事，顺便向您汇报……”“顺便”的事常常是“主要的”。而原本“主要”的话题，在这一小小转折词的瞬间，已变得一片模糊。倘是说人的优缺点，你肯定也得留意，不管前头说得多么好歹，那都是说书“帽子头”，你听一句“但是”，后头常常才是真文章。至少是对前头文章的重头修改。这都是现今我们的经验之谈了。然而我领教的头一件事是别廷芳的人事。

我是十三岁来南阳时听到“别司令”的名头的，那时还小，没有什么资格发言，只是“听大人说”。诸如——

豪情万丈

女人吓唬小孩，就说：“别闹！老别来了！”

“他打红军，是反动派。”

“他杀人不眨眼，小孩子偷个玉

米穗都枪毙。”

当然还有——

他到南京见蒋介石，蒋问：“到京有什么感想？”他说：“我见街上标语，行人靠左走——那右边给谁走？”

“学生娃们十个人抢一个毛蛋（篮球），太可怜了，不如一个人发一个，不就不争了？！”

类似的“别司令传奇”还有许多版本。有的是官方言语，更多则是民间“小广播”，大致上都是在“但是”后头做文章。

但是——别廷芳时，境内没有土匪，也没有小偷；

——他也打日本；

——他兴修水利，造堰灌田，修水电站；

——他开工厂，修路架桥；

——他重视教育，办学校。

但是……但是!

一个词就把他表现得格外复杂起来。

这是“那年头”的话了。后来人们敢说心里话了，甚至说出：“我们有啥？到现在还吃人家老别的饭！”

套一句《红楼梦》里的话，真格的是“一饭之恩死也知”了。凡是做过的事，无论是古是今、是现当代，是美国纽约、梵蒂冈还是北京、内乡，你别想照着什么主观意识来改变与塑造它，你也别想堵住别人的口。一个人做事要负责——不是靠他的人，而是靠他的事，“古今中外，概莫能外”就是了。

然而，老老实实说，别廷芳实在是个很复杂的人。他处在一个复杂的时代，要适应生存的需要——即使你原本很单纯、很简单，也需要“复杂”起来。但这一来，就麻烦了后世的人，因为他留下来的疑问太多了，因为他本人就是个“谜”。

破解这谜是很必要的，因为和任何历史一样，别廷芳的“时代”也有他的“特色”。如果中国是面大镜子，别廷芳的“领地”就是一面小镜子——镜子岂可以不要？若然，脸是什么样子就弄不清了，研究哪个时代，你不能不研究。别廷芳是这样的“个类现象”——因为按《矛盾论》讲，一般的现象是在个别现象之中。破解这个谜又是困难的，时代既已久远，资料遗失又多，故人所剩无几，遗踪变化也大。另外说，大家现在都忙着生活、挣钱，很少有心去猜谜。你别把别廷芳的事搞得瓜清水白，也没人给你一文钱奖金！苦劳作又没什么报酬，这样的傻事谁干？

西峡人干了。再确切地说是西峡几位有心人做了这个工作，而且干干净净漂漂亮亮做下来了。这部书呈现在我们眼前，有了这面小镜子，参照中国现当代史这面大镜子，可以照见我们昔日的形貌衣冠，也可以想知很多未及思索的时代见识。这件事做得很“酷”。

卧龙岗上灵石不言

我这人一辈子喜欢吃、喜欢玩儿、喜欢文学、喜欢历史和哲学，似乎现在文字上是有了点出息。世道就是这样，一个人在一方面有出息，人们往往认为他会“方方面面都优秀”。连我的字……书法……也会有人出钱买。

其实我的字“那是相当的”——糟，我自己晓得。自幼挨母亲训斥，遭老师鄙夷，受同学讥讽。当初递稿子进出版社，大致的评价“文笔佳，字体差”也是个基本评价。我的字忽然有了“身价”，是《康熙大帝》《雍正皇帝》和《乾隆皇帝》系列小说出笔后一夜之间发生的事。

但是，其实我很爱看书法的。我十三岁到南阳卧龙岗匆匆在这块碑书《出师表》前走过，它的影子便一下子印进了我的心里。从那时到现在，这座碑廊和岳飞写在上头的“字”前，我不知流连凭吊和仔细审量了——用一句佛经里的话是“恒河沙数”，不，“白河沙数”那样关切审望它的了。后来又见到毛泽东的狂草书法，不知怎的似曾谋面，心里默计，有这么个念头，很可能的是，这位伟人是临摹过它，并对他的书法有了很大影响的。

现在南阳和襄樊都在争夺诸葛亮的“躬耕地”，襄樊似乎是占了上风。这叫人很不明，原来诸葛某人自己说的不算数，倒是一千多年后我们的专家才搞清楚他“不在南阳”。前段报载，教科书里头注解“臣本布衣，躬耕于南阳”，说“南阳，在襄樊一带”——我不是古地图专家，但是我会看现代地图。我总认为这个说法很有毛病，南阳似乎不在“那一带”，南阳是东汉的陪都，“美”、“富”、“昌”、“都”都远过襄樊偏隅之地。如果小学生造句说："中国在不丹、锡金一带。""北京在通州一带。""武汉在××一带"……不知老师是会哭还是笑呢？"胸中不正"不但眸子会"眊"，连话都不会说。我们一些学富五车的专家瞪着眼说瞎话，无视诸葛亮自说履历，曲讲经史语解文义，不知魏晋，谎说汉唐——其用心真不可问。

这块碑它不说话。它矗立在南阳卧龙岗，年头已经老了去了。

然这碑也是历史有争议的。早听专家说过，它并非岳飞亲书。但也有说它是岳飞所作。这碑群书法南阳有，成都有，襄樊也有……人们不去说那些碑，是不是可以这么说，那些别处的碑，肯定是假的，而南阳的这个则有可能是假的，就算是假的，它是明代出土，无疑明代石碑，本身就是真文物——你有吗？

这只是一种设想，持"假"说的人的主要依据是后头那段"跋"，他们不知是怎样考证，绍兴戊午年，岳飞没有到过南阳，因此那"跋"肯定是"假的"。老天呐！这个说法真的是太"那个"了。我不能拿别人的例子，只能说自己。我今年六十五岁，这半辈子到过哪里，在哪个旅店歇过脚，我自己也考证不得，再过数百年，若有学者有兴趣，考证二月河去没去过大同的九龙壁前，他们倒能断言？

我是山西血统，随父母南下在南阳驻足落脚。对诸葛亮躬耕地，对"南阳一宝"的这通碑的鉴证，不似现在的南阳人那样铭心刻骨地"痛切"，平心换位思考，我在想，假如我在襄樊落脚，我会怎样？细思量，我也许会像石头那样不吭声。

不吭声也是一种态度，就如这个碑廊，现在是修葺了一下，沉静地横在卧龙岗上，无论谁来，掏钱不掏钱，作不作"工作"，它都是默然，松柏掩映角楼斗拱之间，还有明政府祭祀诸葛的礼部颂文碑，那是明时的"中央文件"，带编号的，也不言声，矗在岳飞书碑不到二十米处，石上青苔都也斑驳陆离。一语不发，上头都是文字和言语，默默看着来来去去的游人与过客。

庚寅年季春，南阳汉画馆重印卧龙岗岳飞书《出师表》，有感为亭是为序。

美学二议

我读毕淑敏的自传体小说，常常惊叹于她对自然宏观的观察与思维。

她在世界高原之巅——这本是十分死寂的生命禁区——一个小小弱不禁风的女孩子，看到的是昆仑、喜马拉雅、冈底斯这样的山脉，“像银色的公牛的犄角抵在阿里”。

我敢说，没有到过阿里的人，即使是曹雪芹那般的才气，他也不会有这般贴切俯临的感受。这是雄浑自然奉于作家的独特的体验语言。她还是一名不错的外科医生，在小说中写到第一次为病人开刀，手术刀那么轻轻一划，表皮立刻翻开，白白的创面“像受了惊”，须臾间，渗出殷红的血。这样的场景，恐怕只有医生才看得这样细致，只有作家才能真实地表出展示。

不知她现在在哪家医院“发工资”，但我印象最深的，是她走到哪里就“自然”到哪里。做战士，是巾帼情怀；当医生，是救治病人的菩萨心肠；做妈妈，她又琐碎忙碌得像个保姆。这就像个实在存在于社会的人了，这是美。

《红楼梦》里头有个大观园，大观园里头有个稻香村，人人都说好，贾宝玉却以为不然。他是从美学上看，认为它“假”。假，就是不自然，不自然就不协调。比如：满屋子豪华的西洋摆设，案上陈设了一只粗瓷老海碗。乾隆皇帝也弄过这种事。他在圆明园里头造了个俗世小市，一般和外头一样，歌楼酒肆一应俱全，充“市民”的全是太监宫女。他一辈子作的那许多诗，人通通都记不住，跟他不知美丑恐怕有关。中国戏里，一些主题很沉重的剧目，偏有个二花脸、三花脸的丑儿出来插科打诨，我看也是深谙了这个道窍。

喜欢在书房中，静静地阅读和写作

美，这个字我曾在《雍正皇帝》里拆解过。源出庐山“美庐”，是昔日委员长和宋氏伉俪消夏地儿。《金陵春梦》中解出是“大王八”——这当然是很损的，话带着些意识形态的意味。大王八是很丑的，偏偏凑起来，它就成了“美”。可见美与丑，是足成反差的一对儿聚头冤家。

我读安徒生童话，里头给了我们一幅画面：在一处烧焦了的老屋前，旺开着一丛血红的玫瑰——这是死亡、生命、欢乐与曾发生的悲剧的反差和比较。《海的女儿》其实也是把生命的真实的爱与死一搭儿交给读者，让你品嚼这颗沉重的橄榄。

这一点想头，说雅点算是思维：一个是自然，一个是反差。当然是好懂的。但麻雀们不懂。安徒生真是大师，他说，麻雀们在老屋和鲜花中窜来窜去，弄不清画家为什么要来绘这图景，它看玫瑰也是“吱——那不过是一些红的和绿的颜色”——色即是空，空即是色。阿弥陀佛！

我读雍正的《大义觉迷录》

学界对这部书研究有年。大抵的结论是满纸谎言。大抵的结论是雍正自说自道，文过饰非。然而，《大义觉选录》的史学和资料价值，我看是毋庸置疑的。

很多圈外的读者只是耳闻其书，没有见过这部著作的原本。它的刊发和它的销毁，速度都是极快。几乎数月之间，全国所有的县府道省藩集学垣、训导教谕乃至生员孝廉，各个衙门及各个官员学人突然间人手一册。如《四书》般成了必读书，大小坊间盈庭积棟印得铺天盖地。待雍正死后不久，乾隆突然下旨收缴销毁，于是又反过来操作一番，那销毁的劲头也是毫不逊色，虽不明言，也是当作逆书的规格来禁止的。现存的《大义觉迷录》，当是流到极深山野穷壤中去的，或者被不读书的穷人当灯台垫子用的也未可知。不经意保留了下来。

学界对这部书研究有年，大抵的结论是满纸谎言，是雍正自说自道，文过饰非。至于乾隆下令收版焚毁，则又说是因为暴露皇室秘史过甚，其中曾静、吕留良和严鸿逵的反清言论颇不避讳，有“泄露国家机密”之嫌。参照看去，这两说有点以子之矛攻子之盾的味道。既是谎言，就无所谓“泄密”；泄密是真，那么本书就大体是实。然而，学界我看就是这样，只说“事儿”是怎样的，或者“我估计”是怎样怎样的，言来凿凿有据，听去依旧糊涂。比如这本书，我就懵懂：很多学者宁可相信《东华录》《雍正档》《年专辑》之类经了别人删削的春秋资料，却不肯相信雍正本人亲自述作的原始版本?

曾静反清一案，发生在雍正六年（1728）。这个湖南书生命弟子张熙投书川陕总督策反岳钟琪，事发被捕，收禁京师后，因为他的悖逆言论激发了满朝文武的“忠君义愤”，一致主张“碎尸悬首”以谢天下。雍正却另有一份“出奇料理”，竟以帝皇之尊与这个土秀才攀谈问答，借尔口中话，言我心中事，成了这么一部千古奇书——在《雍正皇帝》小说里，这件事我几乎是实录了的。

《大义觉迷录》的史学和资料价值，我看是毋庸置疑的。起码比《清史稿》要生动翔实得多，更遑论《清稗类钞》《野史大观》之类的书了。就我的浅薄阅历看来，一个人若是心无骨鲠之话，行无可议之为，学无欲表之见，思无绕床悲怀，吃饱了撑得发昏，突然从生计百忙之中抽空儿写书，那他肯定有病更别说他是日理万机的皇帝，何况他是政务忙得七荤八素的雍正!为了这书张扬周知，他下旨——

……使将来后学新进之士，人人观览知悉。倘有未见此书，未闻朕旨者，经朕随时察出，定将该省学政及该县教官从重治罪。

他说的也真恳切，要读者“问天扪心，各发天良，详细自思之。朕之详悉剖示者，非好辩也”，求一个“天下后世自有公论”。这里头的无奈、愤懑、期盼、渴望，书中在在处处俯拾皆是。

外国我不敢说，综观中国从秦始皇起至辛亥革命，还没有见过如此一部自我辩谤书。我看这部书透露出雍正一朝及雍正皇帝本人生平政治活动的信息量，大大超过了所有有关资料的总和。然而，我不是从历史学家的眼光和角度去审量、考证它的。我找的是文学角度的故事和我对雍正的感觉。说实在话，我对胡适的“大胆假设，小心求证”的治学态度是怀着有保留的敬意的。更不能苟同这样一个“公式”：

——封建皇帝是地主阶级的总代表；

——地主阶级的总代表必定青面獠牙，或两面三刀满口柴胡；

——雍正不可能以真诚示天下，一定假话连篇。

他在一些重大的政治事件的解释里，确实玩弄了一些花哨言辞。比如太阿交替之际，呼吸性命之间，他对父亲康熙，对阋墙兄弟的处事原则、亲情交往，都“光明正大”得叫人瞠目，活像孔子的头号弟子颜渊那般毫无瑕疵。康熙逝世后传位诏命、授受交接的事情，和其他资料的记载有“对不上卯”的情节。对清室“得统之正”的表述，分明在强词夺理，起初我读它时觉得新奇，再阅就疑窦丛生：你真个那么好?别人就那么差劲?继而再思，又复叹息，雍正只能说是个实干家，太老实了。

假使这书有另一个写法：雍正以治世之尊，选几名硕儒重臣来一番君臣晤对，话题绝不涉及宫闱秘闻，只谈“雍正改元，刷新吏治”的施政纲要。经过一番宵旰努力“振数百年颓风”的成就；打击朋党奸邪时不得已的苦心……如此正面文章或称“圣心语白”，或叫“矜念苍生”之类的名目，堂皇颁之天下……”那结果肯定好了去。一句话，这书见小不见大，有点受冤媳妇儿叫街洗冤的味道，嚷嚷得天下都听见了，却都是他的家务事。

但作为小说家，这种做派可帮了我的大忙。据书中语气、缠绕家务的心理透视，明摆着的：雍正是个口似悬河、伶牙俐齿的人；雍正是个性格急躁的人；雍正是个孤芳自赏的人；雍正是个刻薄爱计较小是小非的人；雍正是个勤于政务，但绝不任劳任怨的人；雍正是个大喜、大怒、大恩大怨都不遮饰的人……弑父、逼母、杀兄、屠弟、贪酒、好色、诛忠、任佞……什么“传位十四子”、“传位于四子”的传说，在雍正活着时，已是沸沸扬扬、满天下皆知的事了。这些事情并非稗官野史小说家言的发明——简单列举就大白了这么多，深层次挖掘，书里的“消息”就更多了。

由此可知雍正是个“不会事”的人，怒火填膺时什么话都说，对谁都说。说到能干苦干，他是第一流人物；推到深沉，他也是第一流的浅，浅得令人吃惊。乾隆口口声声最佩服“圣祖”（康熙），“以圣祖之法为法”，心里暗示必是不佩服父亲雍正，不肯“以雍正之法为法”。

爷孙两个雍雍穆穆圆融无间的关系。帷幕后头的有点儿“那个”，也就不言而喻了。

这部书还有点“尾声”。“反面教员”曾静、张熙多活了六年，到处去宣讲《大义觉迷录》。雍正去世，乾隆一登位便杀掉了他们。理由是雍正虽然仁慈，我却不能不孝，他们那样诋毁父亲，当然要杀掉他们。翻开《大义觉迷录》，雍正对此却早防了一手。他说要饶曾静，“朕之子孙将来亦不得以其诋毁朕躬，而追究诛戮之”。为了强调这一点，他还举了吕留良的例子，说康熙在世并不知还有个吕留良，若是康熙赦免了姓吕的，“朕亦自遵旨而曲宥其辜矣”。这爷孙俩到泉下见面，此案不知如何解法?

关于周培公

《康》《雍》《乾》落霞三部曲问世以来，接到不少读者来信。其中很众多的一个内容，竟是问祖宗的。赫舍氏问郝家的，纽祜禄氏问纽家，那拉氏问那家的……这都是满洲老姓，现在的后人多已有了汉姓：或姓康，或姓郎，或姓王什么的。汉人也多有问询的，姓熊的，姓张的，姓高的……种种诸姓，祖上衮衮在朝，这会子见了书，有点数“典”忆祖的意味。

中国人的寻根意识真是不得了。恐怕也是“一国独有，别无分店”：是个国粹的罢。别的国粹我不敢说，这一粹我以为还是该应保留承绪的：祖宗有功、有德或曾为世立言张名，子孙要追忆发扬，张大，把“好”保留下来变成自己的和后代的，这怎么看都是在追求进步。它的理论根据是“敬天法祖”，是有存疑的，但就这件事，没有一个秦桧的后代叫嚷“法祖”的，也不见和坤的后代来绪家谱——都有在思索承继祖宗的光荣，这就有上进光大的意思。

但来问祖者，多是“个人行为”。单是这一条便使我犯难。第一，我不懂朴学，就算懂，世系延绵人自不同，族各有异，不可能一一探讨。第二，这三部书是小说，不是历史实录，也就是说，君虽数典忆祖。典忆祖国统一，奈此书不是“典”是给你看着玩，解闷子的。所以我多应之，您太认真了。问周培公的却是一人小社会。湖北荆门人发了痴，想让我来写点什么。

现今，我们见到一些“省部级”、“地厅级”甚至是“县处级”，一个个都是出警入跸前呼后拥牛烘烘的“乖乖了不得”，这样的级别放在国家级的历史正册中，最多是提名带姓寥寥几笔说说。有的干脆列一个统计表什么的，往格子里一填拉倒，更多的则压根提也不提。特别优秀的如况钟这类人，也不过小小一篇文章列在“循吏”之中。所以一个人要真的“丹心照汗青”本来就是极难的事。我说这话，这些省地县“级”的仁兄们可能不受用。但你自个可以查史籍，看看你这个级别够不够个“列传”什么的。这个是小看你，倘不舒服，肯定是你自己高看了自己一眼。

在参加人民代表大会期间接受新浪网采访

但周培公这人在《清史稿》中有。且存下了不少有关他的笔记资料，列有专条历历在目。记载了他“说”降平凉的事迹。我们当然不可能在史册上见到他的风采的文学表述。但是当时吴三桂造反声势气焰未衰，王辅臣在陕西小败以后固守待援。实力仍不在清兵之下。王辅臣首施两端，身拥重兵，是个很典型的骑墙小人。一个“说”字透出多少故事？没有极灵的心思，没有极好的口才，没有极大的胆量，这事能办吗？办得下吗？

周培公的小说形象来源，我就是根据这些资料来“塑”的。也许把他说的好了一点，但吴三桂是分裂势力，汉贼。从“不两立”这个原则，周的这行为本身就是民族壮举。再说一遍，这是小说，读着玩的解闷的，也许有时有点“启迪”作用，抛砖引玉作用什么的，但它确不是“典”。发了痴，才会把这形象真格的来搞。

最痴的人，也许就是最聪明的。曹雪芹说“都云作者痴”，他其实绝顶聪明，湖北人心思真的很清明，他们居然真的把周培公的祖坟给找出来了，他们在不断地努力寻找周的轶存资料，四方走动八面联络地在搞这件事，这就证明这方人脑筋好使。因为开发这古人的意味，明摆着不是为了发思古之幽情，也不是为了二月河这本书，而是为了他们那方水土上的公民过得更舒心一点。这意识太现代了。

古人的灵魂现在不知有觉无觉？倘有，周培公可以笑一笑的。

尽管有些念过大书的骂，二月河也可以很现代地笑一笑的。

第五辑　我的太阳山

从本质意义上说，围棋是一种竞争，是最平等的智力自然竞争场。到了这个场来“争”，想人人都“快乐”，盘盘厮杀都开心，那是做梦。

首先便是输赢关。

输了和赢了，都高兴？那是活见鬼了！我是知道“胜固欣然，败亦可喜”这句话的。是不是真的是这样？就我五十年臭棋经验，老实是另外一句话说叫：“赢了高兴，输了难受。”

好好的一盘棋，下着下着，一个失手，败坏了，一下子会憋得心紧缩起来，脸通红，手冰凉。血压增高没有？不知道。因为彼时彼地彼情，没人顾得上测量。心情坏了，就是“沮丧”二字可以概括的罢。一个沮丧的人是下不出好棋的。从那一刹那，整盘运棋，都会似坐针毡，如行荆棘。不管装得多么镇静，心里念叨的是“完了”。

太阳山的故事（一）

近几年因为反腐的缘故，在电视上经常地可以看到“不幸”罹法的官员。我是研究了半辈子“形象”的人，自然异常关注他们的“临庭”或者“临刑”表情、表现。

什么样子呢？有的在庭对辩论时言语喋喋手势翩翩；有的似名家演讲，依旧气宇轩昂；有的深沉相对法官听众俯仰自若，静聆对自家的起诉，不时翻阅自己手中辩稿，偶尔瞟视一眼周围人众情绪反映——一如平日在会议讲坛上准备发言指示神态。

有的面带微笑，从容表现，频频与在座熟人点头致意。这有点像——宴席未开前的东道主人：啊，请坐。真对不起，饭不好，菜也一般……这几天忙，久违了……

有的肃穆威严，额头皱眉注目庭上——那法官许是他的“老下级”：最近工作怎么样？

有的……

也许读者说，也许这都是轻刑，有期徒刑，最多无期死缓，轻轻重重与性命无碍，所以他们才沉得住气。然而也似乎不是的，慕绥新就有点从容就义的派头，胡长清的镜头也看了：在死刑判决书上签字，去镣——那似乎是深夜，他好像刚睡醒那样平静，步履沉稳地在镜头中消失了。成克杰到底官最大，表现也最“优秀”，他打毒针伏法前，像平时出门一样与留守他的工作人员一一握手告别，感谢他们这一段的“服务”！

看着这样的镜头，旁边围观的朋友往往嗤之以鼻：操妈的，这时候死到临头还在装！

我起初也以为是“作秀”，后来看多了，又仔细想想方才悟出来，这一切的从容不迫、镇定自若，居然都是真的，他真的是有这份素质与力度。

我小时候看过镇反运动。捉到的国民党土匪，拉去枪毙，有的也是昂首挺胸，健步服刑，被五花大绑，捆的像粽子一样，还将身后牵绳拉得笔直，这气概仍然威风。但也尽有面如死灰，瑟缩不能成步，行走需人搀扶的。

比较了比较，印象还是深刻：同样是死，国民党反动派表现最差、而共产党方面最好。无论《红岩》里头的江雪琴，还是现在成克杰，时代不同，情操差异如同云泥，令人吃惊的是境遇一同表现差不多！这真是一道难题景观，一入党，不论人品好坏，都将生死置之度外了么？江雪琴倘活到今日，看她洒尽热血换来的江山滋生出这么一群东西，她老人家又不知有何感受。

我从小读到一篇课文叫《太阳山》，说是一个贪婪的人在太阳山上拾金子，忘了回家，到太阳出山时被蒸发消融掉了。为此今日有感，成克杰们是拾金子忘了回去的人。太阳出来晒到了他，他是一个倒霉的人。这些混蛋倒霉蛋，能如此勇敢地面对现实，这可真是件奇哉怪哉的事，我想为此说几句话，报刊容量有限，这算第一篇。

太阳山的故事（二）

小说人物进入世相，也就是寥寥若晨星的那么几位，如曹操辈，《薛仁贵征东》中的张士贵、国外的匹克威克先生、保尔·柯察金……扳着指头可以算得，但如若公票表决，王熙凤以她的平民社会形象肯定得票不遑让他人。

她外在的特点够特出，人们很可能忽略，她还是《红楼梦》中最唯物的人。她自己就公然宣称“你是素日知道我的，从来不信什么阴司地狱报应的……”可以说，除了礼教本身对她的社会约束，她什么也不怕，什么顾忌也没有。由此而带来的后果，杀人害命掠财，坑陷尤三姐置之于死地，干起坏事来胆子既大，干得也彻底干净。因为她的思路很清晰：没有死后来世的轮回报应，活着的利益便是一切。

现今的腐败心理怕也是同样。他不伸手搂钱时，争名夺利的不择手段、不计后果，恐怕也是这样的唯物主义在作强大的支撑。比如下级杀上级，为的仅仅是由副职提升成正职，这罪名在古代叫弑，做这种事的刑罚要比平常杀人重几倍，很少有人干这事的，现在竟成了家常便饭。市县干部——也就是官了——多数是本地的人，历来的传统，兔子不吃窝边草。现今的实在情形，买卖场上叫杀熟，贪官优先选吃窝边草，大吃而特吃。赈灾的钱、扶贫的钱、救命的钱，大到银行国库，小到穷人引车卖浆升斗之资，统吃不误——这是一群什么样的蝗虫！我们好好的一个民族，偏偏遇上了这场蝗灾！这股原本永远是暗流的浊水，大有变成明河的趋势，它还不是“党风不正”四个字可以轻轻囊括的事，而是超越了一般层次的社会公害，为祸民族的癌变毒瘤。我看，有毒的唯物主义应该首先清算。

坏蛋真是唯物吗？据我对历史的了解，不是这样的。明代宦官揽权，坏事做尽，但向寺庙禅院中进香，礼拜最勤的也是他们。捐资给佛祖观音“重塑金身”，他们是最舍得掏钱的。民国时戴笠手下特务如林，也是坏事做尽恶贯满盈之后，这些污物会到寺庙中捐资忏悔，请求佛祖保佑宽恕罪恶。现在的官员我不知道。大抵从理上说也该有这出戏的份？所以我以为观人风者应该到大廊庙中去，也观一观神风，察一察捐资簿，瞧着是个官檀越，捐的又多，就该问一问他的收支平衡的状态。

最唯物的，最唯心的都是他们。仓颉造字鬼哭，周景铸钱鬼笑。见了这群要钱不要脸也不要命，得了银子又求神，要命不要脸的东西，鬼们是该哭还是笑？

太阳山的故事（三）

这个提法，似乎还没有人说过，但的确是实事求是的一个观点。我的理由极简单：A．腐败现象列国都有，是个普遍的社会现象，非吾国的国粹；B．腐败“糖尿病”不仅侵蚀“我们的党”，它害及的是整个民族，相关的是国运气数。国民党在北伐战争时期也是生机勃勃所向披靡的，也是蒸蒸日上一往无前的；腐败得齐根烂了，也就是气数尽了，美国人又输血又打气，仍然身似五鼓山月稀，命如三更灯油尽。老蒋跑到台湾，痛定反思，整顿刷新一番，打了打胰岛素，才总算维持了一个小局面。

这扯得似乎远了一点。我要说的话是，我们倘再这样演戏下去，就算你是革命者，在历史上曾无与伦比地强大过，唱一唱《霸王别姬》的事怕也难免。

但我们却在不停地畅想当初。打开我们的电视吧，还在那里不停地演长征戏、延安戏。我自身也是中共党员，还是全国党代会的代表，看看现状，再看这些“剧”，心里真的很不是滋味，很……什么呢……很有点惭愧的吧——我们的前辈争气，能代表我们的光荣吗？倘他们不是死，而是一觉睡醒，见到太阳山上这一群，捞够的漂洋出海享外国流亡福；没捞够的，毫无畏惧地在山上拾金子。他们很有几个临刑仰天大笑的，也尽有歌诗长街行的，此刻他们还笑得出来吗？

因此，从社会效果来说，演这样的历史正剧未必是不好的。那么，演反腐倡廉的剧就正确了？我以为也不佳。为什么？因为明着的社会腐败现象就天天在他眼前。腐败不但不收敛，且是在日新月异地发展，贪官队伍是“野火烧不尽，春风吹又生”地越来越壮大，且是越干越胆大，越来越良心泯灭不畏死。你电视剧里头表现的那些反腐倡廉英雄，他在生活中一个也见不到，你让他怎的信你？我们搞“五个一”工程，是为了提高全民“跟党走”的信心。这些“戏”能成么？

所以我们不要搞迷信。迷信自己的过去也是迷信。病重了要治病，而不是“相信”自己的身子骨儿，硬扛。还有一种错误的迷信，好像我们的生产力搞上去了，连这社会糖尿病也不必理会——二月河忠诚地告诉您：唐开元时期，中国的“鸡剔皮”占到百分之四十。糖尿病一犯，来了个“天宝”应发症，渔阳鼓声动起来，大唐帝国真的像受潮的糖塔一样软坍了下去。而美国的“鸡剔皮”，现今也才不过百分之四十！

太阳山的故事（四）

有一位下派到乡里工作回来的干部对我讲，基层干部过得苦。他到副乡长家中作客，眼见景况令人惊异：家中除了一部黑白电视，几乎没有任何电器；门窗是破的，沙发是破的，床也是破的，水泥地板也是破的……所有的东西几乎都是破的。然而他却取出了上好的酒来招待这位干部。酒酣耳热之际道出真髓：我要弄钱送礼，扶了正（副乡长升为正乡长），我就好办了。——你问扶正了以后？那当然目标是奔副县。然后弄钱，再扶

参加人代会

正——总之是官当得越大，弄钱越方便，送得越多，官就越大……再说，下头老百姓过的什么日子，我一个副乡长在这不能太扎眼（家中招摇摆阔招人怨恨）……

这话乍听似乎尽都在情理之中。然而我却越思越惧，竟有点悚然了。这只是一只小蝗虫，但三农问题不正是这些小蝗虫造成的吗？我这次开人代会，原准备上个条陈，说说三农的事的，温总理报告说五年全免农业税，引得与会代表掌声雷动经久不息。

不过我还是要空处发一点余意。若不小心，这几百亿说不定被这些小蝗虫全吃光。而且吃出胃口来，变出新花样来再吃新的品种也未可知。比如计划生育课题，吃；老师工资，吃；救灾钱物，吃；扶贫项目，吃……吃！有一条你永远不要担心，蝗虫只会越吃越“大”——从副乡到扶正——再副县到扶正——再……决计是不会吃饱、停下来歇歇胃口的。

没有见哪个傻瓜把钱往下撒的。你“群众基础再好，老百姓升不了你的官。老百姓拥护你，但他们说了不算”。说了算数的是“上头”。真个是“说你好你就好，不好也好；说你孬你就孬，不孬也孬”。如此这般谁肯对“下头”负责？

顾上不顾下，可说是缠绕了中国几千年的官场恶疾、乏药可医的绝症。由此引发革命造反，形成一个一个王朝更替循环怪圈。

一个人，上身穿着锦衣重裘，下头穿一条烂裤头，很难看是不用问的；健康呢？恐怕也是不用问的。

还说太阳山

小时读到《太阳山》。这是一则童话，说是这座山上遍地黄金，人们可以随便去捡取。只是这件事只能在黎明前去做，太阳升起时，没有下山的人就会被晒死在山上。聪明的人捡一点立刻下山，贪婪的人来不及下山那就死在山上。

中国的太阳山在什么地方？很遗憾，我以为最高峰是在官场。我们的官位级别，也就像一座高高的山，金字塔形的，有着稳稳的基础。从村、乡、县、市……这么一层层“上去”，有着一层层的阶梯式的攀登道路。在这座山上，只要你“知足”，取得你应有的金子，大致可以说是安全的。规则可以说极明确，只有低头捡金子，不看天的人，太阳出来，就会被晒死。

成克杰被晒死了，胡长清、慕绥新、戚火贵们就是这样死的。还有成批量的人，在太阳临出之际，刹那间逃到异国他乡，成了吃金子利息的外国富公。这算是暂时的侥幸。我信及他们的日子，绝不会比我们乡里的放羊老头或者城里的板爷过得舒心自在。因为他们头上始终悬着太阳，一旦照到就完。

人的两种本性——贪婪与恐惧，在太阳山捡金子时的形态，表现得最为充分。我相信洪昭光教授的话：贪官不长寿——那制约他长寿的要命因子太多了。但我更相信，宁可不要长寿，捡金子捡到日上三竿的人，仍旧会我行我素，只要那山上有金子可捡，前仆后继、视死如归的人有的是。

这不是我说说或者执太阿之柄的人说说或吓唬吓唬就完事的事。我们的反腐手腕硬不硬？与列国相比，我认为强度是够的，然而强度与力度不会是一回事。

秦始皇似乎一开头就想到了这回事，他设御史，就是监督官员们遵守游戏规则：太阳出山前必须住手——到后来无论世局怎么翻云覆雨，后人竟没能有些许更易。我们的纪检和舆论批评也就是这个作用罢。我已经说了，腐败与意识形态无关，任何思想体系的政权都有面临“社会糖尿病”的事儿。但腐败与社会制约、社会环境却是有关的。有这座山，没这座山，山上有没有金子，与捡金子的人数是有关的。

十届人大修宪，有了“以人为本”这个理念，但愿这座山的山基有所松动乃至更移。

读史侃秘书

据司马迁《史记》载：汉高祖垓下之役，摧毁了项羽的主力部队，逼得这位百战百胜的“西楚霸王”饮剑乌江，战争取得了彻底的胜利。这似乎是“狼烟已熄”了，静等着享受胜利的果实了。有天晚上，刘邦出来散步，看见他的将士们三三两两坐在沙滩上“隅语”——说悄悄话儿。刘邦有些诧异，便问身边的张良：“他们在那里干什么呀？”

“大王。”张良躬身回说，“他们在谋反。”

刘邦大吃一惊：“我们打了大胜仗，马上就要安坐天下，怎么会有这样的事？”

“他们猜不透您。”张良说，“猜不透您怎样封赏他们。因为这些将军们出身经历各自不同，有的与您是亲戚，有的与您不熟悉，有的甚至与您宿怨隔阂。现在要封赏，他们不知道您心里打的什么主意，他们在猜。您封的不公道，就会出大乱子。”

“那怎么办呢？”

“您可以寻一个人先封起来——这个人与您关系不好，甚至有过仇隙。您把他封了，别的将士就会想：××尚且封得这样好，我怕什么？这样做，则反侧自消。”

这是张良的一笔。他是汉高祖的重要谋臣，是秘书的鼻祖。我们都知道张良博浪沙椎刺秦王，也读过“圯桥三进履”的故事。这其中他努力学习，由一个鲁莽灭暴秦的刺客“恐怖分子”衍化为一位杰出的政治家，其中的“努力学习”的轨迹斑然可考。他最后的封位是“留候”，第二等的爵位。我看刘邦心里，很想给他一个王位．张良想走，他舍不得。“留候”这名字便是刘邦依恋他的明证。

去年我去了一趟周口市，中国千古农民首义第一人陈胜的陵墓就在周口辖的芒砀山。我在他的墓前站了许久。说悲、说壮都是“磅礴”于胸中：尖尖的墓顶是新建的土，像地上长出的笔尖，要在天上写一点什么东西。他确实是个了不起的英雄，但他是窝囊死了，被自己的司机杀死——车夫庄贾杀的他。这实在是犯的低级错误，幼儿园水平，哪怕是有个二三流的秘书掌握，扈从卤薄皇帝的车驾、侍卫和仪仗，哪来的这种事？

吃这种亏的还有秦帝国。秦始皇创立了人类世界上最稳定的郡县制。一直到这个帝国“呼啦啦似大厦倾”，天下有叛民而无判官，政府至死硬挺。它是怎样灭亡的？有人在胡亥跟前“指鹿为马”，也有人建议在城墙上涂漆防止敌人爬墙攻城。这当然与胡亥“笨”有关，但我却有狐疑。从二世谋兄夺位的一系列举动来看，他起码不是个低能白痴，怎么会昏乱到如此地步？想了想，他是缺一个智囊群来有效地控制宦官与近侍胡作非为。指鹿为马这样的错误，其实是个虚假的故事，这个时候的秦宫帝侧，帝权已经完全旁落到了赵高们的手中了。

好的秘书，首先是政治强，其次才是笔杆子硬。会奔走，能巧言，善侍奉，工于在枝节上应酬场面的不是秘书，是奴妾，奴才——端茶送碗的“小厮”就是了。

然而我们现在有这说法：秘书是“太监”。这个说法怎么出来的？我想了想，是明王朝弄出来的。明王朝有个很特殊的政治：任用特务。皇帝不爱办公，喜欢醇酒妇人。大明是内阁制，宰相职官权利很重。皇帝要在后宫玩乐，前头朝廷的事他又不放心，怎么办呢？让特务来监视，于是锦衣卫，什么东厂西厂的机构就出来了。特务监视朝政，考量官员臣民，这个特务监视那个特务，谁也不能完全一统，他就可以放心大胆地玩，玩女人、玩宗教、炼丹、求长生。掌管这事务的，是太监，叫“秉笔太监”，代他处理外头里头的各种信息——就是他的“秘书”了。明朝的政治就让这样一拨又一拨的“秘书”们弄得一塌糊涂。皇帝他这样想，太监是割了势的人，没有家室子嗣的人，不可能篡位，也不至于在后室乱搞男女关系，这样的人任用起来应该是很放心的。当太监不需要文凭，不用参加什么考试，用草木灰消毒了的房间，割掉蛋就能当太监。他们的水平可想而知，素质也不用问——我去北京，在汽车窗看见有个叫“菜户营”的地方。“菜户”二字并非“菜农人家”，是明清太监宫女结成“千夫妇”的换用词儿，一群“性变态”送了大明的终。

用太监做秘书，这已经是不可犯的错误；用太监秘书管军政一切，更是雪上加霜。明政府的政治家们，包括如张居正这样的权相，都要靠巴结太监保持地位。打仗用太监秘书去监军，宣布政府意旨靠这种秘书，赈灾如是，视察如是，办案如是……可以说，交给他们的事，所有的公事都变成了他们的私事，办一件坏一件，完全彻底的坏了事，直到甲申年三月十九。

三月十九这一夜，我是写过一篇短文的，这一夜似乎是总结性的一夜。半夜时分，李自成的攻城大炮响了，灰暗斑驳的北京城被震得簌簌颤抖。崇祯皇帝下令撞景阳钟召集文武百官。他要搞一次集体自杀，用自己最后的壮烈昭告天下激励天下臣民抗击鞑虏清入侵中原。但是，没有人响应他的号召，没有人来参加这席人肉筵宴。崇祯皇帝便开始宫廷屠杀，太监杀太监，护卫杀宫人，用这一群“秘书”去杀另一群秘书。他自己则杀嫔妃，杀公主，并且说了那句千古名言“谁叫你生在我家？”这一夜我

二月河接受采访

估计死在我们现在人群熙攘的故宫中的人要超过两万——是一个院子一夜之间死人的吉尼斯纪录吧？然后，崇祯自己出东华门逃出。崇祯的亲信大臣们都住在东华门朝阳门一带。他挨家挨户地敲门，希图有人收容他，但没有一个人肯给主子开门。这样的情势下他才到煤山自尽，写下的最后一道诏书竟是给李自成的“百官任尔杀，不可害百姓！”

我读史至此，常做无谓之想。人的思维真的是很难跳脱出那个“囿”。这里说的“侃秘书”，自然要说秘书的作用。崇祯其实不是个很糟糕的皇帝，连李自成自己都说“君非甚暗”——倘若他有个像样的秘书提个醒：已经出了东华门朝阳门，再往东二百里地儿，就是吴三桂的防地——那！那会怎样？以崇祯的号召力，加上各地勤王的汉宗武装力量，出现的局面也许改变史书的写法！

然而很遗憾，没有，气数尽了。气数一尽，百灵不灵，百哀齐至。要怪，只能从他们用的这群混蛋秘书怪起。秘书秘书，那就要有秘有书。《易经》云“君不密失其国，臣不密失其身。”这“君”，我看就是领导首长，他虑事不周，就会失去他的权柄与荣耀，这“臣”字，我以为是“秘书”，领导选错了秘书，也叫不密。就如我们河北一位高官那样，他自己败落，秘书呢？真的是“失其身”了。问题在哪里？

其实是个思维理念的问题，本来秘书应该是政治家或者是政治理性十分强烈的人，偏偏有些当政人，按照“能侍候笔墨”“能掌握情况”“能说会道”——这类标准来选择秘书。太史公是怎样评断张良的？“无故加之而不怒，猝然临之而不惊”，“泰山崩于前而色不变”，这是什么样的素质？当然这样的人才不是说有就有，说遇就能遇见的。但是一个领导，看见“能这样能那样”的人，马上就联想到“是个秘书的材料儿”，理念上首先便有了错漏的，多多有人在秘书问题上绊跟头就在于他压根就是想找个“能帮我应付事的人”，秘书确实应该能办事儿。但秘书太靠近“太阳”了，他自己是卫星，星星，但不是恒星。他做他自己的事，也会有人以为“这是太阳的光芒”——其实那是恒星光芒的反射！可惜的是领导与秘书都缺乏这方面的思路。用在治国经略就出大乱子，用在日常小关目，就坏名声或失漏出事儿。张良，据史记载，有人见过他的形貌“状若姣好女子”，我的感觉，他似乎身体弱些个，但张良不是个弱者，而是政治上极为强悍的猛士，他封留候，当时就有意见，说他没有野战功劳，不应该封的那么高。

他打仗不如韩信，行政治也许不如萧何陈平，但刘邦给他的评价“运筹帷幄之中，决战千里之外”。

我想秘书的极致大约是这两句考语的罢！好学识，好见识，好脑筋，好笔杆子，宏观的思维，精明的处世力与忠诚事业事主官的优良品质，这些因素的有机组合与融洽合起来就是好秘书。

这很不容易，主体与客体，太阳与月亮遇合，除了主观的，还有永远也难以说清的“阿赖耶识”在起着作用。（注：阿赖耶识，佛教用语，古印度语。）

2006年11月26日

王老五否极泰来——随笔素描人物志

倘一个国家，一个地份儿，一个年头接一个年头，不是旱得寸草不生，赤地千里，就是涝得泽波连绵一片汪洋，或者今日“一把火”，明日闹地震，那必定祸患迭起，民不聊生流徙四方。假如一个人、一家子，这个月“一把火”，房子无端升火，下个月又有人出车祸，今日一个“癌症”，病了当家人，明儿地里遭了冰雹，或者店里失窃，下岗寻不到工作，推车子出门撒气放炮，活似《封神演义》里的姜子牙买面——家里头老婆闹离婚，出门买面刮大风，一声仰天长叹，偏老鸹屎正正屙在口里。那日子也没法过了。

当今天下，正值得是太平盛世，人民繁茂亘古所无，物业商买五光十色万紫千红，声光化电信息瞬间万里。铁营村的人们俱都兴头闹发家、奔兴头，北面打工南面面海，这厢兴工造场，那邻居又斥资盖新店、买汽车、装电话什么的忙个不了。但村东头的王老五家却连年遭事，气也旺，数也不齐，打从丢了老生子儿王发祥，整整十年，老王家“年年有灾、月月背时”。事接着事出来，过不成一天安生日子，就像人家说的喝凉水塞牙，放屁砸脚后跟——黑透了也霉了。这就叫“流年不利”。因见长不可细述，只可粗线条列表如下：

（一）一九九一年春，儿子王发祥和村里小朋友到西洼地剜岌岌菜儿，未归，从此失去踪迹。据此知是人贩子所为。一头报了案，这头王家全家及铁村邻居友好，王老王的弟弟、侄儿、妹夫、姑姨表弟妹全体出动万方搜寻，罗掘俱穷，庙里烧香，先生打卦，总归无效。

因此，三棚黑木耳全数霉烂。

拖拉机汽缸用坏。

猪喂得像老瘦黑狗，扔了可惜，卖没人要。

秋，老娘思孙瞎眼。

冬，老婆李秀枝得嗝噎症，一听见小孩子说话声音立马就噎，嗝得喘不过气来。

（二）一九九二年信用社催还贷款，变卖宅基抵债四万。

（三）一九九三年请神汉为家宅驱邪，付资两千。但当年闹棉铃虫，买到假农药，基本绝收。

（四）一九九四年略有转机，黑木耳丰收，俏销，收进一万五千元。但债主盈门，日夕无宁。

（五）一九九五年、一九九六年、一九九七年遭逢淫雨，黑木耳无收。至此，王老五一家靠三头奶牛度日，举债苟活，终日以泪洗面。

（六）一九九九年、二〇〇〇年木耳又复丰收。市场疲软，卖不出去。自家的下间房，内弟家、姐姐家盈庭积栋的全是王家木耳，旧债无着，新丽又举，全家如在荆棘丛中挣扎，终日以泪洗面。

老实巴交勤劳致富，曾经最早风光的“老万元户”王老五家从此败落了下来，老母、妻子、弟弟、弟媳、侄儿、一家病人，失子之痛，败家之悲，折磨得王老五形容枯槁。但是，再大的灾难，人只要活着，日子也还要过下去。家里都是病人，债积如山，再也贷不到款了，却又有两万多公斤的木耳积压着。要想度过这道难关，只能从卖木耳这上头打主意。在珠海打工的表弟来了封信，说那地块木耳价钱贵，市面上卖的二十五元一斤，还尽是浸过糖的假货。王老五不禁动了心，凑了凑家底子，卖了老伴的金戒指，有两千多元这个数。也不好意思再寻人借钱，悄没言声便南下去了。

中国现如今有几句俏皮话：北京人看外地人，看谁都是“下级”；上海人看外地人，全都是“乡里人”；广州是花花世界，灯红酒绿间一掷万金的有钱主儿有的是，偏有一宗嫌贫爱富的毛病，瞧着外地人都是穷人。这里遍地是黄金，王老五手背点儿拙，又老，又是河南人，又没有亲戚朋友相帮，眼看着市面上木耳又缺又贵，没有信用，就是没人敢和他做生意。这黄金他捡不来。给表弟打了个电话，原指望至少能寻个落脚地儿，慢慢寻买主，那边一听他河南腔，别着老广“普通话”给了一句“走了四天了！”“咣”地就扣了机。王老五心一沉，眼泪扑簌落下来揩也揩不干。

在广州住鸡毛小店一晚也得五十元，吃一碗阳春面也要三五元。看看再住下去连回程火车票也买不起了，王老五决意先回去再说。买了车票，还余下一百多块钱，估算在车上吃饭有二十元够用，还余八十多元，——到街头地摊上，王老五要了一条鱼，两只螃蟹，一碗米饭，总算饱餐了一顿。只渴舍不得买矿泉水，到自来水龙头上口对口咕咚了一肚子——这也不枉来了广州一遭。孰料吃饱了就闹肚子，下头沉，便急内逼。这地方儿是宁可拉裤子里也绝不能随地大小便的，王老五憋得脸青筋胀，捂着肚子寻了半天才找到一家厕所，花了五毛钱如厕。

解完手他觉得心里清亮了些，是内里水火不济得了痢疾。这毛病特别：你蹲下拉，它死活不出；你提起裤子，它“还在”。想着自家凄事，王老五一边流泪一边解手。忽然见腿边有个方方的纸包，外头套着黑塑料袋子，料想是包装厕所清洗剂用的。王老五的手纸已经用完，坐在抽水马桶上顺手提起来便拆那纸，撕开封皮他便是全身一颤。惊的脸色都变了：里头是钱！

是钱。且是一笔巨款，瓷绷绷三捆用细麻绳“井”字号打封，铅印封条都没动，都是银行里的原封，不用问，一看便知是三十万！他顿时觉得头晕，心里咚咚狂跳，像喝醉了酒，又似乎是在做梦，咬了咬舌头，痛。可见不是。好一阵子他都愣着，懵了。此刻，肚子也不痛了，痢疾也没有了。坐在马桶上只是思量“咋办？”坐车立即回河南！这念头一闪，王老五立刻便熄灭了它：丢钱的要是公司职员，银行工作人员，小本生意人家，这还叫人家活不叫了？到附近去报案！这念头也是一闪。广州人本就瞧不起河南人，说不定把我扣起来。交给管厕所的？王老五果决地摇摇头：他这时才明白，差不多所有的“看不起”都是相互的。

那么，等。只要等来失主，回去路费总是不愁的。等吧！

他揣着那包钱，像揣着一个新生的婴儿，踽踽出了厕所，在不远店铺接缝暗陬寻个台阶坐下，揣着那个包，双手抱膝装作假寐，眼睛不住地瞟住厕所那边，厕所里进出、身边来往的人虽多，谁也没有理会乡巴佬王老五，像煞是初来广州打工衣食无着的流浪汉。

八点、九点……店铺里自鸣钟已撞到十一下，原本惶恐不安的王老五反而定住了神：火车早就开了，反正是走不了了。这地方人生地不熟，怀里又揣着巨款，万一出了闪失，说不清道不明的，也不定让人“黑”了自家。好在兜里还有十二多元钱，再寻寻有没有澡堂之类的地方，进去混一夜再说。他起身悠了几步，肚里没有任何“古怪”——痢疾也好了。又走了一段，毕竟心里放不下，又回身来觑着眼瞧，这边已是灯火渐暗，人也少了，只好离去。广州没有二十元能住一晚的地方，王老王在一家澡堂子里混到下夜两点，便被服务生很不客气地赶了出去。只好继续在大街上晃荡，好歹找了个墙角，靠了那包钱歪着迷糊过去……直到第二天天光大亮，他才被路上汽车声惊醒。心里再想想也觉好笑：做件好事也这么受罪，跟做贼似的！思量着，不由自主又回到厕所那边，进去解了个手，正想到哪个报社去碰碰登个启示，外头两个“厕所所长”的话传入他耳中：

“老王，来早？”

“早！咳，昨晚在老蔡家搓麻将，刚散场！”

“好手气吧？赢了多少？”

“别提了。输了四百多钞票。”

“再翻本嘛，小意思！比起宏兴刘老板，你输的那点算什么？他昨晚醉在我们这蹲坑，一下子丢了三十万！他妈妈的，我怎么就只晓得在这傻坐盹觉？多进去转悠一遭，这财就发大了！”

王老五一下子竖起了耳朵。

“宏兴？”那个叫老王的又问，“七星岩方家楼的刘林兴？他怎么会到我们这小厕所来解手？”

“水火无情，谁都一样！咳……命中无有不强求——回去睡一觉，也去搓麻将！”

王老五寻思了半天，必定是在自己睡觉时那个叫刘林兴的有钱主儿就来过。不用问，丢钱的定是他。他试着打听了一下，七星岩、方家楼地府名，没费事一问便得。到了方家楼又问，附近竟没人不知道刘林兴的，是个大贸易中心的副董事长，经营计算机、无线电，兼营农副产品进出口贸易，还开了家五星级宾馆。正在办股票上看见刘林兴的电话号友赫然贴着“店风举报请找刘林兴。号码是：五一四七一八二九”他二话不说，寻了个电话厅便拨通了。

“你找谁？”一个脆生生的女声问。

“我找刘林兴。”

“我是他的秘书，你有事和我说啦。”

“我要见他本人。”

“老总事情多，有事和我讲也一样啦。”

“我是问他一句话，他昨天丢钱了没有？”

“你请稍等！”那秘书急促地说了一句。看样子捂起话筒和谁说了几句什么，接着便换了男人声音：“我是刘林兴，请问先生贵姓？”王老五清清嗓子说：“你甭问我姓啥。你丢钱了没有？”

“丢了的，丢了的。”刘林兴忙说，“昨天从银行提款，遇见几个老同学，硬拉我去美惠店吃饭。我喝不惯烈酒，就醉了。回来的路上进了一趟厕所，就把钱丢了，后半夜酒醒才发觉……”

王老五说：“你不要说恁些，丢了多少？什么样的包儿，咋个包装法？——你也太不小心了！”“是是是！”刘林兴连声说，“先生，我是太大意了。”忙把钱数，怎么包装，包装纸质料一一仔细说明，末了又问：“先生是不是知道下落？”王老五说：“是我捡到了。怎么送还你？”

刘林兴似乎一下子激动兴奋起来，好一阵子才说："我可以请问先生贵姓了吗？你在哪儿？我亲自去接您！"

"我是河南王老五。现在就在你楼下电话亭。"

……就这样，落魄潦倒的王老五，顷刻成了刘林兴的座上宾。公司原本上午有个会议的，刘林兴指示暂停。在贵宾室两个人又核对了丢钱情由，王老五把那包钱取出来，双手推到桌面上："为这钱我一夜没安生，再以后你可要小心些……"说着便起身："我回城车票作废了，请你帮我个盘缠。""哪能呢！这钱我失而复得，你拾金不昧道德可敬，我至少谢你十万！""不是我的，我一分不要。"王老五叹口气，"不瞒你说，在我们乡里，我也曾是有名的'木耳王'，受过穷，也富过，是我的一百万我也不含糊！"于是，王老五一前一后，将自己十年背时的经历详细谈了，"做生意的丢钱，跟丢了儿子差不多。"我自己难受，也要想到人家不好过。

刘林兴感动得脸发黄，心往下沉，叹息说："我也是几起几落的人了。前些年政策不稳定，还进过学习班，蹲过班房。唉……知音难觅啊……现在我虽说不穷，生意场上的事谁说得清呢？到有一天我遇上你这样的事，我能不能做到你这样呢？我不一定。但我佩服你，不说钱的事，我们从此交个朋友，是好兄弟！"

两个人谈了又谈，说了又说，各自诉说家庭生意境遇，愈谈愈投机。听王老五说"卖木耳"刘林兴一下子笑了，"全包在我身上，叫经理秘书们去办就是了。"说着就打了几个电话，笑着转脸说："你在白云宾馆住几天，好好玩玩。今天中午我设家宴，咱们好好喝几杯！我们广州人也有的是豪爽好汉！内子和儿子这会儿已经在路上赶来了。"

说话间门铃响，刘副董事长的夫人笑着进来，王老五忙起身相迎，却一下子愣住了。原来随着进门的还有一个小青年，长的极像自己的儿子！他怔怔地看着那孩子，除了一身学生装，腕上带着手表，个头不是他的"小宝"，那脸盘、眉、眼、神气、吊在嘴角的笑容，都活脱是妈妈的形容模样。还有左颊上一块红痣，有指印那么大。生下小宝时他娘曾笑着说："这孩子太惹人爱，是观音菩萨用手逗了他一下。"刘林兴见他直着眼看儿子，连寒暄话都说得前言不搭后语，笑着说：“这孩子不是我的亲生，十年前我收养下来的。人贩子叫公安局抓了，几个孩子公安局没法养，内人不能生育，我就认领了，他聪明、懂事，就是调皮……那时我也正走背运——”他忽然也是身上一振，颤声说：“老王，别是你丢失的儿子吧？”王老五晕乎乎的，一直眼不错珠盯孩子，连刘林兴的话也听得片片断断，口中喃喃说：“有这么巧的事？有这么巧的事……？”又问刘林兴，“他脑后头发里有没有一块小疤？还有……小肚子上有块猴子样的胎记？有没有的？”刘林兴的妻子三步两步上前拉过小孩，在脑后仔细验了一下，又像哭又像笑地对众人说：“胎记是有的。我不知道脑后还有这块小疤——浩正，浩正！这是你的亲爸爸……”

父子两个紧紧地抱在了一起，三个大人泪如雨下，小宝也流出了眼泪。

后来怎么样，我给读者一个交代，小宝认了父亲，刘林兴两口也舍不得小宝，两家就认干亲家，小宝仍在广州上学，不过有了两个家，轮番来往着“娱亲”。小宝妈的病也好了，家中债务一举清白偿还，刘林兴夫妇又接老太太来广州治眼疾。王家总归又兴起来，也不必细诉。

遇狼二则

一

马兴焕，吾友也，1969年奉军差适口外科尔沁草原。入城因事滞延，遂误返程旅车，又恐违时归队受责，遂沿草道蹇步而行。约出城二十余里，已近酉末。时值孟冬，云重草茂，绝无人迹，暝色阴霾，不辨景物。马手无寸铁，且体羸，时地皆险，惧之。然此中途，前尚有十余里途，阒无人迹，亦无望门投止宿所，无奈放歌而行。放歌者所以壮胆，驱恐惧之心也。甫行间，忽觉双肩有物，似有人从后搭之，问之不应。马曾闻之于蒙人，此草原狼袭人之惯伎，若回顾，则狼即狂啮人项，无不立毙。蒙人常用腿裹匕首，抽拔肘后刺杀。然马无武器，心知遇狼，惊骇欲绝，汗出如注。稍定，心知无幸，双手骤起捉狼搭肩之爪，竟负狼而行。狼欲挣脱，不能，欲腾跃，双后蹄已离地，喙为马兴焕拉仰向上，苦不能脱，亦不能转圜。马负之逶迤行十余里方归队，战友见之无不骇笑。视狼，死矣。

二

辽西山中老狼，甚狡黠也。马兴焕值吾营公干，黄昏时，自营部之连访吾，时周日班车已尽，思之路途不遥，仅约十里山道耳，遂独行松林间，游悠行之。道至中途，忽一老狼从草间出，据羊肠道边，目眈眈视马。马曾在草原工作，识狼甚稔。马一惊即定，即佯误为犬，招手笑曰"啧！啧啧……汝饥否？欲食否？随吾行！"老狼以为其不识犬狼也，以误就误，遂佯作为犬，奔走欢跃马之膝前身后，伺机袭啮之。行数里，值狼复绕行身前，马暴起发作，双手紧执狼尾，从足骤蹴狼股，詈曰："汝以为吾不识汝！尚望食吾之肉乎？！"狼以为马已入其彀矣，正喜间，不意遭马突袭，大惊之下长嗥而逃，尾绝于马之手中——时深秋，尾毛甚丰，马制以为案几拂尘，甚别致焉。

笑侃“过年”

中国人最讲究什么？打开《二十四史》看，无论春秋大义，抑或信史直述，其实讲得最扎实的只有两个字：“礼”、“孝”。由此发端衍化出来的崇拜情结，各个时代叫法版本不同。到了清代，中国社会风景最茂的时候，叫作“敬天法祖”。这是社会生活中最重要的精神内核。平常时节只是在言语生活行为中“体现”。到过年，也正是劳累一年“该歇歇气儿”时，农业国，这时是全民都有点空闲时间的，于是便张忙这事。

打开《红楼梦》来看，贾府里说到的最热闹的事，不是宝玉、黛玉等一团团的“恋爱雾”，也不是飞短流长的各种人事演绎，元旦祭祀是贾府内部最郑重最繁复的社会活动。其实何止贾府？贾府如是动作，与之同时，普天下的人都在动。我们现在是“二十三，送灶王爷上天”——阴历二十三，全民进入“年时”。

二十三送灶王爷上天，二十四扫房子，二十五磨豆腐，二十六去割肉，二十七杀灶鸡，二十八把面发（蒸馒头），二十九灌（买）黄酒，三十（儿）捏鼻儿（包饺子），初一（儿）拱揖……天天干什么，不用政府下令，全民都一致。就是白痴，怎么过年？“傻子过年看隔壁”——我傻，瞧人家包饺子，我也包。过年时所有的傻子都会聪明得如同正常人。

我有一本《清嘉录》，里头有专写腊月正月的过法的。其实，真正的情况是，入腊月，忙年就开始：跳灶王、跳钟馗、吃腊八粥、做年糕、制冷肉、送皇历、叫火烛（乞丐们每夜打梆子喊“小心火烛”）、打尘埃、过年（放鞭炮送诸神）、蒸盘龙馒头……一天有一天的事，都是规定好了的“口令”。

正规的进入“年”，却比我们今天迟了一天，是腊月二十四，叫“念四夜送灶”。

过年的国家，不止我们。一些东南亚国家几乎与大陆是“同步进行”的。我住在南阳，每到年二十三夜十二点，满城的爆竹会响得像暴雨一样。近处的“嘣”“啪”震耳欲聋，远处的不分个儿，有点像开锅的稀粥。这个时候，我常常到阳台上去看，呀！到处都在闪烁着爆竹起火，二踢脚、地老鼠、小焰火，明灭不定中伴着清脆或沉郁的爆响。有时下雪，那就更好看，硝烟中闪着光，雪片被染成五彩缤纷在硝烟中荡漾，夹着密不透风的响声……那是什么景观？你来看看才知道，二月河用笔跟你说不明白，拍照片不行，录音也不行，录像摄像呢？恐怕都不行，气氛是没法“表达”的。

城里人现在简单，在这样的“气氛”下全家吃点、喝点，打开电视“看点”什么，乡里人怕还要祭灶。胖乎乎的灶君夫妇，两旁贴着对联“上天言好事，下地保平安”，香烟缭绕中人天欢喜。

《清嘉录》里头说的，就更热闹，那是“二十四日”：

> ……比户以胶牙饧祀之，俗称糖元宝，又以米粉裹豆沙馅为饵，名曰“谢灶团”，祭时妇女不得预。先期僧尼分贻，檀越灶经，至是填写姓氏，焚化禳灾……穿竹筋作杠，为灶神之签，升神上天，焚送门神，火光如昼……

太繁复了，这还不到五分之一的“工作”，清人杨秉桂有诗：

> 残腊匆匆一年又，门丞贴旧须眉皱。
> 祀灶人家好语多，烛影草堂红善富。

清人那时似乎没有我们今天人说的“二十四扫房子”这些口令。接下来的年事令人愈来愈眼花缭乱：灯桂、挂锭、买冬青柏枝、喝口数粥（赤豆杂米粥，食之可免“罪过”）、接玉皇、烧松盆、照田财、送年盘、存年物、过年市——就是亲友来往，送东西，备年货，火爆喜庆气氛充满人间世。佛天人物似乎都亢奋起来了。到除夕这一天，新门神贴出去，一切正常的社会业务全部停止。比如说：做生意、谈事儿、讨债要账——这样惹人烦的事，对不起，你不能进门了，有话过罢年再说！

除夕夜，合家团聚、举宴，这一条“规矩”，我们至今仍旧坚持执行着。这一夜是一个家族一年之中最欢乐、最郑重、最富足、最……什么呢？最和谐温馨的一夜。家中多少事都放下。为了多享受一些这样的“幸福时刻”，形成的规矩叫“守岁”，也有叫“熬年”的。一家人围炉团坐，说喜庆话，说福禄，说丰收，说祖上之德，说丰年有余，说到后半夜，小孩子熬不住，睡在大人怀里，大人们撑着眼皮搭讪着还在说。这天晚上吃饺子，北方家家如此。

我的姑姑说：“年岁夜的饺子大家包，但你奶奶要一个一个仔细看。（往锅里）下饺子，只有你奶奶看锅。这图的吉利，一个饺子也不能煮破的。”饺子皮不够，不能说“皮儿少了”，要喊“馅儿多了”。馅儿少了也不能说，要喊“皮儿多了”！我们如今是锅一开，笊篱一捞，合家就吃。但昔时的吃法，头一碗捞出来，必定是恭恭敬敬供到祖宗牌位前，满供桌的供享呀！各色点心、油炸面食、冷肉……都是平时根本吃不到的，琳琅满目供在桌上。老爷子带全家老小“给祖上磕头”，上供上香，礼敬如生，循循下退。然后是后辈子孙给健在的老爷子、老太太磕头，领压岁钱。这些事毕，才能开怀痛吃、痛饮。我父亲说过他幼时偷吃供享的轶事——那盘点心太诱惑他了，他偷吃了两块，把余下的重新码齐了，躲出去。等了一会儿又忍不住，再过去偷吃两块……后来，见重新码盘子也掩不住“偷吃”的事儿了，干脆一不做，二不休，把满盘点心吃了个精光……爷爷倒也没有责罚他。关于这一夜，清代周宗泰《姑苏竹枝词》云：

妻孥一室话团圆，鱼肉瓜茄杂果盘。

下箸频教听谶语，家家家里阖家欢。

这年夜是诸神降临时，说什么就会应什么，人说话都托着舌头，稍不吉利的一句也不说。

还有一项颇有意思的活动，今天已经失传，那就是“镜听”。这件事从祭灶开始到正月十五，几乎每家都做，预卜来年家庭形势——早晨起来绝早，怀里揣面镜子，到祖宗牌前念念有词“并光娄俪，终逢协吉”。然后出门，听见外人说的第一句话，比如说“您好”、“您吉祥”——得，这就是你一年的兆头。这件事我在写《康熙大帝》时移植了进去，写明珠用镜听卜算考试功名的事。再接下来的年事，行春、打春、耕春、拜牌、接喜神、上年坟、小年朝、接路头、看参星、斋天、走之桥、放烟火——到闹元宵，一连三天闹，轰轰烈烈的年事告结。

三年前我到马来西亚，听当地华人说：“我们这里过圣诞，也过年、过元旦。”祭天地、祀祖宗的活动仍旧热闹红火。我在大陆看我们自己过年，也伴着圣诞和元旦，随着浓重年节硝烟的弥漫，东方的神和西方的神在天上握手，东西方文明也在糅合，快乐而庄重的钟声交织着、撞击着，会给普天下送来丙戌年的春天。

端午节话五月

五月端午起自屈原怀沙沉江，楚人恐其遗体为水族所伤，抛果饵点心米粽于江中以代食，因以成习，成了一个节。这个掌故几乎是无人不喻无家不晓的了。但中国“鬼节”有三：清明、七月半和十月朔；“人节”也是三个：端午、冬至和除夕。端午是头一节，这个事就未必人人皆知了。

我们可以看看中国的神，其实都是死了的人，譬如门神，秦琼和尉迟恭，玉皇大帝叫张有仁，二郎神杨戬，都城隍叫纪信，那是汉高祖封的。就是每个城池都有的城隍，你去仔细按察吧，他一准生前是个“名人”，“聪明正直谓之神”，按照这一标准规范，屈原偌大的名头，偌高的品行，又是那等一个死法，他肯定是要当神的。推起屈原本事，这位超迈千古的爱国主义大诗人，其实爱的只是楚国。与我们今日的版图而言，很大很多的地方他是不爱的，有的地方，比如陕西，非但不爱，而且是切齿痛恨的吧？但“爱国”二字加上“主义”，一下子就把问题实质说清楚了，那是一种精神，一种情愫，一种升华了的品德，一种人文品格的结晶。岳飞爱的是大宋王朝，他想把金人赶出去，而“金人”我们知道也叫“肃慎”，是满族人的祖先，也还统统是华夏民族的一个部分。我们说岳飞“爱国”，也还是说的他的“主义”，这种“主义”和屈原是先后辉映光照千古的。

然而五月在民俗中不是个好月，有称“恶月”的，也有叫“毒月”的，恶而且毒。你听听，什么好词儿呢？为什么这样叫，没有见正规的说法，可能是还与楚国天候有关。由春入夏的季节，不但酷热人不能堪，蚊虫小咬之类，尤其是瘴疠毒霾这时也格外嚣张。屈原选在这个月死，我估计除了心情极坏，加上这些因素，人就格外过不得。这个月昔时人过得很小心，“百事多禁忌”。为了辟邪，有钱人家都要花不少钱，到附近道观里去请一道“天师符”粘在客厅里镇恶，烧香要从五月初一烧到六月初一，红黄白纸画朱砂韦驮镇凶，小户人家另有办法，花几文制钱，买五色桃印彩符，画姜太公，还有聚宝盆、摇钱树之类，贴在庭院里。佛教徒则早有寺中和尚先期送来印好的文疏，填好姓名，初一就焚化，这叫“修善月”。读书人又是一种做派：堂上挂的钟馗图，说是不信鬼神，这东西也还是用来驱邪魅的。清人李福有诗：

面目狰狞胆气粗，榴红蒲碧座悬图。
仗君扫荡幺么枝，免使人间鬼画符。

这些当然都是迷信，成了俗，迷起来，信起来，家家户户都忙着干，就变成了一种社会情味，成了如同洒扫庭院一样的平常事。老的少的，进庙求符，回家烧香，那是高兴的气氛，过节的心情。

这事要连忙几天，到端午，也就是屈原的忌日，不但没有丝毫驱鬼祛邪的阴森气，反而成了大喜庆日子。《红楼梦》里头说是“瓶驻留春之水，户插长青之艾”。那是简约得很了。想想看吧，这一天大致家家都这样，穷富人家都会在上房客屋里摆上瓶子，插着新鲜的葵花、蒲蓬，还有火红的石榴等物，妇女们要在发鬓上簪石榴花——这在平时是绝对不能的，此刻有名目，叫端午。到了中午，家家都要举筵，“赏端”，除了尽力铺陈家中美食，还有特别的食物：米粽、点心、熟蒜头、红鸡蛋之类，门插杨柳青艾，樽倾雄黄烈酒，并有芷术酒糟，截蒲为剑，割蓬作鞭，一家人在暖日融融中会聚吃喝——这哪还有一丝凶呀，恶呀？罗马人过去过狂欢节，要先杀一个犯人，断头台上刀铡血溅后，接着狂欢，我看大仲马的《基度山伯爵》这个情节，总想，罗马人会生活。查到中国人的五月，不禁莞尔一笑，我们中国人不杀人，照样把五月过得美美的。

中国的“情人节”——七夕

每到2月14日，便会有无数的短信发来表示“情意”——于我而言也就是个熟人问候，借了“情人节”来做调侃，想起来肚子里时常发笑。洋人们其实是因为太富了，各种玉食都受用了，变生方法来寻找情趣。这个日子不过是个寄托就是了。但我们的年轻人过这个节十分认真的。这不需要复杂的调查，你到花坊看看就会知道了，所有的玫瑰都卖得精光——这就是实证。我常想，这世界第一倒霉的树种当然是枞树，美国人、英国人每逢圣诞就杀它，回去给自己开心，最晦气的花卉是玫瑰吧？人一谈恋爱，或甚稍对人有点爱意，便剪它的花头。尽自这样想，我并没有惋惜的意思。作养供玩的花树，如同畜牧杀用，非常正常。

中国也有情人节，老牌子的，正宗的——牛郎织女七夕会，不过它不叫“情人节”，七夕就是“七夕”。

牛郎织女那段缠绵悱恻的故事，不是父母讲给我的。他们都是职业革命者，不讲这些个。我先是听了同学母亲说，后又看小人书，自己获取了这个知识。天上的牛郎星与织女星遥遥相对，当中隔着浩渺的银河。有几年到农历七月七，我常坐在石头上仰望天空，想看他们“相会”，但总是阴天，黑咕隆咚的，什么也瞧不见。二月河这般傻气，我的读者一定会笑的。其实即便是“情人”，世上有几对能“终成眷属”的？而成眷属照样过情人节过得过瘾！

我一直觉得牛郎织女故事不圆满，王母娘娘吃饱了撑的，管这闲事！

但后来明白，不圆满的东西才是最美的。阿佛洛狄德倘无断臂，她失去的那只手臂也许将夺走她顶级绝世的风华。朱丽叶如果真成了贵妇人，谁还替他们掉眼泪？贾宝玉和林黛玉也是一般——战败贾氏宗亲、摒弃薛宝钗、八抬大轿成婚、林黛玉作为“宝二爷夫人”主持家政……什么意思呢？总之，我觉得这故事很有美学追求，高雅，很“现代”的！

现代？其实过去中国人这个节过得是极其认真的。我翻了一下清人笔记，过“七夕”比过八月十五记载要详明十倍。七夕前，六月下旬实际上这个节已经开始了。点心店开始制作“巧果”，用面和白糖挽成花样油炸了出卖，我们今天叫“甜麻花”，当时的人叫它“苎结”。到正日子这夜，家家户户正厅要摆拜坛，有钱人家是在“露台”上——大约相当于我们今天的阳台？没钱的穷人就在院子里，鲜花、巧果、点心、甜酒都摆上去，燃上香……然后举家望空礼拜。这是有诗为证的：

几多女伴拜前庭，敬祈银河架鹊翎。
巧果堆盘卿负腹，年年乞巧靳双星。

这实在是女人们借机抒发情绪的一个节日。中国女人可怜，自宋以降就没有了恋爱自由。实在话，中国的男人们也没有恋爱自由，都不能说“爱”字，只好“乞巧”。我想那些人跪在庭院中间向牛郎织女喃喃祷祝，虽然都是企盼好运与智慧，但他们心里想乞什么，真的是天知道。另有一诗或道出个中玄机：“乞巧谁从贷聘钱，瓜花谷饭献出筵。阿侬采得同心果，不为双星证夙缘。”这是真的，这个节各地过法大致大同小异。巧果有的地方油炸，有的地方则不炸，追求的是它的花样，工巧、玲珑、美观。礼拜程序和祈福内容也是先后不尽一致。有的地方财主们还要请僧尼，聚族筵礼拜，繁复得很。它既然叫“乞巧”，怎么判定神示你是聪明闺女还是笨丫头呢？是这样操作：七夕这夜，盛一碗水，置在拜台上，第二天早晨，受试女孩要向碗里放一根针，十分小心地放在水面上，针如果沉下去，算你笨。水是有张力的，针能浮在水面上呀！你行，聪明。

这些都是旧俗。今天的人当然不会去拜牛郎织女，我看了许多宾馆，摆的都是赵公元帅、关公，除了财神什么也不拜。我以为比之时尚，青年对青春与爱情的向往，比我们老一辈对中国爱神牛郎织女二星的崇敬，显得很猥琐与阴贱。

人们希望七月的喜鹊会带来爱情的幸福。我读金庸的《神雕侠侣》，里头有种植物叫“情花”，生的地方也惊人心魄：绝情谷。爱情的心态犹如中了“情花之毒”，契合如符。极佩服老先生的想象力。他八十多岁吧，去年还和他在深圳作了一次对话。我思量这情花及绝情谷的形象思维，肯定是他年轻时的奇思妙想，老年人思量不来这意思。

甜蜜+痛苦=爱情。我们先祖就懂这一条。今天中央电视台制一个专题片，请我去嵩阳书院当导游。我说了对程、朱一些不恭之词，他们删掉了。其实他们不该删掉的，客观地说，程、朱的学术还是应当受到尊敬。但他们的理论摧毁性地破坏了“爱”，从观念到思维方式、行动规范。本来就十分脆弱的爱一下子全部扫地出门打入地下，一直到现在也没有完全张舒起来，这个罪过了得！

然而“爱”这种东西岂是一种理论——灭人欲——可以消灭的？人们在过七夕时，其实就是潜意识地召唤爱的灵魂！魂兮，归来，希望碰巧“我能拥有……”

归来，归来，魂兮归来！七夕的灵魂，中国的情人情结在此日熏蒸人间。

八月十五拜月记

农历的八月十五是大节。其实这样的氛围现在已经感觉到它了。月饼的信息传递着天庭的信息，人们在潜意识中安排“今年十五”的事情。中国没有狂欢节。人、鬼、神佛们共同构建出他们生活的丰富和含蓄。不论糅进去多少各个节气的情味与期望，大致上说都是把对这种自然的崇拜和人事心情融会神通。

八月十五是个“心情节”。我们读《御香缥缈录》，看《清宫外史》，可以很真切地感受到九重御苑里各类人物——比如皇帝与宠妃——他们在皎洁的月光下设案焚香、跪地拜月，喃喃讷讷诉说着自己永远不能在公众场合说出的心里话，其实这样的活动是公开性的。任何一个民族，都有一个母亲神。中国的母亲神，也就是月亮。不单是八月十五，就是五月十五，三月十五……任何一个“十五”，都是善男信女向母亲诉说“隐私”曲衷，“花前月下”说悄悄话的日子。这也确是贵人们“出情况”的日子。你可以去看看《拜月记》就懂了。我在写《康熙大帝》一书时，请皇子八月十五大闹御花园，从此引出了清廷帝国泼天大案，导出九王夺嫡政治惨烈之剧，那是八月十五的另一种情味设计。故宫档案中还当存着这样的记录，康熙皇帝在月下祈祷：情愿削减自己的寿数，盼上天赐自己一个“完人”——这是很凄惨的话了。他实际上要求的是“善终”二字：能善终，“终考命”，我愿意少活些年头。我们打开山东曲阜孔家档案，五代时期他家出了一件事，也是八月十五吧，孔家长工杀害了“老公爷”，乳母抱“小公爷”逃出。二十年后小公爷又返回公府“复辟”——这件事不知有没有人写书或写戏了？这是孔子“中兴祖”孔仁玉的真实遭际，很惊心动魄的。我前不久写了篇顺治的文章，他的宠妃董鄂氏，死于八月十七，我们闭上眼就能想象出八月十五这夜顺治怎么过。去年去了一趟香严寺。这是晚唐宣宗皇帝的“龙潜”之地。他假装“摔死”金蝉脱壳逃到这座寺院，做了七年沙弥，又从南阳被抬回洛阳、长安做了“宣宗皇帝”，也是热闹惊心的一幕。你到寺里头看，里头有座亭，叫“望月亭”。他也是这般，在困难时就会想到月亮。人类无论贵贱这一条一致，到了困顿危难之时，大致就会想起妈妈，就会在母亲的清辉下诉说自己断难向人间世陈讲的心曲。二月河有时会突发奇想，倘若我在海外，倘若我腰里有铜板，又望乡难以自已，我会在自己庭院中也造出个“望月”榭台亭阁之类，心里会好过些的。我据心而推“明月几时有，把酒问青天”，这样的词肯定是在这样的人文环境与心境中写出来的。看见霜样的月色地面，连李白也难以有“五花马，千金裘，呼儿将出换美酒”那般豪兴，只能在母亲与故乡面前低下头。今年前不久，我回山西老家，过阎锡山宅，他们请我留“墨宝”，我写了“一代兴亡观气数，万古首丘望乡梓”给他们。月光下“首丘望乡梓”是华夏情结。别的民族你说给他也不懂，他没有这种“基因”。

但是，月亮不仅是这样堂皇，也还有一种社会情韵。《红楼梦》中有一回，叫“因麒麟伏白首双星”，就“双星”而言，到底是哪两颗星呢？曹雪芹说，红学家就猜，猜得最多的是牛女二星，也有“参商”。我呢？我猜的是“太阳星”与“太阴星”，暗示了史湘云与丈夫不能见面的悲情结局。月亮就有这么一个不好听的名字，叫“太阴星”。五行学说称其主阴谋。唐宣宗的那个“望月亭”一重意思是他的情感追伤，另一重更重要的意思：他肯定在月下徘徊着想办法，怎样把政敌们打得满地找牙。你翻开《辞海》，“口蜜腹剑”一条，那是对唐相李林甫的专有评语。李林甫家中有一楼，叫“月楼”，每当他想整人时，他就在月楼上想办法，他的“水平”可想而知。刘心武新写了一本书，叫《红楼望月》，不论内容怎样，书名真亏他想得出。

上头这些历史故事，其实与我们小百姓无关。就天下万千里黔首芸芸众生而言，八月十五不是个阴惨惨凄清清的日子。由农忙到农闲，大大的月亮，圆圆的月饼，打上一壶酒，一大家子高高兴兴坐在月亮底下说笑话，说收成，说故事，说“傻女婿十五拜老丈人”……这份高兴属于老百姓，时髦点说是我们普通纳税人。打开《清嘉录》，说到“八月半”，只说三行，我起初诧异，这么大的节，怎么只有这样的规格？后来也就释然：本来就有月饼佳节，“八月十五杀鞑子”之说，满人自认为是“鞑子”，写书的人畏惧文网，回避了去，大致是这个原因吧！天下人间，“人逢喜事精神爽，月到十五分外明”，月光的仁柔色相，伴着爽人的金风秋气洒落在神州之时，人们的心境是开朗与光明的。就算不巧是阴天，人们也会兴致勃勃地投入到一种情致思维——中国人永远是乐观与光明的，“闷闷中秋云罩月，哓哓元宵雨淋灯。谁知篱豆花开日，养稻正需水满塍”，“但愿中秋不见月，博得元宵雨打灯”——那更好！

闲话十月朔

农历里头没有“日”、“号”这一说，比如说两人见面，甲问：“老兄，今儿几号？”乙说：“九月一号。”或说：“九月一日。”得，你不用问，这说的准是阳历。如说“九月初一”或“初一吧”，那就说的是“阴历”。不过现在街头相向，谈日子，年轻人多不再说阴历了，他们忙活的和老人不一样，春节、阳历年、五一、十一、清明、愚人节、父亲节、母亲节、情人节……逢节，胡天胡地就“过吧”。然而你要问他：“几号？”他肯定对你说“一号”，绝不会说“初一”。

这事听起来有点微妙的，老人青年有这么小小的界分：老人们阴阳历都记，年轻人独记阳历——只有一个节，大家牢牢记住了“阴历”，那就是“十月一”。无论男女老幼，只要一提“十月一”，没人往别处误会，肯定是阴历“十月初一”。和清明一样，是上坟的日子，中国的“鬼节”一年有三，这是最后一节。但是这个节，二月河却长期“不晓得”，我生活在一个漂泊不定的家庭，自幼没有受过父亲的庭训、母亲的叮咛，我们祖坟在昔阳，家中又没有这概念，我虽读了不少书，这个事没听说，这个日子没印象——我三十岁就有人说“渊博”了，到三十三岁我从部队转业才知道还有这个节，赶紧去查资料，才算明白了。这个节，是活着的人追念地下亲人亡灵，为他们过冬做点准备。

先人们怎么过这个“十来一儿”、“十月一”我没见过。现在的十月初一，你可以上“郊垌”去看，坟地已平得差不多了，沟沟坎坎旁林间树影下，甚或坟头虽平，墓葬未迁的平地，连天衰草，枯杨败柳间，一伙一伙的人——你不用问，每一伙都是一个家庭体系——摆花圈、烧香、焚纸，还有纸电视机、纸汽车、纸别墅……只情烧起。

倘是集体陵园，那就更热闹不堪，烧纸烧得烈火熊熊，“香烟”不能用“缭绕”二字了，而是“浓重弥漫”。一家家的万响爆竹，响得像暴雨击打油毛毡顶房子，“呼呼”地响，凭你“盖叫天”、“杨小楼”那样的嗓子，吼煞没人能听到一个字。野意和众意就这么区分。又有相同的，那就是边烧边念叨，把苹果呀、橘子呀、点心呀往火里填，“请你们来享用哪……”

我看了看清代的“十来一儿”，过法差不多。一般的，也是上坟烧纸、烧香。只一样似乎今人少见，那就是新亡之灵要另作隆重祭奠，还要延僧道作功德荐拔。我说过，中国人认真，有“事死如生”这个规矩，我们的先民虽有人写过《神灭论》，但就整个社会而言，普遍认为我们不过是生活在“阳间”。死亡，是从一个“阳间”——到阴间的过渡，中间只隔一条河，名字也起得极好，叫“奈河”（奈何）。如能进入“无间”——你可以从这一间到那一间随便来往，那好，这就是“神”。像清明、中元、十月一这些节，说得现代一点，是我们阳间的人，在此岸向“阴间”彼岸的人打信息，传递心语与情愫关怀。

这个节正规的名字叫“十月朔”，也叫“朝官府”，不算大节，但没有一家不认真对待的。民俗谚，“十来一儿，棉的儿的儿（的儿，方言谐音）”。过了节，就进入冬天了，要穿棉衣了。由此及彼去推想，阴间的“人”也该过冬了，要穿棉衣了。这是万不能忘的。烧纸、烧香、烧纸衣，这是必有的关目，因此它又有个名字叫“烧衣节”。我们现在过这个节，没有政府行为，因为我们的政府不信鬼神。清代可不是这样，府、县的主官都要出来，组织祭祀，“荐坛”，也叫“无祀会”。这是什么意思？没有的确的资料可查。但我思量，有两条：一条，政府每年要处决犯人，这些人的死它要负责，亡灵要有所安抚，不然这些捣蛋亡灵就会在辖区内制造麻烦。再就是，有些贫弱无依、冻饿而死的“野鬼”也应由政府负责安抚——这当然不是孔孟之道，官员们写文章时尊的是孔孟，作心灵祈祷时想的是释迦牟尼和老子。“无祀会”这名字就说明了一切问题，无祀无不祀，不是祭祀哪一个鬼，而是所有境内的鬼。那排场也是极大，但我想可能会办得稍迟一点。因为家家都在“家祭”，他要把时间错开，人家上坟家祭，要出门，既出门了免不了要转悠转悠；走，看“无祀会”去！这一天，人们是不做饭的，祭灵用的祭品都是上好的点心，古人没有我们今天这样大方，把好好的东西往火里扔。——小心收拾起来，带着它，一边看祀会，一边咀嚼，所以这节还有个名字叫“小寒食”。

家是作者灵魂的栖息地

有意思的是，这个鬼节过得有点博爱味。烧纸、祭酒、焚香，主要是“给亲人的”，然而他们认为亡灵也是有地下“社会关系”的，还有一些“野鬼”，如果和地下亲人们别扭起来，“亲鬼”们也不得安生。所以洒酒请众鬼都来饮用，还要多烧些冥衣给亲人们换上，还要打发他们没有衣服穿的穷鬼邻居朋友。人世间不就是这个样子吗？鬼们也做“慈善事业”，求得他们那一维空间的和谐鬼关系。

我曾和朋友聊天，说中国的人节不如神鬼节，鬼节其实是中国的旧妇女节。比如说过大年，祭祖，男昭女穆分排立定恭肃如对大宾，女人们照样不能出门。八月十五赏月吃西瓜，是自己一家团聚，女人们终年在家，这一日照样，仍然是个闷。闷死了！只有玉皇大帝生日，文殊、观音、地藏、普贤……成道日，清明、中元、十月一，把女人封在家里这些事不能完成，女人们就跟着男人离开那个能把人憋神经的家，女人们顶多能到月亮底下嘤咛几句，冬至，女人你待家里摆供享吧！一年到头躲在小宅子，到郊外，看庙会，逛大庙，好好释放一下，大胆宽松一下，就这个意义。

比如“十月朔”，从这个日子到正月初二闺女回门，女人要憋整足两个月闷在家中，不趁这日子“放”一下也真不得了。十月初一小节，过得这样丰满，也就是人们心理暗示的需要了，清人潘陆有《看无祀会》云：

吴趋人好鬼，风修自年年。
百戏陈通国，群神冠进贤。
气喧秋燕后，花晚岭梅先。
不断山塘路，香飘游女船。

“十月朔”的节，正规是“哭灵”的。女人们天生能哭，在坟上哭几声上船玩去了。

腊八粥

我看见过和尚们吃饭，那实在可以说是“节约型”的餐饭。现在少林寺、灵隐寺的佛子们吃得怎样？我不晓得。但凭揣测，我以为仍旧是“差劲”，曾经问过一位很阔的方丈大和尚：“你们那些沙弥现在伙食好了吧？”他答：“吃细粮了。”——这也就是提高了。但“水准”也就“而已”。因为你如今即使走到最偏远的僻壤穷乡，穷汉们“馒头咸菜”——也是细粮。其实，所有“红”古刹，如今都是日进斗金——馋嘴花和尚们或有扮作俗人，到火锅海鲜城里“大快朵颐”一番。但你到寺院食堂瞅瞅，和尚的膳食还是“不行”。想了想，所有的宗教都是禁欲的，佛教何能例外？人，吃得好了，就会胡思乱想造业。释迦牟尼就是这样想的，因此他的教众不允许奢侈。由此推去，嘴巴犯馋食指常动的人，有苦恼自个解决，别去当和尚。一天到晚萝卜白菜豆腐，时间长了口中淡出鸟来。

然而和尚们也有一宗好饭，叫“腊八粥”。

这粥我常吃。用一点油盐，炒上黄豆、松子、枸杞子、胡萝卜丁，兑水，加小米、核桃仁、花生米、豆腐丁、粉条……讲究一点的还要加点黑木耳、香菇之类，就在火上熬煮。这粥要中火不停地煮二十分钟，锅里翻花大滚，人站在锅边，用勺子不停地搅动，搅得黏糊糊、稠糊糊。葱茏的厨雾弥漫着浓重的香气，能逗得全家大人小孩都咽口水，流哈喇子。好，出锅，喝粥——准确地说是“吃”。那粥，可以用筷子头“剜”，一剜一团，吹一吹热，然后它就消失在肚里了。真的，腊八粥比饺子还要费心费时，还要好吃些的。

这种饭什么时候有的？考证不清楚，但似乎唐代的可能要大一点，因为十二月是“腊月”，是打《唐书·历志》才有的月律。腊月，又是初八，于是便有了“腊八粥”这一说。然而这个粥我很疑它是印度和尚饭传入中国——说不定就是玄奘和尚打印度带回来的外国饭。因为印度也有个“腊”。十二月十六日，这一日定名叫“腊日”。一个腊月一个腊日，每年腊八，中国的寺院都烧腊八粥施舍四方善男信女。对乞丐穷人来说，这实在比观音杨柳枝还实惠一点。由彼国到吾国，由寺院入民间，那粥传承脉络似是有迹可循。

这是很好的膳食，不但营养全面，且是口感极佳，很适合寒天进摄。试想，外头天寒地冻，滴水成冰或者漫天雪大如掌摇落而下，屋里热气腾腾的，老小共聚欢颜，来一大碗这样的热粥，你心中有多少的寒气也都驱尽了。吃这个饭，不需要再配菜，因为粥里已经备全；也不需要吃干粮，因为它的黏稠度，是能解决你的“腹中粮荒”；更不要喝酒，因为酒这东西“夺味”，这么佳美的粥味，被酒味夺掉很令人扫兴。因为它制起来用料多又好，无论僧俗人家，平时都不能常用的。清人李福有五言古风：“腊月八日粥，传自梵王国。七宝美调和，五味香糁入。用以供伊蒲，藉之作功德”——这个粥原来是僧众供奉世尊释迦牟尼的，岂是等闲之粥？这里全文引用这诗是长了一点，详其意蕴，似乎这属于一种“政府行为”：比如说县衙要赈民，又怕麻烦，就把钱粮拨给寺院，由和尚们代劳，和尚们就熬这样的粥施舍四方——自然地，他们自己也可以打打牙祭——粥好又是白吃，来吃的人可以想见，肯定挤得水泄不通，“饥民寺集”，就弄得“男女叫号喧，老少街市塞。失足命须臾，当风肤欲裂……”“问尔为何泣，答言我无得……”整个一个好事办砸了。很多人挤破头，吃不到一碗腊八粥。弄得诗人也无奈长叹：“安得布地金，凭仗大慈力。眷焉对是粥，跂望烝民粒。”情愿吃平常饭，吃饱就好。

我自得了糖尿病，常吃这种粥。因为它用粮比较少，其中一些菜豆又于这病有益无害——有人说，喝粥血糖上升得快，我告诉他们上去快下去得也快。因为它就那么多的含糖量，更多的是碳水化合物，宜于血糖高者摄入。我曾诧异的是，天下酒肆饭店林林总总，不见有个老板开发“腊八粥”这饭（事业）。这么好的饭自己做又麻烦，正是饭馆应该关注的呀！怎么偏就——想想明白了：饭馆是要挣大钱的，这饭做起来有点麻烦，用料却都不贵，挣不了多少钱的，再说粥味那么好，喝它不必吃菜了，饭店更不合算——无商不奸，无奸不商，不挣钱的事你甭去和商人“商”。

然而民间不用你说，腊八粥自也是要通行。平日“简易腊八粥”，也常在百姓桌上端出的。山西的“合子饭”，河南的“糊涂粥”，都是的。山东、河北平常人家，我想也都有变种了的通用腊八粥。人民生活水平提高了，饮食就向贵族靠去。有人注意到，《红楼梦》里的贾宝玉从不吃干粮，是一味喝汤喝粥；吾辈老百姓吃腊八粥、喝糊涂饭，并不是没有干粮与肥猪羊，是因为要讲“养生”的了。向贾二爷去靠齐，与释迦牟尼同享佳味。

阿弥陀佛！

“快乐围棋”闲磕牙

“快乐围棋”这个理念是王汝南先生倡导的。我猜他的意思无非让棋手把输赢的事看得淡一点，在围棋世界中别追求浮名末利，以弈道调养精神生活，从棋理感悟人天之理，与弈友深结会心之情，共驰骋纵横阴阳中得到高层次的情趣之乐。

这个“意思”当然是再好不过的了。

但仔细想去，我觉得它还是过于理想了点，或者说是把人类生活浪漫化了一点。我体味到了王院长的善性，也透窥到了他的天真。

从本质意义上说，围棋是一种竞争，是最平等的智力自然竞争场。到了这个场来“争”，想人人都“快乐”，盘盘厮杀都开心，那是做梦。

首先便是输赢关。

输了和赢了，都高兴？那是活见鬼了！我是知道“胜固欣然，败亦可喜”这句话的。是不是真的是这样？就我五十年臭棋经验，老实是另外一句话说叫：“赢了高兴，输了难受。”

好好的一盘棋，下着下着，一个失手，败坏了，一下子会憋得心紧缩起来，脸通红，手冰凉。血压增高没有？不知道。因为彼时彼地彼情，没人顾得上测量。心情坏了，就是“沮丧”二字可以概括的罢。一个沮丧的人是下不出好棋的。从那一刹那，整盘运棋，都会似坐针毡，如行荆棘。不管装得多么镇静，心里念叨的是“完了”。

对手太强了。一开头几步大场走过，已经觉得不对头。他的子距你不即不离，又若即若离，出招虚实不定若吞若吐——一碰到这样的对手，我就知道他绝非易于之辈。心头立刻就有满了“警惕”的阴霾，压得沉甸甸的。每一步都小心每一步都力求密弥严谨。但对方的棋给我的感觉，每一步我都踩在棉花垛上如蹈虚空无着无落。看到他有一块棋“薄”，亟待探子去攻，偏偏我自己更大的一条龙攻防正急。就这么一步棋明知道该下到何处，偏就是“不可能！”一盘棋从一开头就心头郁闷，从头闷到尾。一口顺气都喘不出来——所有的伎俩都用出来了，对手还是高你一等，你想走的棋他让你无暇着落，他想走的地方你无法扼制，从开头就是满心的“失败”，一直到结束的失败应验。

倘在网上下棋，对方要悔棋，向你请求，你用鼠标按上个“也司”（yes）。但下了一会儿你的棋出了毛病，同样也向对方发出“悔棋”的请求，对方却给你个“恼”（no）的回复，你怎么样？

我曾和一位业余三段下棋，他一开局的棋子就往中间摆，弃边角于不顾，一开头便能从棋上看出这么几个字“就是小看你，你怎么样？”心中的气便不打一处来，然而用尽全身解数，无论飞、关、截、搭、刺、碰、枷、封……总归是不管用，一样的从头败到结束——这种棋，始终都是“人为刀俎，我为鱼肉”的感觉。我有一句座右铭，可能属于“君子不齿”的那种话：不与太优秀的人打交道——这话从理性上讲对不对？我不知道。但是从实际上看，与太优秀的打交道费劲，人活得太吃力了，难受。敢说“不是”？敢情你试试!

由此言而引申，下棋只可与“上下其手”来玩，别和差距太大的棋人玩棋，否则不快乐。

这算“如是我闻”罢，吾济寻常人寻常感情如斯，人心是不古了。但古人呢？伟人呢？

恐怕不能“另当别论”。

就我读到的历史资料，明清时期，颇有因棋成癖，心血耗尽，或亟染沉疴，或竟命丧悱恻的。恐怕他自己，和他的家人都未必快乐。这种情况，也许棋手本人未必痛苦，用句屈原的话，“苟余心之所善兮，虽九死其犹未悔”。他高兴死了，但于社会，于他的亲人，是悲剧。我读一本传记，陈老总喜弈；毛泽东也会围棋，人们和毛弈棋，很多棋手都是小心着子翼祈能下个“和棋”（围棋旧时有和棋！）的——为甚的呢？大凡下级与上级之间对弈，如果地位悬殊，恐怕任何时候都会有此心态的罢。该资料还说，也有大丈夫，敢放手赢毛泽东的，杀得毛泽东“倒吮”——也就是倒吸凉气，品尝失败滋味的样子吧。毛泽东的政治敌人在他面前丧魂落魄，残鳞败甲满天下，在这样的棋手面前，他的棋子也会尸积如山。

我读《聊斋》中有说二位读书老秀才，平日温文尔雅，为争一步悔棋，撕打在棋枰下，手中握着棋子哮喘，情态令人无能忍俊。

总而言之，言而总之，输了棋无论如何“不高兴”。

如是说，“快乐围棋”是子虚乌有的事儿了？

啊，不——不是这意思的罢。

即从我为倒，从十三岁下棋，至今六十又三，是五十年的棋龄了。因为始终是臭棋，在棋战上自然是败多胜少。这中间，从四十岁到五十来岁，我写《雍正皇帝》和《乾隆皇帝》的系列小说，那实在是掐着钟表的分针在过日子，时间太困难了，即如此，每星期也要寻战友杀上几盘。“落霞系列”小说完成，二月河也就“倦笔”——不再熬五更去码字儿了，下棋就更勤了，有了电脑，更几乎天天玩棋——我弟弟，我侄女，我外甥女，只要听我打电话，“过来，看看电脑！”他们绝不会联想我是“写稿子”——知道是“上网下棋”出问题了。

这么长期坚持，没有名没有利，干吗不肯放弃呢？

趣味，趣味使然。

翻开辞书吧。趣味怎么讲？

1948年版的“辞海”，趣味：兴趣与意味也。

新版“辞海”，趣味：情趣与意味。

《词源》则更简单：兴趣，意味。

趣味：使人愉快使人感动有意思，有吸引力的特性。什么东西是这样的？它就是“特性”！阿弥陀佛，等于是没说。

你给人家解词，总是要把词性说清的罢？

我看这样的望文生义解词，用不到编辑大师们操心熬夜，一般的中学生也来得。因为他们谁也没指示出趣味的规律是什么？此看痂疤恶心，彼偏就有“嗜痂成癖”的，有虐待狂。亦有“被虐待狂”，你越打他他越痛快！同一位女子，有人说是无盐，难看死了，偏就另有人去爱她，爱得发狂，看她是西施；同一锅稀饭，有的嫌咸，有的人则说“淡出鸟来”……这怎么说呢？窃以为还是法国人来得老实。“趣味”这个词干脆就是“我不知道说什么”。

围棋的趣味总的说是：健康与快乐双重的整合，王老师说的没错。

下输了棋，打了败仗，当然难受。但是，不至于痛不欲生的吧？我可以重整旗鼓，再张甲胄，与你重新周旋的吧！我有几次下到后半夜四点钟，不是赢得高兴——赢了棋我就钻被窝睡觉了——是输得难受的了，对方着手平平，眼见与我不相上下，怎的我就不行？再打一仗，请求：“再来”一盘，荣获批准，便入境厮杀——只要棋力真的是差不多，总能斩掉他一盘。或者我侥幸偷吃他一块，然后他不停地按鼠标，请求“悔棋”，我则很享受地一再按“NO”，然后欣欣然上床，揭被，熄灯，黑甜入梦——所有失败的痛苦都没了。

棋力悬殊，你别和他下，下几手就自动认输罢了。道理再简单不过，如果让陈景润硬着头皮听小学生背乘法口诀，如果让幼儿园同学背诵《离骚》——那样的事才是真痛苦。人生本就是个“有输有赢”的圈子，输了棋当时难受，过后谁把这当回事呢？

这就清楚了。输了棋“不快乐”是“现场动态”，是“现行心理”，而快乐则是“人生延续”，“哀情多”，“欢乐极”的是共生的隽永真实。它是另类的人生透析，本来是智力游戏，但你如做其他事累极了，下盘棋会有奇迹样的“解乏效应”。趣味的力量就这样让人不可捉摸。

透彻了吗？不透。

上头我说的那些话，都是说给“围棋爱好者”，不是说给聂卫平、马晓春、古丽他们的。我觉得真正的快乐永远属于非专业人士。

围棋是个最公平的战场。专家们已经把“胜负指数”精确到了七目半的界定贴目去，就我眼见这是第几次调整的了？将来会不会还会调整得更精当呢？难说。

我们算步儿，是怎样吃掉他的那一块大棋，把打入我腹地的毒瘤拔掉，“歼灭了他”，高手们想着我怎样占个先手削减他的势力。我们一胜一负是几十目的出入，我见到日本一个谱，还在收官，只有半目的差别，一方便推秤认输了。

他们这些人是这样的，从“趣味”的圈子里没有出来，又钻进了“利益”的圈子里，双重圈子套住了。我看他们的快乐似乎比吾辈“虾兵蟹将”们要少一点。这让我想起康熙的二十四个儿子，互相之间打得血腥扑鼻，投毒扑杀魇蛊……一点快乐也无，什么手段全用，原因就在于他们是“政治专业户”，政治大利使然。高端棋手“快乐”不及我辈多，原因在于他们是“棋家专业户”，半目之差，利益可能差出百万之巨，怎生痛快得起？

至于我自己，为什么玩围棋会快乐，过去还没有想到，但如仔细想，大致该是两条，一是“玩”，绝无功利的念头，输了难受，回味是“再战”，想办法把对手打得满地找牙，下棋有时不好受，竟是个“难受一阵子，高兴一辈子”的味道。棋盘上犯了过错，崩溃了，绝非股市“崩盘”那样的感觉。小人物下棋，崩了就崩了，谁能为此“心痛无声，泪血有干”呢？“不输银子不输地”，睡上一觉，一点余痛也没有的，谋生的事作完，了无牵挂，于是技痒——想想我父亲，在棋盘边写下“不要生气，再来一盘”，真是棋道明哲。再一乐是，围棋是棋类中最个性化的品位。国际象棋我不会下，但我知道那里头子与子是不平等的，王、侯、将、相，等级森严，各走各的路，维护自个的“社会体系”。中国象棋也是这，“老将”他就不出城，车马炮、士相兵，共同捍卫自己那个王国，算计怎样“灭掉”对方的王国，车＞马，炮＞兵……这一系列的秩序简直就是“礼教”在娱乐纸上的仿生画图。军棋也是这么回事，司令吃军长吃师长吃团长吃营长吃连长吃排长吃工兵。吃呀！按军阶大鱼吃小鱼，只有一个“炸弹”是个自杀式的恐怖分子。儿童玩的兽棋也是这一套，象吃狮吃虎吃狼吃狗吃猫吃鼠，然后鼠又能吃象，吃呀！构成一条血淋淋的食物循环链条，我以为，如果追寻起棋理，很可能这些棋是杀人为恶的社会心理游戏：盘算怎样吃别人，怎样彻底（提老将，拔军旗）把别人吃灭的。

从本质说，以吃别人，上级吃下级——追寻这个社会理念，围棋的快乐立刻显现出来。当然围棋也吃子，但围棋的吃子是较量棋手智慧在秤上的展示与体现。黑子与白子，黑子制作稍大，但它们的“力度”都融进了弈手的能力之中，不似别的棋，躺在棋盒子里，一望可知，棋子儿们的大小地位，谁能吃谁。

唉！生活在尘寰、俗世，太难了。我们每天都在“上下”、“高低”、“尊卑”的圈子里无聊挣扎——思量的事是怎样巴结上司，如何走门子，谁比我强，要讨好人家，谁比我弱，可以“吃掉”他……累不累呀！想下棋歇歇儿，棋里头也是这！

还是玩儿围棋去。记住，是玩。你最好别玩成专业的棋手！

雍正与术士

《雍正皇帝》一书中表述一人物贾士芳，能呼风唤雨捉鬼擒妖，并有种种超自然的法术手段。该书在出版后，大受读者青睐之余，也因此受到许多读者批评。学者们自不待言，以为此种描写有违现实，不伦不类；普通读者也有非议，以为如此“现实主义”的社会生活不应插入鬼神魑魅之说。待到《雍正王朝》电视剧播出，里头有个披头散发形若魑魅的道士，一脸死样活气妖精味儿，我没看清是谁，经朋友指点“那就是贾士芳”。当时正在吃饭，我书中贾某人在电视剧里这般形容又大出意外，逗得一乐，差点“喷饭”。中国是个崇拜寿星的国度，生活质量倒不大讲求。释家讲色空，讲轮回，那讲的是什么？讲的是生命的转换与延续，是一种“永恒的变化”，植根于“空”与“寂”之中。道士们说性命，谈虚冲，则来得更直接：当是肉身可以成仙，丹炉九转大道既成，“一人升天，鸡犬相随”！这也是个说不到头的题目。儒家尊崇的是孔孟，是治世的显学。这个学问偏重于政治治理，因为从盘古开天辟地而后，毕竟那些个腾云驾雾、长生不老的神仙不曾真的现世一个，只留下许多姑妄言之姑妄听之的传闻疑案，孔老夫子很务实也很智慧地回避了这一论题。“子不语怪力乱神”，“六合之外存而不论”——未知生，焉知死？我们连活着的问题都解决不了，还要去管死后的事？这事儿我不谈，无可奉告。很有点外交官对付记者的格调儿了。

但皇帝也是人。我敢说，人里头最希望神仙境界，最希望自家成仙长生不老的就是皇帝了。这道理并不难透窥。权柄、荣耀、金钱、美女、宫室、臣僚、子女、玉食、锦衣……要什么有什么，物超所值的享受了，缺的只是永恒。睡板房的人力车夫，做梦也会想到能娶个女人做老婆；捡垃圾的小女孩，顶多希望有人能扔点可以卖钱的破烂，绝不会把念头转到“长生不老”上头去。这件事有点像研制永动机，明摆着的现世生活中不可能，但仍旧有人要搞下去。愈是当官的，愈是官做得大的，便愈是期盼长生，更遑论皇帝了。所以从秦皇到汉武，一直到明清，阿房宫未央殿中，紫禁城这把戏几乎一直没有停过。现在报上炒得火热，说破解了人类基因密码，大家寿命可达到一千五百年——彭祖乃天下间长寿之祖，也只寿八百年。这个“成就”还了得？但我闭目去想，这世界也不得了。将来是多少人口？几十亿千年老妖精遍世界跑，是何种光景？但再想又释然，真的那般样？准是克林顿和普京们先“基因”一家伙，到老百姓时，还遥遥无期哩！

雍正信佛，而且是大师级的（圆明）居士。佛家讲“缘”讲“寂”，即是圆寂，也是“死了”。讲轮回因果报应，是不讲“肉身升天”的。但他似乎不能免俗。他希望自己长寿，而且要活得结实些，佛家毕竟太慢且太虚渺了。他的身体状况又出了些问题，“烧香请鬼”招来了一个叫贾士芳的道士。然自汉唐以来，历代天子，皆以尊儒治世标榜，其间或有兼用释道的，或灭佛，打得和尚们魂不归窍；或毁道，揍得道士们发昏，还没有哪个皇帝说孔子的坏话“谤圣”的。孔孟之道作为堂堂正正的治国理论，一直有着“定于一尊”的地位不可动摇。因此，“佞佛”也好，“访道”也罢，都只能偷偷来——他也晓得这不是什么体面事。对于自己信佛，他巧言令色说是为了“补于人之身心”、“然于知天下之道实无裨益”，甚至“试问黄冠缁衣之徒，何人为朕所听信优待乎？”

这就是睁着眼横着心愣说瞎话。文觉和尚一千佛门禅师沙弥就长住在宫中。他未登基前指使戴铎等门人，遍求江湖异人测字打卦求问将来，用双层夹壁箱密相传递，这还可说是病急乱投医。他继位后却仍秘密地不停地干，这就是说，他心里真的是不但相信，而且很认真地进行这种事。雍正七年二月，雍正朱批陕西总督岳钟琪，令秘密查询终南修行之士“鹿皮仙”（又名“狗皮仙”），岳钟琪不敢接近这红炭团，回奏“这人是个疯子傻瓜，一点道术也没有”。当年他又接见白云道观贾士芳（又名贾文儒），但可能二人都有戒心，赏了点银子就打发他走了。到雍正八年，他干脆发了一道谕旨，命地方官征访名医或精于修炼之士，给四川巡抚宪德的亲笔谕旨说：

“闻有此粪论者，可访问之。得此人时，着实优礼荣待，作速以安车送至京中……不必声张招摇，令多人知之……”

总督李卫、田文镜、鄂尔泰、山西巡抚罗石麟、福建巡抚赵国麟等人处都有他的征访“异人”密谕，由李卫、田文镜密荐。雍正八年，贾士芳再度入宫，并且露了几手，大蒙雍正激赏。从这些资料看，雍正的身体自七年以后已经出现了问题。但贾某人这番得宠好景不长，只两个月就身首异处。原因据留下来的资料来看，贾士芳操纵雍正的健康，“伊欲令安则安，伊欲令不安果觉不安”——这样的本事谁不害怕？再就是贾士芳口出“悖逆之言”，祷词中有“天地听我主持，鬼神听我驱使”等语，而且屡教不改，雍正觉得他的邪佞也不可容忍。

小说中的贾士芳就是根据这些资料“形象”出来的。其中当然也灌注了我对这一现象的看法。我以为：一、特异功能是存在的；二、用它来行道治世是荒谬的。这也好比人，发了高烧就易见神见怪。社会生活“发了高烧”，也会出来些个异能奇技的家伙来跳梁作怪。“搞鬼有技术也有限”，鲁迅这话千古无疑。

说偏心眼儿

我们中国人有个很不好的毛病。好听一点说“为亲者讳，为尊者讳”。亲近的人、熟人、同事、朋友、爱人……有家庭地位与有社会地位，也就是说有族权与社会权力的“当权”，眼见他们出毛病、有过错，事关他的声名，铁定的绝口不言。换言之，非亲非故非掌权者呢？那就说有这一层礼，就可以飞短流长，嚼舌评批。这是理论，也是“礼论”。明摆着看，是不公道，偏心眼儿，从暗地里说，这其实是坑了当事人，往往当事者糊涂一辈子，糊涂死了还不知道何故所因。

对于一个家庭，对于一人一事，这理论虽荒谬，尚无流毒害人。但对一个政权、一级政府，实践上的害处都是老百姓或者公民承受了。打开我们的史书看看，没有一例当朝人修当朝史的——都是等到它彻底完蛋了，换了“朝代”才去说昔日“前朝”的是非。他已经不是“当今”，你说他是猪、是狗、是王八蛋都没事，反正前朝是糊涂死的，糊涂在什么地方，前朝不晓得，我把它写出来，则是曲笔绕弯儿给“今上”瞧瞧，小心着别学那王八蛋……周而复始，一代一代犯糊涂，一代一代依样画葫芦。这么着，混了两千多年。这在世界列国绝无仅有。

这么着做绝对安全，原因也很简单，人都喜欢听顺耳话，嗅马屁香。君权在握，你说他的“是”夸他的成绩，他就认为你居心中正，“可表天日”；你批他的“龙鳞”，痛得浑身乱颤，他就对你不客气。“殷有三仁”是孔子的话，说的是箕子、微子和比干，箕子佯狂，微子是聪明人，比干生在孔子之前，还不懂“讳”的妙处，结果呢？剜心。几年前我曾到过比干墓，封土之处，所有的“比林”之木，都是一把把扫帚昂然向天——没有树心，像是要扫天下的灰尘，又像是默然警示着后人什么。司马迁是汉武帝时人，汉朝人，他实录描摹了西汉前朝的史事，这人胆大，还有不少“太史公曰”加了进去，不单写事，还加评论，是是非非指指点点，本来一片的赤诚，“上头”以为他“操心不善，应该割蛋”，真个让人家给下了宫刑。他自己悲愤得不得了，我以为汉武帝还是对他留了点情的。他的事放在“康雍乾”这盛世里试试——你还要出书？你就是私史，躲在家里每日记“历史”，查出来也肯定是“凌迟”剐了去。司马迁说“人固有一死，或重于泰山，或轻于鸿毛”这话肯定是不确的。更多的人不是泰山，也不是鸿毛，而是沙、尘土、石头蛋子，倒是这些物件活得长久些，而且不断演创历史。“偏心眼儿”，用在史观上，就会说不讲理的话。比如说李世民，那是一代英主，能兼听、能从谏，开创了中华史上最值自豪的唐代盛世。他当初即位玄武门之变，真正的杀兄逼父，很少有人提起。宋太祖赵匡胤“烛影斧声，匣剑帷灯”的故事耐人寻味得很，也少有人谈，但一样是皇帝，论到雍正，什么弑父逼母，杀兄屠弟，饮酒好色……十大罪状都出来……你细究去，条条罪状又似乎都有点“证据不足”。就这么浑浑噩噩三百多年……反正混账的时间长了，混账的东西也会变成“真的”。原因在什么地方？唐代离我们远，名声大且久远，“唐宗宋祖”听一听这词都带劲，而且是汉人的，雍正离我们近，他活着时就有恶名，“传位十四子”虽是假的，但无风不起浪，你肯定有点问题吧？不然你急什么？身正不怕影子斜——干吗要写《大义觉迷录》忙忙地辩白？种种可疑：有作案动机、有作案时间、有作案的种种蛛丝马迹，你又是个皇帝，是胜利者，皇帝有什么好说的？你不是犯罪嫌疑人是什么？且藏在心中深处，有没有“满人”暗示，我看也难说。辛亥革命留给我们的这份心理暗示是否还在呢？

打开我们当代的小说，凡地富反坏，必定个个坏透。“墙头上挂洋葱——根焦叶烂心不死”，“拉屎攥拳头——暗使劲”，“梦想恢复”“丢失的天堂”。

这些事不能说没有。但我们一窝蜂地都在弄，按照国有的教科书和国有的程式弄，白菊花、黄菊花、绿菊花……反正都是菊花。但作为“根据”，教科书和这程式未见得不是偏心眼的产物。“偏心眼儿”这心术心胸，用到哪里坏到哪里，用到什么时代，那时代总是好不起来，但破起来是万万分的艰难，比如“成分”这事，从秦始皇而始，我们经过了两千五百年的历史，在社会生活中才打破了“它”，真正做到了“有成分，不唯成分”，变得聪明和公正了些，这里头有些道理真的是很深奥又很简单。

对盗版的回答

这些年，“知识产权”成了热得炙手的话题。由这话题衍射到作家队伍，那说法便是书的盗版。

这是很新的名词了，我们老祖宗写的史书里头没有。其实就我而言，应该是极度憎恶痛恨盗版商的。我的社会身份里头就有保护作家权益这一条责任，我的书在市场上也很有点卖相，盗版商不纳税，这损害了国家利益，不给我付稿酬，也是亵渎了我的劳动，我兜里也少了不少（肯定是天文数字）“铜”。然而“应该”是应该，我极少对此提出批评。今年在北京，开人代会，一家报纸请我给编辑们讲讲。有人提了这个问题，我答：“对于盗版，我的心理和感情是复杂微妙的。”

倘说“盗版好”，我不敢。它违法，二月河你敢说它好？你不是和法律对着干？我没有这个胆。我自己是盗版的深受损者，倘若心里还夸盗版，那我就需要看心理病的了。

然而我对盗版商恨不起来。且是，我对我的同行高张义帜大肆挞伐，声色俱厉，激切陈词……征讨盗版，“窃以为……”不能理解。我的心理阴暗到这种程度，看到这类激烈文章，坐在沙发上掩口而笑。

我说“阴暗”许是真的。盗版与“强盗”、“盗窃”同族。我不恨，还不够阴暗吗？

我的书早就被盗版盯住了。1990年前后吧，出版社在南京做了个调查，仅《康熙大帝》一书就有八种盗版本。从那时过来这多年，也是“与时俱进”愈演愈烈。有人问我这些年受损若何，我粗作估计“大概两千万吧……”哇！两千万呢！

如若躺在被窝里想：我可以在南阳滨河路边修一座大型别墅，买三辆汽车吧，一辆自己坐，两辆接送客人机动使用，三个司机兼做仆人，再要一个女秘书，当然还得请个保镖，谁的武功好呢？……这么着想，一觉醒来，发现原来还是那个二月河，他的本名叫凌解放！妈的……就像《渔夫和金鱼》那首诗里的老太婆，跟前仍是那个洗衣盆；又像萨克雷的《名利场》里头的蓓基，身前只剩了个小卖摊……这么着，非发疯了不可。我看有的同仁，提起盗版那种憎恨，那样声嘶力竭，歇斯底里，气急败坏……心里很是不怀好意：是不是君子刚刚做了个什么梦？

前年春节，有一位陌生人到我家来，直称“我是盗您的书的，我……想送您一点……钱吧……”我说：“我不问你名字。咱们各奔前程，各安天命吧。钱是决不能收你一分的。”这是盗得不好意思了。也许是见我被人偷了也不骂，更“不好意思”了，来找我找一找他的心理平衡。但不论怎样，他算一个“盗亦有道”的人。

其实我的心思也很简单，盗版书对穷读者有利。这也是个不争的事实。这事我原本不晓得的，十年前吧，第一次碰到盗版我的《康熙大帝》，一问价，是原版的三成。我当时真大吃一惊，这件事让我想了“良久”。我知道了，出版社付给我千字三十元的“优惠稿费”是个什么含义，知道了书的利润，也知道了“三成”里头也还有赚头。现在的下岗工人是什么境遇？两年前听一位工人讲，他们是“三线厂”，在深山农村，过去是农民来偷工厂的设备卖铜铁。现在农民告工厂，说工人把他们地里的菜根都偷吃光了。还有一个真故事，一个双下岗工人家，妈妈带孩子买菜，腰包里只有两元五角钱，买完菜还剩五角钱，小孩子闹着要吃猪头肉，妈妈把最后的五角钱掏出来，卖猪头肉的说：“五角钱的肉怎么称？别处买去。”妈妈为难，孩子哭得很凶，卖肉的知道了也掉泪，说：“我不要钱，给孩子割点吧……”还有一个警察，抓到一个小偷。小偷说我穷，因为下岗了……警察带他到他家看，家徒四壁，冷落锅里，煮着一锅绝无粮油的野菜。警察摆手放人，当下就默然离去……

一套书是几何钱？我的一套文集，便宜点的版是二百多元，软精装、硬精装、豪华版本、带木箱精装是三百多、四百多、五百多、七百多元不等。我不讲上面这些极端的例子，就是一般下岗工人，贩夫走卒，推车卖浆者……花三成的钱买一套回去看看你的书，我不好意思剥夺掉他的这一点权利。

从这一点上说，我以为我的心理还是健康光明的。三百多年前在一个严冬，蒲松龄停住了笔，在他的绰然堂窗前端坐而逝。他没有见过他的《聊斋志异》“版本”。二百多年前曹雪芹两个儿子死于天花，悲苦困顿中“泪尽而逝”，他也没见到他的《红楼梦》版本，更遑论什么“版税”、“稿费”！二月河何人？你们“那众位”何人？

“沧浪之水清兮，可以濯吾缨，沧浪之水浊兮，可以濯吾足。”凡是讨伐盗版书的，我看都是有版可盗的，这也是吾国国情，除了盗版，还有多少泼天大事，极令人头痛的混账事？这件事比起来，不是什么了不得的。

但盗版确实在“盗”，确实损了国家税收及版权规矩，算是损公肥己的劣行……这么麻烦的事，我想不透，感情又这么复杂，不听，不问，不管算了，请社会学家和政治家来伤脑筋吧。

读书要缘分

其实万事都是要缘分的。譬如我们遇到一个陌生人，第一感就有“顺眼”、“不顺眼”之分，但原先一丁点恩怨也没有。佛家讲就是“阿赖耶识”在起作用。譬如踏破铁鞋无觅处，费尽千辛万苦找不到，突然一个极偶然的机会，碰到了，或者是找到了——得来全不费功夫。譬如一项化学实验，绞尽脑汁子就是不能成功，偶然发现一种催化剂，它就……譬如……我说的读书只是譬如一。

我是经历过一段填鸭式读书的过程的。那是“文革”期间吧，全民都在文化荒漠之中。那个时候我的感觉，仿佛见到所有的文字都是亲切的。我在废旧公司收的破烂里觅，在朋友家里搜，在图书馆的角落里捡，地下掉的一张纸片，一本旧台历，上头只要有我没见到的文字，都会使我心目一开。什么《匹克威克外传》《名利场》《双城记》《悲惨世界》《复活》《安娜·卡列尼娜》《牛虻》《三个火枪手》《第二次握手》《镀金

笑对人生

时代》《百万英镑》《王子与贫儿》《汤姆·索亚历险记》《哈克费恩历险记》……直到《玉匣记》《奇门遁甲》《麻衣神相》《柳庄相术》，包括道士们画的驱鬼驱狐的符咒——没有老师也无人指导，全都是猪八戒吃人参果那般囫囵吞下去。《聊斋志异》里写了一个鬼，他读文章不用眼，是用鼻子。归有光的文章，他点头会意，“此文吾心领而神受矣。非归、胡何解办此？”嗅到考场考官的文章，他会大打喷嚏得鼻涕眼泪齐流——怎么突然挨了这种东西？“刺于鼻，棘于腹，膀胱所不能容！”这种八股文，他认为是毒瓦斯，比屁还要臭、毒的玩意——我的水平不及那鬼。多少年后，我读到一本清末的八股应试文本，似乎也没有他那样“过敏”。

但有些书确是不对我的缘分，或者不对脾胃，巴尔扎克的《人间喜剧》就没能卒读。不是没有时间，而是感觉读不到位，有的篇章还可以，有的篇章匆匆一览过后便忘。《战争与和平》我至少读了五遍，也还是找不到心灵震撼的切人点，关怀不到书中要旨与人的思想。喜爱《基度山伯爵》《茶花女》就一般，金庸的书几乎全都爱，但他的《鹿鼎记》至今还在书架上是个摆设，我觉得里头的社会性不够，大量演示一个小流氓的跳梁，不足以显示那个时代的特色。王朔说了金庸很多不恭之词，他两个抵触是都晓得了，但我喜爱金庸，也爱王朔。郑渊洁的童话起初也很使我着迷，他后来作品明显是硬凑着“说”童话，不那么“娓娓”了，我也就淡了。我读书喜欢“原味原汁”，“清淡”的便清淡了。包括像《第三帝国兴亡》，虽然不是小说，但它刺激、原味，仍然可以使人通宵达旦地读下去。太浪漫的书如《斯巴达克斯》《三个火枪手》味道很重，但我也读不出兴味，我喜爱莱蒙托夫的诗，对普希金就恬淡。当然这都很“相对”，不是那样兴奋，不那样“雀跃”而已。

在很长时间里，我一直认为，这完全是我的读书主观不够档次的缘由。后来自家著书，又接触到不少大腕专业读者——评论家，发现和他们意见一样的。这样，我的疑心便动摇了，《红楼梦》是好书，但也有许多人并不爱读的，更遑论《聊斋》《西游记》《水浒》，真的萝卜白菜各有所爱。你是一家，也许真的荼毒了许多人，也许成全了不少人。这不能用“对”或者“错”，“档次高”、“档次低”来界定的。

我的书是能卖钱的，卖相好的书出版家以为好，“为的钞票”，但我深知，有些不能挣钱，出版家照出，因为明明白白它是好书，可以为出版社“门庭生辉”，有些顶尖级的书读者群很集中，但一般读者却不问津。这不是书的问题，是人和书的缘分的事，有的朋友说我的书是“通俗读物”，我知道他的意思是“不入大雅之堂”的吧。那也是他的缘分不对，但我不否认我的书通俗，我的书就是给千千万万肯从自己血汗钱中取出又买进他的书屋店铺，甚至带到公交车上、厕所里去读的，这也是无可救药的缘分在起作用，至于读到了多少，读出了什么味道，那是我和读者交通的结果，不足与外人道。

我的女儿爱读琼瑶、三毛，爱啃她的青苹果，谁能说她“不对”呢？我会因为她不爱读我的书而不爱她吗？

别人也一样。

小说妆扮

一辈子没用过雪花膏，更遑论香水发蜡——请原谅，我举不出任何一种货架上琳琅满目的化妆品名目——我的记忆力是上好的，也有人说是“惊人的”，但就是记不住它们。只在小说和文章里见过，似乎是法国的玩意儿好。有国外朋友来访，常送一个小盒子，很精致的，一律洋文介绍说明，打开看，一排、两排、三排的精巧小瓶子，晓得是化妆品，随手就送人了。受的人常高兴得脸上眼里都放光，说是“值好几千呢”，我也只“一笑置之”。

想起来，挺对不起朋友的。大老远的，从美国、法国、台湾地区……拖着一大堆行李坐飞机来，给你送东西，就这样轻率地“转赠”了。然而再一想，仍旧没有“歉疚”这份心思，这种感觉——一种东西，倘它是有用的，便宜的也是好的，我们吃腻了鸡鸭鱼肉，有人送一盒六必居的老咸菜当感激不尽；孔夫子闻韶，“三月不知肉味”，三个月后，他老人家口味淡出，送他一碗红烧肘子如何？冻得直打哆嗦，偏偏送来的是婚纱礼服，肯定拿去卖钱买棉衣了。清末一部小说里写了一个人物，爱面子，每次来说请他喝茶，一头肚里饿得咕咕叫，一头还要装模作样地弄“派”，死要面子活受罪，真的不如说“来碗阳春面吧”。

我不是说一概地反对妆扮，女人爱这个，从古至今一个样，而且是一个时期一个“摩登”。最早见到的资料是东汉大将军梁冀的妻子，淡扫蛾眉轻施粉黛之后，要在眼睑下方擦抹，擦得像刚偷泣过那样，薄薄一层泪晕，显得妖媚柔弱可怜。还有个“张敞画眉”不知是用黛石还是用墨？他因打扮老婆成了历史名人。《红楼梦》里的女孩子没有一个不化妆的，林黛玉是“似喜非喜含情目，似蹙非蹙笼烟眉”，害得我放下笔，在马路旁看过往女人，来来往往成千上万的美女，竟没有一个是我心目中那样子的“林黛玉”，只好怅然而归，浩叹“林黛玉化妆术太高明了”。人说“眼睛是心灵的窗户”，其实这窗户很需要一个好窗框，老虎狮子的眼单摘出来，也“水灵灵”的，猴子的眼也“活泼泼”的，成吗？说句题外的话，“眉眼眉眼，‘眉’的重要性还要在‘眼’之上呢”——这其实是打扮的要诀。赵飞燕、杨玉环、武则天都是化妆高手，不然她们哄不了皇帝。“燕瘦环肥”就是那时人的审美时尚。龙门石窟里卢舍那佛据说是照武则天相貌雕琢的，这肯定是那时的“时代趣味”。打扮就是这个样儿：按潮流来。

作者的“三大嗜好”：抽烟、喝酒和下棋

现在我们的时尚是什么？我看是“没有自己”。全部按外国时尚，今天看电影，人家拉“离子烫”，赶紧我也去拉一个；明天看烫发好，急忙又去把“离子”弄成鸡窝。眉毛文得漆黑，眼皮割得翻着肉红，施粉无度，抹油也无章，远看还是个人，近看其实惨不忍睹。我在街上很看到些个“这样的”，我在中央电视台做节目时，食堂里也见到几个“角”，他们卸了妆，看去绝无镜头那般芳姿，也都是“这样的”。或许这是职业需要，我不能说什么，但不能禁心里想“娘希匹的，化妆原来如此”！就是上了妆在那里吃饭，离得近看得清，那整个是赵树理笔下的三仙姑，脸像“什么，什么”东西上挂了霜，眼皮一动就掉渣，又担心落到碗里什么味。

这说的女人。男人呢？也在那里扎小辫描眉，“淡扫春山”。一个个看去都油乎乎的，有的还擦口红。我相信，他们有他们的情趣的，泰国的人妖也有他的情趣，这时代允许。《第三帝国的兴亡》里写希特勒，这个特号战犯早年也是个“画家”，画的画儿人物都像食尸鬼。他也自有他的“情趣”。物反常即妖。男人打扮我也不反对，但我主张该是扮出来“更是自己”，而不是变成怪物妖精。女人打扮男人打扮都是为了对方的需要，哪个正常的女孩，会“需要”妖精呢？

说说也就是说说，在时尚面前真的是人人平等，谁也无力扭转乾坤。何况二月河小小的。今年春节在海南碰见石三八，她是搞美容的，是打扮专家，她弟媳也搞这个，吃饭说话一高兴，把老伴、女儿都送到她们店里去。

人各有志，我照旧，理发时对师傅说，我对各种油脂化学过敏，打打肥皂刮洗就成。

金庸被虫咬？

成名了的人事多。记得多少年前，还在摆弄“红学”时，写一篇万把字的小稿子，要等很长辰光才能刊登——那时写稿人也有一句话叫“发了没有？”或者叫“用”了没有——没有发没有用的大段空闲就穷极无聊地等待。机关里的公务不多。三下五去二就打发了，更没有许许多多“崇拜者”围着寒暄、签名留念，听他们“发自内心”的仰慕话……这么闲着，就也有感想是“半个贾宝玉”：他叫“富贵闲人”，我虽不富贵，却是“闲人”，有点聊足自慰的意味。但后来不成了。牛个也不半个，直就是穷忙……《雍正王朝》电视剧播出那个月，二百多家新闻媒体盈门采访，躺在床上打“点滴”，手里接电话应酬记者，床前坐满的不是医生，而是赶来凑热闹的外地本地记者。就是在电视剧未播出之前，也早就难遇“浮生又得半日闲”这样的好事了。

但今年这除夕没有电话，这是件稀奇事。平常时就是周末，或不周末那电话铃声也是时稀时密地响着，说出版的、请写序的、邀吃饭的、会朋友的、来签名的……总归不让你“闲”着。我已经忙惯了，乍一清静，先是一阵高兴，后来突觉反常，“反常谓之妖”，想起这句话，竟有点不安起来。不料太太插进一句话说：“你今晚可不要打电话，防着千年虫！”我不禁愕然，瞠目望着她解释：“……要是该你倒霉，打一次电话给你记一千年费！”这下子又使我恍然过来，笑说：“最好年年有几条千年虫，天天咬电话线。”说笑归说笑，我还是抓起耳机打了几个电话。在电话中和朋友调侃：“最好千年虫咬我们一口，可以和电话局打打赖皮官司吧……”千年虫这么厉害的？从前也知道的，先听说是“狼来了”，又见报载，这一天全国的银行业务一律停办，又见报载说哪个国家何处地方碰了这条虫，损失若干吃亏几何云云。真的太太不许摸电话，才晓得这玩意儿不是说说就得，也会“玩真格的”。我这人是太呆了，因不会玩电脑，也就不怕“病毒”，不开银行，就不怕账目错乱，千年虫与我何干？我倒更怕或者说更留意，别走道儿上横不楞子蹿出一个什么“虫”——或像金庸，“闭门家中坐，‘虫’从天上来”，说一句“没吃过猪肉，也没见过猪走”，然后再说一句：爷和金庸“也差不多”——就算你是“大侠”，又其奈爷何？还有一位华君武，起小儿我就看他的漫画，端的有出神入化之功，不知劝了谁几句，也招来了虫，咬你没商量。

大约差不离三千年前吧，那时没有现今意义上的千年虫，外国除了巴比伦、埃及、希腊，说不上什么历史，商纣王的什么虫咬死了比干。悠悠几千年过去，虫们已经文明得多了，有的会唱歌，有的能写一手不错的文章，咬人也不像那么直来直去，变得哼哼叽叽的。“不值一笑哂”的事，被咬的也却十分郑重其事。金先生说是打的佛家拳，我看有点像“黯然销魂掌”；有人想大张旗鼓地将华先生的小咬儿送上法庭——这总是一种文明与进步——不许你乱咬，我的名声不值得虫来咬的。也许有虫咬过，嫌苦，“其味不佳”，“讨厌”着离去了。记得一首古诗：

桃生露井上，
有李生桃旁。
虫来啮桃根，
李树代桃僵。

现在没有那么多李树，要多几只啄木鸟就好了。

儿子与位子

中国人比西方人，最看不开的便是“香烟”承继的事。北方人家生产，哪怕只是三斤重的男孩畸胎，人们道里相传会说“××生了个大胖小子”，倘是女孩儿，就是九斤重，也是那么嘴一撇“是个小丫头片子”——这当然是早年的事了，现在虽也还有类似的事，也是“非典型”的顽固分子还在坚持就是了。

这是彼时的情理。孔夫子说过“唯女子与小人为难养也”这句话，我在一所大学调侃过：这一定是气话。因为这个话没有理论支持，和他老人家那一整套仁义礼智信的人伦学说没有实质上的联系，突兀地，冷不丁冒出这么一句，很可能是孔老师昨夜受了师母的气，上了讲台还在生气，发牢骚骂人。他是个述而不作的人，说什么话都由学生忠实记载，由此传了下来。后世的一代代经学家诠释，理学家剖析发扬愈弄愈大，愈弄愈极端、尖锐，竟酿成无数终天之恨，无尽人间之悲。

我想了想这件事，其实是暗合了中国的财产继承的传统——闺女是要“出门的”，结了婚便是“人家的人”，娘家的田产房屋，动产不动产，是没有她的份儿的。这只要稍加注意就是晓得了，穷得连穿裤子都成问题的人家，不会很在意生男生女，愈是往上的大户人家，便愈是在这上头想不开，钻牛角尖。山东孔府是千年世家，改朝换代改不掉“衍圣公”这个铁帽子爵位。因此衍圣公是世袭的。若衍圣公无子，那么族里就会议另推嗣子申报朝廷批准。有一代衍圣公竟真的遇到了这问题，他死了，衍圣公夫人按规矩必须退出公府，偏是侧夫人怀孕未生，倘生男孩，公夫人便可免去这一难，因此她异常紧张，连日闭门告天祈福。等到侧夫人产下一男，生产的没事，公夫人一口气松下来，竟致昏厥过去。

大户人家、王公贵族，尽管是“铁门坎里出纸裤裆”，什么事都荒唐拆烂污，唯独这件事，谁家也不肯马虎，辨得极认真的。说到帝王家，那就更复杂，更纷乱，更尖锐，不但有后继的事，还有争嫡夺位的事。宋太祖死得不明不白，有所谓“烛影斧声匣剑帷灯”千古谜之说。后世也是一代一代依样画葫芦。为争太子嫡位或冒或隐或“微妙”或直截，打得头破血流，争得殚精竭虑，疲惫欲死。说起来，他们也都是人。大致上也都受到当时最高的学养教育，并不是不识情，不知理，实在是大利当头，关乎他们生死荣辱穷通贵贱的事，不得不争。

这件事“正规的”是从秦始皇起。嬴政不愧“始皇”，什么事都从他开始。前头列国也不乏父子相争诸子搏命的，但那是“小局面”，秦是统一了华夏中国，车书万里一同，度量衡统一，自他而始。但他的两个儿子胡亥和扶苏夺位，胡亥作为第一位夺嫡的胜利者，和他老爸那制度一样为天下后世垂范。

所以每一代皇帝上台，考虑的“最大最大”的政治是两件事，一件是“死了以后怎么办”——登极便修陵墓。因为他晓得“富有四海，贵为天子”，活着的荣耀权势是铁定了的，死了之后到地下，也要和活着“差不多”，这么着才能叫“永远”；第二件是选继承人。

这件事可就复杂许多了。这不但是“死了以后怎么办”，还有一个“活着时候的安全感”的问题。如若这皇帝只有一个独生子，那就别无选择。哪怕这小子是混账王八蛋傻瓜白痴，也是“自家儿子”，定死了的太子位子是要给他的。儿子多，这事便麻烦了，选谁来当太子，怎样选，几乎是每个皇帝都头痛的事。

大致上有三种传统的做法：立嫡、立长和立贤这三种。“立嫡”很简单，哪个是“正宫娘娘”生的便是哪个；“立长”也简单，哪个儿子年纪最大——一般而论，岁数大一点，社会经验多，统治术也熟练一点——就是哪个。“立贤”最好，这谁都知道。但那是对天下、对治理臣民而言。

对皇帝，对宫廷安定，对朝局稳定，对大臣们来说，立贤倒是一件最麻烦最可怕的选择。都是龙子凤孙，谁贤？谁不贤？投准了票固是一步登天，一旦投错了票，新君不是你当初选的“贤”，这辈子还得了？因此“立贤”这话，不过说说而已，皇后只要有儿子，别的人休想染指。因此我看史书，常有皇帝生时“天日之表”、“红光满室”诸话头。说不定便是当时舆论宣传的导向呢！

历代就是如此。汉代立太子，除了太子，皇帝的其他儿子裂土封王。刘邦他这样想——给儿子们一个“国”这么丰厚的待遇，各自都去过“独立”生涯，就不会去觊觎太子的皇权，谁料不久就闹出“七国之乱”，同是王，一个爷娘祖宗，没鼻子没眼打起来。有鉴于此，除了晋代，皇室都有制度，叫“不得非刘而王”。封王，一是你必须是天皇贵族，是皇上的儿子；二是即使你是儿子，封王也不给地盘、人民。储君只能有一位，其余的给政治待遇，给“食采”，给钱养起来，只许你过“好日子”，不许你动野心打太子的主意。

这样措置，太子的位置一般比较稳定。如无特殊的政治情况，太子能够平安登极。但也有毛病，就是那些儿子们既有闲又有钱，又不许做事，一个个都比猪还蠢一点。穷奢极欲之外，拼命生孩子，朱元璋的第二十三子朱柽封在南阳二百多年，明亡时，南阳朱姓子孙封到轻车都尉的就有三万余人。封在洛阳的福王，家中金银财宝垒如山积，李自成攻洛阳，危城孤立将士拼命之时，不肯拿出一分钱激励守城军队，结果城破人亡，所有的钱都被李自成笑纳了。

这种情形到清代有了较大的变化。清代也不给儿子们封土。但不许儿子们闲着，皇帝指定“差事”，也就是指定工作给他们负责，有的是“常务”，有的是临时派定，由太子总起来负责。这当然是接受了前代帝王的教训，想出的新法子。爱新觉罗氏是少数民族，入关前的“文化程度”，也就是个“小学”学历吧，对汉文化的了解也就是一部《三国演义》而已。不知道兄弟阋于墙宫廷杀戮五步血流的汉家“文化”残杀的厉害。他们看到自己是“少数”，要对付庞大且是文化程度高的汉代民族，要统治这么大的国家，儿子们必须有能力、团结一致才能办到。前代帝王突出太子，把其余的儿子压下去，可以看作是“水落石出”的意味，清初立太子，却是一种“水涨船高”的路子。

据我观察，清室皇帝大致有两个共性：一、（孝敬）怕妈不怕老婆。二是都颇能干务实，昏庸无能的没有。第一条不去说它，第二条就是“水涨船高”的实效，儿子们从当皇子时就开始办差，在工作中历练，官场情弊，政务艰难，民间疾苦，甚至人情世故也都了如指掌——天赋学养，身体条件，政治环境都极优越，且是无须去锻炼写八股文应试，腾出大量时间做很务实、很宏观大局的事务。所以，只要不是智商有问题，或身体太弱，一个个皇子的实际素质都是相当了得的。这一条很像我们今日一些大亨，不但对子女施以最好的教育，同时在实践中让子女一步步提升能力，锻炼社会素质。

但就皇子而言，他们离最高权力太近了，抬手就能摸到。古希腊神话中有一位女神叫墨杜萨，她长得极丑，头发都是蛇。人们不能看她，一旦看到了她，就会变成石头人，永远也回不过头来。无论“水落石出”还是“水涨船高”，这些金枝玉叶都看到了中国的墨杜萨——权力，他们成了石头人再也回不过头来了。

佛家理论“色”可以成“空”。

道家学说“实”可以化“虚”。

基督的话，那一本《圣经》上它不论理，只是一句又一句地传达“神的指示”。

儒家讲仁，讲忠恕，讲孝悌，讲礼义，把皇权捧到极致，带来的后果，是道德标准与实施道德的行为的不一致，是温情脉脉的虚伪。

很快的，清代帝王便尝到了这个又硬又苦又涩的果子。

倘作一下比较，是颇有意味的。清初多尔衮掌天下多年，主少国弱之时，他若想当皇帝，可以说只是一句话的事。但他按《三国演义》来，不要学曹操，想学的是周公、诸葛亮，坚持不肯谋位。但（新君即位，几乎第一件事便是抄他的家）野史稗官说他是与大玉儿（孝庄太后博尔济吉特氏）有暧昧关系，所以扶孤济弱。这事我坚持不信，因为他若篡位，不但有天下，且是可以娶了嫂子。

康熙是因为出过天花，遂以“独特的条件”无可争议当了皇帝。

但到康熙晚年时，储位问题变成异常的尖锐、复杂和麻烦的事。这是因为此时建国已七十余年，他的儿子们已经纳入了汉家文化轨道，懂得了当皇帝是怎么回事，更懂得了这其中的天差地别。如果说多尔衮有畏难政务（他是武将）的心思，这些皇子可不一样，他们变成了热衷政务，追求权力，乐此不疲的人，看墨杜萨看得真真切切，变成敲起来叮当响的石头人。

康熙皇帝共有二十四个儿子，他十二岁成婚，活到六十九岁，这些儿子是陆陆续续出生的，大的五十多岁，到他死时，最小的才四岁。大阿哥、二阿哥、三阿哥、四阿哥、八阿哥、九阿哥、十阿哥、十三阿哥、十四阿哥共是九位“爷”参与了这场史无前例的“闹家务”。其中二阿哥是原立太子，幽死。大阿哥幽死。八阿哥九阿哥另行改名“阿其那”、“塞思黑”（满语“猪”或者“讨厌”的意思），十阿哥也是终生幽禁——实际上，连最小的阿哥，四岁的二十四阿哥也参与了这场血腥的斗争，没有一个人是置身事外的，但“主力”是九个权势极大的年长阿哥，因此史称“九王夺嫡”。

我不能用这篇文章的篇幅详细表述这场惨烈的宫廷巨变。我的实际感受，在读到这些数据时真是有点毛骨悚然。看到了人间“最虚伪”与“最残忍”的天然糅合物：一切都是在自然中生发，斗争的“档次”在不断提升，激烈到置性命生死不顾，压迫呼吸于顷刻之间，张牙舞爪在公明之堂，朝会宴喜之时突然发难，猝然间图穷匕见，五步之内血流当庭……而这一切，都发生在父慈子孝、兄弟揖让的温情纱幕之中！投毒、劫杀、狱囚、造谣、诬陷、中伤、饰过、讳功……所有人能想出的辣手都想出来了，用上了。至于后果，大家都晓得了。我细想了一下政变胜利的原因，竟是这样两条：一是赖于康熙皇帝政治嗅觉的灵敏，二是其余皇子专搞“斗争”，“太投入”了引起他的反感，而雍正不搞工作搞斗争，在康熙面前竭尽全力表现他的“诚孝”。我在一老年大学讲这件事：“假如你有几个儿子，都在算计你有多少遗产，将来怎样分配，如何才能分得多一点。其中一个却不停地劝你：老爸呀，你可要好好保重身体，你活得长寿才是我的心愿啊……你说，你把财产给谁？”老头老太太们在会场哗然而笑。

这就是“水涨船高”的代价。这团家族的悲惨变局的浓云，一直笼罩在阴沉灰暗的紫禁城上空，一直绵延到清室灭亡。平心而论，康熙的儿子们个人素质、能力，个顶个的都很棒。他的三儿子还主持修撰了《古今图书集成》，十四阿哥能带兵，在青海打过大胜仗，余下的阿哥们也各有自家本事——这都是“锻炼”阅历、读书学习的结果，但却用在了这上头。我看雍正是憋了一世的气一肚子话，写了一部《大义觉迷录》——皇帝写书，他是千古一人。乾隆一看不好，“家丑外扬”了。一上台就赶紧收，急忙烧，把书的当事人速速杀掉。

我以为这场兄弟残杀变争分两个阶段，起初是“个别行为”，大阿哥见太子失宠，搞了一下就败到底，三阿哥又跟上，也是一击不中赶快退开。八、九、十阿哥接着一拥而上，变成一场群斗群殴。这是有点像市场上的“催眠效应”：一车菜挺新鲜的，摆在当街没人买。有一个人去买，会带得买菜的人挤破了车。

一切都是为了权力。就专制政治而言，战争是为了权力，内阁搏杀也是为了权力。因为权力象征和代表了一切。——看到了这一点，乾隆皇帝下旨，废止了立太子的祖制，形成了秘密建储的局面：

儿子们，我不告诉你将来谁是皇帝，不立太子。谁是将来的皇帝，我死之后你们到乾清宫“正大光明”匾后那里可以找到一张很精美的纸，它会告诉你想知道的事。

古今卖友记

新年伊始，蒙香港《明月特刊》稿约，写了一篇文章。说了千年虫，又说人间虫，煞是厉害。牵扯到金庸的，我说他是“闭门家中坐，‘虫’从天上来”。

这虫说的就是王朔。

细看王朔之咬金庸，静如处子，出若脱兔，无故加之，猝然临之，又快又狠叼起一口，血淋淋地一冲而去，再将目光恶狠狠转向他人——这看上去真恶。

我起先愕然，这怎么啦？是怎么回事？惊定回思，用另一边牙咀嚼，细品其味，久之不禁莞尔：咬你就咬你，咬你没商量。公开明白直出直入。王某是条好虫；壮哉此虫！他的“这件事儿”不够朋友。

然而金庸王朔就不是朋友，他不曾自称过是金庸的朋友。不管出于什么动机，王朔不够朋友够豪杰。朋友，是个很美的名词。一听这名字，弄历史的一下子会想起管仲、鲍叔牙，或许还会想到鲁肃、周瑜“指囷赠粮”。一班串街坊坐茶馆的只怕未必雅到“高山流水”，大谈钟子期与俞伯牙，他们更多的是留意那片绯红桃林中的艳阳暖春，刘关张义结生死的故事。如今的铁哥儿们迪斯科跳累了，也会用塑料吸管啜着“高乐高”大谈其“永恒的友谊”。这真是快意的词儿。

但其实远不是那般美好。雅人们造的《诗经》说“莺其鸣矣，求其友声”。孔子说“不亦乐乎”，似乎朋友们都能像秦琼那般“两肋插刀”——他实在并没有那事儿，插刀的似乎是单雄信——插的也是朋友的刀。倒是如二桃杀三士之类的事儿不少，稍一名利拨动（一个桃子值五毛钱吧），立刻血溅当场。

按朋友叙入五伦见《孟子》一书说：“使契为司徒教以人伦：父子有亲；君臣有义；夫妇有别；长幼有序；朋友有信。”“朋友”排在老五。照我的想头，大约因为朋友在社交中的位置紧要，所以列进“伦”内；又大约因为朋友之间制约力最小，以故忝居最末；且是因为朋友之间最易有出卖行为，亚圣因而干脆就提出了“以信为本”。

“卖友”是中国源远流长文化中一个颇为常见的题目了，也可说是我们的一个“国粹”。我在“文革”时见到人们起劲地互揭隐私，互相抄家，乌鸡眼对乌鸡眼，坑陷心对坑陷心，日夕不遑宁处。“对手”们几乎都是平日合穿一条裤子还嫌肥的“朋友”！曾亲眼见一群“哥们儿”抄朋友家，红了眼，喝了什么符水似的呼啸而入，打砸抢之外还搜钞票扑金银觅宝贝——这家子其实平日极善待他们的，青年光棍们周末常在这里过，有剁饺子馅、擀面皮、包饺子、下汤锅，热气腾腾中向长辈呼叔叔，喊阿姨——此刻变脸，一切面皮不讲，“热气腾腾”翻成“杀气腾腾”，都是恶煞一般！彼时年轻，亲眼见斯情斯景，只是暗自讶叹“勘破世情惊破胆，实是世事寒透心”。这句话后来还窜入了小说“明珠抄家”一段文字。

这是“人心不古”了？后来看古书里说的，不是的。有名的一对儿，前汉的张耳、陈馀，《史记》中载，二人初为“刎颈之交”——割头换命的朋友，后来铁哥儿反目互为敌国，遂成生死冤家。后来弄清史，又见有李光地、陈梦雷一对儿，文友朋友同年同乡，蜜里调油的交情。三藩乱起，陈投耿精忠，与李约定内应外合共图大事。不料天下承平，李光地做了高官，变脸不认账“没有那回事！”一个指彼“投敌”，一个说此“卖友”，亏得康熙惜才，陈梦雷才没掉脑袋。当时《与李光地绝交书》风行天下，究竟密谋实情如何，至今使清史专家大伤脑筋。

这原是“古已有之”的事了。追忆过去，不免审量现在，想想别人，自然又思量自己。名利场上的事变来变去，无非绕着“钱权”二字走马灯般转就是了。前年与一位朋友聚谈，说及这些前事，我称“贫贱宜交友，富贵易见心”。一个人经得贫贱考验不算了不起的事，若能经得鲜花掌声叫好鼓噪金钱钞票的洗礼，那才真叫难。这自是因我处境有感而发。不料他听了张开双臂，眸子闪光，热情地望天调侃：“啊，上帝！让这后一种‘难’的考验快点降临到我头上吧！”

年来《雍正皇帝》一书出风头，招徕不少事。先是有人代我不平，说及旁边有人“近殿欺佛”，接着有人代不平而不平质问：“谁是佛？哪里是殿？谁又欺佛来着？”我未及解释，又有文章出来指斥二月河“信口开河”，要追究“罪责”。有背地交代编辑部“不要登二月河稿子”的；有关照评委会不要给我的书评奖的；说“清高”的，骂“讨厌”的不一而足，我都不大理会，因为我不是圣贤人，有了那么多过誉之辞已很不安，也当允许人说个“不好”。再则，那些人都不曾自称过是我朋友，干吗要计较人家？

不料近日又有新“事”，一位多年老友在一次全国性文友会议上掰着手指娓娓而谈：二月河某某书得稿费几何，某某书得版税若干。很温情笑眯眯也煞有介事地说我“开了天价”，是多少多少百万。以他的权威身份说这样话，自然无人不信，自然“骇然而哇”——哗！写稿子也能成千万富翁呀！

我想，“讨厌”不要紧，喳喳议论几声也不要紧。读者听了这话会怎样想？二月河不但是个胖子，原来还是个阔佬写书给我看！文界诸友会想：你一向清高，背后竟是狮子大张口？至于黑道儿上哥们儿怎么想，那就难猜了。我不叫穷，因为我有稿费可拿；我想说的是“朋友”二字，有时也教人闻风丧胆呢！

所以回头又想告诉金庸，万花翔落，湛清的湝水湖上涟波荡漾，无数蝴蝶投水而没。岸边乔木长林雪色迷蒙，沿湖延伸极目无际……案牍陈纸，想起千里外的女儿，思及近旁红尘扰攘，面对美景自然，心绪也就驳杂，兴起兴落难平……快过年了，我看金王二人的戏也就这样子了，“朋友”也不去说他了。平安健康过年是福气。小心门户，防盗防火，小心灯火，小心烟花爆竹……还有，小心朋友……

“贰臣”文人洪承畴

就我读史粗概的印象，汉唐以上，中国的“文界”还比较注重清操。尤其是春秋战国时期，发生了“赵氏孤儿”、屈原的事件。苏秦说仪事件，甚或“二桃杀三士”、“豫让击衣”、“荆轲刺秦王”、“张良博浪沙椎刺秦”，这些系列，我看都是知识分子演出来的。当然，也有孙膑、庞涓的事出来，但那还算不上“社会主体现象”，而算是一件悲壮的丑闻。这些事，都被冯梦龙的生花妙笔写进了《东周列国志》。这些壮举里的人物，当然大体上是个“求名不图利”的心理状态，但毕竟有情有义有血有骨，无论他们为公为私、为非为是、为正义为邪恶，读来总有一种令人净化精神、洗涤污浊的回肠荡气之感。

自汉唐以降，有了“九品官人法”，而后李世民又创举科举考试，“一网打尽天下英雄”。他真是说到做到，而且我觉得愈往后世，这一政策的威力愈大，做的比说的还要彻底——不但“打尽”，而且打尽之后，把这些英雄们都“熔炼”了去，变成一堆狗熊、狼、豺、狐狸、苍蝇、臭虫、鸨鸟……甚至狗屎之类。设这个名利场真是厉害!

到了明代，八股牢笼又到极致，大批文人更是一些儿“明德”也不讲的了。

还要提一提洪承畴这人。他是福建南安人，字亨九，明万历年间进士，不十数年间连连擢升，官至蓟辽总督，崇祯皇帝倚为干城的人物，且是天下士子向往的楷模。与清军松山一战洪氏被俘投降，但朝野上下天下臣民却无不以为他是战死了。崇祯皇帝想当然地以为他即使被擒，也必不屈而死。于是旨意颁下，热热闹闹的，除了必有的慰问家属、抚恤恩荣之外，还有“予祭十六坛”，皇帝御制《悼洪经略文》明昭天下。这是很有味儿的一幕大讽刺剧。洪承畴不但活下来，而且又当了清兵南下的“经略”，带着八旗子弟入关，打得李自成及亡明孑遗失盔卸甲狼狈鼠窜，打得“大明江山”如鸟兽散。洪承畴对中原之地理、物情、民俗、世态了如指掌，军力布防也是烂熟于胸，打起来自是得心应手，生龙活虎般杀进来，真是如入无人之境，摧枯拉朽般就打进南京城。

在书房接受采访

这也是热闹煞的一出戏。洪大将军要庆贺这大捷，文心周纳处，又思要在石头城搞一个大的追悼会，悼祭阵亡将士——自然，是清军“将士”，不是亡明的。他踌躇满志，得意扬扬指挥着千军万马如仪操办，并一应法事僧道长老大吹法螺之际，来了一位故人。此人名金正希，是他早年学生望门投谒，说是“百篇文章请老师指点指点”。洪承畴多年兵戎厌听文事，托以目疾“看不清字”。金说：“不妨。学生读给老师听。”于是当众展卷，亢声朗诵，抑扬顿挫掷地有声，却是《崇祯皇帝御制悼洪经略文》。同时还有一位被俘的老将军囚在南京，洪承畴的意思，念及旧日情分劝他投清。这位将军掩耳大叫：“你们别骗我，我根本不相信洪亨九会投降！这个洪承畴一定是冒牌货、是假的！哪有像洪亨九那样受恩深重的人会投降的！你们一定搞错了！”这两件扫兴事出来，二人同日赴难。他这般施为，自然口碑可观。有人就悄悄在他家府门贴了一副楹联，上联是“一二三四五六七”，暗喻“忘八”；下联是“孝悌忠信礼义廉”，暗喻“无耻”，极尽挖苦热骂能事。清高宗命修“贰臣传”警戒后世身事二主之臣，洪氏名列前茅。

与洪承畴同样忝居《贰臣传》其列的还有一位叫钱谦益的，是个地道的著述等身的文豪学者，官也做得有滋有味。此人在前明做到礼部右侍郎，皇清之后也做到礼部右侍郎。他大半辈子仕明，是“清流”里的头面人物，小半辈子又仕清，入了“贰臣”，一生都带着点倒霉味儿，但文名确是“山斗”得很。我读过他一些诗文志铭之类的，也不能不服他学究天人笔参造化。读过刘斯奋先生《白门柳》的都知道，与李香君齐名的名妓柳如是是他的小妾，不折不扣的一个大才子。柳如是，一代红颜班头、风月场中领袖，我看嫁了钱，图的是那点子虚荣满足。钱谦益虽说年纪大了几十岁（柳戏说钱“君之发如妾之肤，君之肤如妾之发”），但地位高、文名且好。按她的想头：倘若钱能为忠君之臣，她再来做个殉节之妇那该多好？她与钱一段风流情分岂不成了千古佳话？可惜这点子可怜梦想也竟成镜花水月。钱谦益还是恬恬然活了下来，腼腼然入了清室。他也有几桩尴尬轶闻。康熙年间，他在南京莫愁湖置酒高会、呼朋引类吟诗论文。席间大家扶乩作戏，钱谦益请问神仙，自己“享寿几何”。乩盘毫不含糊答曰“六十三岁”。钱谦益拈须笑了，说：“我今年已经八十二岁了。这乩语说谎。”乩盘动了一下又说：“君不死，吾可奈何？”——你不死，我有什么办法？屈指算去，钱谦益六十三岁那年，正是明亡的甲申年。另有一说，是众人正酣歌吃酒兴头间，一个二十岁上下的年轻人长揖而入，对着钱谦益连声寒暄：“老兄康泰，小弟来迟，恕罪恕罪！”钱谦益时已是皓首如雪的老翁，自然不受用，问那年轻人：“后生今年青春几何？”那人笑道：“二十岁。”钱谦益掀髯笑说：“老夫犬马齿八十又二矣！”那年轻人却说：“不是这样算法。甲申年您就死了。您现在过的再生之年，其实才十九岁。称您老兄，是和您客气礼貌。”钱当时闻言“大惭”，就此一病不起，一年后也就寿终正寝了。

有人问我，你连篇累牍说“文人无行”，为什么自己读了那许多书，还到处劝人读书，说什么“读书万卷其乐无穷，读书偶得甚解其乐无穷；读书不求甚解其乐无穷！”想了想，他许是有点误解了我的意思，我以为是“文人多无行”，不是“文人皆无行”，就像《秦香莲》戏文，包拯唱词中劝香莲课子读书“千万读书莫做官”。但这么说问题又来了，因为包拯他自己就是个官，岂不是逻辑悖反？

所以这不是一概而论的事儿。读书是没错的，但中国数千年人文观照，金科玉律“学而优则仕”有毛病，就弄出些秦桧严嵩之辈张扬跋扈。人治，使官本位如虎添翼，一旦“仕”了去，一切伴随着权力与生俱来的好处，诸如荣耀、尊贵、崇仰、金钱、美女、鲜花掌声与微笑、媚笑、胁肩取宠……都会滚滚而来。比一切的事业产业营运之利都来得便当快捷，也就难怪人“一阔脸就变”了。

再谈腐败症与糖尿病

如果留心，这几年听到的腐败与反腐败类的传闻，诸如“走后门”、“张宝林”（三种酒：张弓大曲、宝丰大曲、林河大曲）、“炸药包”（礼品包）之类的街谈巷议，确实是少多了。清官戏也渐次消失了轰动效应。是不是腐败的事真的好起来了呢？但偶尔露出的反腐议论却是有点令人毛骨悚然。

当然，老百姓身处低位，只是看到一些“现象”，汤里有个死老鼠，这汤便不好喝。激愤之词未免失衡夸张——一方面是议这事的少了，另一则是议论的层面高了。

这就可畏可怖。因为腐败的蔓延已不是什么稀罕事，见怪不怪，人们懒得为并不十分切身的烂话题作为自家谈资了。虱多不痒，债多不愁，反而平静了下来。二是腐败“档次”高了，下面科股长们闹一点小特殊，收一点礼金礼品，既是习以为常，也是顺理成章的事。在这种情势下的一度“端起碗来吃肉，放下筷子骂娘”的事也就成了过去。现在不是不想“我操”而是需要“我操”的事太多，操不动了。

中国人的财产不是公开的，几千年以来没有公开过。百姓的财产、收支不公开，自然影响到税务，征收“遗产税”云云更是遥远得渺茫，官员的财产不公开，贪污来的钱其实就是说到手了就已经“洗”过了。不是洗不洗的问题，而是根本不需要洗。发现一个抓一个，那自然是对的。没有哪一个国家政府有“发现了也不抓”这回事。财产不公开、财政制度不健全或根本没有，助长了贪官的胆量。因为“不能说明财产来源”的罪名，实在也量刑轻于鸿毛。动辄几百万、上千万“不明来源”财产——他不造钞票，又不会屙金尿银，哪里来的？明明肯定是搂来的，然而却是不明，因而本来明明白白的事，也就跟着“不明”了。

建国初期杀掉的张子善、刘青山，他们贪污的钱和今天的贪官们比较根本“算不了什么”。也就是几十万吧！现在时兴用语，叫“除去物价上涨因素”，那该折算几多？和赖昌星手里的一大批官员相较，又算得个什么“巫”？刘青山、张子善，是“地厅级”干部。就档次而言现今已是普遍的普遍干部典型了！就“三反”、“五反”时定的规矩，一万元以上就是“大老虎”，枪毙的也不在少数，有些地方甚至道不拾遗，夜不闭户。开国政治家的腕力与风骨，真的令人钦服难及。

这是很简单的比较，愈是事实愈是令人感受着沉重。我们天天喊“防腐拒变”，冒出水面甚至是笨到自投罗网的吞舟贪鱼却是层出不穷。沉重之余，用一句《胡笳十八拍》里的话，“攒眉向月兮抚雅琴，五拍冷冷兮意弥深”，说这心境，是很惨的一件事吧。

从经济发展的角度，现在确实有了前无古人、史无前例的跃进。如果缕陈这一事实，可以写一部大书的。但我们是否应该注意一下，不要让贪风炽烈到与此“同步”发展的地步？

《三国》里的张飞向人吹牛：“我什么也不怕。”那人反问：“病，你怕不怕？”张飞立刻摇手攒眉：“我怕我怕痛……”——记得小时候父亲讲过这故事。他的本意无须再议。那么社会呢？一头经济发展，长得牛

如今，作者因身体原因不再创作长篇小说

高马大，是庞然大物了，一头却有消退不下的高血糖。我的上篇文章是谈腐败症与糖尿病的。高血糖引发白内障，让你变瞎，心脏疼，脑栓塞——一下子就瘫了下去，最后导致金石无力回天的尿毒症……社会患之“消渴”症可怕不可怕?

“腐败症”的各种情形似都可与糖尿病相比。

一、都是富贵病，社会环境愈佳，愈易滋生。

二、先天遗传与后天发展而来。

三、所以都是不知不觉中蔓延发展。初期无症，润物细无声。

四、都不会一下子要命。

五、都引发人体各器官病变。

六、都削减免疫力，无法招架并发症。

不同的只是糖尿病是个人的事，是一群人，面临难题的也是杏林学者们；腐败病是社会性的，人人有份，概莫能外。

说防范不力，说无良医良方良药，那么我们就等死吧。

抢注“二月河”

几天前我到岭南讲学，突然接到北京一位律师电话：你的名字被人抢注了——是新乡一位卖饮料的。我当时正午餐，乍听之下，一个咳呛，把嘴里的饭全喷了出来。早前听人说，外国人抢注了“端午节”，我心里一直疑惑：端午节是纪念屈原的，和你外国人一点相干没有。你“抢注”个中国祖宗去是什么意思？不料这种事吾国有人也会干。且是干得也很认真，堂而皇之地去国家工商递呈子了。喷饭之余，那自然是又有些反胃。

读过我书的人大致上都晓得，我的本名叫凌解放。中国人有“行不改姓，坐不更名”这一说。我作《康熙大帝》原本也是这般思路，就用“著者“凌解放”。但后来一想，康熙是个古代人，“凌解放”这个常用语说是“不太和谐”。挖空心思动脑筋，不但仍是凌解放，且要回避不协调，想出“二月河”这个笔名来：二月河是个中性词，不至于与书名冲突，这是其一，其二，二月大河冰峰解冻的时候，至今还有个专门的词叫“凌汛”。二月河真真实实的就是“凌解放”的意思。我的这点意思，现在已经是普及性的社会了解了。我心中其实满得意的：老子仍是行不改姓，坐不改名。我是河南养育的“豫儿”，但我的血统是山西的“晋儿”。前年游山西，听说山西有家企业出了个上联叫“二月河开凌解放”，有奖征求下联，至今尚无人能确对。我相信它和“烟锁池塘柳”一样，也是个绝对。

我是商品，商业不作联合之举的一个人。这倒也不为我是象牙塔的精神贵族——我一向以为，“贵族”云云，也和引车卖浆的平常百姓一样，柴米油盐酱醋茶，吃喝拉撒睡事麻……一样不多，也少不出什么去。少年时读莱蒙托夫的《商人卡拉希尼柯夫》，使我对商人——新兴资产阶级为维护他本人人格和家族的尊严，与沙俄强权统治者作不屈抗争的事——在阶级斗争为纲的年代，口中不能说什么，心里却很佩服的。但我的父母都是军人，父母的上辈是农民，自问我这家族没有“商业”基因，做文章或许有点指望，做生意肯定一塌糊涂。因此，我告诉女儿，我们家不许从商，从商肯定“不中”。因为“义不行贾”不能太讲义气；干这事你得有商业头脑，得有运气。不信你去摸摸彩看。她还真的试了试，在公园里摸彩，花了几十元，连个乒乓球也没有摸到。也就死了心了，当兵去了。

几年前，美国一个城市“老华”们，成立了一个“二月河读友会”。这样的松散组合，在台北也有一个，领头的是原国民党副总裁林洋港的秘书，叫卢鑫金。给我发来传真，想成立“二月河研究会”，我没有同意。我自认小小的，当不起这个名字：“我死了之后再说，但你们几个读友想弄这个事可以”。他们也就“成立了”。台湾人有情义，也有点钱，他们怕我穷，想在我们这块弄一个公益性的设施，给我三百万的干股。我说不行。我有规矩，而且我不穷——彼时还没人说我是“富豪榜”上第二名。然而我有工资，尽自不多，可以养家，我有稿费，不似报上说的那般邪乎，但相当丰沛，我不挣空穴来风的钱。这个话说在这里，似乎是文不对题，但我是有意思的。我是想说给这个“抢注二月河”的人听：你要是有胆量，抢注一个当代政要人物的名字来——遑论中央领导、省领导，就算是抢注你所在市市长的名字，来卖你的饮料，我多少还对你“半个佩服”；你试试？ 你不敢！你要有本事，自己创一个创意来；你要有骨气，自己凭诚实的劳动挣出了名堂来。

我的这个“二月河”名字当然是不错的。不少人采访我的人都要问到这个问题：“你怎么想起这个名字的，挺富有诗意的。”我说，思路的线索就是“凌解放”和黄河，就是黄河太阳渡旁长大的那个叫凌解放的孩子二月河。它挣来的是独独无二的美国评的“海外最受欢迎的中国作家奖”（2001年美国贸易中心评）——打开河南文艺出版社出的《乾隆皇帝》，扉页就能看到证书与奖杯。敢问你这位先生，你的“思路”和“线索”是什么？是“二月河的名气”吧？是……钱吧？想没有想过“二月河”本人的感受呢？

本来的，这段文字说到此，也就够了——我对此自然是表示异议的，自然是要反对的。我请长江文艺出版社出面与官方交涉此事，不料日前南阳工商局刘局长带来又一消息，抢注二月河的不是一家，而是三家。其中一家还在等待“公示”，而另一家则早已抢注成功了五年。

这回二月河可真的傻眼了。而且接踵而来的，网络也在抢注“二月河”，几天前一位记者带来一张名片，赫然印的就是什么“二月河文化站”。公开官办的和私下悄悄的，早已有很多人在瓜分二月河了，二月河还在“躲进小楼称一统”！

思量之余，二月河决定投降，我服了。因为第一，人家是“合法”抢注，是有法律依据的。而二月河只能也通过正常法律渠道，向国家商标局表示异议。第二，能抢注的品类太多了，四十多大项一百多小项，谁都能“抢注一下”。表示异议是要掏钱的——换句话说，谁想来一下就来一下，而我每次都要掏腰包去表示异议，那得多少钱！而且，这事是五年一个轮回。就算这回你“买断”了，过五年你就再来一回……拉倒吧。你爱怎么搞你搞去吧！我决不会再向国家商标局去“异议”了！我只能立此存照，一介书生三尺微命，不与尔等苟同耳。

后果我也想过，为非：

“卖汽水啦——二月河牌的”

“卖牛奶啦——二月河牌的”

而且你还可以卖你这个“注”，“卖避孕套啦——二月河牌避孕套！”

笑死人了，哈哈哈哈……

第六辑 《红楼梦》里人

我们中国文化里，有许多很要不得的东西，“忌讳”就是其中的一种。大致上说是两个原则：叫“为尊者讳”和“为亲者讳”。夏金桂与香菱之间发生的这档子事是属于“为尊者讳”的范畴，香菱的社会地位比金桂低，她就必须绝口不说，也不能书写这个“桂”字。

这不是薛家的规矩，而是“放之四海而皆准”的原则。我们知道，中国历史上的“玄武门事变”发生在唐代，可打开清人笔记，不少记载叫“元武门”怎样如何。那就是因为康熙的名字叫“玄烨”，就为避这个“讳”。乾隆帝本名“弘历”，所有的《皇历》书都统改为《时宪书》，也就是这个道理。

然而我们读《红楼梦》，里边丫头们似乎不忌讳“宝玉”二字。这又是另外一说。如果细心一点就能明白，这是因为贾母疼爱宝玉，特地下令人们不许忌讳“宝玉”二字——让贱人们呼唤“宝玉”，有利于宝玉的生存和健康。

话说金桂听了，将脖项一扭，嘴唇一撇，鼻孔里哧了两声，拍着掌冷笑道："菱角花谁闻见香来着？若说菱角香了，正经那些香花放在那里？可是不通之极！"香菱道："不独菱角花，就连荷叶莲蓬，都是有一股清香的。但他那原不是花香可比，若静日静夜或清早半夜细领略了去，那一股香比是花儿都好闻呢。就连菱角，鸡头，苇叶，芦根得了风露，那一股清香，就令人心神爽快的。"金桂道："依你说，那兰花桂花倒香的不好了？"香菱说到热闹头上，忘了忌讳，便接口道："兰花桂花的香，又非别花之香可比。"一句未完，金桂的丫鬟名唤宝蟾者，忙指着香菱的脸儿说道："要死，要死！你怎么真叫起姑娘的名字来了！"

——摘自《红楼梦》第八十回

宝蟾因何斥香菱

避讳的事情，现今时分不但中学生，就是大学生倘非学文史的，也大多都不清楚明了了。这里说的是乾隆时期人们的一种社会理念，金桂的名字里有一个“桂”字，家中所有的下人和奴才都是不能提起这个“桂”字的。这里金桂为了整治香菱，故意诱导她犯错误，“依你说，那兰花桂花香的倒不好了”，毫不设防的香菱果然上当，接道：“兰花桂花的香……”她犯了金桂的讳，为金桂寻到了口实，立即给她改名“秋菱”，借此压抑宝钗。就是这么点小动作，拉开了金桂在薛府大闹家务的序幕。本来的薛家，只一位呆霸王薛蟠惹是生非，招来许多“外崇”，这个夏金桂，算是个“内鬼”吧。从此，这个家再也无一日之宁。

我们中国文化里，有许多很要不得的东西，“忌讳”就是其中的一种。大致上说是两个原则：叫“为尊者讳”和“为亲者讳”。夏金桂与香菱之间发生的这档子事是属于“为尊者讳”的范畴，香菱的社会地位比金桂低，她就必须绝口不说，也不能书写这个“桂”字。

这不是薛家的规矩，而是“放之四海而皆准”的原则。我们知道，中国历史上的“玄武门事变”发生在唐代，可打开清人笔记，不少记载叫“元武门”怎样如何。那就是因为康熙的名字叫“玄烨”，就为避这个“讳”。乾隆帝本名“弘历”，所有的《皇历》书都统改为《时宪书》，也就是这个道理。

然而我们读《红楼梦》，里边丫头们似乎不忌讳“宝玉”二字。这又是另外一说。如果细心一点就能明白，这是因为贾母疼爱宝玉，特地下令人们不许忌讳“宝玉”二字——让贱人们呼唤“宝玉”，有利于宝玉的生存和健康。

我们《红楼梦》的版本，有一种叫“王府本”，本子里提到的“祥”字，那个“羊”缺一笔，就是抄本的为了“避”“十三爷允祥”的讳。

这是很基础的阅读文史知识，如果不懂，经常读得人一头雾水。

外面跟着赵姨娘来的一干人听见如此，心中各各称愿，都念佛说："也有今日！"又有一干怀怨的老婆子见打了芳官，也都称愿。

当下藕官蕊官等正在一处作耍，湘云的大花面葵官，宝琴的豆官，两个闻了此信，慌忙找着他两个说："芳官被人欺侮，咱们也没趣，须得大家破着大闹一场，方争过气来。"四人终是小孩子心性，只顾他们情分上的义愤，便不顾别的，一齐跑入怡红院中。豆官先便一头，几乎不曾将赵姨娘撞了一跌。那三个也便拥上来，放声大哭，手撕头撞，把个赵姨娘裹住。晴雯等一面笑，一面假意去拉。急的袭人拉起这个，又跑了那个，口内只说："你们要死！有委曲只管好说，这没理的事如何使得！"赵姨娘反没了主意，只好乱骂。蕊官藕官两个一边一个，抱住左右手，葵官豆官前后头顶住。四人只说："你只打死我们四个就罢！"芳官直挺挺躺在地下，哭得死过去。

——摘自《红楼梦》第六十回

佛性文笔

这段文字，是一个事件的热闹收束。好比只有一段激流在红楼大河中撺掇，回荡，摇曳……搅起无尽丰富的水纹和波浪之后，又暂时归复于大河的平缓之中。

从莺儿用柳枝编花篮伊始"出事"。其实她随手采花，早已被春燕姑妈"瞧料"了。她们两个正议论折花的时候，老婆子"拄了拐走来"就是“找事”来的。接下来，由老婆子发作春燕连带着恨棒将莺儿扫入。又有春燕母亲前来参战，也是借题发挥“干的我管不得，你是我屄里掉出来的，难道也不敢管你不成？”春燕无端挨打挨骂，她母亲尾随而追，又引出袭人、晴雯、麝月、宝玉在怡红院又一轮新的战争引发出来，直至平儿出面，把这个冒出来的事故苗头按了下去。

但没有完的事，毕竟就是“没完”。春燕带母亲来衡芜院，本来是想把已经平息的事端抹得“和谐”一点，偏偏又有蕊官，请她给芳官带蔷薇硝。不巧的是贾环在场，他为讨好自己的情人彩云，竟向丫头硬索，芳官却用茉莉粉将他糊弄过去。于是刚刚息下的一波又起了更大的一波。彩云一句“这是他们哄你这乡巴佬呢”撩起赵姨娘，无名火起，携着粉怒冲冲进院子问罪。

这样的传述，是多少个矛盾的层面和深度，有远因，有近事，有导火索，有炸药包，还有装填的，有点火的，有吹风的，够了吗？一般的作家早就收手了，写不到十分之一就收了，但在这里还不够，赵姨娘途中又遇到藕官的干妈夏婆子，又是一番煽风点火，赵姨娘就爆炸了。怡红院的人正吃饭，见她进来，忙都起身寒暄。

赵姨娘也不管话，走上来将粉照着芳官脸上撒来，指着芳官骂道……

再接着，有了我们引文的那一段。

一切都是凭空而起，一切都是缘的组合与激荡。荀子的“积水成渊，蛟龙生焉”——不是鱼鳖泛池，原因倒是因为贾政不在府，王夫人也不在，凤姐有病，鼋鳖一闹鱼虾齐动，引出这段热闹美文。风送流絮，无心无痕，自然而生自然而灭……啧啧！

作者与宗璞谈红楼，认为《红楼梦》是可以被超越的

闲话之间，金荣的母亲偏提起昨日贾家学房里的那事，从头至尾，一五一十都向他小姑子说了。这璜大奶奶不听则已，听了，一时怒从心上起，说道："这秦钟小崽子是贾门的亲戚，难道荣儿不是贾门的亲戚？人都别忒势利了，况且都做的是什么有脸的好事！就是宝玉，也犯不上向着他到这个样。等我去到东府瞧瞧我们珍大奶奶，再向秦钟他姐姐说说，叫他评评这个理。"这金荣的母亲听了这话，急的了不得，忙说道："这都是我的嘴快，告诉了姑奶奶了，求姑奶奶别去，别管他们谁是谁非。倘或闹起来，怎么在那里站得住。若是站不住，家里不但不能请先生，反倒在他身上添出许多嚼用来呢。"璜大奶奶听了，说道："那里管得许多，你等我说了，看是怎么样！"也不容他嫂子劝，一面叫老婆子瞧了车，就坐上往宁府里来。

——摘自《红楼梦》第十回

贾府小小变色龙

有些小说，写了几十万字，读者看不出特色，寻不到人物个性。《红楼梦》作者的文笔，笔力似乎可用"强大"来表述，小说即使一阅即逝的形象也是以当给读者永恒的思索和难忘如锲的个性特色。

金寡妇是贾府的"帮边子"亲戚。在她的"计量标准"中，秦钟不过是贾府另一路子的帮边子而已。金荣母亲的这番婆子嘴嚼古，本来是私地里发泄一下她对儿子在学堂里身份待遇的不满，然而却无端激怒了这位自视"有脸"的璜大奶奶。这里头的潜台词是，她要显示她维护金荣的权威性——我想，在平日的勤勤走动中，她自觉在尤氏面前说得上话，这一条肯定是金家比不上的。她要炫耀这一点。可能的是，金荣母亲在述说时，她已经在权衡势力高下了，她虽没有是非观念，但却有极强的势利意识。让人忍俊不禁的是，她竟脱口而出，“人都别忒势利了！”

然而她的地位究竟如何？气冲冲升车而去，却只能在宁府“东边小脚门前”下车。见了尤氏，在金家那份雄赳赳的劲气已丢了爪哇国去，“未敢气高”，“殷殷勤勤叙过寒温，说了些闲话，方问道……”她问秦可卿探虚实，没想到这正是尤氏最郁闷的一件事，一兜儿朝她诉说过来，怎样病势沉重，如何医药无用，可卿知礼恭谨，公婆丈夫爱护，偏偏可卿的弟弟又在外头淘气，惹她烦恼……种种不遂心事都说给了这位璜大奶奶金氏。

我想金氏听着这番话，很可能先是有点沮丧：她的地位和可卿差距这样巨大！但她的利益观念转换可以说是神速，她很快就重新定位——原本我想，她原本想打秦钟的小报告，撩拨一点小是非的——迅速改变了，反而顺水推舟，反而对可卿的痛忧虑起来，“说不定是喜”？借了病，“可是了不得的”。

契诃夫的《变色龙》变来变去的原则是权衡势利。金寡妇是《红楼梦》里的一条变色龙。这一回章目就叫“金寡妇贪利权受辱”，她这次见尤氏不是“打磨旋儿”弄几个小钱的意思，她贪的是一点小小的虚荣。这人在书中极少出现，曹雪芹就那么几笔速写。前后比对言行，活脱脱画给了我们一个小丑。

正说着，只见一群人撮着凤姐出来了。贾芸深知凤姐是喜奉承尚排场的，忙把手逼着，恭恭敬敬抢上来请安。凤姐连正眼也不看，仍往前走着，只问他母亲好，“怎么不来我们这里逛逛？”贾芸道：“只是身上不大好，倒时常记挂着婶子，要来瞧瞧，又不能来。”凤姐笑道：“可是会撒谎，不是我提起他来，你就不说他想我了。”贾芸笑道：“侄儿不怕雷打了，就敢在长辈前撒谎。昨儿晚上还提起婶子来，说婶子身上生的单弱，事情又多，亏婶子好大精神，竟料理的周周全全；要是差一点儿的，早累的不知怎么样呢。”……

——摘自《红楼梦》第二十四回

贾芸送礼

贾芸在《红楼梦》中是“俗”角色，也就是通身带了“下里巴人”的味道。他没有薛蟠那么有钱，也没有贾琏那么有身份，更没有什么“学识”，也不似刘姥姥那般的原始村野。他的家庭小单元，是贾府不知何时起败落下来的一片枯叶。

一般而言，破落贵族子弟都有一种“奋发返祖”的趣向，这段送礼给凤姐的情节，把这种奋斗的原始形态真的表述得淋漓尽致。

礼品是冰片、麝香，它们的来历要说得光明正大。是朋友“选了云南”，开得大药铺，又拍卖又送人——他得了这一份子。“我和母亲商量”——我想贾芸肯定也是说假话，透露的信息是“我们全家都尊敬您（凤姐）”，同时也隐约报出他的孝敬品德，商量的结果是别人都“不配”，只有“婶子”当之无愧该收这礼。接着又进一步说明，冰片、麝香原本就是好物件，眼见要过端午，那就还要升值“十倍”，一层又一层密不透风的言语表达了三层意思：凤姐“婶子”独一无二没人能比的尊贵人，是最值得尊崇敬孝的人；贾芸全家都是凤姐的粉丝；“宝剑遗英雄，红粉赠佳人”——您就收下我这片心意吧！

这就难怪凤姐“心下又是得意又是欢喜了”。她的这份虚荣心得到了极大的满足。

不少人读小说总爱在书里寻找英雄——斩头洒血激昂慷慨的那一种。在《红楼梦》中，你别想找到这类人物。就如贾芸、刘姥姥，其实就是曹公用社会真实的艺术表述，为我们描摹的普通市井英雄。他虽然“俗”，但与小红的爱情是罗密欧与朱丽叶的那种挚爱，朋友倪二也是很可爱的英雄泼皮。按曹公设计，后来贾府败落，宝玉入狱，贾芸夫妇还有狱神庙“慰宝玉”一段描写，遗稿迷失，我们已经没福看到了。

薛姨妈用手摩弄着宝钗，叹向黛玉道："你这姐姐就和凤哥儿在老太太跟前一样，有了正经事就和他商量，没了事幸亏他开开我的心。我见了他这样，有多少愁不散的。"黛玉听说，流泪叹道："他偏在这里这样，分明是气我没娘的人，故意来刺我的眼。"宝钗笑道："妈瞧他轻狂，倒说我撒娇儿。"薛姨妈道："也怨不得他伤心，可怜没父母，到底没个亲人。"又摩娑黛玉笑道："好孩子别哭。你见我疼你姐姐你伤心了，你不知我心里更疼你呢。你姐姐虽没了父亲，到底有我，有亲哥哥，这就比你强了。我每每和你姐姐说，心里很疼你，只是外头不好带出来的。"

——节选《红楼梦》第五十七回

深谙世故的薛姨妈

薛姨妈和林黛玉都是客居贾府。这两人平素来往，这样纯粹地"为会见而会见"，好像这是独一无二的一次。谈的话题，也是"感情问题"。这真是很有意思的一次私人晤见——是薛老太太先来单独看黛玉的，而宝钗来时她们一老一少"正说闲话呢"。

这事发生在"慧紫鹃情辞试莽玉"一回。宝玉为紫鹃一试，因说黛玉将离府返乡他就大发狂疾，疯迷了数日。紫鹃振聋发聩一试，可以说惊动了整个贾府。在各个阶层的"领导核心中"引发的心理震撼可以说比宝玉挨打的那次还要强烈。这是人人需要掂量的事，每个人都要重新思考"林黛玉"的价值和"贾宝玉没有林黛玉"的后果。

因此，我认为薛姨妈来探望比她小一辈的黛玉是来“表态”的。

她话虽含蓄但意思却十分直白。一说“月下老人只用一根红线”的话是说婚姻的事是凭父母，“说什么的都不算的”；二说疼宝钗，更疼“黛玉”，自己的爱是无私的；三由宝钗插话，表示无意纳黛玉为媳。

我想，这几条暗示的意思是放弃薛家对贾宝玉的努力吧。薛老太带着女儿来干什么？她原本是要把宝钗送进宫里充作“才人赞善”这样的女官，进而成为元妃那样的人，可能那个目的泡汤了，这才有了“金玉良缘”之说。

而贾宝玉的这一病，证明了宝玉没有黛玉是活不成的，或者说生命状态极差的。在这种情况下，薛姨妈也会有这样的考虑，宝玉毕竟也不是官场贵人，女儿嫁一个半病半傻的男人有幸福吗？

我认为是薛姨妈理智的选择。

但她还“吃不定”，她还看不清自己的主意是对的还是有欠考虑。她毕竟是个涉世很深的女人，因此说了要给宝黛提亲，又一句和紫鹃调侃又回避开去。月下老人的红绳系向谁也是“不定”的。深思熟虑却又感情复杂，动机明确却又言语含糊，我们可以想见这位精神的老太太此情状。

反正从此为始，我们再也不见有人嚷嚷“金玉良缘”了。

原来贾赦已将迎春许与孙家了。这孙家乃是大同府人氏，祖上系军官出身，乃当日宁荣府中之门生，算来亦系世交。如今孙家只有一人在京，现袭指挥之职，此人名唤孙绍祖，生得相貌魁梧，体格健壮，弓马娴熟，应酬权变，年纪未满三十，且又家资饶富，现在兵部候缺题升。因未有室，贾赦见是世交之孙，且人品家当都相称合，遂青目择为东床娇婿，亦曾回明贾母。贾母心中却不十分称意，想来拦阻亦恐不听，儿女之事自有天意前因，况且他是亲父主张，何必出头多事，为此只说“知道了”三字，余不多及。贾政又深恶孙家，虽是世交，当年不过是彼祖希慕荣宁之势，有不能了结之事才拜在门下的，并非诗礼名族之裔，因此倒劝谏过两次，无奈贾赦不听，也只得罢了。

——摘自《红楼梦》第七十九回

父母之命媒妁之言

这里说的是贾府最懦弱的小姐迎春的婚事。这一段文字介绍得非常清楚：迎春之嫁孙绍祖，贾母不称意，贾政“深恶”孙家也不高兴，更遑论宝玉一干兄弟姐妹和迎春本人的意见。可以说贾府上上下下众人没有赞成这个“中山狼”，没人愿意这位善良可欺的弱女子嫁给这头狼，独是贾赦的一意孤行。很可能的事实是：贾赦与邢夫人一顿晚餐，餐桌上一句闲话“就这样”吧，迎春“就这样了”。

很多读者看《红楼梦》，认定了贾母是至高无上的。那是有点皮相表面了。在礼上有明确的规定，婚姻怎样确定，只有八个字，“父母之命，

作者的"红楼"情结依旧

媒妁之言"。这极明确，决定权非叔非伯非祖，而是"父母"——那时没有法律登记这一说，结婚是需要社会认定的，"媒妁之言"就起这个作用——贾迎春就是这样被爹妈推进了狼窝里。所有的人都同情她，眼看着束手无策。

由这件事我们可以联想一下黛玉的婚姻。其实宝黛之间的爱情在大观园中已是人尽皆知的"秘密"。但单是他们相爱有什么用？林黛玉的"小心眼"、她的失眠症恐怕都是因此而起。她的婚姻是她最大的事，而最大的事竟完全在虚空之上：父母之命她是甭指望了。"媒妁之言"呢？那是着落在她的养护人，舅父母——她的心上人的父母身上。娘家没人没钱也没势，寄生在人家篱下，你叫她怎生能吃好饭，睡好觉养得身体棒？可以说，她能够依靠的只有她的忠仆紫鹃。紫鹃"情辞试莽玉"，其实是看清了黛玉的处境，不经请示"主动出击"的一次行动。薛姨妈来"慰"黛五，紫鹃又一次主动跳出来，请姨妈来做这个"媒妁"之言，争取贾政王夫人的首肯。可惜是她的地位太低了，薛姨妈轻轻一句玩笑就抹倒了她。

这是宋代以来全中国妇女的共同命运。

宝玉笑道："这要天天吃惯了，吃上三二年就好了。"紫鹃道："在这里吃惯了，明年家去，那里有这闲钱吃这个。"宝玉听了，吃了一惊，忙问："谁？往那个家去？"紫鹃道："你妹妹回苏州家去。"宝玉笑道："你又说白话。苏州虽是原籍，因没了姑父姑母，无人照看，才就来了的。明年回去找谁？可见是扯谎。"

紫鹃冷笑道："你太小看人了。单你们贾家独是大族人口多的，除了你家，别人只得一父一母，房族中真个再无人了不成…………所以早则明年春天，迟则秋天，这里纵不送去，林家亦必有人来接的。前日夜里姑娘和我说了，叫我告诉你：将从前小时玩的东西，有他送你的，叫你都打点出来还他。他也将你送他的打叠了在那里呢。"宝玉听了，便如头顶上响了一个焦雷一般。紫鹃看他怎样回答，只见他总不做声。

——引自《红楼梦》第五十七回

果敢强烈的一"试"

这是《红楼梦》中情节大转换的一个细节，在积累了多少纷纭繁复丝萦藤缠的人事扰攘之后，宝黛之间的感情在平静发展。贾府薛家人等各打主意，也都在动脑筋，也都在行动，夺取"宝玉"这个"战略高地"。大家心里都有数，占有了贾宝玉便等于拥有了贾府的将来。

这时的情势，贾母是右钗左黛的，王夫人是含糊不清的，薛姨妈是为女儿积极争取权益的——贾府上下的舆论都是倾向宝钗——实在说，在为人处世上，她也确实高出黛玉一筹。总的形势对黛玉是不利的。问题的关键，是黛玉根本没有条件向众人，向宝玉，向紫鹃，甚至明明白白地向自己的内心表达她的爱，她只能听任这种不利的势态继续发展。

我认为，紫鹃这次出来“试玉”，证明她与黛玉的关系，已远远超过了“主奴”这个范围。不但是“上下级”，而且是“朋友”，是铁到可以为黛玉争取权益主动出战的朋友。

没有这一试，黛玉的麻烦大去了。贾府的决策者中，薛姨妈和王夫人是亲姐妹；贾母“素喜宝钗”；王熙凤惯能见风使舵，断不会倾向给伶仃无依寄人篱下的黛玉，用今天的话说宝黛的婚事还不“死定了”？

紫鹃这一当头棒喝，宝玉是甚情形？“一时李嬷嬷来了，看了半日，问他（宝玉）几句话也无回答……脉间摸了摸，嘴唇人中上着力掐了两下……竟也不知疼。李嬷嬷只说了一句：‘可了不得了……我白操了一世心了。’……”

紫鹃这样一个激烈操作，让所有的人都明白过来，没有黛玉，宝玉是不能活下去的。从这个情节后，我们看到宝黛爱情的发展，到了“你放心”这样的程度。薛家“金玉良缘”的声势舆论，几乎从此销声匿迹。因为薛家也不愿女儿过门便当寡妇！接下来便又发生了“薛姨妈爱语慰痴颦”的事。林黛玉的爱情环境一下子变得通达了很多。

“慧紫鹃”当得这个“慧”字，不但慧，且勇，且执正助弱——她的这一“试”功效，超过黛玉终生无望的努力。

宝钗因忍了气说道："大嫂子，我劝你少说句儿罢。谁挑捡你？又是谁欺负你？不要说是嫂子，就是秋菱，我也从来没有加他一点声气儿的。"金桂听了这几句话，更加拍着炕沿大哭起来，说："我那里比得秋菱，连他脚底下的泥我还跟不上呢！他是来久了的，知道姑娘的心事，又会献勤儿，我是新来的，又不会献勤儿，如何拿我比他。何苦来，天下有几个都是贵妃的命，行点好儿罢！别修的像我嫁个糊涂行子守活寡，那就是活活儿的现了眼了！"薛姨妈听到这里，万分气不过，便站起身来道："不是我护着自己的女孩儿，他句句劝你，你却句句怄他。你有什么过不去，不要寻他，勒死我倒也是希松的。"

——摘自《红楼梦》第八十三回

何不休了她

制服了薛蟠，压倒了香菱，整治了宝蟾，又整治了宝钗、薛姨妈。自从夏金桂这个女人进了薛家：这个家的战火越来越"熊熊燃烧"，且是有方兴未艾的势头。夏是个没完没了的人。这样的艺术典型，我曾在晚清的谴责小说里读到过，她会一直弄到家败人亡为止。家败了人亡了她也就安分了。谁找到这样的人做老婆真是倒了八辈子霉。

薛蟠就是这样一个倒霉蛋。然而依中国礼法与律法，薛蟠具有此种权力：一纸休书休了她，他为何不这样做呢？

"休"就是男人不要女人了，不需要到官府办理手续，写一封休书打发她回娘家，就算是离婚了。但是"休"，也是有条件的，那就是女人犯了“七出”条，方可以这样做，哪“七出”呢？无子、淫佚、不事舅姑、口舌、盗窃、妒忌，再就是患有恶疾——这么七条，只要触犯一条，男人就可轻松与之离婚。

就举这七种不良行为，薛、夏二人结婚不久，“无子”可以不算，可以休掉夏的理由，似可说口舌、妒忌和“不事舅姑（公婆）”这么三条。但实际操作起来，薛蟠很难办到。天下妒妇、口舌不淑、不孝父母的太多了。——都能休掉了之？“七出”之条出于古礼，早已不适应时代发展了，到清代已没有什么实际应用价值了。

人，一旦成为夫妇，就会成了一种复合性社会关系。有很繁多，很繁杂的社会责任搅在了一处。休妻的要求，是夫妇感情关系的彻底断裂，而薛蟠偏不具备这一条，而且他有许多把柄在金桂手中，薛、夏二人不具备社会需要的离婚条件。

因为除了“七出”之外，在礼法上有更宏观的规定，“父母俱存兄弟无故”，“族无犯礼之男”。这是更大的礼。你家里休妻，这么大的事，搞得舆论沸腾，外边人都纷纷议论你家长短，这就对整个家族导致更恶劣的声名，七出是七出，真的做了“不合算”——这是事情的内在本质。

刘姥姥忙赶了平儿到那边屋里，只见堆着半炕东西。平儿一一的拿与他瞧着，说道："这是昨日你要的青纱一匹，奶奶另外送你一个实地子月白纱作里子。这是两个茧绸，作袄儿裙子都好。这包袱里是两匹绸子，年下做件衣裳穿。这是一盒子各样内造点心，也有你吃过的，也有你没吃过的，拿去摆碟子请客，比你们买的强些。这两条口袋是你昨日装瓜果子来的，如今这一个里头装了两斗御田粳米，熬粥是难得的，这一条里头是园子里果子和各样干果子。这一包是八两银子。这都是我们奶奶的。这两包每包里头五十两，共是一百两，是太太给的，叫你拿去或者作个小本买卖，或者置几亩地，以后再别求亲靠友的。"说着又悄悄笑道："这两件袄儿和两条裙子，还有四块包头，一包绒线，可是我送姥姥的。衣裳虽是旧的，我也没大狠穿，你要弃嫌我就不敢说了。"

——摘自《红楼梦》第四十二回

钱怎么用才对

这是刘姥姥二进荣国府陪着贾母园中公子小姐连日大肆游嬉，临归前所得到的酬谢钱财。照我来估算，总价值当在一百五十两银子左右。直接能当货币用的，一百两来自王夫人，八两来自王熙凤，是钱。和我们今天的钞票是一个意思。

清代的流通货币是银子和制钱。我们常看的电视剧里头，无论江湖豪客还是市井平民，进酒店打打牙祭，动辄就取出一锭银子往桌上一墩，大叫“打酒来！”甚至赏店小二也丢一块银子过去，“不用找了！”可以说，这是剧的编剧、导演和演员一律都不晓得，银子该怎么用，制钱该怎么花的缘故。

银子可不是轻易用来打酒买醋用的，当时人的心理状态，一个穷人有几钱银子，揣藏起来便很有踏实安全感。一般人家若有几两银子，会很好地包裹起来，压在箱底——就如我们今天的银行存折——那样保存起来。一旦家中起房盖屋，有人重病用医用药，出远门做生意进京赶考……诸如此类的大事才会动用银子。银子的计量单位，精微到什么程度？两以下小数点之后十三位：两、钱、分、厘、忽、丝、微、纤、尘、埃、飘、缈……一飘一缈都计了进去，这样的计量当然只有国库计算总账时才用得到，但可见银子的贵重程度。

刘姥姥初进贾府，得了二十两银子加上这一次的共一百零八两现银。我所知的，江南的黄河涸田，一亩价格三两，中原地土较贵，也就七两左右。刘姥姥这些钱，无论买地做生意，都可算作中产人家了。她第一次进贾府，是真正的穷。刘家“这年秋尽冬初，天气冷将上来，家中冬事未办……”王熙凤的二十两，绝对是帮了她的大忙，特大的忙。第二次再来，姥姥压根没想再告穷，她带了那么多的农产品来，就是她家经济已经“搞活”的明证。而使她想不到的是她这次到来，完全无欲无求的一场陪乐，竟使她成了小地主。

命相学里有个术语叫“贵人”，贾府就是刘姥姥家的贵人——这不是因贾府的地位高，是因为王熙凤实实在在是挽救了刘家的穷蹙。按佛理说，这种无心之助（第二次的帮助），功德最是报大的，是会有大回报的。

在王熙凤倒霉时，刘姥姥那种挽救性的支援与帮助，源出于此也。

来旺媳妇献茶漱口毕，凤姐方起身，别过族中诸人，自入抱厦内来。按名查点，各项人数都已到齐，只有迎送亲客上的一人未到。即命传到，那人已张惶愧惧。凤姐冷笑道：“我说是谁误了，原来是你！你原比他们有体面，所以才不听我的话。”那人道：“小的天天都来的早，只有今儿，醒了觉得早些，因又睡迷了，来迟了一步，求奶奶饶过这次。”正说着，只见荣国府中的王兴媳妇来了，在前探头。

凤姐且不发放这人，却先问：“王兴媳妇作什么？”王兴媳妇巴不得先问他完了事，连忙进去说：“领牌取线，打车轿网络。”说着，将个帖儿递上去。凤姐命彩明念道：“大轿两顶，小轿四顶，车四辆，共用大小络子若干根，用珠儿线若干斤。”凤姐听了，数目相合，便命彩明登记，取荣国府对牌掷下。王兴家的去了。

——摘自《红楼梦》第十四回

情节的效应

我们看国手对弈。正当一块棋要急于处理，明明一子吃下去就能立时解围，观众在旁急煞，但九段老师偏就不投这一着，把各处先手便宜占尽，才回过头来，霹雳闪电地料理这块待处理的棋。倘使文学创作也分段，曹雪芹应当是个棋圣级别。

这是一个王熙凤协理宁国府的第一个镜头。她本是荣国府的管家，现在“暂时抽调”来宁国府处置家务，因为是兼管，所以叫“协理”。按王熙凤平日的声名威望，众奴才们本应不敢放肆怠慢的。但宁国府是贾家长房嫡系家族，平日管理不甚严格，毕竟王熙凤没当过他们的直接领导，凤姐儿深知这一层，也许她心里正想“抓个典型”把威信树起来，偏这时就有人撞进她手里，“迎送亲客上”一个倒霉蛋迟到了。

按照一般作家，味道写到此也就够了，拿下去打二十板子，声色俱厉地训谕一通，这段戏收束。曹雪芹他不，他不急于这样写，让这人就那么跪在一旁，凤姐若无其事地先处置别的家务，王兴家的来领线，手续办完去了。支取东西的四个人来了。因为手续不对处理两件，两件“不予批准”——这又是多长时间？那位“睡迷”的家人还一直跪在旁边呢！她肯定也在睨着眼看，凤姐怎么还不发落我呢？但办完这么多的事凤姐还没有动静，又叫过站在旁边等候的张材，问：“你还有什么事？”张材交割了银子，她的事还没完，又核了修缮宝玉书房的条目。这一段紧急文字他就这样从容处理。来办事的人肯定一边和凤姐说事情，也用眼睨她——这人怎么一直跪着？我们一般读者也在想，是不是作者把她忘了。

这就是现场效应与阅读感受的双重功能，她跪在那里，本身就有示众的意味，也给来办事的家人一个悬念，“到底要怎样处置她？”——最大限度地张扬了这件事，凤姐从容言笑不把她当回事的形象也给人留下更深的印象。读者带着疑问阅读这一段落，直写到淋漓尽致时，王熙凤出手了：“明儿他也睡迷了，后儿我也睡迷了，将来都没了人了。本来要饶你，只是我头一次宽了，下次人就难管了，不如现开发的好。”——“带出去打二十板子！”还要扣她一个月的工资。

仅仅是一件小小“睡过头”的事，所有的楼角、层次、侧面都有触电一样的刺激感受，都写活写足写透彻了，这就是圣手作者的力度。

关于我的父亲二月河

凌　晓

关于笑和沉默

我参军走，父亲跟我讲“平安、健康、工作、笑”。我去大学读书，父亲给我题字“平安、健康、读书、笑”。

笑有大笑、微笑、干笑、阴笑、奸笑……

但是总而言之要笑，父亲说得最多的是微笑。

笑是防卫武器，抬手不打笑脸人。我笑，别人挨打我就少挨打。

笑是制作周围良好气氛的配剂。笑是传送友好的纽带和桥梁。

笑是化解仇恨的催化剂。

笑是一种对于人生乐观的体味。

父亲给别人题词经常提笑：笑一笑十年少，笑一笑十年俏，既少又要俏，永远都要笑。

他提倡微笑。他认为女孩子最美的笑法就是微笑。语言少些，加上适度的沉默，就是一种完美的人生语言姿态。

沉默是一种严肃的人生态度，它代表了深邃、含蓄、柔韧、丰富……

沉默是最好的防卫武器。老子不开口，神仙难下手。

沉默代表对对手最高的轻蔑。

沉默代表对友好朋友的深沉肯定。

沉默是一种缥缈变幻不可捕捉的人生智慧。

在这种险风恶浪的人世间，我们虽不去进攻但我们需要防卫。父亲在书中写了一个人叫张廷玉，他有一句名言："万言万当，不如一默。"

我们平常都知道沉默是金，爸爸说即使是最强大的敌人也无奈"沉默"二字。即使是脑筋最好用的人也猜不出"沉默"的意思。

这一点儿我现在还差得很远，还做不到。有话想说，说起来就没完。没有忍性，爸爸笑着说我："屎没出来，屁一大堆。"

钱，钱啊——入口守得最紧的门卫

我父母从初高中前就很少给我钱，也不喜欢让我把钱花在穿衣打扮上，教我追求自然美。但在心里我总希望父母多给我钱，买女孩子的东西。我是学美术的，很喜欢漂亮美丽的东西，我每当买那些东西的时候，在父亲眼里就算是花钱，是乱花挥霍了。这使我很痛苦：生活就要适宜，追求舒适也不是错误。和别人比起来太不平衡也不好吧。

这是我对钱的态度。

现在父亲每次见我强调最多的都是自力更生，节约，会过日子，依靠自己生活。父亲捐款都超过一百万了，我们家还过着现在这样平常的生活。我们蛮可以过得好一点儿。问他，他说："不必多说什么。你没见过那些可怜的人，你给他们捐钱最终得益的是你。从心理状态上讲对你的品德、修行都是有极大的好处的。这种心理状态上的充实和满足与愉快是无与伦比的。"对爸爸这种做法我在缺钱的时候还是痛苦的，不理解，发了工资就想开了。但其实一直理解这件事的，偶尔有些斗争罢了。我见到爸爸八开的稿纸上写四千个字，字比蚂蚁还小，他说那是他最困难时候用的稿纸。他可真能抠。

佛经最重要的是善与缘

父亲佛经讲得很多，常给我们讲《金刚经》《心经》。他自己把佛经当优美的哲学散文来读。

父亲说历史上很多顶尖级的文化人物，都与佛经有缘。他们被博大的佛经文化征服了。父亲被征服了没有？我不知道。但是他对佛经有很浓厚的兴趣是毫无疑问的。有时候他兴之所至，会把家人亲戚集中起来讲佛经，谈他自己的感受和体会。他这几年给我发的短信最多的就是“悟”，慢慢地悟，变成一下子开悟。对人生对事情莫不如此。父亲讲得最多的，是他认为的佛教最重要核心的“善”与“缘”。

善是佛的灵魂。无论佛经还是自身的经历都是教人为善以善为本。慈悲、关怀、爱护、帮助、友善……都是善性的社会关怀。这和儒教里讲的“爱人”，是文化渠道不同的殊途同归。善到什么程度算是善呢？善到完全无心，不知不觉自然而然地去帮助。如果有意识地做善事也是好的。就算有私心杂念，它的社会效果也是好的，所以不用深究别人做事的动机。

“缘”是怎样产生的？“缘”就是“因为”。父亲说，佛经里面有一个词叫“阿赖耶识”。这个古印度词说的是人的“第八意识”。中国人讲到第七意识叫“潜意识”。古代印度人认为人还有第八种意识。这个词在汉语里找不到对应词，因此只能用音译叫“阿赖耶识”。比如单位新来一位同志，第一次见面，看上去这个人就很亲近，好像很容易接近；或者一见就感觉“烦”，光看相貌就不顺眼，这是唯物主义解释不通的。但是这是阿赖耶识储存的信息导致的结果。不知何时何地他们之间肯定发生过什么。这就是阿赖耶识在起作用，这就是缘。

所以佛经里讲缘，还要求人们经常做善事，以免在阿赖耶识里面出现不良的信息。

父亲跟我讲见了讨饭的可怜人一定要给钱，其中有骗子也有不是骗子的，你帮助一百个可怜人里面九十九个是假的，那一个你帮对了的就会把九十九个损失都弥补了还有余。这是在培养你的性好尊重的人格。帮助人要量力而行，也不要给太多，要用自己的血汗钱来帮助，多多少少是有自己的，不要把自己搞穷反而让别人再来帮助你。

只有用自己辛苦钱帮助出来的才是好的。

关于盗版

父亲的书从1986年一直在出，也一直在被盗版侵犯，我见到一些作家对这一类事情表示异常愤慨。我们国家在打击盗版的力度上也不够大。父亲的书被盗版了多少我不清楚，也没有人能说清楚。

有一次他和人开玩笑说："盗版的钱可以修一座飞机场吧。"但是我感觉父亲对此没有愤慨之情。他自己说他是"感情复杂"，盗版损坏国家利益，损坏出版社利益也损坏作家个人利益，盗版有这么多的错误和不当，但是盗版对穷人有利。父亲的书一整套《二月河文集》，豪华精装版五百多元，最便宜的软精装也要三百多元，这是正规出版社的价格。这对于中产阶层和小康家庭不算什么，但对于一个进城务工的青年、对于一个低保家庭、对于一个下岗失业家庭是一个令人望而却步的数字。无论富人穷人，读书是一种社会权利，想读书是没有错的，更没有罪。盗版书在一定程度上满足了穷人读书的需求，虽然排印质量有种种问题，但他一家几十元把我父亲的书买去，也算把我父亲的书看了，父亲为此感到欣慰，想社会总要用一种统筹的办法来妥善地解决这一问题。

三个"天下"

我爸爸在吃饭时候说，他在大学讲学，跟学生们讲三个"天下"：天下没有免费的午餐，天下没有不散的筵席，天下老鸹一样黑。

天下没有免费的午餐。不能期盼侥幸成功，要通过自己的努力去争取自己的成功。但我有自己的想法，看到很多幸运儿，有些人只因为有个好父母就能成功，有些人有好的社会关系也能成功，不需要费劲。人家都能免费，怎么轮到我就不能免费？

天下没有不散的筵席。很多人认为这句话没用处，以为不过是说说而已，但是我的父亲认为这句话最重要。我的爷爷说："人生不得意的事情居多，人生对待自己感到不公道的时候居多，人生碰到不如意的事居多，人生能够有一两件顺心的事情已经很不错了。”人生的烦恼郁闷是居多的。你在这样的情况下怎么安慰自己呢？那就得这样想：“天下没有不散的筵席。”

比如单位领导如果对我不好，可我又躲不开他。我就要这样想，你能领导我几年？你总不能在这里一辈子吧！惹不起我躲得起呢！你总要走的，你不能限制我一辈子吧，我的命是上天是父母给的，你随便拿不走。“此处不留爷，自有留爷处。”我去参加别的宴会，不在你这张桌子上了。有了这种思维可以逃离很多郁闷。

天下老鸹一般黑。唐代柳宗元说过：“有生之初，人各有私，人各自利也。”因此，自私自利是人的本性，走遍天下都是这样。只是这种自私自利，不以损坏别人的利益为前提。这样的思维就是正常的。一个人忙了一天，晚上睡在被窝里还在想，“明天我怎样为人民服务，为共产主义奋斗？怎样牺牲我自己，为他人做出更大贡献……”这样的人我不敢说没有，但我敢说很少。至少在普通人的视野里面极为罕见的。所以说我们不能指望别人牺牲他的利益来为我服务。我只能凭自己个人奋斗和努力完成自己的事业，这个意思与“没有免费的午餐”是相通的。

图书在版编目（CIP）数据

人间世 ／二月河 著；凌晓 编选．—长春：时代文艺出版社，2013.2

（大家人生）

ISBN 978-7-5387-4157-5

Ⅰ. ①人… Ⅱ.①二… ②凌… Ⅲ. ①散文集－中国－当代 ②随笔－作品集－中国－当代 Ⅳ. ①I267

中国版本图书馆CIP数据核字（2012）第312003号

出 品 人　陈　琛

产品总监　郭力家

选题策划　李天卿

部玉乐

责任编辑　李天卿

部玉乐

装帧设计　孙　俪

排版制作　初昆阳

人间世

二月河 著　凌晓 编选

出版发行 / 吉林出版集团 时代文艺出版社

地址 / 长春市泰来街1825号　吉林出版集团 时代文艺出版社　邮编 / 130011

总编办 / 0431-86012927　发行部 / 0431-86012957　北京开发部 / 010-63108163

网址 / www.shidaicn.com

印刷 / 三河市万龙印装有限公司

开本 ／ 710×1000毫米　1 ／ 16　字数 ／345千字　印张 ／ 23

版次 ／ 2014年4月第1版　印次 ／ 2014年4月第1次印刷　定价 ／ 45.00元

图书如有印装错误　请寄回印厂调换